pulp master

Buddy Giovinazzo wurde 1960 geboren und wuchs in Staten Island, New York auf. Er ist Autor und Filmemacher und lebt inzwischen in Los Angeles. In Berlin drehte er 1999 den US-deutschen Thriller The Unscarred, der im Herbst 2000 in die Kinos kommen soll.

Buddy Giovinazzo

Broken Street

pulp master

pulp master
Band 8

Erschienen im MAAS Verlag, Berlin

Deutsche Erstausgabe
Erste Auflage 2000

Titel der amerikanischen Originalausgabe: On Broken Street

Herausgegeben von Frank Nowatzki
Übersetzt aus dem Amerikanischen von Ango Laina
Lektorat: Angelika Müller
Redaktion: Ute Nowatzki
Titelbild: 4000, Hamburg
Umschlaggestaltung und Layout: MM
Druck und Verarbeitung: NØRHAVEN A/S, DK-Viborg

Veröffentlicht als
PULP MASTER Paperback 3-929010-56-9

Die Deutsche Bibliothek – CIP-Einheitsaufnahme
Giovinazzo, Buddy
Broken street / Buddy Giovinazzo.
[Hrsg. von Frank Nowatzki. Übers. aus dem Amerikan. von Ango Laina].
- Dt. Erstausg., 1. Aufl.. - Berlin : Maas, 2000
(Pulp Master ; 8)
Einheitssacht.: On broken street <dt.>
ISBN 3-929010-56-9

www.maasmedia.net

Ein Vorwort von
Frank Nowatzki

Der neue Roman liegt endlich vor, aber für Buddy Giovinazzo ist er eigentlich gar nicht so neu, denn die Idee dazu kam ihm bereits vor seinem Buchdebüt *Cracktown.* Er war immer schon fasziniert davon, den Alltag von heranwachsenden Ghetto-Teenagern im autobiographisch angehauchten Tagebuch-Stil zu erzählen. Der Titel *Broken Street* fungiert dabei als eine Art Synonym für einen x-beliebigen, austauschbaren Neighbourhood in den Randbezirken von New York. Buddy G fühlte aber, dass seine literarische Stimme dem Vorhaben noch nicht gewachsen schien, und war mit dem Ergebnis schlichtweg unzufrieden — seine damalige Grundstimmung bezeichnet er noch heute als ›permanent depressive‹. Er fing daher an, mit Sprache zu experimentieren. Die Experimente in einem zwölf Quadratmeter großen Apartment in der Lower East Side führten dann über die gewalttätigen Sprachattacken in *Cracktown* bis hin zu den düsteren, kaputten Visionen in *Poesie der Hölle* und zeigen eine Welt penetranter Alltagsgewalt und Hoffnungslosigkeit auf. Einmal am finstersten Punkt dieses Buches angelangt, kann man nur noch zwei spärliche Lichter erkennen, die man als Liebe und Freundschaft bezeichnen könnte und die aber nur schwach den Weg zum Notausgang beleuchten.

Genau hier setzt Broken Street an und wirkt im Vergleich zu seinen Vorgängern gereifter und präziser, auch die beiden Lichter strahlen diesmal viel, viel heller in die allgegenwärtige, düstere Ohnmacht, der sich die Charaktere bisher ausgesetzt sahen. Die straighte Art, mit der Buddy G diesmal zu Werke geht, kann aber nicht darüber hinwegtäuschen, dass es auch hier im Wesentlichen um das Ausloten der dunklen Abgründe der menschlichen Seele in einem angeschlagenen Gesellschaftssystem geht. Der namenlose Protagonist in *Broken Street* erzählt in einfacher Sprache Erlebnisse aus seiner Perspektive, andere Sichtweisen spielen weder für ihn noch für andere in seinem Milieu eine Rolle. In der Broken Street bestimmen Verzweiflungstaten das Tagesgeschehen und provozieren radikale Konsequenzen. Erst zentrale Konflikte können ihn dazu veranlassen, sein bisheriges Leben überhaupt in Frage zu stellen. Die Erkenntnis führt über fortschreitendes Bewusstsein hin zu Verantwortung; und selbst Liebe, die wie ein Geschenk daherzukommen scheint, entwickelt sich zu einer echten Mission, bei der man sich beweisen muss. Buddy G hat diesmal verdammt schweres Geschütz aufgefahren und es sogar einmal geschafft, mir das Wasser in die Augen zu treiben. *Broken Street* habe seine ›touchy moments‹, bestätigt Buddy G und weist auf den jahrelangen Einfluss hin, den das unfertige Buch auch auf seine Arbeit als Filmemacher gehabt hat; die Openingszene für den Film *No Way Home* beispielsweise stammt aus *Broken Street.*

*

Die Karriere als Independant-Regisseur lag ein ganzes Jahr auf Eis, weil der Drehbeginn des Thrillers mit dem Arbeitstitel *The Unscarred,* für den Buddy G nach Berlin kam, immer wieder verschoben werden musste. Erst war die Finanzierung nicht sicher, dann sprangen die Hauptdarsteller wieder ab, weil die Drehverzögerung zu Terminüberschneidungen führte, und zuletzt musste Buddy G selbst Hand anlegen, um Ungereimtheiten beim Drehbuch auszumerzen. Er saß die ganze Zeit wie auf heißen Kohlen und pendelte zwischen Berlin und L.A. hin und her, um in der Zwischenzeit in den USA neue Projekte anzuleiern, was in der US-Filmbranche mit kritischen, düsteren Filmen wie *Combat Shock* und *No Way Home* als Referenz nicht gerade einfach ist. Ich kann mir auch gar nicht vorstellen, wie ein netter Kerl wie Buddy G in angesagten Restaurants in Beverly Hills mit Agenten und Produzenten verhandelt, in einer Branche, in der die Kunst des ›pretending‹ lebenswichtig ist: Während die Gesprächspartner Austern und Hummer auffahren lassen, nippt man selbst nur an sündhaft teuren Wodka Martinis, obwohl die magere Brieftasche und der knurrende Magen eher für saftige Hamburger in Downtown votieren. Man hält sich an das oberste Gebot der Filmbranche, nie direkt nach einem Job zu fragen, sondern tut so, als sei man im Geschäft. Es kommt daher nicht von ungefähr, dass man Buddy G's Image eher in Europa schätzt, was die zahlosen guten Kritiken bewiesen haben. Der in Berlin abgedrehte Film *The Unscarred*, der im Herbst 2000 in die Kinos kommen soll, gibt Buddy G somit die Möglichkeit, das internationale Filmgeschäft von Europa aus anzugehen und im Gespräch zu bleiben.

*

Das auch das Verlagsgeschäft in Deutschland kein Zuckerschlecken ist, musste Buddy G in Frankfurt/M erfahren, als er im Rahmen der Frankfurter Buchmesse für uns lesen wollte. Als wir nachts im Frankfurter Bahnhofsviertel ankamen und uns den Weg durch eine Melange aus Fixern, Nutten und gebrochen deutsch sprechenden dunkelhaarigen Gestalten bahnten, dachte Buddy G noch, ich wolle ihm eine echte Broken Street in good old Germany zeigen. Doch als ich in der Münchener Straße 55 das Klingelschild begutachtete und ihm erklärte, dass wir hier bei Freunden unterkämen, schien seine Begeisterung nachzulassen. Einer der Fixer, der sich kurz vorher zwischen parkenden Autos einen Druck gesetzt hatte, versuchte, sich hinter uns in den Hausflur zu schieben, aber wir waren über die Sprechanlage gewarnt worden, keine Junkies ins Haus zu lassen. Der stechend penetrante Uringestank im Hausflur erklärte dann einiges. Am nächsten Morgen trauten wir kaum unseren Augen, die Broken Street hatte sich in eine Straße mit bunten Geschäftsauslagen verwandelt, die Junkies waren wie vom Erdboden verschluckt, und ein würziger Duft frischen Basilikums wehte vom türkischen Gemüsestand herüber. Die Welt schien vorerst wieder in Ordnung, und der Tag auf der Buchmesse verging wie im Flug.

Nachts nach der Lesung fand sich eine heitere Gesellschaft aus Autoren und deren Anhang in der Münchener Straße 55 auf einen Schlummertrunk ein. Buddy G machte den folgenschweren Fehler, die Tür zu unserem Zimmer offen zu lassen, in dem unsere netten Gastgeber Sepp und Birgit uns ein paar Matratzen hingelegt hatten. Noch bevor wir reagieren konnten, packte der besoffenste der anwesenden Autoren sich ein Groupie und wankte hinein. Buddy G rief noch ungläubig: »That's our room!«, aber da war es schon zu spät. Wir gaben den beiden dreißig romantische Minuten, dann traten wir rücksichtslos ein, um unsere Matratzen zurückzuerobern, denn die Wohnung war plötzlich mit Schnapsleichen überfüllt. Den zuckenden Bewegungen des menschlichen Knäuels neben uns zu urteilen, sah es nicht mehr so aus, als ob der vor ein paar Stunden noch umjubelte Autor seinen Job hier erfolgreich beenden würde. Besoffen vorlesen konnte er ziemlich gut, aber das hier erinnerte eher an Jello Biafras ›too drunk to fuck‹. Dafür schien er sich auf seine Sprachgewalt zu besinnen und lallte wie eine Schallplatte mit Sprung: »Du bist so schön«, und das Groupie kicherte jedes Mal. Die wellenförmigen Bewegungen, die von der linken Matratze ausgingen, übertrugen sich rhythmisch auf unsere und erschwerten das Einschlafen. Ich musste etwa eine Stunde geschlafen und von in der Brandung gestrandeten weißen Walen geträumt haben, als ich fast von der plötzlich bebenden Matratze rollte. Der Typ neben uns stand wankend auf, pisste in der Küche ins Spülbecken, kam grunzend zurück und bestieg sein Groupie aufs Neue. Nächster Versuch. Buddy G erzählte mir später noch, dass er in der ganzen Nacht kein Auge zugetan habe, weil das Groupie ständig versucht habe ihm die Decke wegzuziehen.

*

Buddy Giovinazzo gibt trotz aller Hürden nicht auf, unbeirrbar schreibt er immer noch. Er arbeitet schon wieder an einem neuen Roman. Diesmal ist es eine Art Thriller. Einer der Besten, die ich bisher gelesen habe, und dass erste Mal, das ich einen Roman gekauft habe, der noch kein Ende hat. Für die schlaflose Nacht in Frankfurt hat Buddy G sich inzwischen revanchiert, indem er mir das Manuskript *Broken Street* gab. Ich konnte es nicht mehr aus den Fingern legen und musste es in einer Nacht durchlesen. Hoffentlich wird es allen anderen genauso ergehen.

Broken Street

Kapitel 1

Den Schuss hörte ich bis in den hinteren Teil des Ladens. Möglich, dass er am Ende des Blocks gefallen war. Dann das Geräusch eiliger Füße, erregte Stimmen und Tumult. Ich stellte das, was ich gerade in der Hand hielt, ab — einen Karton Orangenlimonade — und wartete auf den Rest. Heulende Sirenen und flackernde rote Lichter, quietschende Autoreifen, die rutschend zum Stehen kamen, graue Rauchwölkchen, die dabei aufstiegen. Der Sound des Sprechfunkgeräts, statisches Knistern, verzerrt, eine undeutliche Stimme, die Verstärkung anforderte. Für mich alles ein immer wiederkehrender Albtraum, ein Albtraum, den ich bereits auswendig kannte.

Ich ging in den Verkaufsraum und sah die Kinder aus der Nachbarschaft am Schaufenster vorbeiflitzten; konnte gerade mal ihre Haarschöpfe sehen, das Geräusch ihrer Sneakers auf Zement hören. Als Nächstes kamen die Huren, in hautengen, neonfarbenen Leggings und mit voluminösen Kunsthaarperücken hasteten sie ungelenk wie auf Stelzen in ihren hochhackigen Pumps hinterher. Die Show fing gerade erst an, und alle waren mit von der Partie. Mich inbegriffen.

Ich drückte mein Gesicht gegen die Scheibe und sah, dass sich am Ende des Blocks eine Menschenmenge bildete. Wie Wasser aus einem gebrochenen Damm strömten Leute aus den Gebäuden an der Ecke und dahinter. Autos wurden mitten auf der Straße von Bullen angehalten. Hupen dröhnten, irgendjemand brüllte »Los, mach schon!«

Ein Baby schrie. Es war elektrisierend.

Der Laden war leer, also nahm ich die Schlüssel aus meiner Jacke und ging zur Tür. Während ich abschloss, rannten immer noch Leute vorbei.

Die Menschenmenge hatte sich zu einem Kreis formiert, etwa dreißig Leute, und es wurden mehr und mehr. Hinter ihnen streiften Kids herum, versuchten, zwischen den Beinen der Erwachsenen einen besseren Blick zu erhaschen. Im ersten Stock und auch darüber hingen Anwohner aus den Fenstern, die Ellbogen in ranzigen Kissen auf dem Fensterbrett vergraben; Kissen, die dort schon so lange lagen, dass sie ein Teil des Gebäudes zu sein schienen. Während ich vorbeiging, sah ich in die Gesichter und konnte von ihnen ablesen, dass es übel zu werden drohte. Ich versuchte also, mich darauf vorzubereiten. Doch das funktioniert nicht wirklich. Man gewöhnt sich nie daran. Man will es auch nicht. Fühlt man sich besser, wenn man an einem Autounfall vorbeikommt und ein armes Schwein mit eingedrücktem Brustkorb am Rinnstein liegen sieht? Nein, so was tut weh. Dennoch sieht man hin. Man kann nicht anders. Das gehört zum Leben, jene Faszination, den Tod zu betrachten.

Die Menge stieß und schob. Die Bullen bemühten sich, sie mit Schlagstöcken zurückzudrängen, doch es waren zu viele. Noch ein Streifenwagen kam heulend heran, und zwei Bullen sprangen heraus. Ersticktes Lärmen wie Schreie unter Wasser, eine Mischung aus Keuchen, Atmen und verzweifeltem Kampf gegen das Ersticken. Aus dieser Geräuschkulisse schälten sich einzelne Worte. Worte wie Drogen und Kanone, und dann der Name ...

Dieser Name! Ich wusste, über wen sie sprachen. Ich ging die Stufen hoch, die es vor jedem Haus gab, Stufen, die mir eine Position eineinhalb Meter über dem Geschehen ermöglichten. Vom mit Flecken übersäten Boden, Zeichen der Säufer und Elenden, stieg der Geruch von Pisse zu mir herauf wie ein böser Geist, aber von hier aus konnte ich sehen. Er lag mit dem Gesicht nach unten am Boden. Ein Arm in Höhe seiner Wange angewinkelt, wie ein Bulle, der den Verkehr regelt, der andere, verrenkt unter seinem Körper, musste gebrochen sein. Unter seinem Gesicht bildete sich eine Blutlache, die stetig größer wurde; die Leute wichen zurück, als wollten sie verhindern, dass etwas auf ihre Sneakers kam. Die Polizisten machten ihren Job, sperrten den Tatort mit gelbem Plastikband ab.

»Wo zum Teufel bleibt der Scheißkrankenwagen?« murmelte ein Bulle einem anderen zu.

Ich beobachtete, wie der Körper sich in unregelmäßigen, krampfartigen Zuckungen hob und senkte, wie er weiterkämpfte, ums Überleben kämpfte. Kämpfte. Wie er zeit seines Lebens gekämpft hatte.

Manche Leute behaupten, das Leben sei unfair, so etwas wie Gerechtigkeit gebe es nicht. Wenn man mich fragt, diese Leute liegen falsch. Das hier war Gerechtigkeit. Das war mehr als verdient. Das war Vergeltung! Und dann hörte ich ihre Stimme. Sie hatte ich völlig vergessen. Es war Cathy.

Ihre Schreie hallten in meinen Ohren wider, ihre durchdringenden, hilflosen Schreie. Ich schloss die Augen und hörte, wie sie rannte. Es war gar nicht nötig, sie zu sehen. Ich konnte mir alles vorstellen. Ihre weißen Plastikschuhe, aufgerissen an den Seiten, die Socken bis zu den Knöcheln heruntergerutscht. Sie lief leichtfüßig, geschmeidig, machte so beim Rennen kaum ein Geräusch, aber ich wusste, dass sie es war. Hatte diese Schritte früher so oft gehört. Als wir noch Kinder gewesen waren und auf dem Nachhauseweg die Abkürzung durch die Projects genommen hatten. Verfolgt von einer Horde schreiender Kolumbianer, die darauf versessen gewesen war, mich allezumachen und sie solange zu vergewaltigen, bis sie nicht mehr laufen konnte. Wir rannten zusammen weg wie so viele Male. Sehr viele Male. Ihre Schuhe, so erwachsen, dass ihre Füße absolut kindlich darin wirkten. Sie war so angestrengt gelaufen und das so lange, dass sie bereits eine alte Frau war, als sie neunzehn wurde. Äußerlich sehr hübsch, doch alt und müde im Innern. Die Erfahrungen zu vieler Jahre lasteten auf ihren schmalen Schultern.

Für ein paar dieser Jahre war ich verantwortlich.

Sie kniete über ihn gebeugt, verlangte schluchzend nach Hilfe. Einer der Bullen wollte sie wegziehen, aber sie bewegte sich nicht von der Stelle. Ein anderer Bullen sagte, sie solle den Mann nicht anfassen. Aber man hätte sie schon verhaften müssen, damit sie von ihm abließ. Sie hielt seinen Kopf in ihren Armen wie eine Mutter ihr krankes Kind. Im Nu war ihr Kleid voller Blut. Und die ganze Zeit weinte sie. Laute des Schmerzes, kein physischer Schmerz, vielmehr die Art des Schmerzes, die schlimmer ist. Die, die nie aufhört, weil sie Teil von einem wird, wie Sommersprossen oder ein Muttermal. Oder eine Narbe. Die Art, die ich nur zu gut kannte.

Ich betrachtete die Gesichter in der Menge, das blöde Grienen und das scheinheilige Grinsen, die aufgerissenen Augen, groß wie 25-Cent-Stücke, die beobachteten, wie sie weinte, so heftig, wie man nur weinen konnte. Und ich hasste die Leute. Hasste sie alle. Und ich hasste mich selbst, weil ich einer von ihnen war. Für Cathy war ich ein Nichts. Bedeutungslos. Und ich konnte keinem die Schuld dafür geben außer mir selbst.

Mit heulender Sirene bog ein Krankenwagen um die Ecke, das schrille Signal erzeugte ein Echo zwischen Stahl und Beton. Mit quietschenden Reifen hielt er an, und die Helfer sprangen heraus und stürmten hinüber zu Cathy; so viel Blut war an ihr. Ich hörte die ganze Scheiße, Türenöffnen, Polizeifunk, Flaschenklirren ... und ständig Cathys Weinen. Cathys Weinen. Cathys Weinen.

Kapitel 2

Ich war acht Jahre alt, als wir von Newark hierherzogen. Mein Bruder, mein Vater und ich. Angemeldet war ich in der Public School 116, und bis zu meinem zwölften Lebensjahr besuchte ich die Schule regelmäßig. Morgens stand ich auf, ging zur Schule, kam wieder nach Hause, spielte bis zum Abendessen vor dem Haus, blieb dann drin, sah bis neun Uhr fern und ging dann ins Bett.

Richtige Scherereien hatte ich nie, obwohl ich keine Gelegenheit versäumte, die Mädchen aus der Nachbarschaft zu ärgern oder sie an den Haaren zu ziehen, wenn sie Seilspringen machten; ich lief ihnen immer davon und streckte ihnen meinen Hintern entgegen, wenn sie die Verfolgung aufgaben. Für die älteren Kids war ich ein Dauerbrenner in Sachen Unterhaltung.

Zu Beginn der fünften Klasse hatte ich in der Schule einen richtigen Freund. Ein kleiner, drahtiger Kerl namens Ernest McKenzie. Er wohnte ein paar Blocks weiter, und für gewöhnlich trafen wir uns nach der Schule, um zu sehen, was für Mist wir anstellen konnten. Ernest hatte einen älteren Bruder, Winston, er war fünfzehn und dealte im Viertel mit Marihuana. Winston war berüchtigt wegen seiner knickrigen Art. Man konnte von Glück sagen, wenn man zwei, vielleicht drei Joints aus einem Tütchen drehen konnte — vor den Zeiten von Thaigras und Sensimilla war das ein echter Skandal. Als Quittung dafür trachtete man Winston ständig nach dem Leben.

Nach der Schule halfen wir Winston, das Gras abzupacken, in kleine, gelbe Umschläge, wobei wir die Miniportionen auf einer eindeutig verachtenswerten Grundlage abmaßen — je nachdem, wie viel er gerade an den einzelnen Tagen zur Verfügung hatte —, dann zog Winston los, um das Zeug zu verticken.

Ein durchtriebener Geschäftemacher, dieser Winston. Er zeigte einem eine große, volle Tüte, aber hatten Knete und Gras erst mal den Besitzer gewechselt, war der Unterschied zwischen der Tüte, die man gesehen hatte, und der, die man bekommen hatte, wie Tag und Nacht. Ernest und ich nannten das ›Winstons schnelle Tour‹, wegen der Geschicklichkeit, die nötig war, um sie abzuziehen. Man beachte, Winston verkaufte nicht an irgendwelche blauäugigen Komiker aus Jersey, er verdealte an clevere Typen von der Straße, an Typen aus unserer Gegend. Typen, die wussten, wo er wohnte!

Anfänglich erlaubte Winston uns nicht, zu kiffen, er sagte, ehe sie nicht dreizehn seien, sollten Kids kein Gras rauchen. Da wir erst zwölf waren, kaufte er uns Bier, und das war's.

Nun, Ernest und ich genossen es, von zwei Dosen Colt 45 richtig steif zu sein, wenn man aber diese kleinen gelben Tüten füllt und zusieht, wie Winston durch ihren Verkauf ein Vermögen macht, wird man ziemlich neugierig, was es mit dem Zeug auf sich hat. Wir betrachteten es quasi als unsere Pflicht, der Sache nachzugehen.

Eines Tages, als wir mal wieder die Tüten füllten, bunkerte Ernest ein bisschen Gras in seiner Tasche und ich etwas in meiner Socke. Winston verschwand, um seine Ware zu verhökern, und wir bauten einen unförmigen Joint, Zweige und Samen inklusive, und rauchten ihn. Und was passierte? Gar nichts!

»Vielleicht haben wir was falsch gemacht«, sagte Ernest. Aber wir hatten Winston tausendmal kiffen sehen und hatten alles so gemacht wie er. Wir inhalierten den Rauch in langen Zügen und hielten die Luft an, bis unsere Gesichter blau wurden.

»Kein Wunder, dass alle deinen Bruder hassen«, sagte ich, »der Stoff bringt's nicht«. Doch Winston hatte viele Stammkunden, und wenn etwas nicht wirkt, kommen die Leute nicht wieder. Schließlich wurde uns klar, dass wir irgendwie Mist gebaut hatten, und wir erklärten feierlich, es noch mal zu versuchen.

Und das taten wir. Am nächsten Tag.

In der zweiten Klasse hatten wir mal einen Ausflug nach Coney Island gemacht. Der große Kick hatte darin bestanden, Achterbahn zu fahren und sich vor lauter Angst in die Hosen zu scheißen. High werden war für mich etwa so wie die erste Sturzfahrt ohne Eintrittskarte. Mein Magen befand sich ständig im freien Fall. Das Zimmer fing an, sich um mich zu drehen, die Dielen des Fußbodens schienen zu schwimmen. Ich schloss meine Augen und wirbelte kopfüber herum wie ein Trapezkünstler, klammerte mich an den Boden, um den Drehwurm loszuwerden, und versuchte, mit meinem Blick an etwas kleben zu bleiben. Ernest starrte auf eine schäbige Stelle an der Wand, mit seinen Gedanken war er in eine tiefe Nische seines Hirns eingedrungen, in der er nie zuvor gewesen war. Seine Augen glänzten wie Mohrenköpfe. Er hörte auf, vor sich hin zu starren, unsere Blicke trafen sich, und wir lachten unkontrolliert los wie zwei besoffene Seehunde; die Luft in meinen Lungen kitzelte wie Federn. Ernest sagte zu mir, ich hätte einen Popel an der Lippe, und ich machte mich über die Stahlwolle lustig, die er Haare nannte. Ich dachte, wir würden niemals aufhören zu lachen. Aus irgendeinem Grund schienen uns das die besten Witze zu sein, die wir je gehört hatten. Später, nachdem er sein Gras verdealt hatte, kam Winston zurück, sah uns nur kurz an und wusste sofort, was los war. Er wurde stocksauer! Nicht weil wir high waren — auf der Straße hätte er Gras an ein Baby im Kinderwagen verkauft, das kratzte ihn überhaupt nicht —, sondern weil wir ihn gelinkt hatten, und das war unverzeihlich. Er jagte uns durchs Zimmer, als wären wir bei einem olympischen Laufwettbewerb, verfluchte uns und schmiss mit Gegenständen, stieß uns gegen die Wände und prügelte uns windelweich. Wir lachten ihm ins Gesicht. Er nahm uns in den Schwitzkasten, und wir brüllten immer noch. Er schlug unsere Köpfe zusammen, was bei mir etwas gelockert haben musste, denn vor lauter Lachen standen mir die Tränen in den Augen. Das machte ihn nur noch wütender. Dann fingen wir an, ihn zu verarschen.

»Friss doch Scheiße, Ubangi-Gesicht!«

»Ist der Reis schon fertig, Uncle Ben?«

»Gutes Gras, Nigger, der Preis ist nicht zu unterbieten!«

Ernest sagte noch Schlimmeres. Aber je mehr er uns schlug, je mehr wir lachten, desto wütender wurde er, bis er schließlich erschöpft und resigniert aufs Bett fiel.

Ernest fing an, sich an Armen und Beinen zu kratzen. »Mich muss ’ne Mücke gestochen haben«, sagte er.

»Yeah, mich auch. Bei mir juckt’s überall.« Keine drei Meter entfernt, aus der Küche, rief ihre Mutter: »Hört endlich auf rumzutoben, Jungs!«

Als wir ihre Reaktion auf das hörten, was wie ein kleiner Krieg geklungen haben musste — Körper, die gegen Wände geschleudert wurden, umkippende Möbel, eigentlich alles, nur keine Schüsse —, und wir Winston gebrochen und besiegt dasitzen sahen, schnappten Ernest und ich nach Luft und hielten uns die Bäuche; dann machten wir uns in die Hosen.

Es dauerte eine Weile, bis wir wieder runtergekommen waren, aber als es soweit war, breitete sich eine beängstigende Stille im Zimmer aus. Ich sah zu Ernest herüber, er lachte nicht mehr und ich auch nicht. Langsam zeigten die Schläge Wirkung. Zuerst fühlte ich den Schmerz in den Beinen, doch schon bald pulsierte er durch meinen gesamten Körper. Ich konnte mich nicht bewegen. Ernest ging es ähnlich. Winston schien einen zweiten Anlauf zu nehmen. Die Lippen zur Karikatur eines Lächelns verzogen, stand er vor uns. Wie ein Turm. Ein Leuchtturm, der das drohende Schicksal ankündigt. Ernest wollte wegkriechen, doch Winston hielt ihn zwischen seinen Beinen fest. Ich war zu kaputt und erschöpft, um Widerstand zu leisten. Da hatte Ernest einen Einfall.

»Maaa!« krähte er. »Maaaaa!« Diesmal noch lauter.

Ich fiel mit ein. »Mrs. McKenzie! Mrs. McKenzie!« bis sie aus der Küche schrie, »Jungs, seid ruhig da drinnen, oder ich versohl euch den Hintern!«

Winstons Lächeln wurde noch breiter, tatsächlich nahm man nur seine perfekten weißen Zähne wahr, noch nie hatte ich ein so breites Lächeln gesehen, er hätte problemlos meinen Kopf runterschlucken können. Uns blieb nur noch der Versuch, um unser Leben zu betteln.

»Und was ist nun mit dem Reis?« rief er. »Und das Ubangi-Gesicht? Ihr glaubt wohl, ich versteh kein Englisch, was?«

Zehn Minuten lang versetzte uns Winston in Todesangst, täuschte Schläge an und versetzte uns kleine Hiebe, wichen wir zurück, zielte er mit angezündeten Streichhölzern auf unsere Köpfe und machte seine Hose auf, als wollte er uns anpissen.

Endlich entspannte er sich, und sein Lächeln schrumpfte auf ein normales, menschliches Format. Er setzte sich auf den Sprungfederrahmen seines Bettes — beim Handgemenge war die Matratze heruntergeworfen worden — und sah uns an wie ein Herr seinen Hund ansieht, der irgendwas angestellt hat.

»Jetzt, wo ihr toughen Jungens überführte Rauschgiftsüchtige seid«, sagte er, »werdet ihr euren Anteil verdienen müssen.« Er befahl uns, das Zimmer aufzuräumen, während er uns in unsere neuen Aufgaben einweihte.

Es war kein schlechter Deal. Wir sollten ihm beim Straßenverkauf seiner Tüten helfen, aber nie mehr als zehn dabeihaben — wir seien noch zu jung, um ernsthaft für etwas belangt zu werden, erklärte er —, und für zehn verkaufte Tüten würde er uns eine geben. Ernest und ich sahen uns an, nickten wie Schwachsinnige, und das war's dann. Mein Einstieg in den Einzelhandel.

Kaum war ich einem Dilemma entkommen, wurde ich bereits mit dem nächsten konfrontiert. Ernest war zu Hause, was machte es also, dass seine Hose nass war. Ich aber hatte noch einige Blocks vor mir.

Ich bat Ernest um ein Paar Hosen, aber er hatte nur zwei, und seine Mutter wusch gerade das andere Paar. Hilfe suchend sah ich Winston an, aber der ließ lediglich sein brutales Leck-mich-am-Arsch-Lächeln in seinem ganzen wahnsinnigen Glanz aufblitzen. Was sollte ich tun? Ich konnte unmöglich mit vollgepissten Hosen nach Hause gehen, nicht in dieser Gegend, nicht auf diesen Straßen.

»Wie wär's mit einem Hemd?« fragte ich. »Ich könnte es mir um die Taille knoten.« Ernest kramte eins hervor, als Winston auf einen Umstand hinwies, den wir übersehen hatten. Ich musste durch die Küche, um die Wohnung zu verlassen; ihre Mutter würde sehen, dass ich eins von Ernests Hemden trug. Sie kannte jedes Kleidungsstück der Jungen.

Aus dem Fenster springen? Sie wohnten im achten Stock, und die Feuerleiter reichte nur bis zum dritten. Mir blieb nur noch eins übrig. Ich zog mein T-Shirt aus und stopfte es so in die Hose, dass es vorn runterhing. Es sah zwar seltsam aus, aber lieber seltsam aussehen, als sich als Hosenpisser zu outen.

Ernest zog ein langes Sweatshirt an, das den Fleck verdeckte. Winston öffnete die Zimmertür, und sofort ging Mrs. McKenzie auf uns los. »Wenn ihr noch mal so 'nen Krawall macht, werdet ihr's bereuen. Was zum Teufel habt ihr da drin angestellt?«

Ich holte tief Luft, nahm meinen ganzen Mut zusammen und folgte Ernest in die Küche. Mrs. McKenzie stand am Herd und kochte einen Eintopf, der sicher schon seit zwölfeinhalb Jahren auf kleiner Flamme vor sich hin köchelte, mit einer längeren Halbwertzeit als Plutonium; deswegen roch sie auch nie die Potwolke, die ständig in Winstons Zimmer hing.

Ich machte einen großen Bogen um den Tisch, als sie sich umdrehte, nach Luft schnappte und sich die Hand vor den

Mund hielt. Ich war das weißeste Kind der Gegend, unglaublich blass, mein Blut war dünn wie Wasser, und wenn jemand mich am Arm packte, konnte man die roten Druckstellen sehen. Wegen meiner schwachen Konstitution nannten mich alle Zombieface. Mein Gesicht war schon bleich, doch meine Brust leuchtete förmlich im Dunkeln. Winston trug eine Sonnenbrille, obwohl es draußen bereits Abend war.

»Du bist das weißeste Etwas, was ich je gesehen habe«, platzte sie heraus. »Du müsstest mal ein bisschen Farbe bekommen, in die Sonne gehen.«

»Mach ich, Mrs. McKenzie, gleich jetzt.«

Ich ging schnurstracks zur Tür, und Ernest öffnete sie.

»Wo willst du denn in diesem Aufzug hin?« fragte sie, und mir blieb fast das Herz stehen.

»Yeah, Ma, heute Abend ist es ziemlich windig draußen«, stimmte Winston zu.

Ich schloss die Augen und bangte.

»Du ziehst das T-Shirt wieder an, bevor du dieses Haus verlässt. Ich will doch kein krankes Kind auf dem Gewissen haben«, rief sie.

Ich stand an der Tür, hätte losrennen können. Doch Mrs. McKenzie jagte mir eine Heidenangst ein. Also zottelte ich das T-Shirt aus meiner Hose, zog es mir schnell über den Kopf, und in der Wohnung wurde es zusehends dunkler. Ohne mich umzudrehen, wünschte ich ihr eine gute Nacht und ging zur Tür hinaus.

Im Treppenhaus riss ich mir das T-Shirt vom Leib, stopfte es wieder in die Hose und flitzte nach Hause. Leute, die auf den Stufen vor ihren Häusern saßen, gerieten schier in einen Sog, als ich vorbeizischte. Jemand fragte: »Scheiße, was war das?«

Erst als ich zu Hause war, ging mir auf, dass es draußen dunkel war, niemand hätte sehen können, dass meine Hosen nass waren oder dass ich überhaupt Hosen trug.

Kapitel 3

Paps war gerade nach Hause gekommen. Mrs. Bailey, unsere Nachbarin von gegenüber, hatte Ray gefüttert, der auf der Couch lag und sich von einer Halsentzündung erholte. Ich ging rüber zu meinem Bett und holte mir ein Paar trockener Hosen.

Ich war zwölf, Ray war zehn, und Paps war ... nun, Paps war alt. Klein und mager, krumm wie ein Fragezeichen, wässrigblaue Augen und ein ungepflegter grauer Bart. Paps glich einer Albtraumversion vom Weihnachtsmann.

Unsere Wohnung lag im Erdgeschoss zur Straße raus. Wie die meisten Wohnungen im Haus hatte sie zwei schäbige Zimmer mit sich lösender gelber Tapete, die Blasen warf, die an Furunkel erinnerten, einem vergammelten Holzfußboden mit Rissen, dem einige Dielen fehlten. Jedes Mal, wenn ein LKW vorbeifuhr, rieselte Putz von der Decke — beim Essen und Trinken mussten wir unsere Lebensmittel abdecken oder aber die Teilchen ausspucken. Die Lichtschalter waren Museumsstücke aus der Zeit der großen Depression: zwei Knöpfe, von denen der eine raussprang, wenn man den anderen drückte, und immer bekam man dabei einen leichten Schlag; die Küche war eine bessere Speisekammer mit Waschbecken, und das Badezimmer daneben, also, man stelle sich eine Telefonzelle mit einer Toilette darin vor, und man bekommt eine Vorstellung davon. Es war nicht schwer zu verstehen, weshalb der Blutdruck stieg und die Spannungen wuchsen, so wie wir drei dort hausten, zusammengepfercht wie Ratten in einem Käfig, abgestandene, üble Luft einatmeten, die dort jahrelang hing wie Schweißgeruch in einer Turnhalle, denn unsere Fenster waren so verzogen, dass man sie nicht öffnen konnte.

Mrs. Bailey erhob sich von der Couch und packte ihre Sachen in eine Tasche. Sie sah mich und mein T-Shirt, das über der Hose hing, und warf mir einen Blick zu, der zu sagen schien, »Du trägst das T-Shirt besser so, wie es sich gehört.«

Mrs. Bailey wurde dafür bezahlt, tagsüber auf Ray aufzupassen, während Paps ohne Arbeit war. Es kostete ihn mehr Zeit und Mühe, Arbeit zu vermeiden, als wenn er wirklich gearbeitet hätte. Alle paar Wochen musste er zu einem Vorstellungsgespräch, um weiterhin die Schecks zu bekommen. Also wusch er sich drei Tage nicht, tauchte dann schmutzig und ungepflegt, unrasiert und in Klamotten auf, die man nur als Lumpen bezeichnen konnte, und stank wie eine Schnapsbrennerei. Dann platzte er da rein, als gehörte ihm der Laden, und fing an, die Frau und die Familie des Typen zu beleidigen; natürlich alles unter dem Deckmantel unschuldiger Verwechslung. Er sah zum Beispiel ein Photo auf dem Schreibtisch, eins dieser typischen Familienphotos, und sagte so was wie: »Oh, Sie kennen sie also auch? Sie hat doch in Barbies Tittenhöhle getanzt, nicht wahr? Bestellen Sie ihr einen schönen Gruß«. Nachdem man ihn wütend auf seinen Irrtum hingewiesen hatte, errötete er voller Scham und entschuldigte sich. Danach ging er dann in Denny's Bar, nahm seinen Stammplatz in der Nähe des Männerklos ein und betrank sich sinnlos. So war mein alter Herr.

Ich kam aus dem Badezimmer und trug trockene Hosen. Mrs. Bailey wusch gerade Makkaroni- und Käsereste von Rays Teller. Sie wusch und trocknete immer ab, nahm dann ihre Sachen und ging in ihre Wohnung hinüber, wo sie bis in die Nacht fernsah.

Mrs. Bailey war übergewichtig, ach, Scheiße, sie war fett. Egal, wie nett man es auch ausdrückt, sie war einfach fett. Sie wusste es, es war kein Geheimnis. Sie sei schon ihr ganzes Leben lang fett gewesen, sagte sie immer. Sie hatte ein rundes Gesicht und trug ein kariertes Kopftuch. Jedes Mal, wenn ich sie sah, musste ich unwillkürlich an Pfannkuchen denken. Schon seit Jahren kümmerte sie sich um Ray, und obwohl sie nicht gerade der Typ Mutter war, war sie doch so was wie eine liebevolle Tante.

Als ich sie im Flur stehen sah, überfiel mich plötzlich der Hunger, ein alles verschlingender Heißhunger, wie ich ihn noch nie verspürt hatte. Ich wusste nicht, warum. Mrs. Bailey nahm ihre Tasche und warf mir ihren Bis-morgen-Blick zu, dann war sie zur Tür raus. Das, was sie sagen wollte, konnte sie problemlos ohne Worte ausdrücken. Mit einem Blick konnte sie einem zu verstehen geben, dass alles okay sei oder dass man tief in der Scheiße stecke. Sie schlug uns nie, aber ihre Augen konnten einem das Gesicht zerkratzen.

Paps stand in der Küche und goss sich das Abendessen ein. Er war auf einer strengen Gin-, Wodka-, und Whiskeydiät, und ich saß auf meinem Bett und wartete darauf, dass er fertig wurde. Ich hörte, wie er den Sprit sorgfältig abmaß und eingoss. Es war das Einzige, worin er ein gewisses Geschick besaß. Wasser lief ins Spülbecken, gleich würde er rauskommen. Mir fiel auf, dass Ray mich von der Seite ansah, und es machte mich nervös.

»Was glotzt du so?« fauchte ich.

Er grinste mich an und sagte: »Ein Stück Scheiße.«

Ich sah sein Malbuch am Fußende der Couch. Sein Ein und Alles, ein Tierbuch. Malen war für Ray etwas Heiliges, er malte nie über die Ränder hinaus oder vermischte die Farben oder füllte die Felder ungenau aus, alles musste perfekt sein.

Ehe er überhaupt piep sagen konnte, sprang ich zu dem Buch hinüber und ruinierte ein schönes Eichhörnchenbild; ich verpasste dem Tier einen Bart.

Ray schnappte nach Luft, dann stieß er einen markerschütternden Schrei aus, der durch die ganze Stadt hallte. Draußen kam der Verkehr zum Erliegen, die Leute gingen hinter parkenden Autos in Deckung, und — wie ich gehofft hatte — Paps stolperte aus der Küche.

»Was ist passiert? Bist du okay? Was ist los?« brüllte er. Mrs. Bailey hämmerte gegen unsere Tür, und unter Schluchzen zeigte Ray Paps das Eichhörnchen mit seinem purpurnen Dr.-Fu-Man-Chu-Bart. Und natürlich war Paps wütend! Aber nicht auf mich, sondern auf Ray.

»Bist du denn verrückt?« knurrte er. »Du treibst mich fast in den Infarkt! Wegen einem blöden Malbuch so zu brüllen! Reiß dich zusammen, verdammt noch mal!«

Er öffnete die Tür und erzählte Mrs. Bailey, was passiert war, doch unglücklicherweise teilte sie Paps Sicht der Dinge nicht. Sie blickte hinüber zu Ray, der sein Malbuch gegen die Brust presste und vor und zurück schaukelte wie ein Waisenkind mit Hospitalismusschaden — Ray wusste, wie man Mitleid erregt —, dann drehte sie sich um und warf mir einen Blick zu, der mir das Gesicht zerkratzte.

Schweigend ging sie in ihre Wohnung zurück, Paps ließ sich neben Ray auf die Couch fallen und murmelte noch etwas über den Schrecken, den er ihm eingejagt hatte, und ich setzte meine Unschuldsmiene auf und ging in die Küche.

»Sieh zu, dass du alles wieder sauber machst«, brummte er, ohne zu lallen. Ich war beeindruckt.

Ich ging an den Kühlschrank und nahm alles, was ich kriegen konnte: eine Tüte mit zwei vertrockneten Brotkrusten, ein halbleeres Glas mit Grapefruitmarmelade, zwei Stücke harten Schweizer Käse, einen Karton Orangensaft, eine matschige Tomate und einen kleinen Becher Erdnussbutter.

Den Käse schluckte ich gleich runter, ohne zu kauen, warf die faulige Tomate in den Müll, kratzte die Erdnussbutter mit den Fingern heraus und schmierte sie mir aufs Brot, und dann verschlang ich alles wie eine Boa constrictor. Als Nächstes schnappte ich mir den Orangensaft, setzte an und schluckte in Sekundenschnelle fast den ganzen Karton. Mit der Hand wischte ich mir den Mund ab und öffnete den Küchenschrank. Einige Kakerlaken spurteten los und verschwanden in den Ecken, zurück blieb nur einer ihrer langvermissten Freunde, ein Opfer der Hungersnot, wie ich vermutete. Sonst standen dort nur leere Salz- und Pfefferstreuer, fleckige Gläser, ein Stapel Papierteller ... aber nichts auch nur entfernt Essbares; obwohl, die tote Kakerlake wirkte schon appetitanregend.

Ich linste in das Gefrierfach, aber bis auf ein paar eisige blaue Behälter für Picknicks war es leer. Noch nie in unserem Leben hatten wir ein Picknick gemacht, und mir war nicht klar, warum oder woher wir sie hatten. Möglicherweise waren sie bereits bei unserem Einzug hier gewesen, und Paps hatte sie aus irgendwelchen sentimentalen Gründen behalten.

Kapitel 4

Am nächsten Morgen, nachdem seine Mutter zur Arbeit gegangen war, ging ich zu Ernest.

Sie arbeitete downtown in einem Warenhaus, und mit Ausnahme der Sonntage war sie jeden Tag bis vier Uhr nachmittags weg. Ich roch den Eintopf, als ich durch die Küche ging, und sah den Topf auf dem Herd.

Winston erklärte uns, was wir wie zu tun hätten. Ernest und ich waren sehr aufgeregt, stritten, wer wohl das meiste Gras verticken würde, und gebärdeten uns wie zwei Boxer beim Wiegen. Doch Winston holte uns auf den Boden der Tatsachen zurück.

»Hey! Ihr müsst vor allem cool bleiben«, sagte er mit finsterer Miene. »Wenn die Leute erst mal mitgekriegt haben, dass ihr Stoff habt, werden sie versuchen, ihn euch abzunehmen, und ihr steht mir gerade für den Stoff, der wegkommt.«

Überflüssig, zu erwähnen, dass wir gleich beim ersten Mal um alles erleichtert wurden, was wir hatten.

Winston drehte durch! Nachdem wir ihm eine genaue Beschreibung der Angreifer geliefert hatten, ging er weg und kam eine Stunde später mit zweihundert Dollar zurück. Das war nicht ohne, ich war beeindruckt. Wenn es ums Geschäft ging, war Winston tough. Er erteilte uns dann die erste Lektion in Sachen Straße: Seid immer gewappnet, das Geld mit Zehen und Klauen zu verteidigen. Egal, ob die Typen stärker und älter sind, wenn sie wissen, dass sie um jedes Gramm kämpfen müssen, das sie von uns krallen wollen, werden sie lieber kaufen als klauen.

Mit neuen Erkenntnissen und neuem Stoff gingen wir wieder auf die Straße. Ich nahm den Süßwarenladen an der Ecke, und Ernest ging drei Blocks weiter zu den Basketballcourts. Er war smart, er konnte Basketball spielen und gleichzeitig dealen, ich aber stand herum und sah verdächtig aus.

Diesmal lief alles wesentlich besser. Es hatte sich herumgesprochen, dass wir für Winston vertickten, und die Leute wussten, wenn sie uns abzogen, würden sie es mit ihm zu tun bekommen. Ein paar Typen versuchten, mich abzulinken, aber ich war nicht völlig auf den Kopf gefallen, was das betraf. Ohne eine einzige Auseinandersetzung gelang es mir, innerhalb weniger Stunden alle zehn Tüten zu verhökern. Ich ging zurück und bekam Nachschub, hatte meinen Stoff schneller als Ernest verkauft, und jetzt war Winston beeindruckt.

Am Abend hatte ich eineinhalb Gramm für mich. Es war so einfach, und ich fragte mich, warum nicht mehr Typen mit Gras dealten. Die Antwort sollte ich bald bekommen.

Am nächsten Tag hatte ich meinen ersten Zusammenstoß mit einem Irren. In der Schule und auf den Basketballcourts war es schon öfter zu Schlägereien mit Kids meines Alters gekommen, aber mehr als eine geplatzte Lippe oder ein blaues Auge hatte ich mir nie eingefangen. Doch dies war ein Kampf, der meine schlimmsten Albträume übertraf. Er war ein älterer Junge aus der Nachbarschaft, einer, dem ich viele Male auf der Straße begegnet war und der mich keines Blickes gewürdigt hatte. Doch diesmal war es anders. Ich hätte es in dem Augenblick wissen müssen, als er auf mich zukam. Dieses mörderische Leuchten in seiner Totenschädelfratze, eckige Züge in seiner Verbrechervisage, ein stechendes schwarzes Auge — wenn ich mich recht erinnere —, vergammelte, grünlichgelbe Zähne, die wie Stalaktiten runterhingen, alles zusammengehalten von einem Ziegenbockkiefer, und dazu eine Schmalzlocke, steif wie ein Brett. Ein Gesicht, das eine Mutter nur lieben konnte, wenn sie mit dem Teufel gefickt und einen Esel zur Welt gebracht hätte.

Er kam direkt auf mich zu, und das brachte mich einen Moment lang aus der Fassung. Mein erster Fehler. Ich wich zurück, und er packte mich am Hemd, schleuderte mich gegen das Stahlgitter des Süßwarenladens und rief: »Los, her mit dem Scheißstoff!«

Jeder auf der Straße drehte sich um. Ehe ich etwas sagen konnte, boxte er mich in den Magen, und ich fiel vornüber. In wenigen Augenblicken umlagerten uns Menschen wie Fliegen einen Scheißhaufen.

Ich versuchte, mich rauszureden, beteuerte, ich täte Winston nur einen Gefallen. Doch der Typ umschlang meinen Nacken und fing an, auf meinen Kopf und mein Gesicht einzuschlagen. Harte, krachende Schläge, seine Fäuste waren wie Holzklötze.

Ich wollte die Tütchen hervorholen, um sie ihm zu geben, doch er schlug zu heftig auf mich ein. Er schnappte sich den Deckel einer Mülltonne und donnerte ihn mir über den Kopf. Ich musste einen kurzen Blackout gehabt haben, denn als

Nächstes erinnere ich mich, dass ich auf dem Boden lag und er mir die Scheiße aus dem Leib prügelte, immer wieder schlug er auf mich ein wie ein Kolben, bis ich keine Luft mehr bekam. Aus Mund und Nase blutend und mit einer Platzwunde am Kopf, dachte ich, meine Rippen seien gebrochen, und der Scheißkerl trat mich immer weiter zusammen! Keiner der Umstehenden unternahm was, um ihn zu stoppen. Ich linste durch meine Finger und konnte ihre Füße sehen, die Gaffer, meine Freunde und Nachbarn, die die Show genossen. Der Deckel des Mülleimers krachte auf meinen Schädel, und während ich zitternd dalag wie ein Osterlämmchen, schnappte er sich die Tüten, an denen mein Blut klebte, und spazierte seelenruhig davon. Das Ganze hatte nicht mal eine Minute gedauert.

Lange lag ich so da, hatte Angst, mich zu bewegen; die Menge harrte aus, wollte sehen, ob ich dort auf dem Gehweg sterben würde. Ihre Stimmen drangen durch das Summen in meinen Ohren.

»Mann, hast du gesehen, was der mit seinem Gesicht gemacht hat?«

»Hat den Mistkerl richtig zusammengefaltet!«

»Oooh, der ist erledigt!«

Schließlich rappelte ich mich hoch, wischte mir Tränen und Blut aus dem Gesicht, und während die Menge sich vor mir teilte wie das Rote Meer, trat ich langsam humpelnd den Nachhauseweg an. Fasziniert starrte man mich an, ich konnte es buchstäblich durch meine Kleidung spüren. Einige lachten, in dem Block war ich unten durch.

Ich stolperte die Treppen vor unserem Haus hoch und fühlte mich hilflos und gedemütigt. Vor meinen Augen lief die Szene immer wieder ab, was ich hätte tun sollen, aber nicht getan hatte, oder wie ich den ganzen Scheiß hätte vermeiden können. Warum hatte ich nicht den nächstbesten

Gegenstand gegriffen und ihn dem Typ ins Gesicht geschleudert? Es war zu spät. Es ist immer zu spät, wenn man nicht spontan reagiert.

Ich stand vor unserer Wohnungstür und hörte drinnen den Fernseher. Mrs. Bailey und Ray sahen sich ›Glücksrad‹ an, sie mochte alles, was mit drehenden Rädern zu tun hatte. Vielleicht konnte ich ihr weismachen, ich sei die Treppe heruntergefallen. Nein, sie wusste wie jemand nach einer Keilerei aussah. Außerdem sollte ich eigentlich in der Schule sein. Ich hatte keine Ahnung, wie ich mich verhalten sollte. Unmöglich, in diesem Zustand zu Ernest zu gehen. Ich hörte, wie jemand aus dem zweiten Stock die Treppe runterkam, und hielt den Atem an, fasste mir ein Herz und öffnete die Tür.

Ray saß auf der Couch und sah fern, allein. Er blickte hoch und erkannte mich zuerst nicht.

»Wo ist Mrs. Bailey?« stotterte ich.

»Scheiße, was ist passiert?« stotterte er zurück.

»Ich hatte einen kleinen Unfall« sagte ich und stotterte noch mehr. »Wo ist Mrs. Bailey?«

Ohne auf sein Antwortstottern zu warten, verdrückte ich mich ins Badezimmer. Ich wusste, wenn ich mich nur etwas sauber machen könnte, würde ich nicht mehr ganz so übel aussehen, sollte Mrs. Bailey auftauchen. Ray rief mir zu, sie sei zum Laden und bald wieder zurück. Mir zitterten die Knie bei dem Gedanken, dass sie mich in dem Zustand beinahe auf der Straße getroffen hätte.

Der erste Blick in den Spiegel war ein Schock. Meine Nase war platt gegen meine Wange gedrückt; gebrochen. Mein Gesicht sah aus, als hätte man es in einen Topf mit Tomatensoße getunkt. Mit einem schmutzigen Waschlappen, den ich in kaltes Wasser getaucht hatte, wischte ich die Soße vorsichtig ab.

Die Nase hörte auf zu bluten, und so sanft wie möglich

versuchte ich, sie in ihre ursprüngliche Position zu bringen, doch der Schmerz war unerträglich. Ich trampelte mit dem Fuß, um nicht losschreien zu müssen. Das Fleisch war weich und gab nach, und kurz darauf war die Nase dort, wo sie hingehörte, in der Mitte. Meine Lippe war innen aufgerissen, und zwei Zähne fehlten. Abgesehen von einigen Kratzern und einem blauen Auge sah ich gar nicht übel aus. Auf jeden Fall fühlte ich mich mieser, als ich aussah.

Als Nächstes die Klamotten. Aus dem Pappkarton neben meinem Bett nahm ich eine saubere Hose und ein Hemd, Rays Fragen, was passiert sei, dabei ignorierend.

Auf dem Weg zurück ins Badezimmer riss ich mir die dreckigen Kleidungsstücke runter, wollte letzte Vorkehrungen treffen, als ich hörte, wie die Haustür geöffnet wurde und der Fußboden im Hausflur schmerzhaft knarrte. Mir war klar, ich hatte noch dreißig Sekunden, um wieder wie ein normaler Mensch auszusehen. Ich wischte mir das Gesicht ab, kämmte mir die Haare und sah zur Tür; gerade rechtzeitig, um zu sehen, wie ein großer schwarzer Schatten den Lichtschein unter der Tür verschlang. Mit dem freundlichsten und bescheidensten Lächeln, das ich draufhatte, baute ich mich dort auf, wo sie mich sofort sehen musste. Die Tür schwang auf, und da stand sie, zwei große Einkaufstüten rechts und links im Arm, die ihr die Sicht auf mich versperrten.

»Junge, du hättest das Spektakel unten an der Ecke sehen sollen«, sagte sie zu Ray. »Jemand ist dort richtig schwer zusammengeschlagen worden. Überall ist Blut, und Mr. Jenkins spritzt den Gehweg ab.«

Mit einem hundsgemeinen Grinsen sah Ray zu mir, und Mrs. Bailey senkte ihre Einkaufstüten etwas, um festzustellen, wo er hinschaute. Mit dem schiefen Lächeln eines Idioten auf dem Gesicht und zwei ausgeschlagenen Vorderzähnen, die unmissverständlich verkündeten, dass ich derjenige sei, von dem sie gesprochen hatte, stand ich da, und die Einkaufstüten rutschten ihr aus den Armen und knallten auf den Boden.

Ich musste mich hinsetzen und zu Rays großer Freude die ganze Geschichte von Anfang an erzählen. Glücklicherweise hatte mein Gedächtnis durch die Schläge gelitten, und bestimmte Tatsachen waren noch immer etwas verschwommen. Ich erzählte ihr, ich hätte die Schule geschwänzt und sei zufällig diesem Irren in die Arme gelaufen, den ich noch nie gesehen hatte und sicher nie wieder sehen würde, und hätte dabei Eiskrem auf seinen nagelneuen Anzug gekleckert. Er habe einen Tobsuchtsanfall bekommen und mich siebentausendvierhundertzweiundfünfzigmal geschlagen.

Also, Schuleschwänzen war für Mrs. Bailey kein Thema, und da ich für meine Taten bereits bestraft worden war, verzichtete sie darauf, mir mit ihrem Blick den Rest meines Gesichts zu zerkratzen. Ich verweigerte jede medizinische Hilfe, und als Paps nach Hause kam, war der Vorfall bereits der Schnee vom letzten Jahr und bald vergessen. Ich musste mich mit wichtigeren Dingen beschäftigen.

Am nächsten Morgen lief ich rasch die paar Blocks zu Winston. Ich hatte zwei Veilchen, bei jedem Atemzug schmerzten meine Rippen, und ich bekam keine Luft durch die Nase. Vorbei an den unverwandten Blicken der Gaffer von nebenan, meinem Publikum und meinen Fans, erwartete ich Hohn und Spott, doch man schwieg stattdessen. Man unterbrach das, was man gerade tat, und ging mir beinahe ehrfürchtig aus dem Weg. Das nervte vollends.

Ich klopfte an die Tür und wartete. Es war halb zehn. Ihre Mutter ging gewöhnlich um neun. Ich klopfte noch einmal und hörte Schritte. Die Tür wurde einen Spalt geöffnet, und Ernest, noch in Unterhosen, linste hinaus.

»Scheiße, komm rein«, sagte er mit Nachdruck, und ich fragte mich, in welchen Schwierigkeiten ich nun wieder steckte. Vorbei an dem köchelnden Eintopf gingen wir in sein Zimmer.

Winston, ebenfalls in Unterhosen, saß da und rauchte einen Joint; normale Menschen tranken Kaffee, er tat das. Er war überrascht, mich zu sehen. »Scheiße, was machst du hier?« fragte er und reichte mir den Joint. Er schien nicht wütend über das, was tags zuvor passiert war, und noch ehe ich etwas erklären konnte, erzählte er mir eine äußerst merkwürdige Story.

Es sah so aus, als wäre mein Todfeind, der ›Höllen-Hispano‹, der Typ, der auf meine Vernichtung so höllisch scharf gewesen war, in der Gegend als das mieseste, dreckigste Arschloch bekannt, das man in den letzten Jahren gesehen hatte. Jeder hasste ihn. Wollte er Geld, gab man es ihm. Wollte er deine Freundin ficken, bitte schön. Kam einer ihm in die Quere, würde er sein Leben einzig und allein dem Ziel widmen, denjenigen zu töten, jedoch nicht ohne ihn vorher unvorstellbaren, abartigen Torturen ausgesetzt zu haben.

»Vor den Augen seiner Frau hat er Willie Buda den Schwanz abgeschnitten und sie dann gezwungen, ihn zu lutschen. Louie, Joe Simmons Bruder, hat er ermordet; hat ihm das Gesicht vom Schädel abgezogen, deshalb war der Sarg zu! Ein anderes Mal hat er sich eins von Primo Tedescos Mädchen geschnappt, eine Tänzerin aus dem Club, hat sie vergewaltigt und ihr den Kopf abgehackt, nur nicht in dieser Reihenfolge!«

Winston schwor, dass alles wahr sei, und ich glaubte ihm; er war nicht der Typ, der Bullshit redete. Als er noch mehr solcher Storys zum Besten gab, wurde mir kotzübel und schwindlig; in meiner Kehle steckte ein Kloß — der Geruch von dem verdammten Pot half da auch nicht. Ich war drauf und dran, aus dem Zimmer zu stürzen, als Winston mich am Arm packte.

»Okay, wart 'nen Moment«, sagte er, und dann kamen die richtigen Neuigkeiten. Nachdem der ›Höllen-Hispano‹ mich sozusagen als Appetithäppchen vor einem noch viel wahnsinnigeren Hauptgericht verspeist hatte, war er — mein Gras in der Tasche und mein Blut an den Händen — keine zwei Blocks vom Süßwarenladen entfernt wie angewurzelt stehen geblieben, hatte sich an die Brust gefasst und war umgefallen wie ein Baum, tot. Genau da, auf der Straße. Tot.

»Ach komm, red keinen Scheiß«, sagte ich. Aber er und Ernest schworen Stein und Bein, dass es die Wahrheit sei. Und so, wie sie mich ansahen, glaubte ich ihnen irgendwie.

»Woran ist er gestorben?« fragte ich.

Was mir Winston dann erzählte, machte die Story noch unglaubwürdiger. Nachdem der Typ auf dem Gehweg zusammengebrochen war, tauchten ein paar Leute aus der Gegend auf — Winston erwähnte keine Namen, doch mehrere von ihnen kannte er persönlich —, schafften die Leiche in eine Seitengasse und veranstalteten eine Prügel-Party mit dem Kadaver.

Winston schilderte, was von der Leiche übrig geblieben war und wie die Polizei einen Säuberungsdienst anfordern musste. Er behauptete sogar, Teile der Leiche seien in Wohnhäusern der Gegend zur Schau gestellt worden.

»Ach komm!«, fuhr ich ihn an. »Als Nächstes willst du mir noch erzählen, Marsmenschen sind gelandet und haben seine Knochen mitgenommen.

»Okay«, sagte Winston, nahm noch einen Zug und blinzelte ungeduldig. »Glaub's oder glaub's nicht.«

Doch im Laufe des Tages las ich es in der Zeitung. Eine verstümmelte, noch nicht identifizierte Leiche war in einer Seitengasse gegenüber von Wean's Pizzeria gefunden worden, genau zwei Blocks entfernt vom Süßwarenladen. Und die Beschreibung ... er war es. Der ›Höllen-Hispano‹.

An diesem Abend stand ich wieder an der Ecke, vertickte Gras und trug meine Blessuren wie Kriegsorden. Passanten, Leute, die nicht einmal Gras kaufen wollten, suchten Augenkontakt und grinsten, als ginge es um einen Insiderwitz oder etwas Ähnliches. Niemand glaubte jemals tatsächlich, dass ich irgendetwas mit dem Ableben des ›Höllen-Hispano‹ zu tun hatte, doch die Tatsache, dass ich noch lebte und er nicht, blieb nicht unbemerkt. Ich verkaufte siebenundzwanzig Tüten und Ernest zehn, und nicht einer versuchte, mich zu linken. Ich nehme an, sie spürten, dass es besser wäre, die Knete rauszurücken als das Schicksal herauszufordern.

Ernest und ich gehörten als Dealer bald zum gewohnten Straßenbild. Wir hatten Stammkunden, die sich lieber bei uns eindeckten als bei Winston. Sie bekamen immer genau das, was sie zu sehen gekriegt hatten, ›Winstons schnelle Tour‹ gab es nicht, wenn ich eine Tüte verkaufte. Jeder, der größere Mengen wollte, musste sich an Winston wenden. Ich hatte Kunden, die jeden Tag bei mir kauften, man konnte die Uhr danach stellen, als hätte es sich dabei um die Morgenzeitung oder eine Tasse Kaffee gehandelt. Meine Wunden waren abgeheilt, und abgesehen von meinen ausgeschlagenen Zähnen gab es keine sichtbaren Anzeichen mehr für die Prügel, die ich bezogen hatte. Hin und wieder musste ich mein Revier verteidigen, aber ich zahlte immer mit gleicher Münze heim und gab nie wieder klein bei. Ich erwarb mir den Ruf eines Typen, der dich verarscht, wenn du ihn zu verarschen versuchst. Es war gut, dafür bekannt zu sein.

Ernest und ich hingen nicht mehr zusammen rum. Unsere Beziehung war jetzt rein geschäftlich. Wir hatten uns nicht zerstritten oder so, nur verbrachten wir so viel Zeit mit Dealen — manchmal wurden wir richtig zu Konkurrenten —, dass Freundschaft zur Belastung wurde.

Kapitel 5

Etwa zu dieser Zeit nahm ich Cathy zum ersten Mal wahr. Sie wirkte unbeholfen mit ihren langen, strähnigen Haaren und den dürren Beinen und hatte immer diesen traurigen Gesichtsausdruck, als trüge sie das Gewicht der Welt auf ihren bemitleidenswerten, hängenden Schultern. Ich seh sie vor mir, in der Schule, in der fünften und sechsten Klasse, bis sie eines Tages nicht mehr kam. Auf den Courts zog ich sie immer an den Haaren und rannte dann weg. Aber sie lief nie hinter mir her oder keifte wie die anderen Mädchen; sie strich sich einfach nur das Haar zurück und kümmerte sich nicht weiter darum, als hätte sie es verdient, an den Haaren gezogen zu werden. Wenn je ein Mensch irgendwo nicht hineingepasst hatte, dann sie.

Ein eckiger Pflock in einem runden Loch.

Gelegentlich sah ich sie zum Laden gehen oder von dort kommen, große Einkaufstüten mit Gemüse im Arm, dann verschwand sie manchmal tagelang in ihrem Haus. Es erschien mir seltsam, dass ich sie so oft gesehen hatte, wusste, wo sie wohnte und ihr nahe genug gewesen war, um sie an den Haaren ziehen zu können, mir jedoch nie aufgefallen war, wie sie aussah. Ich meine die Details. Ich hätte weder die Farbe ihrer Augen noch den Schnitt ihres Gesichts beschreiben können. Nichts dergleichen. Sie war wie ein leeres Blatt Papier. Jemand, den man einfach ignorierte, denn ihn nicht zu ignorieren wäre ihm unangenehm gewesen.

Ich ertappte mich dabei, wie ich über sie nachdachte. Was sie drinnen wohl die ganze Zeit trieb. Was konnte so wichtig in ihrer Wohnung sein? Hatte sie eine ansteckende Krankheit?

Ich nahm mir vor, sie wie ein Photo in Gedanken festzuhalten, wenn sie das nächste Mal zum Laden ging, ihre Züge genau zu studieren. Es konnte ganz schön langweilig sein, den ganzen Tag an der Ecke zu stehen, es wäre also eine angenehme Abwechslung.

Einige Tage später kam sie aus ihrem Haus. Sie trug ein ausgeblichenes, blaues Kleid und abgetragene Lederschuhe mit abgerissenen, lose hängenden Riemen, die heruntergerutschten Socken umschlossen ihre Knöchel wie faltige, braune Haut. Ihr kraftloses, stumpfes Haar war von schmutziger Farbe und hing ihr tief ins Gesicht. Nie sah sie vom Boden auf. Am rechten Knie hatte sie eine verschorfte Wunde. Beim Gehen schien sie auf dem Pflaster entlangzurutschen, unsicher, als versuchte sie zu rennen und würde zum Gehen gezwungen und zwischen beidem hin und her gerissen. Man stelle sich ein aufrecht gehendes Nagetier vor. Irgendetwas daran störte mich. Ich beschloss, etwas Dreistes zu sagen, ihr einen Anstoß zu geben, vielleicht. Um ein wenig aufgerüttelt zu werden, brauchte sie das. Also trat ich ihr in den Weg.

Sie wollte absolut nicht aufblicken, wagte nicht, mir die Genugtuung zu geben, ihren Blick einzufangen; das stank mir. Als sie einen Bogen um mich machen wollte, ließ ich den Draufgänger raushängen und schnauzte sie knapp, aber hart an: »Hallo, Nagetier!«

»Hallo«, sagte sie mit sanfter, flüsternder Stimme. Dann sah sie mich an ... Einen Moment lang war ich perplex, sprachlos. Ohne auch nur einmal stehen zu bleiben, verschwand sie um die Ecke, und ich war allein.

Schnurstracks ging ich zu den Courts; ich wusste, Ernest war dort. Wir warfen ein paar Körbe, unterbrachen ab und an, damit er einige Tüten verticken konnte. Man wurde danach beurteilt, wie gut man Basketball spielte. Für einen Weißen war ich verdammt gut. Heute schaffte ich keinen einzigen Korb. Es dauerte eine Stunde, bis sich mein Magen entkrampft hatte, aus meinen Beinen das Gummigefühl verschwunden war und mein Gesicht wieder Farbe annahm.

Ernest war der Meinung, ich bekäme Fieber und sollte etwas relaxen, doch das war das Letzte, was ich wollte. Und zurück zur Ecke zu gehen, darauf hatte ich nun absolut keinen Bock. Nie wieder wollte ich dieses Miststück sehen. Oder diese Augen. Unergründlich, entsetzlich. Sie waren das Einzige, an was ich mich erinnern konnte. Alles andere war weg, wie immer. Mit Ausnahme dieser Augen. Sie gaben mir das Gefühl, ein Nichts zu sein.

Zaghaft schlug ich vor, vielleicht unsere Plätze zu tauschen, aber Ernest roch den Braten. »Schwierigkeiten mit den Bullen?«

»Nein, nichts in der Richtung«, sagte ich und versuchte, cool zu bleiben. Er wusste, dass was nicht stimmte, wenn's nicht die Bullen waren, dann war es was anderes.

»Komm schon, spuck's aus, was ist mit der Ecke? Deine Geschäfte laufen doch«, drängelte er.

Genau so war es, er hatte Recht. Ich sagte ihm: »Du hast ja gesehen, wie ich auf dem Platz heute abgekackt habe. Ich kann ja kaum noch spielen. Wenn ich hier wäre, könnte ich den ganzen Tag trainieren und zwischen den Spielen dealen.«

Ich wusste, dass er den Tausch ablehnen würde, aber solange er mir die Gründe dafür abnahm ... Er tat das eine wie das andere.

In dieser Nacht schwor ich mir, sie nie wieder anzusehen.

Und ich hielt mich ein Jahr lang daran.

Kapitel 6

Paps achtete stets darauf, dass er völlig abgefüllt war, bevor er die Wohnung verließ. Ray war in der Schule, und ich blieb zu Hause, sah fern und rauchte einen Joint.

An diesem Tag, vor vierzehn Jahren, wurde ich geboren.

Paps verlor kein Wort darüber, als er zu seinem Vorstellungsgespräch ging, aber ich wusste, Mrs. Bailey würde es nicht vergessen. Sie vergaß nie einen unserer Geburtstage. Sie hatte auch immer ein Geschenk für uns, irgendetwas von praktischem Wert, ein Hemd oder ein Paar Hosen, was wir eben so brauchten. Es machte ihr richtig Freude, etwas zu verschenken.

Am Abend zuvor hatte Winston mich und seinen Bruder mit ein paar Lines Koks angetörnt. Es hatte mich nicht sonderlich beeindruckt, aber bei meinen Kunden wurde Koks augenscheinlich immer populärer, also sollte ich vielleicht nicht so vorschnell urteilen. Von Gras wurde ich längst nicht mehr high. Ich rauchte nur, um mich normal zu fühlen.

Sie hatte ich während des letzten Jahres viermal von weitem gesehen und ihr niemals direkt ins Gesicht geschaut. Meistens verkroch ich mich im Süßwarenladen, wenn ich sie auf mich zuschlurfen sah.

Der Laden gehörte Mr. Jenkins. Seit über dreißig Jahren. Derselbe Laden, derselbe Ort. Seine Schaufenster waren mit so viel Staub und Schmutz überzogen, dass sie wie getönt aussahen. Innen war es nicht besser. Eine Vierzigwattbirne beleuchtete den mit staubverkrusteten Lifesavers von 1932 dekorierten Tresen. Die Regale waren leer, die Fußbodendielen dreckig, und der penetrante Geruch schmutziger Wäsche hing in der Luft. Man konnte getrost behaupten, dass dieser Laden seit Jahrzehnten weder aufgeräumt noch gesäubert, geschweige, dass er gelüftet worden war.

Solange ich denken konnte, hatte Jenkins immer denselben zerknitterten braunen Satinanzug getragen. Von seinem Platz hinter dem Tresen sezierte er einen mit seinen wachen grauen Augen wie ein Chirurg. Nie verließ ich seinen Laden ohne das Gefühl, irgendwie verletzt worden zu sein. Er wusste über alles, was um ihn herum vorging, Bescheid. Totsicher wusste er auch, dass ich seit einem Jahr vor seinem Laden dealte. Aber er verlor nie ein Wort darüber. Das war der Schlüssel zu seinem Erfolg, er belästigte niemanden, und niemand belästigte ihn. Er wurde nie beraubt, eine wahre Meisterleistung in Anbetracht seines Standortes.

Ich ging immer wegen eines Hershey-Riegels rein, wenn das Miststück das Haus verließ, und hing in der Nähe des Tresens herum, bis ihre unscharfe Silhouette am Fenster vorbei war, dann kehrte ich zu meinem Platz zurück, und bei ihrer Rückkehr wiederholte sich das Ganze.

Einmal war ich gerade bei einem Deal mit ein paar Jungens von der High School und konnte nicht abtauchen, also drehte ich mich um, beobachtete sie aber aus den Augenwinkeln. Sie rutschte vorbei in ihrem Nagetier-Stil, Augen peinlich genau auf die Füße gerichtet, dasselbe alte Bild. Diesmal aber saßen die Mädchen von gegenüber auf den Stufen, lachten sie aus und beleidigten sie. Eine von ihnen warf einen Stein, der sie hart am Bein traf. Cathy zuckte nicht mit der Wimper, zeigte auch sonst keine Reaktion; sie ging einfach weiter und verschwand um die Ecke. Ich war davon überzeugt, dass, egal, was jemand ihr auch anhaben wollte, sie den Spieß umdrehte, indem sie gar nichts tat.

Um sechs Uhr ging ich zu Winston und gab ihm die täglichen Einnahmen, sagte ihm, dass ich zur Feier des Tages ein bisschen Koks kaufen wolle. Als er hörte, dass ich Geburtstag hatte, bot er mir ein Gramm als Geschenk an, aber erst später am Abend. Ich sollte ihn auf den Courts treffen.

Als ich nach Hause kam, saß Ray auf der Couch beim TV-Dinner. Neben ihm lag ein in Zeitungspapier eingewickeltes Päckchen. Er warf es mir zu, und ich fing es in der Luft auf. Mir kam es komisch vor, dass Mrs. Bailey nicht da war, um es mir persönlich zu überreichen und dass sie es in Zeitungspapier eingewickelt hatte. Aber als ich es erst einmal aufgerissen hatte, wusste ich, dass es nicht von Mrs. Bailey war. Ray, der Arsch, hatte mir eine Haschischpfeife gekauft! Wir schenkten uns gegenseitig nie etwas, und sein Geburtstag lag nur einige Monate zurück. Ich bedankte mich bei ihm und sagte, dass das nicht nötig gewesen sei, und er gab mir Recht, der kleine Scheißer. Ich steckte die Pfeife in die Tasche und erkundigte mich, ob er Mrs. Bailey gesehen habe. Er machte ein langes Gesicht.

»Sie ist sehr krank«, sagte er. »Der Arzt war vorhin da, sie muss im Bett bleiben.« Jetzt machte ich ein langes Gesicht.

Wir gingen rüber und klopften leise an ihre Tür. Als ich den Fernseher hörte, fühlte ich mich schon besser, es war zumindest irgendetwas Normales. Ihr Bett stand im Wohnzimmer, und ich wusste, dass sie uns hören konnte. Ray klopfte noch mal und rief: »Mrs. Bailey?«

»Kommt rein«, klang es schwach hinter der Tür. Ray öffnete, und wir schlichen hinein.

Sie lag mitten im Zimmer, ihr Bett nahm fast den gesamten Raum ein. Die Matratze roch nach Urin. Mrs. Bailey hatte unter sich gemacht und konnte nichts dagegen unternehmen. Sie sah alt und schwach aus, irgendwie so flach, als wäre sie unter ein Nudelholz geraten. Die Augen zusammengekniffen und mit knirschenden Zähnen, mit schweißnassem Haar, das am Schädel klebte, kam sie mir richtig unwirklich vor. So sollte kein Mensch aussehen, und das erschütterte mich. Ich hatte nie gesehen, dass sie keine Gewalt über sich hatte, immer nur gesund, eine Person, mit der man rechnen musste.

Ray war ganz still, wie erstarrt, aber ich konnte spüren, wie er neben mir zitterte. All die Jahre hatte Mrs. Bailey bei ihm gesessen und ihn immer wieder gesund gepflegt, ihm vorgelesen und ihn gefüttert, ihn auf der Couch zugedeckt, und es musste tödlich für ihn sein, mitanzusehen, wie es bergab mit ihr ging.

Sie öffnete die Augen und versuchte, sich aufzurichten, als sie uns bemerkte, doch es strengte sie sehr an. »Herzlichen Glückwunsch!» flüsterte sie heiser. »Leider hatte ich keine Gelegenheit, etwas für dich zu besorgen, tut mir Leid!«

Ray fing an zu weinen, aber sie warf ihm einen Blick zu, der ihm die Wange zerkratzte; sie hasste es, wenn jemand weinte. Ich beugte mich hinunter und sagte ihr, sie solle schnell wieder gesund werden. Dann schwieg ich. Hätte ich weitergesprochen, wäre ihr das Zittern meiner Stimme aufgefallen, und sie hätte gesehen, wie meine Lippen bebten. Ich versuchte, den Kloß, der sich in meiner Kehle bildete, herunterzuschlucken.

Ihr Kopf lag so tief im Kissen, dass sie den Fernseher auf der Milchkiste vor ihr nicht sehen konnte. Aber das Bild war nicht wichtig, wichtig war der Ton; er gab ihr das Gefühl, nicht allein zu sein, vermittelte ihr, dass es eine Welt dort draußen gab, dass irgendwo die Dinge besser liefen.

Sie nahm unsere Hände in ihre, und sie verschwanden in dem warmen, braunen Lehm.

»Ich möchte, dass ihr immer anständig seid«, sagte sie. »Bringt euch nicht selbst in Schwierigkeiten. Sorgt dafür, dass ich stolz auf euch sein kann. Ihr seid gute Jungens, und ich hab euch beide immer lieb gehabt.«

Ray fing an zu heulen, und ich auch. Ich konnte es nicht mehr zurückhalten. Sie war fast wie eine Mutter für uns, mehr als es ein Mensch für uns jemals wieder würde sein können. Und wir glaubten ihr jedes Wort, das sie sagte. Vor allem aber wollten wir sie nicht verlieren.

Mrs. Bailey ließ unsere Hände los und griff nach einer Packung Papiertaschentücher auf dem Bett.

»Los, putzt euch die Nase«, sagte sie. »Ich will keine Tränen mehr sehen. Tränen sind was für Kinder. Ihr seid schon junge Männer. Ich werd schon wieder, macht euch keine Sorgen um mich. Ich brauch nur etwas Ruhe, mehr nicht. Geht, lasst mich jetzt allein.« Damit scheuchte sie uns fort wie Fliegen und schloss die Augen, um zu schlafen.

Durch die frische Luft im Treppenhaus gewann mein normales, lächerliches Ich wieder die Oberhand. Ich putzte mir die Nase und holte tief Luft, bekam mich in den Griff, und wir gingen hinein. Paps saß auf der Couch und trank sein Abendessen.

»Wie geht's Mrs. Bailey?« brummte er betrunken. Zu gern hätte ich ihm die Fresse poliert. Immer verrecken die, die man am liebsten hat, die Bastarde leben ewig.

Ray setzte sich auf die Couch, und ich sprang in mein Bett. Paps Anblick machte mich krank. Sein finsterer Blick und das aufgedunsene Gesicht, blutunterlaufene Augen, und die Flasche klebte an seinen Fingern, als wäre sie Teil seiner Hand. Ich hasste ihn. Nicht weil er irgendwas machte, sondern weil er nichts machte. Er kümmerte sich um nichts. Weder um uns. Noch um irgendwas. Heute Abend musste ich mich von ihm wegdröhnen.

Ich zog meinen Beutel mit Gras aus der Tasche und fing an, einen Joint zu bauen. Paps hatte mich bisher nie mit Gras gesehen, obwohl er wissen musste, dass ich ständig stoned war. Ich hoffte, er würde versuchen, mich davon abzuhalten, und wir hätten es ausdiskutieren können. Er tat es nicht. Ehrfürchtig sah Ray zu, wie ich die Samen auf den Boden fallen ließ und sie zwischen den Ritzen der Dielen verschwanden, wie ich sorgfältig die Blätter über das Paper krümelte und langsam, aber gleichmäßig den Joint zwischen den Fingern hin und her rollte, bis er aussah wie eine perfekte, schlanke Zigarette. Paps beobachtete alles ohne Kommentar.

Als fünf Joints fertig waren, holte ich meine neue Haschischpfeife und hielt sie Ray anerkennend hin — er grinste. Ich stopfte sie mit Gras und reihte alles hintereinander auf, erst die Pfeife, dann die Joints, wie U-Bahnwaggons.

»Tja, Ray, nun komm mal her«, sagte ich, und er kam. Ich nahm den ersten Joint und zündete ein Streichholz an, als es aus Richtung Couch tönte: »Diesen Scheiß machst du nicht hier!«

»Leck mich!« fauchte ich. »Was willst'n dagegen tun, Arschloch?«

Im Zimmer wurde es totenstill. So hatte ich noch nie mit ihm gesprochen. Ray setzte sich im Bett auf und wartete, wie Paps reagieren würde. Draußen dröhnte ein Laster vorbei und fuhr um die Ecke. Weiter weg heulte ein Hund. Doch Paps saß einfach nur da, zu besoffen oder zu müde, um aufzustehen.

»Ahh, bringt euch meinetwegen um, mir doch egal«, lallte er. Wahrscheinlich war das das Ehrlichste, was er je zu uns gesagt hatte.

Für den ersten Joint brauchten wir zwei Minuten. Schnell zündete ich den nächsten an und dann den übernächsten, damit wir wirklich nonstop abfuhren. Ray fing an zu kichern, und seine Augen wurden feucht. Paps nuckelte an seiner Flasche.

Beim vierten Joint wurden auch Paps Augen glasig, von all dem Rauch im Zimmer wurde er high. Ich fragte mich, ob er jemals Pot geraucht hatte, und wenn ja, warum er dann das Trinken dem Kiffen vorzog.

Beim fünften Joint passte Ray, und ich rauchte ihn allein. Als ich den Roach ausdrückte, fiel mir auf, dass Ray weder lachte noch sich selbst zum Narren machte wie ich beim ersten Mal. Er war völlig in sich gekehrt, so wie viele Potheads nach zu vielen Joints...

»Hey, Ray, warst du schon mal high?«

Er sah mich an und grinste. »Ich musste mich doch davon überzeugen, dass die Pfeife auch funktioniert, bevor ich sie dir schenke.«

Scheiße! Ich konnt es nicht glauben. Ich leerte die Pfeife und schnüffelte am Pfeifenkopf. Es stimmte ...

»Woher hattest du das Gras?«

»Aus der Schule.«

»Warum hast du mir nie erzählt, dass du kiffst?«

»Du hast nie gefragt«, antwortete er.

Scheißtyp.

Paps war auf der Couch eingeschlafen, Kopf nach hinten, Mund offen. Aus den Tiefen seiner Kehle drang das Stakkato seines Schnarchens. Es hörte sich an wie das Rasseln einer Klapperschlange kurz vor dem Angriff. Nachts konnte man sie in den Seitengassen hören, elende Säufer, die drauflosschnarchten, rasselnd wie Schlangen.

Ich stand auf und ging zur Tür, während Ray Paps anstarrte, der dalag wie im Koma. Von der Seite gesehen erinnerten Rays Augen an leuchtende Glaskugeln. Ich wollte ihn hier nicht allein lassen, vor allem weil ich wusste, dass Mrs. Bailey drüben in den letzten Zügen lag. Ich schlug ihm also vor, mit mir draußen rumzuhängen. Langsam erhob er sich vom Bett und wir entflohen dem Klapperschlangensound.

Jeder hing mit irgendeiner kleinen Clique auf den Courts herum. Meine Clique bestand aus Ernest und Winston.

»Hey, was will dieses Baby von Bruder hier?« rief Winston, als wir auftauchten.

»Nichts. Er ist cool.«

Winston ließ einen Joint rumgehen, und als Ray erst einmal dran gezogen hatte, lächelte Winston; das bedeutete einen neuen Kunden. Ich fragte ihn nach dem Koks, den er mir versprochen hatte; zuerst habe er noch was anderes für mich, das besser sei als Koks, sagte er.

Während Ray bei der Bank auf uns wartete, brachten Winston und Ernest mich zu dem Ziegelbau mit den Duschen am Ende der Courts; es war die dunkelste und ruhigste Ecke. Auf einem Taschenspiegel formte Winston ein paar Lines Koks, und Ernests Blicke wanderten durch die Gegend, als erwartete er jemanden. Angesichts des stechenden Geruchs von Pisse und Kotze fragte ich mich, wie viele Penner hier schon gehaust haben mochten. Ich fragte mich auch, was wir hier verloren hätten, völlig unnötig, so weit zu gehen, um Koks zu sniffen. Plötzlich tauchte jemand hinter dem Ziegelbau auf und kam auf uns zu. Ich sah, dass es ein Mädchen war. Eine, die ich aus der Schule kannte, ein paar Jahre älter als ich. Sie hieß Marina ... Marina Ramos. Ich hatte sie in den Pausen immer beobachtet, als ich in der sechsten Klasse war. Ein schlankes, hübsches Mädchen mit langem schwarzen Haar und Mandelaugen, gewöhnlich trug sie hautenge Jeans und hatte immer eine Gruppe Jungens im Schlepptau. An diesem Abend trug sie ein helles, kurzes, Kleid, das ihren Körper locker wie eine Toga umspielte.

Sie kam direkt auf uns zu, Winston stellte mich vor und sie sagte hallo. Ernest kicherte. Winston reichte ihr eine zusammengerollte Dollarnote und hielt ihr den Spiegel hin. Blitzschnell beugte sie den Kopf herunter und zog sich den Koks rein, wie ein Adler, der seine Beute reißt. Dann drückte sie ihre Nasenflügel zusammen. Winston hielt mir den Spiegel hin, und nachdem ich meine Lines gefunden hatte, verfuhr ich genauso. Ernest und Winston snifften ihren Teil, und danach ließ Winston den Spiegel in seine Tasche gleiten und ging zusammen mit Ernest zurück zu den Courts. Beim Weggehen sangen beide ›Happy Birthday‹.

Völlig verwirrt stand ich da, und als ich mich umdrehte, lächelte mich Marina amüsiert an.

Sie nahm mich an die Hand und führte mich hinter den Ziegelbau. Leere Büchsen und Flaschen klapperten gegen unsere Füße, und unter unseren Sohlen knirschte zersplittertes Glas. Hinten in meinem Hals schien ein Wasserhahn zu tropfen, doch es gelang mir nicht, ihn abzustellen.

Marina verschränkte die Arme und lehnte sich gegen die Wand. Ich spürte, wie ihre Augen mich im Dunkeln herausfordernd ansahen. Ich stand da, verlegen und verwirrt, hatte keine Ahnung, was sie von mir erwartete. Sie machte einen Schritt nach vorn und fragte: »Warum kommst du nicht ein bisschen näher?« Dann schlang sie ihre Arme um meinen Nacken und küsste mich heftig auf den Mund. Ich erstickte fast an ihrer Zunge, die jetzt in meinen Mund eindrang, und konnte die Zigaretten in ihrem Atem schmecken; es war ein süßlicher Mentholgeschmack. Ich fing mich wieder und versuchte nun, sie meinerseits zu küssen, doch ihre Zunge wollte nicht weichen. Wie Peitschenschläge durchzuckten heiße Blitze meinen Körper, mein Gehirn raste, und alles konnte gar nicht schnell genug gehen. Ich umarmte sie ganz fest, drängte mich an ihre Hüfte und stieß sie dabei von der Zementwand weg. Sie aber legte ihre Hände auf meine Brust und versetzte mir einen kleinen Stoß.

Sie machte einen Schritt zur Seite und ging in die Knie. Noch ehe sie auf dem Boden kniete, hatte sie mir bereits die Hose bis zu den Knöcheln heruntergezogen. Noch nie hatte eine Frau meinen Schwanz berührt, und als sie ihn in den Mund nahm, jaulte ich auf — ich hoffe nicht, dass ich es tat, aber ich weiß, dass ich irgendeinen Laut von mir gab. Mit einem gewissen Lächeln sah sie hoch zu mir und fing an, mir einen runterzuholen, vor und zurück, ihre andere Hand umschloss dabei meine Eier. Ich schloss die Augen und kippte langsam vornüber, hielt mich aber im letzten Moment an der Wand fest, um nicht umzufallen; ich bin sicher, wäre ihr Mund nicht so beschäftigt gewesen, hätte sie laut aufgelacht.

Nachdem es ein paar Minuten so gelaufen war, zog sie sich langsam zurück, stand auf und wischte sich den Mund mit dem Handrücken ab. Ich wollte aufschreien. Ohne ein Wort zu sagen, drehte sie sich um und senkte den Kopf, nahm ihr Haar zusammen und hielt es zur Seite. Fast im selben Augenblick warf sie mir über die Schulter einen Blick zu und sagte: »Nun?« Ich zog den Reißverschluss ihres Kleides herunter bis zur Taille, und sie ließ es vom Körper zu Boden gleiten. Dann drehte sie sich zu mir um.

Ihre Nippel waren fest und zeigten auf mich wie Finger, ihre Brüste überzog eine Gänsehaut. Ich war drauf und dran, sie zu berühren, aber sie wehrte mich mit ihren Händen ab. Ehe ich protestieren konnte, glitt ihr Slip zu Boden, um wie eine Pfütze Milch zu ihren Füßen liegen zu bleiben. Ihre Beine waren lang, dünn und ihre Schamhaare kurz geschnitten.

Neben dem Ziegelbau lag, von mir bisher völlig unbemerkt, eine alte, schmutzige Matratze; aufgeschlitzt, angebrannt und fleckig, wartete sie auf uns. Jeder Gedanke an Hygiene verflüchtigte sich, als Marina auf sie zusteuerte. Meine Hose um die Knöchel, folgte ich ihr watschelnd wie ein Pinguin. Sie legte sich auf den Rücken und sah hoch zu mir. Und lächelte wieder. Ich kniete mich zwischen ihre gespreizten Beine und bewegte mich langsam vorwärts, bis wir einander in die Augen sahen. Sie nahm ihn in die Hand und rieb ihn sanft gegen ihren Busch — sie überließ nichts dem Zufall —, bis sich plötzlich, auf magische Weise, ein geheimer Durchgang in ihr öffnete, der mir Stück für Stück die Passage erlaubte. Als würde ich in einen Becher mit warmen Gelee gleiten, so fühlte es sich an, nur fester als Gelee. Eher wie Pudding.

Ich ließ mich gehen, und zehn Sekunden später war's vorbei. Ich fiel auf sie drauf, mein ganzes Gewicht drückte uns herunter auf die quietschenden Sprungfedern, und ich roch den verschimmelten Bezug und ihren Schweiß. Ich küsste sie auf die Wange und flüsterte ihr ins Ohr: »Ich liebe dich.«

Sie kicherte, jedoch keinesfalls gehässig; ich glaube, sie hatte das noch nie gehört, zumindest nicht von einem Freier. Sie schluckte merklich und sagte: »Ich muss jetzt gehen«, presste ihre Hände gegen meine Schultern und schob mich weg von sich. In einer einzigen sanften Bewegung schlüpfte ich aus ihr heraus und stand auf. Drüben, bei den Courts, gab's Geschrei und Gerenne, wieder irgendeine Schlägerei, dachte ich.

Marina zog sich an, und ich betrachtete unterdessen ihren Körper. Glatt und geschmeidig, sie war eine erwachsene Frau. Ich wollte sie wiedersehen, war aber so klug, nicht zu fragen; ihr Geschäft unterschied sich nicht sonderlich von meinem. Ich bot ihr an, sie zum Court zurückzubringen, aber sie sagte, sie gehe in die andere Richtung. Als sie fertig angezogen war und wir so einen Moment herumstanden, gab es nichts mehr zu sagen, wir waren einander wieder fremd.

Sie drehte sich um, wollte gehen, und ich sagte ein letztes Mal ihren Namen. »Hey, Marina«, und sie wandte den Kopf, um mich anzusehen.

»Danke.« Sie lächelte mir zu und ging. Verschwand in die Nacht, wie ein Traum.

Wegen irgendwas war jeder in Aufregung. Ich schnappte ein paar Wortfetzen auf, als ich von einem Platz zum anderen ging. Auch Winstons Namen. Ich rannte zum Platz am anderen Ende, wo ich Ray fand, allein, auf einer Bank.

»Was ist passiert?«

Es gefiel mir nicht, was er mir erzählte.

Winston war überfallen worden, von fünf Typen des Tech School Projects. Er war zum Platz am anderen Ende gegangen, wollte etwas Koks verticken, als urplötzlich diese Typen auftauchten und ihn fürchterlich verprügelten, seinen Kopf auf das Pflaster schlugen und ihm das Gesicht eintraten. Ray sagte, das Ganze habe nicht länger als zwei Minuten gedauert, als er und Ernest rübergerannt kamen, waren sie bereits verschwunden.

»Was ist mit denen, die da Basketball gespielt haben? Haben die nichts gemacht?«

Er sagte, sie hätten nur herumgestanden und zugeguckt.

»Worum ging's?« fragte ich. »Hast du was gehört?«

Er sagte, man habe Winston davor gewarnt, mit Koks zu dealen. »Es war nicht das erste Mal, dass man ihm das gesagt hat«, fügte er hinzu.

Das war mir alles neu. Es hatte bisher nie Ärger gegeben, jetzt war da eine Art Bürgerwehr, die versuchte, in der Gegend aufzuräumen. Winston hatte jahrelang mit Gras gedealt, also war es klar, dass er auf Koks umstellte, als die Nachfrage stieg. Schließlich hoffte ich, bald selbst damit dealen zu können. Rays Gesichtsausdruck gab mir zu verstehen, dass er genau das befürchtete.

»Komm schon, lass uns verdammt noch mal hier abhauen«, sagte ich.

Wir gingen über die Plätze, vorbei an Winstons sogenannten Freunden, die Basketball spielten, rauchten und Bier tranken, als wäre nichts geschehen. Sie kotzten mich alle an. Es war mir egal, ob sie Winston mochten oder ihn hassten, man lässt Fremde im eigenen Revier nicht so eine Scheiße veranstalten. Vor allem dann nicht, wenn es vier gegen einen stand. Was kam als Nächstes, wollten sie uns etwa davon abhalten, Bier zu trinken oder stoned zu werden?

Ich brachte Ray nach Hause und rannte dann rüber zu Winston.

Es war etwa halb zwei am frühen Morgen, als ich leise an die Tür klopfte und Schritte hörte.

»Wer ist da?« Es war Ernest.

»Ich bin's«.

Die Tür ging auf, und er kam raus, barfuß und nur in

Jeans. Wir gingen zur Treppe und setzten uns. Flüsternd berichtete er mir, was sich abgespielt hatte.

Es sah so aus, als hätten ein paar kolumbianische Bastarde von den Tech School Projects Winston vor einigen Wochen einen Besuch abgestattet und klargestellt, dass Koks ihr Ding sei, und wenn jemand was wollte, müsste der bei ihnen kaufen. Nun, um Winston von etwas abzuhalten, bedurfte es mehr als das, also verklickerte er ihnen, dass sie sich verpissen sollten, und ging weiter seinen Geschäften nach.

Ernest sagte, das heute Nacht sei ihre zweite Warnung gewesen, und sie hätten versprochen, dass es keine dritte gebe. Dann sagte er noch, dass Winston gar nicht so schwer verletzt sei, sein Gesicht sei demoliert, und am Kopf habe er eine Platzwunde. »Pass auf«, fügte er noch hinzu, »er will, dass du deine Deals morgen durchziehst. Und ich auch. Mit der Koksgeschichte haben wir nichts zu tun, also brauchen wir uns keinen Kopf darum machen.«

»Aber wenn dein Bruder Hilfe braucht, will ich dabei sein.«

»Er wird das mit seinem Verbindungsmann regeln. Er trifft ihn morgen, und der wird das dann klären. Ist also alles cool.«

Niemand wusste, wer Winstons Verbindungsmann war, nicht einmal Ernest.

Der bestgehütete Besitz eines Dealers, die Identität seines Verbindungsmannes.

»Bist du sicher?« fragte ich.

»Aber ja. Glaub mir, es gibt keinen Ärger mehr. Das ist nur 'n Revierkampf. Sie klären ein paar Details, und es ist vorbei. So was kommt immer mal vor.«

Ich sah ihn an, nicht völlig überzeugt.

»Bleib cool. Niemand hat Interesse, dass die Scheiße weitergeht. Da kommen nur die Bullen, und das Geschäft ist versaut. Wir verlieren alle. Mach deine Deals. Und ich meine. Ich seh dich dann morgen.«

»Gut. Okay«, sagte ich.

Ich stand auf, um zu gehen, und Ernest lächelte mich an. »Hey, wie war's übrigens?«

»Wie war was?«

Er warf mir einen Blick zu, und ich grinste. »Das coolste Geschenk, das ich je gekriegt hab! Danke. Richte Winston das bitte aus.«

Am nächsten Tag stand ich wieder an der Ecke und verkaufte meine Tüten an die morgendlichen Kunden. Ray schwänzte die Schule, um sich um Mrs. Bailey zu kümmern. Bevor ich ging, sah ich bei ihr vorbei, und ihr Zustand war unverändert, nicht besser und nicht schlechter. Irgendwie war es natürlich, dass Ray dasaß und ihr mit einem kühlen, feuchten Tuch die Stirn abtupfte; sie hatten jetzt die Rollen getauscht.

Der Tag war wunderschön, kühl und etwas windig, keine Wolke am Himmel. Ich dachte an Marina und die letzte Nacht. Eins war sicher, dieser Ziegelbau würde nicht mehr derselbe sein. Ich fragte mich, ob sie irgendwas benutzte, im Eifer des Gefechts war mir nicht in den Sinn gekommen, mich zu erkundigen. Würde sie in ein paar Monaten mit einem dicken Bauch auftauchen und von mir erwarten, dass ich unser Kind unterstütze?

Ich zündete einen Joint an und ein Streifenwagen fuhr um die Ecke und in meine Richtung. Ich hielt den Joint seitlich nach unten und setzte eine Unschuldsmiene auf, als sie mich von oben bis unten musterten. Ein paar Hunde balgten sich auf der anderen Straßenseite um Abfälle aus den Mülltüten. Scheiße. Dem Braunen fehlte die rechte Vorderpfote. Die Straße war unheimlich still. Abgesehen von den Hunden hörte ich nur noch das Flattern meines T-Shirts im Wind.

Weiter hinten kam das Miststück aus ihrem Haus, ging aber nicht in den Laden. Ein kleines Mädchen von etwa sieben oder acht Jahren war bei ihr, musste wohl ihre Schwester sein. Cathys Blick wanderte die leere Straße rauf und runter, und ich wandte mich schnell ab. Als ich mich wieder umdrehte, saß sie auf der obersten Stufe, ihre Schwester eine Stufe tiefer. Cathy fing an, dem kleinen Mädchen Zöpfe zu flechten. Kurz darauf kam ein heruntergekommener alter Kauz heraus und grölte los. Groß und schlacksig, mit grauer Haut und kurz geschnittenen Haaren, die wie Nadeln von seinem Quadratschädel abstanden, er trug ein zerlumptes, kariertes Hemd und ausgeblichene Latzhosen, so ausgeblichen, als hätte sein eigenes graues Vakuum alle Farbe aufgesogen. Cathy rührte sich nicht und sagte kein Wort, als er mit seinem gekrümmten Zeigefinger vor ihrem Gesicht herumfuchtelte. Seine Stimme kratzte wie eine Harke auf Beton, dann humpelte er die Stufen herunter, schrie auf dem Gehweg weiter, ging um die Ecke und war verschwunden.

Lange Zeit saß Cathy völlig regungslos da, bewegte sich nicht einen Zentimeter, blinzelte nicht einmal. Es fehlte nur noch die Fontäne, die aus ihrem Mund sprudelte. Ihre Schwester hüpfte herum und sprach mit einem unsichtbaren Freund, doch Cathy rührte sich noch immer nicht. Es war äußerst seltsam. Ich zählte die kaputten Ziegel auf dem Dach gegenüber, und als ich wieder zu ihr hinsah, blickte sie in meine Richtung, beobachtete mich. Ich sah ihr herausfordernd in die Augen, sah tief hinein in diese mystischen, quälenden Augenhöhlen der Verzweiflung, doch diesmal war da nichts. Sie waren so ausdruckslos wie der Rest von ihr. Leer.

Die Mädels aus der Nachbarschaft, die künftigen Huren Amerikas, kamen die Straße herunter. In hautengen Jeans und hochhackigen Pumps, das Haar fünfzehn Zentimeter hoch über den Köpfen mit Spray fixiert und roten Lippenstift nuttig auf die Lippen geschmiert wie Clowns im Zirkus, sie waren ein echter Lacher. Ich hatte immer ein paar Sprüche parat, um sie anzupflaumen, und nach der letzten Nacht war ich ganz schön mutig, was Frauen betraf, also versprühte ich meinen Charme mit Sprüchen wie:

»Hey, Carol, du solltest dir mal 'n paar Pfund Frischfleisch an den Arsch kleben!«

Und zu einer anderen: »Sind das Titten, oder hast du Akne?«

»Hey, Jackie, mein Schwanz juckt, kannst du ihn mal mit deinen Mandeln kratzen?«

Keine Chance, diese Mädchen zu beleidigen. Egal, wie rüde die Bemerkung auch sein mochte, sie parierten sie, meist übertrumpften sie sie sogar. Wie man sich denken kann, ging es bei ihren Kommentaren überwiegend um die Größe des Penis, beziehungsweise sein Nichtvorhandensein.

Jeden Tag nach der Schule lief immer derselbe Film. Sie gingen zu ihrem Wohnblock und hingen auf der Treppe herum, redeten, tanzten und machten jeden fertig, der das Pech hatte, vorbeizukommen. Sie rauchten Zigaretten, bis ihre Finger braun waren, verglichen ihre Brüste mit denen der Mädels aus den höheren Klassen und diskutierten den neuesten Schulklatsch; und alles begleitet von ständigem schrillen Gekicher.

Es war schon ein Bild der Gegensätze, sie da so rummachen zu sehen, während sich einem auf der anderen Seite der Straße der Anblick der Selbstmörderin von nebenan bot. Ich beobachtete die Clique einige Augenblicke und sah dann zu Miss Ausdruckslos rüber, dann zurück zur Clique, dann wieder zu Miss Ausdruckslos. Es war ein Vorher-Nachher-Bild der bizarrsten Art, aber ich genoss es.

Ich verkaufte zwei Tüten an ein paar Typen aus der High School, und als ich mich umdrehte, waren die Mädels verschwunden. Nur einen Augenblick hatte ich ihnen den

Rücken zugekehrt, und sie waren nicht mehr zu sehen. Miss Ausdruckslos saß jetzt gegen die Mauer gelehnt. Ich fragte mich, wie lange sie gebraucht habe, um sich diese Position zu überlegen.

Die Mädels kamen schweigend wieder aus ihrem Haus und hockten sich auf die Treppe. Irgendwas war da im Busch. Ich konnte es an dem Grinsen auf ihren Gesichtern sehen, selbst durch das Make-up hindurch. Jede von ihnen verbarg etwas dahinter. Als sie zu mir herübersahen, um sicherzugehen, dass ich sie beobachtete, zeigte ich ihnen den Stinkefinger. Alle fingen plötzlich an, im Chor über die Straße zu keifen, beschimpften Cathy als Hure, Schwanzlutscherin, Lesbenfresse und so weiter. Das war reine Zeitverschwendung. Ohne sie eines Blickes zu würdigen, stand Cathy auf, nahm ihre Schwester an die Hand und zog sie zur Tür, doch die Kleine wollte nicht. Die Mädchen sprangen auf, und eine nach der anderen legte los und warf Eier hinüber. Cathy flitzte wie der Teufel, überall um sie herum zerplatzten Eier, und ihre Schwester kreischte vor Angst, aber sie beruhigte sie, fummelte an der Tür herum, bis die sich endlich öffnete und beide hineinrennen konnten.

Für die Mädchen war das irre komisch, und sie schrien, heulten wie sexhungrige Hyänen. Aber ich fand das nicht mehr witzig. Denn Cathy hatte in diesem Augenblick etwas getan, was mich packte, etwas Instinktives, völlig Unerwartetes, zumindest für mich. Beim ersten Anzeichen von Zoff packte sie ihre Schwester, drängte sie in die Ecke und schützte sie so vor dem Angriff. Sie selbst wurde immer wieder getroffen, am Kopf und auch am Rücken — ich konnte die harten, dumpfen Laute von der Ecke aus hören —, aber sie schützte ihre Schwester mit ihrem Körper, bis beide sicher im Haus waren.

Vielleicht hatte das, was letzte Nacht mit Winston geschehen war, mich sensibler gemacht, aber hier gab es einen gottverdammten Mangel an Loyalität, und ich hatte das Gefühl, hätten sie anstelle von Eiern Kugeln auf sie abgefeuert, sie hätte genau dasselbe getan, instinktiv, wie ich gesagt habe, ohne auch nur eine Sekunde darüber nachzudenken.

Ich war verdammt beeindruckt von ihr.

Die Mädels verhielten sich laut und widerwärtig, erwarteten meinen Beifall. Als da nichts kam, wurde mir ihre Aufmerksamkeit zuteil.

»Was ist los, du schwule Sau? Sind dir Amors Pfeile in den Arsch gefahren?«

»Sie hat schon einen Mann. Frag ihren Vater!«

Diese und andere Bemerkungen erster Güte wurden wie die Eier auf mich abgeschossen, doch ich ignorierte sie.

Um fünf Uhr ging ich zu Winston, um etwas Geld abzuliefern und weiteres Gras zu holen. Ernest schob mich durch die Küche in sein Zimmer.

»Hallo, Mrs. McKenzie.« ... der köchelnde Eintopf.

Winston saß auf dem Bett, ein Pflaster auf der Wange und einen Verband um den Kopf. Er sah aus wie ein Araber. Vor ihm lagen ein Pfund Gras und ein paar Hundert Piepen. Ich legte meine Tageseinnamen, einhundertundzehn, dazu und fragte ihn nach diesem Scheiß mit den Kolumbianern.

»Wird bereits erledigt«, sagte er. »Mein Verbindungsmann biegt das wieder hin. Wir müssen nur die Grenzfrage regeln.«

»Tut mir Leid, dass ich gestern Nacht nicht da war, um zu helfen.«

»Du hättest sowieso nichts tun können. Das gehört nun mal zum Geschäft, oder? Man muss es nehmen, wie es kommt, das Gute wie das Schlechte.«

»Trotzdem, wenn diese Ärsche auf dem Court dir geholfen hätten ...«

»Wieso sollten sie? Es ging sie nichts an«, sagte er, dann,

mit einem Lächeln: »Hey, hab gehört, du hast dich letzte Nacht gut amüsiert? Marina hat mir erzählt, sie hat Sterne gesehen.«

Er kicherte.

Ernest wollte mir etwas zeigen, ich sollte zur Kommode rüberkommen.

»Sei vorsichtig, Mann«, warnte Winston.

Ernest zog eine Kanone hervor. Eine halbautomatische Pistole. Ich hatte noch nie eine richtige Waffe gesehen, jedenfalls nicht aus der Nähe.

»Es ist 'ne .32er«, sagte er.

»Ist sie geladen?«

»Wozu soll so 'ne Scheißkanone gut sein, wenn sie nicht geladen ist?« erwiderte er. Winston nahm die Kanone. »Wenn Mom die sieht, tritt sie uns beide in den Arsch.«

»Wenn alles geregelt ist, warum brauchst du sie dann?« fragte ich mit einem Anflug von Besorgnis. Winston sagte, solange er sich dessen nicht absolut sicher sei, gehe er nicht unbewaffnet raus.

Ich bat ihn, mir die Patronen zu zeigen, und er ließ den Ladestreifen aus dem Schaft springen. Sie waren niedlich, wie Spielzeugpatronen, schwer vorzustellen, dass man damit jemanden töten konnte. Ich spielte mit dem Ladestreifen. Am unteren Ende war eine Feder, die jede Patrone in den Lauf drückte, wenn geschossen wurde.

Er überzeugte sich davon, dass die Kammer leer war, und ließ mich den Abzug bedienen. Ich nahm einige Punkte im Zimmer aufs Korn und erschoss imaginäre Verbrecher. Ich zielte auf Ernest, und der fiel sterbend aufs Bett.

Mich überraschte die Größe der Waffe, ganz anders, als ich erwartet hatte; problemlos zu tragen. Sie würde in die Hosentasche passen, und niemand würde was merken.

Winston legte sie weg, öffnete die oberste Schublade seiner

Kommode und gab mir ein kleines, zusammengefaltetes Papier.

»Herzlichen Glückwunsch«, sagte er.

Es war ein Gramm Koks.

Kapitel 7

Es war etwas, was ich nicht so recht deuten konnte. Ein Gefühl, als würde man etwas vermissen und wüsste nicht genau, was ... Der Fernseher war ausgeschaltet. Der Fernseher war nie ausgeschaltet gewesen. Selbst wenn nur das Testbild lief, ließ sie ihn an. Ich versuchte, die Tür zu öffnen, aber sie war verschlossen. Ich klopfte und rief nach Ray ...

Ich ging hinüber in unsere Wohnung. Ray lag auf der Couch, seine Augen waren gerötet und feucht; er hatte geweint. Er erzählte, er habe den ganzen Tag bei ihr gesessen, und es sei ihr ganz gut gegangen. Doch gegen sechs habe sie das Bewusstsein verloren, habe nicht mehr gewusst, wo sie war und wer bei ihr war. Er rief 911, und ein Krankenwagen kam und brachte sie weg. Sie lag jetzt im Krankenhaus.

»Warum bist du nicht mitgefahren?«

»Sie haben mich nicht gelassen. Ich warte auf Paps, vielleicht geht er ja mit mir.« Aber ich wusste, Paps würde keineswegs in der Verfassung sein, ihn irgendwohin mitzunehmen, schon gar nicht ins Krankenhaus. Die würden nur einmal an ihm schnuppern und ihm dann sagen, er solle wiederkommen, wenn er nüchtern sei, was so viel bedeutete wie lebenslange Aussperrung. Eine innere Stimme sagte mir, ich solle gehen.

»Scheiß auf Paps, ich nehm dich mit, komm schon.«

In Sekundenschnelle waren wir aus der Tür.

An der U-Bahn-Station kaufte Ray eine Fahrkarte, und ich

quetschte mich hinter ihm durchs Drehkreuz. Zwanzig Minuten später waren wir im Krankenhaus.

In dem Augenblick, als ich durch die Tür trat, drehte sich mir der Magen um; es war der Geruch des Krankenhauses, dieser üble, scharfe Geruch von Krankheit und Siechtum. Wir gingen durch die Eingangshalle, vorbei an einem alten Mann, der in einem Rollstuhl schlief, und näherten uns dem Empfangstresen der Aufnahme. Eine uniformierte, fiese, alte Hexe saß dort und stritt mit einem Besucher herum. Beim Anblick ihres finsteren Gesichtsausdrucks und ihrer fast zugewachsenen Schielaugen war mir klar, dass auch wir Stress mit ihr kriegen würden.

Natürlich wollte sie uns nicht hochlassen.

Sie sagte, wir seien zu jung, wir müssten achtzehn sein, um einen Patienten besuchen zu können, sagte es auf eine Art und Weise, die ihr Spaß zu machen schien. Ray bat und bettelte, erklärte, es gehe um unsere Mutter, aber an diesem Miststück war kein Vorbeikommen. Nicht einmal die Zimmernummer wollte sie uns nennen. Sie drohte, den Sicherheitsdienst zu rufen, wenn wir nicht verschwänden. Ich sah diese Typen am Fahrstuhl stehen und uns beobachten. Gewalt stand also nicht zur Diskussion. Wir gingen in den Wartebereich, um unseren Kriegsplan zu schmieden.

Eine kleine schwarze Frau neben uns hatte die ganze Geschichte mitbekommen und flüsterte Ray zu: »Wie heißt denn deine Mama?«

Eiskalt erwischt, gab Ray zu: »Sie ist nicht wirklich meine Mama.«

»Wie heißt sie denn?« fragte die Frau wieder. Dann nahm sie ihre Einkaufstasche und ging zu der alten Vollstreckerin am Empfang. Sie kam zurück. »Sie liegt in Zimmer 413. An der Rückseite des Krankenhauses gibt's einen Lieferanteneingang mit Treppe. Benutzt den Kücheneingang«, sagte sie, lächelte und lehnte sich zurück. Wir bedankten uns und gingen zum Haupteingang. Die alte Vollstreckerin beobachtete unseren Abgang. Ich winkte ihr zu und platzte fröhlich mit einem »Vielen Dank auch, du fette Fotze!« heraus.

Es dauerte, bis die Worte Zugang zu ihrem Gehirn gefunden hatten, aber als es so weit war, schien ihr Rücken einzuknicken und die Fettpolster um ihre Augen schossen förmlich zurück. Sie fing an, nach den Sicherheitskräften zu schreien, doch bevor die reagieren konnten, waren wir schon zur Tür raus.

Wir rannten nach hinten, und tatsächlich, da war der Eingang zur Küche, unbewacht, und er schien nur darauf zu warten, dass man in ihn eindrang. Wir rasten die Treppe hoch, nahmen immer zwei Stufen auf einmal, bis wir im dritten Stock angelangt waren. Ich spähte durch die Tür und checkte den Flur. Eine Gruppe von Leuten schlenderte vorbei, und wir schlichen hinter einem Mann mittleren Alters und seiner Frau her, als wären wir ihre Kinder.

Ray sah auf der einen Seite nach den Zimmernummern, ich auf der anderen. Es war die richtige Richtung, aber noch vierzig Nummern entfernt. Unsere elterliche Eskorte erreichte ihr Ziel, Zimmer 452, und wir waren auf uns allein gestellt. Wir gingen an einem Schwesternzimmer vorbei, doch niemand nahm dort von uns Notiz.

Aus jedem Zimmer hörte ich das Piepen von Maschinen oder Sauerstoffgeräte, eben alles, was sich wie der nahende Tod anhörte. Ich erhaschte einen flüchtigen Blick auf schwache, gelbliche Gestalten, verbrauchte Menschen, die, verdrahtet in diesen Zimmern, auf ihren letzten Atemzug warteten, während Freunde und Familienmitglieder an ihrer Seite weinten. Es war grauenvoll. Niemand kam hier lebend raus.

Wir standen vor Zimmer 413.

Die Tür war offen, und wir konnten hören, wie ein Sauerstoffgerät arbeitete.

Nicht eins, nein, zwei, von denen abwechselnd das eine, dann das andere zu hören war. Zwei Betten waren an Maschinen angeschlossen. Im ersten, direkt neben der Tür, lag eine zerbrechliche, alte Frau mit Schläuchen in der Nase. Sie schlief. Das zweite Bett, nahe dem Fenster, entzog sich unseren Blicken durch einen Vorhang, der das halbe Zimmer abteilte.

Leise gingen wir zu dem Vorhang, und dort lag sie. Wie die erste Frau angeschlossen, aber mit Schläuchen in der Nase, im Mund, in den Armen und zwischen ihren Beinen.

An Metallständern hingen Plastikbeutel und Flaschen. In einem Plastikbeutel war Blut; in regelmäßigen Abständen tropfte es in einen Schlauch, der irgendwo in ihren Körper führte, aus einem anderen tropfte eine klare Flüssigkeit in ihren Arm.

Mit jedem Atemzug aus dem Sauerstoffgerät hob und senkte sich ihre Brust. Sie war blass, so blass, dass man es kaum für möglich gehalten hätte, dass sie schwarz war. Diese Frau war eine Fremde für mich, nicht die Mrs. Bailey, die ich kannte.

Ray nahm mich am Arm und zog mich hinter den Vorhang, wo wir von denen, die an der Tür vorbeigingen, nicht gesehen werden konnten. Wir standen direkt bei ihr und sahen sie an. Ständig fiel mir ein neues Detail auf: die große, dunkelrote Stelle, wo ein Schlauch in ihren Arm ging, weiße Leinenschlaufen, mit denen ihre Hände an den Seitenstreben des Bettes fest gebunden waren, ein Beutel an der Seite, der sich mit Pisse aus einem Schlauch füllte.

Die Frau nebenan stöhnte; die metallenen Seitenstreben quietschten bei jeder Bewegung.

Ray beugte sich hinunter, fühlte Mrs. Baileys Stirn und

nahm ihre Hand. Er flüsterte ihr etwas ins Ohr. Mir war es peinlich, dabeizustehen, ich fühlte mich wie ein Eindringling oder wie ein Gaffer bei einem Unfall.

Ray streichelte ihre Stirn, als sie die Augen öffnete, erst nur halb, dann aber ganz. Trotz all der Schläuche gelang ihr sogar ein Lächeln. Ray lächelte zurück und sagte ihr, das alles bestens sei, sie bald wieder zu Hause sein werde, um ›Glücksrad‹ zu sehen und darauf zu achten, dass er nicht krank werde. »Du hast vielleicht Nerven, allen so einen Schreck einzujagen«, schimpfte er.

Ihr Lächeln wurde breiter, aber mit dem Schlauch im Mund fiel es ihr merklich schwer. An Sprechen war gar nicht zu denken. Ray drehte sich um und zog mich ans Bett.

»Sieh mal, wer dich besuchen gekommen ist«, sagte er, und in ihren Augen leuchtete Erkennen auf. Sie war glücklich, mich zu sehen, es bedeutete ihr etwas, dass ich hier war. Und als ich den Blick in ihren Augen sah, war ich stolz, dass ich gekommen war, dass ich den Anstand gehabt hatte zu kommen. Ein Ausflug von zwanzig Minuten, mal was anderes, als nur auf den Courts abzuhängen, aber für sie bedeutete es so viel mehr. Das war alles, was sie vom Leben verlangte, für jemanden wichtig zu sein. Jemanden, der ihr etwas bedeutete.

Ray legte meine Hand in ihre, und ich spürte einen schwachen Druck. Ich konnte nichts sagen, da war wieder dieser Kloß, also rang ich mir ein Lächeln ab und beließ es dabei.

Die Frau nebenan fing an zu strampeln und machte sich laut bemerkbar. Mit einem ruhigen, entspannten Gesichtsausdruck sah uns Mrs. Bailey unverwandt an. Sollte sie unter Schmerzen leiden, so zeigte sie es nicht. Eine Schwester kam herein, um nach der anderen Frau zu sehen. Sie schaute herüber zu Mrs. Bailey und sagte: »Ihr habt hier nichts zu suchen, Jungens. Geht besser.« Wir nickten, und sie warf uns einen Blick zu, der bedeutete, dass es ihr Leid tue. Mrs. Bailey hatte die Augen geschlossen, ihr Atem ging schwer, der Schlauch in ihrem Mund produzierte ein Geräusch, als schlürfte sie. Ray beugte sich herunter und sagte, dass wir am nächsten Tag wiederkommen würden, dann küsste er sie auf die Wange. Ich beugte mich auch hinunter und küsste sie ebenfalls auf die Wange. Ich hatte sie noch nie geküsst, nicht zu Weihnachten, nicht zu den Feiertagen, niemals. Ich hasste mich dafür, dachte an all die Jahre, wo ich sie als etwas Selbstverständliches hingenommen hatte, an die Zeiten, wo ich etwas Freundliches hätte tun oder sagen können, es aber nicht getan hatte, weil man hier nichts Freundliches tut, man zeigt diese Art Schwäche nicht; und an die Zeiten, wo ich sie zum Lachen gebracht hatte, das war oft vorgekommen, an die Zeiten, wo ich sie enttäuscht hatte, das war auch oft vorgekommen. Diese Blicke, was hätte ich für einen dieser fantastischen Blicke gegeben!

Wir standen am Fußende des Bettes und beobachteten sie. Sie öffnete die Augen, sah uns mit leerem Blick an. Ich fragte mich, ob sie wisse, dass wir da waren, ob sie uns wahrnahm ... Ich hoffte es. Denn sie hatte es mir angetan, diese fette alte Frau, die dir mit einem Blick das Gesicht zerkratzen konnte. Und mein Leben lang würde ich sie nicht vergessen.

Draußen auf dem Flur schlug mir die andere Luft ins Gesicht, und im Nu war ich wieder ganz der alte. Ich war erleichtert, und gleichzeitig schämte ich mich, dass ich meine Gefühle so leicht abschütteln konnte; kaum war ich aus dem Blickfeld dieser Frau verschwunden, grenzte ich alle Gefühle aus, die mich kurz zuvor beschlichen hatten.

Wir hatten den Lieferanteneingang erreicht, und Ray wollte gerade die Tür öffnen, als ich sagte: »Nein, nicht diesen Weg.« Er sah mich an, und ein dreckiges Grinsen machte sich auf seinem Gesicht breit.

Mit einem Quietschen ging die Tür im Erdgeschoss auf, und Ray und ich erschienen, als gehörte uns der Laden. Mit erhobenen Köpfen und geschwellter Brust marschierten wir an den Sicherheitsleuten vorbei zum Eingang. Die Vollstreckerin stritt sich gerade mit einem Besucher und bemerkte uns nicht; das passte mir absolut nicht in den Kram, und ich trat so nah wie möglich an ihren Tresen und unterbrach sie mitten im Satz: »Vielen Dank auch, du fette FOTZE!«

Ich dachte, ihr Kopf würde platzen. Ihr Gesicht lief rot an, und sie spuckte durch die Gegend, verzweifelt nach Worten ringend. Dann sprang sie auf und stürmte wie ein Stier auf uns zu, aber rutschte auf dem glatten Linoleum immer weg. Wir mussten beide lachen, als wir diesen fetten Scheißklumpen sahen, der glaubte, uns fangen zu können. Wir stürzten durch die Halle und die gläserne Drehtür, wo sie uns nicht mehr kriegen konnte, dann beugte ich mich nach vorn und zeigte ihr meinen Arsch, wie ich es immer als Achtjähriger getan hatte.

Auf der Fahrt nach Hause sah ich, wie Ray das U-Bahn-Netz studierte, sein Finger steckte in Queens und bewegte sich nach Norden; völlig ernst, und er sah dabei aus, als plante er einen Ausbruch.

Ich beneidete den kleinen Scheißer. In diesem Krankenhauszimmer hatte er mir etwas gezeigt. Er war auf eine Weise stark, wie ich es nie sein würde. Weil seine Stärke echt war, aus seinem Innern kam, aus einem Teil seines Herzens, der edel und gerecht war. Während meine Stärke nur ein Schutzschild war, das ich trug. Er wurde erwachsen, vor meinen Augen, und ich war neidisch. Dann zog er einen roten Edding hervor und schmierte seinen Namen quer über die Karte, hangelte sich wie ein Schimpanse an den Haltestangen entlang und ließ sich auf den Sitz neben mir fallen. Vor der Geräuschkulisse des Zuglärms fragte er mich nach Marina.

»Komm schon, erzähl mir, was passiert ist«, drängelte er. »Hast du gewusst, dass Winston ihr ein Gramm Koks als Gage gegeben hat?«

Sein Gesicht glühte, während ich beschrieb, wie ich mit ihren Titten gespielt hatte.

Wieder auf der Straße, zündete ich einen Joint an und fragte, ob er mit mir rumhängen wolle.

»Nein, ich geh lieber nach Hause«, sagte er. »Ich bin heute Abend nicht in der Stimmung, mit Leuten zusammen zu sein.«

»Dann ist Paps genau dein Mann!« sagte ich, und er lachte. Ich gab ihm etwas Gras, und wir trennten uns.

Kapitel 8

Die Silhouette des Ziegelbaus tauchte auf. Ich bekam schon einen Ständer, wenn ich nur daran dachte. Ich fragte mich, ob sie wohl wieder dort sei und irgendeinem anderen glücklichen Mistkerl sein Geburtstagsgeschenk überreichte. Winston und Ernest fingen an zu feixen, als sie mich kommen sahen. »Hey, schau mal! Da ist ja unser Lover Boy.«

Ich bat Winston um Spiegel und Rasierklinge.

»Wart mal«, sagte er, »erst mal holen wir 'n paar Mädels.«

Er nahm die Mädchen aus meiner Nachbarschaft auf der Bank nebenan ins Visier.

»Nein, nicht die«, sagte ich.

»Was ist los, haben die etwa keine Mösen!« Noch ehe ich irgendwas sagen konnte, rief er sie rüber zu uns.

»Was willst du?« kam die arrogante Antwort zurück.

»Nun, wir haben 'ne Nase übrig und dachten, wir teilen sie

mit euch, aber wenn ihr so verdammt eingebildet seid ...«

Sofort kamen die Mädchen herüber; vier von ihnen, Carol, Jackie, Tina und Rosine. Winston fing an, den Koks zu zerteilen, und sie belauerten ihn wie hungrige Tiger. Zum ersten Mal erfuhr ich, was Koks für eine Macht über Frauen hat. Ernest brachte es auf eine mathematische Formel. Er sagte, und ich zitiere wörtlich, »Koks = Sex!« Nie wurden weisere Worte gesprochen. Mädchen lieben Koks! Du kannst ein Pfund Killergras aus Vietnam haben und allein bleiben. Aber hast du Koks, guten Koks, dann kannst du ein lepröser Penner mit eitriger Krätze sein und bist trotzdem der Hahn im Korb.

Ernest rollte eine Dollarnote zusammen, er kannte einen geheimen Trick, sie so zu falten, dass sie fest zusammengerollt blieb. Winston reichte den Mädchen den Spiegel, und jede sniffte zwei Lines. Wie Marina letzte Nacht drückten sie dann ihre Nasenflügel zusammen. Als die Lines weg waren, leckte Carol ihre Fingerspitze und fuhr damit über den Spiegel, dann rieb sie sie gegen den Gaumen.

Von den Mädchen war Carol die schärfste, jedenfalls für mich. Eine schmale, hellhäutige Puertorikanerin, man hätte sie für eine Italienerin halten können, solange sie nicht den Mund aufmachte. Sie hatte das übelste Mundwerk, egal, ob sie spanisch oder englisch sprach, und war auch die Rädelsführerin, wenn es darum ging, Stunk zu machen; ich war sicher, dass es ihre Idee gewesen war, Cathy mit Eiern zu bewerfen.

Winston, Ernest und ich zogen die nächste Serie von Lines weg, und Winston begann, eine weitere Runde zu zerteilen. Während der dritten Runde ertappte ich mich dabei, wie ich Carol ansah, und zwar nicht aus platonischen Gründen. Ich legte meinen Arm um ihre Schultern, und sie warf mir einen strengen Aufreißen-ist-nicht-drin-Blick zu, ließ aber meinen Arm gewähren. Winston setzte zur nächsten Serie an, und mit jedem Schnitt seiner Klinge wurde ich mutiger. Ich rieb mein Gesicht an Carols Ohr und roch Kool-Zigaretten und Erdbeershampoo. Ich berührte ihre Wange und drehte ihr Gesicht zu mir, unsere Blicke trafen sich, und sie legte ihre Arme um mich, und wir legten los; dort auf dem Basketballcourt knutschten wir wie leidenschaftlich Verliebte. Vor allen Leuten. Noch vor sechs Stunden hatte sie geschrien, was für eine schwule Sau ich doch sei.

Gott, ich liebte Koks.

Jeder von uns hatte zehn Lines, dann ließ Tina eine Flasche Wodka rumgehen, die wir in wenigen Minuten leerten. Sie zeigte keinerlei Wirkung. Hintereinander rauchten wir drei Joints, und nicht die Spur von Effekt. Ich war total high, nichts konnte das steigern. Ich fühlte mein Blut wie einen plätschernden Bach in meinen Venen. Mein Gehirn raste und schrie nach irgendeiner Form von Erleichterung, und dank der Größe meines Schwanzes fiel mir ein, wie die aussehen könnte. Ich nahm Carol bei der Hand und bat sie, mir zu folgen, doch sie riss sich los und sagte: »Ich bin nicht Marina.«

Es erwischte mich eiskalt. Ich hätte nicht gedacht, dass sie das wusste, aber hier weiß jeder alles, es gibt keine Geheimnisse. Nach einer Pause schmerzhafter Erkenntnis sagte ich: »Ich weiß. Du bist viel schöner als Marina.«

Sie warf mir einen Blick zu, der mir sagte, dass ich mir ganz schnell was Besseres überlegen solle.

»Du bist eine hinreißende Frau, Carol. Ich konnte dir das bisher nie sagen, weil ich Angst hatte.«

»Angst? Angst wovor?«

»Sieh dich an«, sagte ich. »Ist doch offensichtlich, oder? Du brauchst doch nur mit dem Finger zu schnippen, und schon kriegst du jeden. Was kann ich dir schon bieten?« Ich sah sie an. »Jeder Typ in der Gegend weiß, wie scharf du bist.«

»Sagen die das wirklich?« Mein Gott, es funktionierte! Ich

tat so, als müsste ich kichern. »Komm, spiel nicht mit mir, Carol! Als wenn du das nicht wüsstest!«

Ich streichelte ihre Wange, und wir küssten uns wieder. Ich wollte sie nicht misstrauisch machen und mit ihr zum Ziegelbau gehen, also brachte ich sie zu einer Bank an der Zementmauer, wo es auch noch ziemlich dunkel war.

Auf der Bank fingen wir an zu knutschen. Langsam fuhr ich mit meiner Hand über ihren Bauch, arbeitete mich hoch zu ihren kleinen Brüsten. Sie wehrte sich nicht. Ich ließ meine Hand dort ein paar Minuten und streichelte sie sanft. Vorsichtig. Dann glitten meine Finger auf der Suche nach ihrem BH unter ihr T-Shirt. Ich rieb über beide Brüste, doch außen am BH. Mein nächstes Ziel war, irgendwie darunter zu gelangen.

Ich presste meine Lippen auf ihre und benutzte meine Zunge, um sie abzulenken, als ich meine Hand unter ihren BH schob und versuchte, dort meinen Weg zu erkunden. Der elastische Stoff dehnte sich, noch ein bisschen hin und her manövriert ... und ich war endlich am Ziel! Weich und warm lag sie perfekt in meiner Hand. Ich spürte das Pochen ihres Herzens unter ihren Rippen. Mit meinem Daumen rieb ich den Nippel, und er wurde sofort hart. Jetzt wollte ich ihn lutschen, ihn streicheln und meine Nahrung von ihm kriegen. Noch nie hatte ich an den Brüsten einer Frau genuckelt. Ich glaube, selbst als Baby hatte ich nicht die Gelegenheit dazu gehabt. Es würde einiger Finesse bedürfen. Ich musste ihr Hemd hoch- und den BH runterziehen, meinen Mund an die richtige Stelle bringen, und alles sollte zudem wie die natürliche Fortsetzung unseres neckischen Spiels wirken.

Ich wünschte, ich hätte mehr Koks gehabt.

Unsere Zungen wirbelten herum wie Tabledancer in einem Sexschuppen, und nach mehreren Minuten schmerzte mein Kiefer.

Unsere Lippen trennten sich, und ich holte tief Luft. Die

Pause, die folgte, war mir unangenehm, also versuchte ich, sie zu füllen.

»Carol, du bist noch schöner, als ich es mir vorgestellt habe.«

»Das sagst du nur so«, gab sie zurück. Aber meine Hand lag immer noch unter ihrem BH, und sie schob sie nicht weg.

»Es stimmt aber«, sagte ich, »weil es wahr ist.«

Brillante Antwort! Ich zog meine Hand unter ihrem BH hervor und machte mich daran, ihr Hemd hochzuziehen, aber sie verschränkte die Arme vor der Brust.

»Was ist los, Carol?« fragte ich.

»Ich glaube, ich sollte zu den anderen zurückgehen«, antwortete sie und schaute sich nach ihnen um. Ich spürte, wie sich ihr Schutzpanzer bildete. Nur wenige Augenblicke, und sie würde wieder sie selbst sein. Tough.

»Carol, du bist das schönste Mädchen, das ich je gesehen habe.«

Es hatte einen so hohlen Klang, ich wusste, sie würde mir entgleiten. Dann leistete ich mir den tragischsten Schnitzer des Abends ...

»Ich liebe dich«, flüsterte ich.

»Hast du sie nicht mehr alle!« schnauzte sie und sprang auf. »Sag mal, hast du noch Koks?« Dann sah sie mich an. Mein Schwanz fiel ab, glitt an meinem Hosenbein herunter, prallte ab von meinem Sneaker und rollte über den Platz und wurde dort von einem Kind mit dem Fahrrad zerquetscht.

Ich brachte sie zurück zur Clique, wir sprachen kein Wort, während wir gingen; beide waren wir enttäuscht, aber aus unterschiedlichen Gründen. Ich war jetzt völlig straight, die Wirkung des Koks hatte nicht lange angehalten.

Wir ließen die Mädchen stehen, und Winston törnte uns die ganze Nacht mit Koks an. Bis fünf Uhr morgens, als die Laster bereits zum Supermarkt fuhren, spielten wir Basketball.

Auf meinem Weg nach Hause traf ich Leute, die zur Arbeit gingen. Noch nie war ich so lange weggeblieben. Doch es sollte bald zur Gewohnheit werden.

Kapitel 9

Ich sah in den Spiegel, meine Augen waren nur noch verquollene Schlitze, meine Lippen aufgesprungen wie der Gehweg vor Jenkins' Laden, und meine Haut hatte einen milchiggelben Ton. Ich sah aus wie ein blutrünstiger Zombie.

Es war spät am Nachmittag, und ich hatte mir das ganze Nachmittagsgeschäft versaut. Fünf Minuten lang pisste ich die dreihundert Dollar aus, die Koks, Gras und Wodka wert gewesen waren. Ein kräftiger Strahl klarer Pisse, der nicht einmal das Wasser färbte.

Als ich aus dem Badezimmer kam, hörte ich Schritte im Hausflur, dann Schlüsselklappern und das Zersplittern von Holz. Blitzschnell stieg ich in meine Hose, schnappte mir ein Messer aus der Kochnische und stürzte in den Hausflur, wo ich einen Einbrecher vermutete.

Stattdessen hatte Mr. Stamovich das Schloß von Mrs. Baileys Tür geknackt und war im Begriff, ihre Wohnung zu betreten. Stamovich war unser Vermieter. Wir sahen ihn zweimal im Jahr. Ende Dezember, wenn er die Heizung anstellte, jedoch erst nachdem die Mieter mit Einstellung der Mietzahlungen gedroht hatten, oder wenn er Mieterhöhungen verteilte. Trotz Mietpreiskontrolle, Gerichtsverfügungen und bewaffneten Aufständen versuchte er das jedes Mal im Frühjahr.

Stamovich war ein gedrungener, kompakter Mann mit Kürbiskopf, einem heimtückischen Grinsen und Augen, winzig wie Nadelspitzen, die in den wulstigen Falten seiner Wangen verschwanden, sobald er sprach. Er unternahm nicht mal den Versuch, die Tatsache zu leugnen, dass er uns, die Mieter dieses Hauses, hasste. Ließ er sich herab, uns auf Englisch anzusprechen, dann bezeichnete er uns als verdammt faule Hunde. Unsere überzogenen Forderungen nach intakten Toiletten, Beleuchtung im Hausflur und Heizung im Winter nährten seine Feindseligkeit. Um fair zu sein, er war der Ansicht, er sei ein sehr großzügiger Vermieter, da er uns gestattete, Ratten als Haustiere zu halten, die von der Wand abblätternde Farbe zu sammeln und an dem umfangreichen Sortiment von Kakerlaken, das er aus allen Ecken der Welt zusammengetragen hatte, entomologische Studien zu treiben. Für Mieter im obersten Stock gab es noch einen Extrabonus: individuell gestaltete Duschen im Wohnzimmer, wann immer es auch regnete. Alle Freude war dahin, wenn Stamovich in der Gegend auftauchte. Eigentlich gab es gar keine Freude mehr im Umkreis von sieben Kilometern.

Er war also in Mrs. Baileys Wohnung, und dazu hatte er ohne ihre Einwilligung kein Recht. Und das wollte ich ihm unmissverständlich zu verstehen geben.

»Was machen Sie in ihrer Wohnung, Stamovich? Das hat sie Ihnen nicht gestattet.«

Stamovich grinste schleimig und sah aus wie eine Kürbislaterne an Halloween, gleichzeitig traten seine Zähne hervor, und seine Lippen wurden so weit auseinandergezogen, dass er ein Baguette hätte quer fressen können.

»Mrs. Bailey ist nicht in der Verfassung, irgendetwas zu gestatten«, antwortete er; natürlich sprach er mit einem Akzent, der einem die Socken auszog.

»Wovon sprechen Sie eigentlich, Stamovich?« schoss ich zurück, immer darauf bedacht, seinen Nachnamen an das Ende eines jeden Satzes zu hängen; es kam so mehr Verachtung rüber.

Er berichtete mir die Neuigkeit. Dabei lächelte er. Stolz. Als hätte er seinen Anteil daran. Sehr plötzlich wurde ich mir des Messers in meiner Hand sehr bewusst und trat schnell zurück. Ich ließ die Tür offen und konnte hören, wie Stamovich durchs Wohnzimmer ging, wie ein Müllmann, der sich seinen Weg über eine Müllhalde bahnt. Ich musste hier raus oder hätte etwas getan, was ich bereut hätte.

Ich ging in den Hausflur, und Stamovich beschwerte sich über den Geruch in ihrer Wohnung.

»Dieser Geruch kommt vom Krebs in Ihrem beschissenen Herzen, Stamovich!«

Er brummte etwas auf Polnisch. Ich ging noch mal an die Tür und schrie zurück: »Heil Hitler!«

Stamovich stürmte aus der Wohnung und brüllte dabei in seiner Muttersprache. Ich hatte seinen wunden Punkt getroffen. Bei allen gab es etwas, was sie hochgehen ließ. Bei ihm war es alles, was mit Hitler zu tun hatte, obwohl ich nicht wusste, warum.

Ich ging zur Telefonzelle an der Ecke und wählte die Nummer des Krankenhauses; wer zum Teufel gab schon etwas auf das Gerede von Stamovich. Ich erkundigte mich nach dem Zustand von Mrs. Bailey, Zimmer 413.

Sie war letzte Nacht um neun Uhr dreißig gestorben. Eineinhalb Stunden, nachdem wir sie besucht hatten. Scheiße. Wie konnte Stamovich so schnell Wind davon bekommen haben? Hatte er eine Hotline zum Leichenschauhaus?

Ich stand neben dem Süßwarenladen, rauchte zwei Joints hintereinander und hielt nach Ray Ausschau. Ich wollte nicht, dass er es von diesem Mistkerl Stamovich erfuhr.

Ich malte mir aus, wie ich Stamovich am liebsten umbringen würde, unter Verwendung von Gartenwerkzeugen und Küchengeräten zum Beispiel. Ganz nah und persönlich. Seine Augen, wenn ich ihm den alles entscheidenden Schlag mit dem Schneebesen versetzte. Oh, was für ein herrliches Massaker würde ich anrichten. Ein Aschenbecher mit seiner Leber drin, Seilspringen mit seinen Gedärmen, seine Lungenflügel könnte man als Buchstützen benutzen.

Bevor ich mich entschieden hatte, war der Abend angebrochen und noch immer keine Spur von Ray. Ich hatte nur sieben Tüten verkauft, weniger als ein Drittel des normalen Umsatzes, aber ich hatte so viel Spaß, Stamovich zu töten, dass es mir egal war.

Ich kam in den Hausflur und fand Mrs. Baileys Tür weit offen vor. Niemand war da. Stamovich war verschwunden. Genau genommen war alles verschwunden, die ganze Wohnung war ausgeräumt worden. Das Bettzeug lag abgezogen mitten im Zimmer. Alle Schubladen waren geleert und auf den Boden geworfen worden. Überall war schmutzige Kleidung verstreut, aber alles annähernd Wertvolle war verschwunden. Stamovich hatte die Tür offen gelassen und in Umlauf gebracht, dass Mrs. Bailey gestorben war. Einige der Mieter, die wussten, dass sie allein lebte und keine Familie hatte, hatten die Wohnung leergeräumt. Ich hasste es, das zugeben zu müssen, aber Stamovich war ein guter Menschenkenner.

Zu Hause lag Ray auf der Couch und sah fern. Paps stand in der Kochnische. Ich setzte mich neben Ray und bemerkte ein kleines Photo, das neben seinem Bein lag. Es zeigte Mrs. Bailey als junge Frau in einem Vergnügungspark. Ray sagte, er habe es in ihrem Apartment gefunden, und es sei das Einzige, was er von ihr haben wolle. Auf dem Bild lächelte sie, wie ich sie nie hatte lächeln sehen. So glücklich und unbeschwert. Ich fragte mich, ob sie jemals gedacht habe, dass ihr Leben diesen Verlauf nehmen werde.

Ich nahm das Photo in die Hand und betrachtete es, versuchte, mir die Welt jenseits des Rahmens vorzustellen. Ich schloss meine Augen und versetzte mich in diese Welt. Die Lichter und die Attraktionen, rosa Zuckerwatte und regenbogenfarbene Luftballons; der Duft gerösteter Erdnüsse und frischen Popcorns; Wagen voller kreischender Kinder auf der Achterbahn, die alberne, nahezu lächerliche Musik des Karussells. Ich sah Mrs. Bailey vor mir; Ray und mich an der Hand, führte sie uns von einer Fahrt zur nächsten; ihr lächelndes Gesicht, als wir mit der Schiffsschaukel an ihr vorbeisausten, ihr zuwinkten, und sie winkte zurück. Es machte mich froh, dass sie zumindest einmal in ihrem Leben glücklich gewesen war. Denn dieses Gefühl war selten. Könnte man es nur in eine Flasche füllen und sie auf ein Regal stellen; und wenn man sich mies fühlt, öffnet man sie einfach und fühlt sich wieder gut, so wie man sich gefühlt hat, bevor alles so beschissen wurde. So wie sie sich auf diesem Photo fühlt.

Paps kam mit einem Pappteller und zwei Sandwiches darauf ins Zimmer. Schinken und Käse. Er gab Ray und mir je ein Sandwich und ging schweigend in die Küche zurück. Heute Abend war er nicht er selbst. Vor allem war er nicht betrunken, und ich glaube, er ging tatsächlich zurück in die Küche, um sich ein Sandwich zu machen. Mich interessierte, wie sein Körper auf diese fremde, feste Substanz reagieren würde.

Wie Mäuse nagten wir an unseren Sandwiches. Paps kam ins Zimmer und setzte sich mit seinem Sandwich ans Ende der Couch. Ray saß in der Mitte, Paps an dem einen und ich am anderen Ende. Niemand sagte ein Wort. Der Fernseher war an, aber wir sahen nicht hin.

Paps zog eine kleine Flasche aus der Tasche und nippte dran. Ich holte einen Joint raus, zündete ihn an und reichte ihn Ray rüber. Paps sah zu, wie Ray einen Zug nahm und mir den Joint zurückgab.

»Lass mich den Shit mal probieren.«

Zuerst dachte ich, es käme aus dem Fernsehen, aber Paps sah mich direkt an. Also reichte ich ihm den Joint, und er nahm ihn zwischen Daumen und Zeigefinger, zog und behielt den Rauch in der Lunge, solange er konnte, und ließ ihn dann aus der Nase strömen, es sah aus, als hätte er zwei elfenbeinerne Stoßzähne. Er nahm noch einen Zug und reichte den Joint an Ray weiter. Ray nahm ihn mit einer Mischung aus Erschrecken und Begeisterung.

Lange saßen wir schweigend da, unsere einzige Ablenkung war der Fernseher, als Paps dann ziemlich unvermittelt zu reden anfing. Zuerst langsam, ein paar miteinander verbundene Worte, ein oder zwei Sätze, bis sich nach und nach ein richtiges Gespräch zwischen uns entwickelte. Er erzählte uns von seiner Jugend in Detroit. Vor vielen Jahren habe er Gras geraucht, in der High School, zusammen mit seinem Bruder. Ich sagte ihm, dass ich Gras für eine neue Erfindung gehalten hätte. Darüber musste er lachen und erklärte mir, dass die Indianer es in ihren Friedenspfeifen geraucht hatten; klang einleuchtend, denn Gras macht einen ja irgendwie friedlich.

Er sprach über unsere Mutter. Er hatte sie noch nie erwähnt. Niemals. Jetzt beschrieb er sie, als hätte er sie gestern erst gesehen. Eine kleine Frau, sagte er, eine Miniausgabe von einer Frau, ovales Gesicht und eine Haut wie Porzellan — ich hätte mein Aussehen von ihr, behauptete er. Große, leuchtende Augen, die aber scharf und durchdringend blicken konnten, sie wechselten ihre Farbe, je nach Licht und Tageszeit, von Grau nach Grün; das Haar trug sie zu einem Knoten aufgesteckt, wie ein Türknauf; und er neckte sie immer, indem er danach griff, wenn sie vorbeiging.

Er beschrieb, wie ihre Augen ihn angefunkelt hatten, wenn er etwas Falsches gesagt oder getan hatte. »Wie die Medusa«, fügte er hinzu, »man war wie versteinert.« Ich fragte ihn, ob dieser Blick wie der von Mrs. Bailey gewesen sei, und er kicherte und sagte, er sei ähnlich gewesen. Und während er von anderen Dingen erzählte, von anderen Details, wich langsam alle Farbe aus seinem Gesicht. Nie zuvor hatte ich Verlust als etwas so Wertvolles, Bleibendes erlebt.

Er sagte, sie habe ihn möglicherweise vor dem Gefängnis bewahrt. Bevor sie sich kennen lernten, hatte er seine Finger in allem möglichen drin, Schnapsschmuggel und Buchmachergeschäfte, einmal sogar Raub — Er raubte Lastwagen aus, die Zigaretten transportierten, und verkaufte die Zigaretten an den Mob.

Ich konnte einfach nicht glauben, was ich da hörte!

Er kicherte, als er beschrieb, wie diese kleine Frau sein Leben in die Hand nahm, ihn unterstützte und ermutigte und ihm manchmal die Hölle heiß machte. Sie verliebten sich und heirateten, er nahm dann einen Job bei Procter & Gamble in der Seifenherstellung an.

Ray fragte, ob er ein Photo von ihr sehen könne, aber Paps sagte, als sie an Krebs gestorben sei, habe er durchgedreht und einen Nervenzusammenbruch bekommen und alles, was sie besessen hätten, zerstört. Wir seien damals noch zu klein gewesen, um uns daran erinnern zu können, fügte er hinzu, aber wir hätten auf Staten Island gelebt. Er setzte alles in der Wohnung dort mit Benzin in Brand und beinahe auch das ganze Haus mit all denen, die drin waren. Daraufhin wurde er für ein Jahr ins Krankenhaus gesteckt, auf die Psychostation, wie er es nannte.

Während er sprach, raste ich gedanklich in meine Kindheit zurück. Vage erinnerte ich mich daran, bei fremden Leuten gewesen zu sein, als ich sehr klein war. Ich erinnerte mich, in meine Hände geweint und versucht zu haben, meine Tränen zu sammeln. Ich bildete mir damals ein, sie brächten mir Glück. Wahrscheinlich war das eine der ersten Erinnerungen an meine Kindheit.

Paps sackte auf der Couch leicht zusammen, er war am Einnicken. Seine Augen waren nur noch dunkelrote Schlitze, und ich dachte, er würde vielleicht weinen. Zum ersten Mal in meinem Leben steckte ich in seiner Haut, einer alten, müden Haut, faltig und überall vernarbt. Jahrelang war ich davon überzeugt gewesen, dass er mich hasste oder ich zumindest schuld daran war, dass ihm alles scheißegal war. Jetzt wusste ich, dass es nicht an mir lag. Nie gelegen hatte.

Er schlug die Augen auf, als hätte man ihn wachgerüttelt, und völlig unvermutet, sozusagen als Nachtrag, sagte er zu uns: »Die Liebe der richtigen Frau hilft einem, alles zu erreichen. Jeden Gipfel zu erklimmen. Solltet ihr jemals so eine Frau finden, werdet ihr wissen, was ich meine.« Seine Lider flatterten, und er war weggetreten.

Eine halbe Flasche Whiskey war noch übrig. Sie wanderte zwischen Ray und mir hin und her, bis sie leer war. Dann hoben wir Paps an den Armen hoch und trugen ihn in sein Zimmer und brachten ihn ins Bett, eine alte Armeematratze. Ray deckte ihn mit einer zerschlissenen Baumwolldecke zu, und er fing an zu schnarchen. Als Ray an mir vorbei ins Wohnzimmer ging, blieb ich im Türrahmen stehen und betrachtete Paps, und ich ertappte mich dabei, wie ich, ohne es zu wollen, flüsterte: »Es tut mir Leid, Paps.«

Kapitel 10

Winston, Ernest und ich snifften Koks und hingen bereits die ganze Nacht draußen rum, als Winston den Vorschlag machte, zum Schießplatz rüberzugehen.

»Welchen Schießplatz?« fragte ich.

Er brachte uns zum Müllplatz unten am Wasser. Wegen des Gestanks wohnte niemand in dieser Ecke. Es war ein

Abladeplatz für alte Möbel, gestohlene Autos, Mordopfer und wer weiß, was sonst noch alles.

Winston nutzte das Gelände für Schießübungen und sagte, er würde uns mit der Kanone schießen lassen. Es war stockfinster. Der Mond wurde von Wolken verdeckt, doch vereinzelt sah man eine Möwe vorbeifliegen. Ernest schoss zuerst und versuchte, eine zu erwischen. Bei jedem Schuss ging ein Ruck durch seinen Arm. Er versuchte, noch eine Möwe zu treffen und schoss dann auf Flaschen und Dosen, die Winston auf einen Holzblock gestellt hatte.

Dann war ich dran. Winston schob das Magazin für mich rein und entsicherte die Waffe. Zuerst hatte ich Angst, aber als Ernest anfing, sich über mich lustig zu machen, wurde ich schnell mutig.

Der erste Schuss, das war schon geil. Dieser Kick im Arm, man fühlt sich unbesiegbar. Es gab einen dumpfen Knall, wie bei einem schwachen Chinakracher, ganz anders als Waffen im Fernsehen. Nach jedem Schuss fiel die leere Patronenhülse seitlich raus; jeder, der rechts neben einem stand, konnte davon getroffen werden, und sie war heiß.

Oben auf der Straße wurde eine Autotür zugeschlagen. Es war ein Streifenwagen mit flackerndem Rotlicht. Winston griff sich die Kanone, sicherte sie und wir hauten nach hinten ab, immer am Ufer entlang. Ich trat auf eine tote, aufgedunsene Katze, die unter meinem Gewicht zerdrückt wurde, Ernest stolperte über eine Matratze. Ein Bulle befahl uns stehen zu bleiben, während er mit seiner Taschenlampe die Gegend absuchte. Winston schnappte sich die Hand seines Bruders, und wir rannten wie die Teufel. Fünf Minuten später waren wir auf der Straße und kurz danach wieder sicher bei den Courts.

Später kreuzte ein Typ auf, den Winston kannte; er sei auf der

Suche nach einem Freund oder so, meinte er. Ein Knochengestell mit verfilztem Haar und in zerlumpten, dreckigen Sachen, die wie Vorhänge um seine krumme Gestalt flatterten; der Schritt seiner Hose hing in Kniehöhe, und seine zerfetzten Sneakers waren von unterschiedlichen Herstellern und hatten unterschiedliche Größen. Er roch nach saurer Milch. So zapplig und nervös, wie er war, machte er den Eindruck, als erwartete er jeden Moment einen Angriff aus heiterem Himmel.

Winston und dieser Typ wollten zu der Bank nahe der Betonmauer, als Winston fragte, ob wir — Ernest und ich — mitkommen könnten. Der Typ meinte, wenn wir cool seien, könnten wir kommen. Wir waren cool, also gingen wir mit.

Ich traute meinen Augen nicht, als er seinen Ärmel hochschob. Sein Arm war eine Landkarte mit sich schlängelnden Venen und angetrockneten Blutflecken, verschorften Einstichstellen wie Schlaglöcher auf der Straße. Einige der Venen traten so stark hervor, als lägen sie auf der Haut und nicht darunter.

Er nahm seinen Gürtel ab und schlang ihn lose um seinen Bizeps. Aus seiner Hemdtasche nahm er einen durchsichtigen Umschlag; eine Pipette und einen schmutzigen Löffel. Ich wusste, im Umschlag war das Dope, aber weder mit der Pipette noch mit dem Löffel konnte ich was anfangen.

Der Typ schüttete das Pulver in den Löffel und befeuchtete es mit der Pipette. Dann hielt er ein brennendes Streichholz unter den Löffel. Ich wollte schon fragen, was er da veranstaltete, hielt aber den Mund. Stattdessen fragte Ernest.

Der Typ sagte, der Stoff müsse aufgekocht werden, bevor er sich den Schuss setze. Er bat Winston, den Löffel zu halten, was Winston auch tat. Einen Moment später schäumte es im Löffel, als wäre Seife drin. Der Typ legte einen braunen Wattebausch darauf.

Er zog eine altmodische Spritze aus Glas hervor und ließ seine Finger in die drei Silberringe, einen am Ende und zwei in der Mitte des Zylinders, gleiten; selbst im Dunkeln konnte ich die Risse und Flecken am Glaszylinder erkennen.

Zwei Leute vom Court kamen vorbei, und sofort flippte der Typ aus. »Wer's das? Was wollen die hier? Kennst du die? Wenn die näher kommen, bring ich sie um!« Ich dachte schon, er würde einen Herzanfall bekommen und mich davor bewahren, mitansehen zu müssen, was er als Nächstes tun würde. Doch Winston beruhigte ihn, die Leute gingen vorbei, und er wandte sich wieder seinem Job zu.

Er zog die Flüssigkeit in die Spritze, hielt sie dann gegen das Licht der Straßenbeleuchtung und inspizierte die Nadelspitze wie ein Drucker den Andruck, dann zog er den Gürtel um seinen Arm fest. Wie der Gürtel so zog sich auch mein Magen zusammen. Ich hatte Spritzen noch nie gemocht. Er setzte die Kanüle an einer winzigen Stelle an, die noch nicht verschorft war, stach blitzschnell zu und genauso schnell zog er sie wieder heraus.

»Daneben«, murmelte er.

Er zog den Gürtel noch enger und bat Winston, das Ende festzuhalten. Winston tat ihm den Gefallen. Diesmal stieß er die Nadel hinein und zog etwas Blut in den Zylinder. Er tippte mit der Fingerspitze gegen die Seite, dann drückte er sich alles in den Arm. Er bekam einen Gesichtsausdruck, als fickte er gerade mit Marina.

Er zog die Nadel heraus und sackte auf der Bank zusammen. Sein Kopf fiel nach hinten, und die Augen rutschten in den Schädel; unter den flatternden Lidern war nur noch das Weiße zu sehen. Blut tröpfelte aus dem Arm, lief als Rinnsal an seinen Venen entlang und sammelte sich als Pfütze in seiner Handfläche.

Er war kaum bei Bewusstsein, aber er brachte es schließlich

fertig, ein braunfleckiges Taschentuch hervorzuziehen und es sich gegen den Arm zu drücken. Die Zunge rutschte in seinen Mundwinkel, und er fing an zu stöhnen. Wie in Zeitlupe hob er den Kopf, sah uns aus den Augenwinkeln an und gab uns mit dem Taschentuch Zeichen, wir sollten abhauen. Er konnte nicht sprechen, er konnte nicht stehen, und ich dachte, er würde direkt vor meinen Augen sterben.

Winston meinte, wir sollten besser verschwinden. Als wir losgingen, brach der Typ auf der Bank zusammen und lag der Länge nach flach auf dem Bauch, die Arme hingen schlaff nach unten. Ich konnte einfach nicht wegsehen. Ich dachte, er wäre tot, doch Winston sagte, das sei das, was Gift eben aus einem mache.

Als ich nach Hause kam, saß Paps in einer Ecke der Couch und sah fern mit abgeschaltetem Ton. Ray lag am anderen Ende und schlief unter einer Decke. Ich setzte mich auf mein Bett und zog meine Sneakers aus. Im Schein des Fernsehers konnte ich sehen, dass Paps eine Flasche auf dem Schoß hielt.

»Wie läuft's da draußen?«

»Was?«

»Ich habe gefragt, wie's da draußen läuft.«

Er war völlig betrunken. »Oh, eh, es, es läuft gut.«

»Ist es nicht 'n bisschen spät, um nach Hause zu kommen?«

»Keine Ahnung.«

»Warum kommst du nicht zu einer normalen Zeit nach Hause?«

»Paps, auf einmal interessiert's dich, wann ich nach Hause komme?«

»Ich habe dir nur eine Frage gestellt, das ist alles.«

»Ich häng nun mal gern mit meinen Freuden rum, das ist alles, einfach nur rumhängen.«

»Einfach nur rumhängen, mit deinen Freunden?« sagte er

mit einem Grinsen. »Und was ist mit dem Pot, das du mit dir rumträgst und verhökerst?«

Ich sah ihn an.

»Nun?« sagte er. »Du verkaufst es hier im Block, gehört nicht gerade zu den unauffälligen Sachen, die hier ablaufen.«

Ich suchte nach einer Notlüge, nichts weiter. »Ist das wirklich so offensichtlich?« fragte ich.

Paps lachte los. Seit Jahren hatte ich ihn nicht so lachen hören. »Nein«, sagte er, »ist es nicht. Du musst nur aufpassen. Lass dich nicht erwischen.«

Ich nickte.

»Du und dein Bruder seid keine Kinder mehr. Ich kann euch nicht zwingen, etwas zu tun oder zu lassen. Ihr seid alt genug, um selbst zu entscheiden. Aber ich will, dass ihr mir die Wahrheit sagt. Egal, worum es geht, seid ihr ehrlich zu mir, bin ich ehrlich zu euch.«

Ich nickte wieder.

»Und vergiss nicht, für alles, was ihr da draußen anstellt, müsst ihr geradestehen, klar? Alles hat seinen Preis. Ihr seid alt genug, um das zu wissen.«

»Paps, ich tu eigentlich nichts Schlimmes. Es ist nur Pot, wem schadet das?«

»Ich sag's dir nur. So ganz allgemein. Pass auf. Und pass auf deinen Bruder auf. Er ist nicht wie du.«

»Paps, er ist schlimmer als ich.«

Paps sah den engelsgleichen Ray an, der wie ein Baby schlief, kicherte leise und nickte mit dem Kopf. Ich ging ins Bett und machte die Augen zu.

Kapitel 11

»Winston ist verschwunden!«

Zuerst hörte ich es von den Mädels auf der Straße, auf dem Weg zu den Courts dann auch von anderen. Ich war fast die ganze Nacht mit ihm zusammen gewesen, wahrscheinlich schlief er noch. Die Leute neigen zu Überreaktionen, das macht ihr Leben spannender.

Aber auf dem Weg zu ihm zog ich noch eine andere Möglichkeit in Betracht. Die Kolumbianer hauten wieder mal auf die Kacke. Erst letzte Woche hatte mir Winston eine Story erzählt, die typisch war für die Scheiße, die sie anstellten. Ich hatte ihn nach Marina und der gewissen Nacht gefragt. Er erzählte mir von Marinas Zuhälter, einem Kolumbianer namens Toot.

Es schien, als wäre Toot eine ganze Weile hinter ihr her gewesen, die ganze sechste Klasse und dann in der High School, doch Marina wollte nichts von ihm wissen. Also setzte Toot ein paar Kumpels auf sie an, die sie brutal vergewaltigten. Sie schleppten sie in eine Seitengasse und ließen sie als blutendes Etwas zurück. Tagelang verfolgten sie sie und lauerten ihr sogar vor dem Haus auf. Sie konnte nicht mal ihre Nase rausstecken, ohne angemacht zu werden. Zwei Wochen lang ging das so, bis sie es nicht mehr aushielt. Dann kommt Toot daher, erzählt ihr, er wisse, was die Typen gemacht hätten und verspricht, auf sie aufzupassen. Marina ist erst sechzehn, hat keine Familie, niemanden, dem sie sich anvertrauen kann — die Bullen können einen Scheiß tun —, also ist sie einverstanden, dass Toot ihr hilft. Zwei Minuten, nachdem Toot mit ihr gesprochen hatte, hätte sie nackt die Straße runterspazieren können und niemand hätte gewagt, sie auch nur zu berühren. Es hatte sich herumgesprochen, dass sie Toots Eigentum war und niemand hatte Bock, sich mit Toot anzulegen. Also schickte er sie anschaffen. Zuerst weigerte sie sich, und er schlug sie zusammen; als das nichts half, schickte er ihr wieder seine Freunde auf den Hals. Als nächstes fixte er sie an. Jetzt musste sie auf den Strich gehen, um ihren Druck zu kriegen.

Es war so unglaublich sadistisch, ich konnte es nicht glauben. Aber Winston sagte: »Wenn's ums Geschäft geht, ist niemand gnadenloser als die Kolumbianer. Sie töten oder foltern jeden, es ist ihnen völlig gleichgültig. Wenn die einen kriegen wollen, schnappen sie sich seine Mutter und schicken ihm ihr Herz per Post.«

Ich klopfte an die Tür und Ernest öffnete; die Angst stand ihm ins Gesicht geschrieben. Hinter ihm sah ich seine Mutter am Tisch, in den Händen ein Handtuch, dass sie ständig hin und her drehte.

Ernest kam in den Hausflur.

»Wo gehst du hin, Ernest? Ich will nicht, dass du die Wohnung verlässt!« rief seine Mutter ihm hinterher.

»Ich geh nur in den Hausflur, Mama. Bin gleich wieder zurück.«

Ernest erzählte mir, dass Winston letzte Nacht nicht nach Hause gekommen sei; sie hätten bis vier Uhr morgens auf dem Court rumgehangen, und da habe er ihn zum letzten Mal gesehen. Er sagte, er habe ihn überall gesucht, auf den Courts, dem Müllplatz, in den Projects.

Ich vermutete, Winston sei vielleicht weggetreten und schlafe irgendwo. Ernest warf mir einen Blick zu, der mir sagte, wie lächerlich meine Vermutung sei. Beide wussten wir, was geschehen war, aber hatten Angst davor, es laut auszusprechen, Angst, dass es dadurch real werden könnte. Solange er nicht vierundzwanzig Stunden verschwunden war, unternahmen die Bullen gar nichts. Sie sagten, er sei möglicherweise weggelaufen. Doch Ernests Mutter wusste, dass er nicht weggelaufen war. Sie wusste, dass ihr Sohn in Schwierigkeiten steckte.

Auf den Courts hatte jeder seine eigene Theorie oder Ansicht. Dieselben Dreckskerle, die Basketball gespielt hatten, während er von vier Typen zusammengeschlagen wurde, zeigten sich auf einmal besorgt. Ich erwog jede nur denkbare Möglichkeit, wo er sein könnte, stellte mir vor, dass er uns nur verarschte und irgendwann antanzen und sich über uns bepfeifen würde, weil er uns so einen wahnsinnigen Schrecken eingejagt hatte. Wir würden mächtig ablachen, uns antörnen, und alles wäre wie immer. Ich war zu Besuch im Märchenland, und ich wusste es.

Was war mit seinem Verbindungsmann? Sollte der nicht alles regeln? Verdammte Scheiße, wer war dieser Typ überhaupt? Es gab so viele Fragen, ich fühlte mich hilflos. Am liebsten hätte ich jemanden umgelegt. Wo ist dieser Stamovich, wenn man ihn wirklich braucht? Es ist wichtig für mich, in solchen Situationen meinen Sinn für Humor zu behalten.

Denn Winston wird wieder auftauchen ... natürlich wird er das ... dessen bin ich sicher.

Kapitel 12

Drei Tage später wurde Winstons Leiche auf dem Müllplatz gefunden. Mit zweiunddreißig Messerstichen. Verteilt über Arme und Beine, in seiner Brust; Stiche im Gesicht, im Nacken und ins Herz. Ich war auf der Straße und sah einen Streifenwagen vor dem Haus. Ich wartete draußen.

Die Detektives kamen mit Mrs. McKenzie und Ernest heraus, beide weinten verzweifelt und stützten sich gegenseitig. Ernest sah mich und schrie: »Sie haben ihn umgebracht. Diese Wichser haben ihn niedergestochen und ihn fertiggemacht, Mann!«

Einer der Cops hielt die Wagentür auf, als sie einstiegen.

Ich sah sie wegfahren, sah das Blaulicht in der Ferne verblassen, glaubte es aber immer noch nicht. Es stimmte nicht. Es konnte einfach nicht sein.

Ich fühlte etwas in mir hochkochen, etwas Massives, Gemeines. Ich musste weg von hier, so weit wie möglich. Also fing ich an zu rennen. So schnell wie noch nie zuvor, meine Füße berührten kaum den Asphalt. Alles um mich herum verschwamm zu einem verschmierten, streifigen Grau. Der Wind verätzte meine Ohren und meine Wangen wurden taub, er ließ den Schleier vor meinen Augen erstarren, doch ich rannte und rannte ohne Ziel, denn wäre ich stehen geblieben, hätten sich meine Füße nicht mehr bewegt ... dann wäre es aus mit mir gewesen.

Ich erinnerte mich, was Paps gesagt hatte, dass er alles, was sie besaßen, hatte zerstören müssen, jeden Hinweis auf ihr gemeinsames Leben, alles, was Erinnerung barg. Ich wusste jetzt, was er gemeint hatte. Ich musste etwas zerstören, irgend jemanden verletzen, den Schock an einen anderen weitergeben, nur so konnte ich ihn überwinden. Aber niemand war da, den ich verletzten konnte.

Etwa ein Dutzend Mal musste ich um den Block gerannt sein, wie eine Ratte im Laufrad. Meine Lungen brannten, und meine Nase blutete, hätte ich jetzt nicht aufgehört zu rennen, wäre ich ohnmächtig geworden. Auf den Treppen vor unserem Hauses brach ich zusammen und schnappte nach Luft. Mein Mund war so trocken, ich konnte kaum schlucken, fuhr mit dem Handrücken über mein Gesicht und spürte den roten Sirup. Er schmeckte nach nichts. Ich saß da, allein, fühlte mich stumpf, frustriert und konnte nicht mal weinen; es fehlte mir einfach die Kraft dazu. Das überraschte mich. Ich lehnte mich zurück und plante ruhig meinen nächsten Angriff, fragte mich, was diese ganze Scheiße solle, als es mich überkam wie ein plötzlicher Kokskick.

Eingebung kann man nicht erzwingen, sie ist da, wenn man sie am wenigsten erwartet. Wie eine kühle Sommerbrise, die man spürt oder auch nicht. Es war etwas wirklich Inspirierendes. Etwas, was selbst Winston mit Stolz erfüllt hätte.

Ich stand auf und brach einen Ziegelstein aus dem Treppenaufgang. Ein halber Ziegelstein, nicht zu schwer, nicht zu leicht, mit feinkörniger Oberfläche; er fühlte sich gut an in meiner Hand. Langsam machte ich mich auf den Weg. Doch nicht im Laufschritt, sondern schleichend, ich schlich mich an meine Beute heran. Ich stattete sie mit einer Persönlichkeit aus, mit einem Gesicht; der Höllen-Hispano gekreuzt mit dem fiesesten Kolumbianer, den ich mir vorstellen konnte. Vorbei an Treppen und Einfahrten, vorbei an einem Auto mit aufgestellter Kühlerhaube und einem Typ, der sich über den Motor beugte. Auf der anderen Seite der Straße standen einige Erwachsene im Halbkreis; sie unterhielten sich und würdigten mich keines zweiten Blickes. Ich hatte die Ecke erreicht und machte einen Schritt zurück in den Rinnstein. Blitzschnell kreuzte eine räudige schwarze Katze meinen Weg und verschwand unter einem Chevy, ich war zu weit weg mit den Gedanken, um auch noch an ein Omen zu glauben. Regungslos stand ich da, nahm mein Ziel ins Visier, präparierte mich psychisch und kanalisierte meine Wut. Arme und Beine fingen an zu zittern wie vor einem Kampf, als plötzlich Mr. Jenkins wie aus dem Nichts auftauchte. Er sah mir nur ins Gesicht, stürmte aus dem Laden und schrie wie ein Wahnsinniger, fuchtelte mit den Armen und rief nach jemandem — irgendjemandem —, er solle ihm helfen. Niemand machte Anstalten. Ich hielt meine Hände wie ein Werfer beim Baseball, biss die Zähne fest aufeinander, so dass ich hören konnte, wie sie knirschten. Zwei Damen aus dem dritten Stock sahen aus ihren Fenstern, eine schüttelte gerade ein Handtuch aus. Jenkins stieß eine letzte verzweifelte Bitte um Rettung aus, duckte sich, als mir ein perfekter Wurf über seinen Kopf gelang.

Als er wieder hochkam, sah er aus, als wäre ihm der Teufel persönlich begegnet. Noch nie hatte ich derartig weit aufgerissene Augen gesehen. Er griff sich mit den Händen an den Kopf und stampfte umher, als bekäme er einen Durchfall. Ich dachte, er würde gleich hier einen Haufen hinlegen, dann rannte er rein, um die Bullen zu rufen. Mit einem zufriedenen Lächeln blieb ich stehen und bewunderte meine Arbeit; und ich glaube, das regte ihn mehr auf als alles andere.

Inzwischen war fast jeder aus seinem Haus gekommen, um zu sehen, was die ganze Aufregung sollte. Ich sah mich um, und da waren sie, meine Nachbarn, und inspizierten den Schaden. Die Erwachsenen waren wütend, die Kids aufgeregt, aber die meisten waren verblüfft.

Ich drehte mich, wollte gehen, und wie vor zwei Jahren beim Höllen-Hispano teilte sich die Menge wieder. Ich setzte mich auf die Stufen vor meinem Haus, um auf die Cops zu warten, fühlte mich gut, wie neugeboren, irgendwie erlöst. Doch dann kam mir in den Sinn, was die ganze Sache ausgelöst hatte. Und es traf mich wie ein Schlag mit dem Brecheisen.

In Sekundenschnelle brach es aus mir heraus. Ich wimmerte wie ein verletzter Hund, Schreie verstopften meine Kehle, und in meinem Innern hämmerte die Trauer wie eine Faust. Ein endloser Strom von Tränen floss aus meinen Augen, und sobald ich sie trockenwischte, waren sie schon wieder feucht. Mein Magen krampfte sich zusammen, und ich war kurz davor zu kotzen. Ich holte ein paar Mal tief Luft und versuchte, mich zu beruhigen. Dann sah ich sein Gesicht vor mir und stieß einen weiteren Schrei der Verzweiflung aus.

Auf der anderen Straßenseite saß sie auf ihrer Treppe und

beobachtete mich; das machte mich rasend. Ich warf ihr einen wütenden Blick zu, als wäre ich glücklich, dass ich weinte und auch stolz darüber. Sie huschte zurück ins Haus und schloss die Tür hinter sich. Was für ein Glück.

Inzwischen war Bewegung in die Nachbarschaft gekommen. Kids, die vier, fünf Blocks entfernt wohnten, kamen auf Rädern, um die zerbrochene Schaufensterscheibe zu sehen. Die Bullen fuhren um die Ecke und ließen ihre Sirene aufheulen. Jenkins rannte flennend umher, seine Haare standen ab wie Antennen, und er erinnerte mich an einen wahnsinnigen Wissenschaftler. In Gegenwart der Bullen zeigte er auf mich, sie schauten herüber und stiegen in ihren Wagen.

Alle Augen waren jetzt auf mich gerichtet, den Mann für die Schlagzeilen. Ich ahnte, was sie erwarteten, »Ob der es auf einen Kampf ankommen lässt? Wird er es leugnen?«

Ich gab offen zu: »Ja, ich hab's getan.«

»Aber warum?« fragte einer der Bullen.

»Weil sie da war«, antwortete ich und zitierte damit aus der Großen Enzyklopädie des Sports. Sie leierten irgendwas über meine Rechte runter, legten mir Handschellen an und brachten mich zum Streifenwagen. Ein Bulle drückte meinen Kopf herunter, damit ich ihn mir beim Einsteigen nicht stieß. Sie stellten die Sirene an, und die Kids jubelten, als ich an ihnen vorbeifuhr. Ich kam mir vor wie ein Politiker.

Der Bulle auf dem Beifahrersitz fragte, ob ich Winston McKenzie kennen würde. Ich bekam die Frage nicht mit, und der Bulle sah seinen Partner an. Als wir auf dem Revier ankamen, war mein T-Shirt völlig durchgeschwitzt. Sie leerten meine Taschen und fanden zwei Tüten Gras. Ich wurde wegen Besitzes von Marihuana angeklagt. Glücklicherweise hatte ich keinen Koks bei mir; Koks hätte die Sache in einem ganz anderen Licht erscheinen lassen.

Jenkins tauchte auf, um Anzeige zu erstatten, und ich

wurde in einen kleinen Raum geführt, dessen eine Wand nur aus Fenstern mit Milchglas bestand. Dort standen ein Metalltisch und ein paar Stühle, und ein Bulle fragte wieder und wieder, warum ich es getan hätte. Doch ich sagte nur, ich wolle meinen Vater sehen, und der Bulle antwortete, dass man versuche, ihn zu erreichen.

Gegen Mittag tauchte Paps mit zwei Detectives auf. Mein Gesicht leuchtete auf, als hätte ich eine Erscheinung gehabt, doch er war nicht so glücklich, mich zu sehen, wenigstens nicht hier. Eine Stunde lang sprach er draußen mit den Polizisten.

Wenn es drauf ankam, konnte Paps richtig gut quatschen, er erklärte, dass ein Junge unter schwerem Schock ... ›Immerhin wurde sein bester Freund ermordet‹ ... eben mal einen Fehler machen kann.

Die Bullen hatten mich Rotz und Wasser heulen sehen, sie wussten also Bescheid. Einer nahm Paps beiseite und sagte, sollte Jenkins seine Anzeige zurückziehen, könnte man das Gras vielleicht verschwinden lassen.

Paps ging zu Jenkins.

Jenkins war ein sturer alter Kerl. Paps bekniete den Mann, versprach ihm, dass ich das Schaufenster bezahlen und nicht mal mehr in der Nähe seines Ladens auftauchen würde. Er brachte sogar Ray ins Spiel, schlug vor, der sollte einen Monat umsonst im Laden arbeiten.

Jenkins hatte einen anderen Vorschlag. Ray sollte einen Monat gegen Bezahlung bei ihm arbeiten — er sah nicht ein, warum Ray meinetwegen bestraft werden sollte —, und ich sollte zur gleichen Zeit ebenfalls im Laden arbeiten, und zwar ohne Bezahlung. Und sollte ich während dieser Zeit nicht aufkreuzen oder alles hinschmeißen, gebe es eine neue Anzeige, wenn nötig, werde er ein Verbrechen erfinden.

Was folgte, waren eine Standpauke und eine Ermahnung,

und ich war wieder auf freiem Fuß. Niemand schien sich daran zu erinnern, dass man bei mir Gras gefunden hatte.

Es war bereits dunkel, als wir nach Hause gingen; Paps starrte auf seine Füße, seine Augen, eher traurig als wütend, fixierten irgendetwas. Keiner von uns sprach. Erst auf dem Treppenabsatz drehte er sich um zu mir und sagte: »Ich weiß, dass du aufgeregt bist, aber was du getan hast, war falsch. Er hat keinem was getan, kümmert sich nur um seinen eigenen Kram. Wenn du das nächste Mal was kaputtschlagen musst, mach's bei uns. Wenigstens ist das dann unser Zeug, und du tust niemandem weh außer dir selbst.« Dann drehte er sich um und ging rein. Ich wusste, dass er Recht hatte, und das war das Schlimmste.

Das Schaufenster war mit einer Sperrholzplatte vernagelt worden, im Rinnstein glitzerten die Glassplitter. Ich sah einen Schatten, der sich im Laden bewegte, Jenkins war immer noch beim Zusammenfegen.

Ich wollte hinübergehen, um mich zu entschuldigen. Aber ich tat es nicht.

Kapitel 13

Es wurde eine Autopsie vorgenommen, und ein paar Tage darauf lag Winston aufgebahrt im Johnston Beerdigungsinstitut. Weder Winston noch ich waren jemals bei einer Trauerfeier gewesen. Von irgendwoher borgte sich Paps ein paar Jacketts, um uns so gut wie möglich auszustaffieren.

Für mich war alles irgendwie verschwommen. Nichts schien wirklich, eher wie ein Traum, als wäre ich unter Wasser. In meinen Albträumen bin ich nie in der Lage wegzurennen. Gleichgültig, wie panisch ich auch bin, meine Füße haben keine Bodenhaftung. Aber ich schwimme. Mein Körper schwebt etwa eineinhalb Meter über dem Boden, und ich schwimme wie im Meer; paddle und stoße so kräftig wie möglich durch die zähflüssige Luft, aber es gelingt mir nie, das, was auch immer mich verfolgt, mehr als einen halben Meter hinter mir zu lassen. Die Trauerfeier für Winston war genau das für mich.

Er sah aus, als schliefe er. Ich dachte, er würde jeden Augenblick seine Augen öffnen, das Gesicht zu einem dämonischen Grinsen verziehen und uns alle als einen Haufen Pussies bezeichnen. Ich war so vollgeknallt mit Gras, Koks und Alkohol, dass Ray mich sogar ein paar Mal stützen musste, sonst wäre ich vornübergekippt.

Ernest und ich konnten einander nicht ansehen. Wir gingen uns die ganze Zeit aus dem Weg.

Fast die gesamte Nachbarschaft war da. Nicht um zu trauern oder um ihm die letzte Ehre zu erweisen, für sie war es ein Ereignis. Es waren sicher nicht seine Freunde, zumindest nicht das, was ich Freunde nennen würde. Winston hatte keine Freunde. In erster Linie war er Geschäftsmann. Bei ihm gab es keine Drogen auf Kredit, sein Lieblingsmotto war: »Zahlst du bar, ist alles klar«. Das ärgerte die Leute. Komisch, sie würden niemals in den Supermarkt gehen, Kartoffeln kaufen und dann darum bitten, erst am Dienstag bezahlen zu dürfen.

Ich war Winstons Freund, und darauf bin ich stolz. Er kümmerte sich um mich und brachte mir so viele wichtige Dinge bei. Ich kam mir nie blöd vor, wenn ich ihm Fragen stellte.

Deshalb hätte ich alles für ihn getan.

Als er ins Grab hinuntergelassen wurde und aus unserem Blickfeld verschwand, fühlte ich einen Teil von mir mit ihm gehen. Diesen Verlust sollte ich noch sehr sehr lange spüren. Ich wurde nie mehr derselbe.

Kapitel 14

Osterferien. An unserem ersten Arbeitstag gingen Ray und ich schweigend zum Laden; wir hatten keine Vorstellung, was uns erwarten würde; Winston war mein letzter Boss gewesen.

Jenkins hatte ein neues Fenster einbauen lassen und ein Stahlgitter, das er abends herunterließ. Dieses neue Sicherheitsdenken hatte er nur mir zu verdanken, aber er schien das nicht sonderlich zu schätzen, als ich den Laden betrat und meine Gegenwart ihm das bewusst machte. Stattdessen drückte er mir einen Besen in die Hand und forderte mich auf, den Gehweg vor dem Laden zu fegen. Draußen hatte sich bereits eine Menschenmenge versammelt, die darauf wartete, dass ich anfing. Ich besaß mehr Anziehungskraft als die Scheibe vor einer Woche. Einige Erwachsene hatten sogar ihre Kinder mitgebracht, um ihnen zu zeigen, was mit Jungen passiert, die sich danebenbenehmen. Glücklicherweise ließ meine Unbeholfenheit im Umgang mit dem Besen sie schnell in einer Wolke aus Dreck und Staub verschwinden.

Während ich draußen fegte, trank Ray drinnen eine Cola und aß Kartoffelchips; so läuft das eben, dachte ich. Vergleich und Kontrast. Ich gelobte, dass welche Aufgabe mir auch immer zufallen würde, ich auch den denkbar miesesten Job machen würde. Das kostete manchmal mehr Anstrengung, aber es war mir egal.

Jedermann kam jetzt in den Laden. Während der gesamten dreißig Jahre hatte Jenkins noch nie so ein Geschäft gemacht. Kinder kamen herein, einfach nur um einen Schokoriegel zu kaufen und Zeuge zu werden, wie Jenkins mir einen Befehl gab, der einen indischen Bettler gedemütigt hätte. Und die Leute wiesen darauf hin, was erledigt werden musste. »Mr. Jenkins, das Schaufenster sieht heute schmutzig aus.« Das erniedrigte mich am meisten; dieses beschissene Fenster zu putzen. Er ließ mich das zweimal die Woche machen.

Ray arbeitete ausschließlich hinter dem Tresen, und die Mädchen aus der Nachbarschaft kamen regelmäßig, um ihn zu sehen. Sie konnten so einen Blick auf ein zukünftiges Prachtexemplar werfen. Er entwickelte sich zu einem breitschultrigen, attraktiven Mann, freundlich und witzig, einfach smart, der immer den richtigen Ton traf. Mädchen, die nicht einmal auf meinen Schatten gespuckt hätten, kamen herein und warfen sich ihm an den Hals. Jenkins spannte mich die ganze Zeit ein, die Tiefkühltruhe mit Eiskrem, den Kühlschrank mit Soft Drinks auffüllen, den Hinterraum, den Verkaufsraum und die Toilette sauber machen. Nächtelang schien Jenkins wach zu bleiben und darüber nachzudenken, was ich alles sauber machen könnte.

Eines Tages, als ich den Gehweg fegte, sah ich sie auf mich zukommen. Zusammen mit ihrem Vater, der sie an der Hand hielt. Sie blieb zwei Schritte hinter ihm, und er zerrte sie am Arm, als zöge er einen Esel hinter sich her, und riss sie dadurch fast zu Boden. Es war ein glühend heißer Tag, keine Wolke am Himmel, sie aber trug einen sackartigen grünen Regenmantel, zugeknöpft bis oben. Die Riemen ihrer Schuhe waren mit Tesafilm geklebt. Ihr Vater murmelte irgendwas in seinen Bart, ich konnte nicht verstehen, was.

Als sie vorbeigingen, trat ich zurück an das Schaufenster, und als wäre ich ihr bester Freund, sagte ich: »Hi, Cath, wie geht's?«

Sie sah weder hoch, noch reagierte sie, aber ihr Vater warf mir einen Blick zu, der mir durch und durch ging; man hätte meinen können, ich hätte ihn gefragt, ob ich seine Tochter in den Arsch ficken könne.

Hinter mir klopfte Jenkins gegen die Scheibe, wollte sehen, was ich da beobachtete. In dem Moment, als er Cathy sah, veränderte sich sein Gesichtsausdruck. Er fasste sich schnell und zeigte auf den Gehweg.

Nach der Arbeit um sechs Uhr holten Ray und ich für gewöhnlich Hamburger oder Sandwiches im Feinkostgeschäft nahe der Billardhalle. Manchmal hatte Paps kalten Aufschnitt zu Hause, aber meistens mussten wir uns selbst versorgen. Nach dem Abendessen ging ich immer zu Ernest. Seine Mutter wollte nicht, dass er das Haus verließ, vor allem nicht am Abend, also hingen wir in seinem Zimmer herum. Ich hatte noch zwei Unzen Gras vom Dealen übrig, Ernest beinahe drei. Wir törnten uns an und sahen aus dem Fenster, dann saßen wir stundenlang da und planten unseren Rachefeldzug, wie wir die Scheißkolumbianer kriegen und bezahlen lassen würden.

Ernests Mutter war unterdessen mit dem Umzug beschäftigt. Sie hatte Verwandte in Georgia, und sie und Ernest würden dort hinziehen. Ich erfuhr davon erst zwei Tage vor ihrer Abreise. Eines Abends ging ich rüber, und alles stand in Kisten verpackt in der Nähe der Wohnungstür. Ich war völlig perplex. Ernest hatte nicht einmal eine Anspielung gemacht, obwohl er es schon einige Zeit gewusst haben musste. Als wir in seinem Zimmer waren, stellte ich ihn zur Rede, nannte ihn einen Feigling, einen Angsthasen — »Lauf wie ein Kaninchen, Ernest!«, solche Sachen eben.

Er versetzte mir einen heftigen Stoß. Ich mimte den Feigen, und Ernest biss die Zähne zusammen und schubste mich. Ich schubste zurück. Aus dem Schubsen wurden leichte Schläge und daraus richtige Schwinger. Wir krachten gegen die Kommode und gegen die Wände, schlugen uns mit aller Kraft. Seine Mutter stürzte herein, als wir gerade auf dem Boden miteinander rangen, uns gegenseitig in den Schwitzkasten nahmen und uns die Luft abdrückten. Sie versuchte, uns zu trennen, doch weder er noch ich ließ los. Ich wusste, ich würde ihn verlieren, wenn ich es tat, meinen einzigen Freund. Ich hatte furchtbare Angst davor, allein zurückzubleiben. Also drückte ich zu, bis ich nicht mehr konnte. Meine Arme gaben nach, und ich lockerte meinen Griff, genau wie er. Seine Mutter saß auf dem Bett und sah zu, wie wir uns auf dem Boden voneinander lösten. Sie schrie weder noch sagte sie etwas, und das war wirklich ungewöhnlich für sie. Ich lag da, atemlos, meinen Arm angewinkelt über den Augen, und dachte: es passiert alles so schnell und alles auf einmal.

Mrs. McKenzie stand auf, verließ das Zimmer, schloss aber nicht die Tür hinter sich. Ernest lehnte sich gegen sein Bett, ich lehnte mich gegen Winstons Bett. Wir untersuchten uns auf Wunden, hatten aber keine. Meine Kinnlade tat weh, doch mehr von den zusammengebissenen Zähnen als von den Schlägen.

»Alte Pussy«, sagte ich, »ziehst besser weg hier. Kannst ja nicht mal mehr einen weißen Jungen richtig zusammenschlagen.«

Er grinste breit, so wie sein Bruder immer gegrinst hatte, und sagte: »Zu gern würd ich dir ins Gesicht schlagen, aber Scheiße spritzt nach allen Seiten!«

Wir lachten.

Später saßen wir mit seiner Mutter in der Küche, und sie wirkte auf mich wie eine völlig andere Person. Sie sprach über ihre Kindheit in Georgia und wie viel besser es für Ernest sei, dort zu leben. Sie sagte, sie sei nicht aus freien Stücken hierher gekommen, sondern ihres Mannes wegen, als die Jungen noch klein waren, und nach zwei Jahren ohne Arbeit sei ihr Mann einfach abgehauen. Sie habe nie wieder etwas von ihm gehört.

Ich lauschte ihren Geschichten von Höhen und Tiefen, von Triumphen und Niederlagen, und ich bekam Achtung vor dieser Frau. Sie kämpfte dagegen an, dass die Scheiße, die im Leben passiert, sie fertig machte. Sie hatte für alles, was sie besaß, hart gearbeitet, niemals von der Stütze gelebt oder von irgendjemandem Geld genommen. Sie sagte, sie wolle nur das, was sie durch ihrer Hände Arbeit bekommen könne. Dieser Standpunkt war selten, besonders in Anbetracht der Arbeitsleistung von Paps.

An diesem Abend ging ich mit einer anderen Einstellung zum Leben nach Hause. Stundenlang lag ich auf meiner Liege, starrte auf die zarten, grauen Spinnweben, die von der Decke hingen, und hörte ihre Worte durch meine Gedanken krabbeln, und ich dachte, wie glücklich Ernest doch sei, jemanden wie sie in seinem Leben zu haben.

Kapitel 15

Ich meldete mich zum Dienst in Jenkins' Folterkammer. Ray arbeitete nur drei Tage die Woche, ich aber fünf. Heute fühlte ich mich besser, sah besser aus, und Jenkins behandelte mich besser. Ich glaube nicht, dass ich ihm wirklich unsympathisch war, aber er tat so als ob, wenn Leute, insbesondere die Mädchen aus der Nachbarschaft, im Laden waren.

Gegen zwei kam Ernest und lud mich zum Essen ein, ein letzter Eintopf, sozusagen sein Abschiedsessen. Als Zeichen der Dankbarkeit lenkte ich Mr. Jenkins ab, während Ernest einige Kaugummis klaute.

Es war heute nicht viel los im Laden, und Jenkins und ich verbrachten den größten Teil des Nachmittags mit Quatschen. Er fragte mich nach Ernests Situation und der seines Bruders. Ich erzählte ihm von den Drogen, den Kolumbianern, der Nacht mit Marina, von dem Junkie auf der Bank, ich ließ nichts aus. Ich wollte ihn mit meiner Coolness schocken.

Das war unmöglich. Nichts konnte ihn schocken. Er hatte alles gesehen und gehört. Die Story von Marina und ihrem

Zuhälter? Typisch. Der Junkie? Alltäglich. Der Höllen-Hispano? Nur eine leidige Angelegenheit; er erinnerte sich, dass er mein Blut vom Gehweg spritzen musste. Er fragte mich, warum ich zuließ, dass Ernest Süßigkeiten bei ihm klaute und eröffnete mir dann, dass ich am Samstag erscheinen musste, um es abzuarbeiten. Jenkins wusste, was gespielt wurde. Er kannte den ganzen Klatsch, der über jeden, der hier jemals gelebt hatte, verbreitet wurde.

Ich fragte ihn nach Cathy, und schlagartig schlug seine Stimmung um. Die anderen Storys waren merkwürdig, irgendwie auch leidig, aber als es um Cathy ging, fehlten ihm die Worte.

»Hast du was übrig für das Mädchen?« fragte er.

»Nein, natürlich nicht«, sagte ich etwas zu entschieden. »Ich bin nur neugierig.«

Er sah mich besorgt an. »Bei denen zu Hause gibt's Probleme.«

»Zeigen Sie mir ein Haus, in dem es keine Probleme gibt, und ich zeige Ihnen ein Haus, das leer steht«, bemerkte ich. Aber er fand das keineswegs amüsant.

Mein Teller wurde mit Eintopf gefüllt, und der Dampf, der aufstieg, verhieß nichts Gutes. Ernest tunkte sein Brot in die ölige Mischung. Ich tat dasselbe. Es war köstlich! Niemals zuvor hatte ich etwas so pikant Gewürztes gegessen; ein stechend scharfes Aroma kitzelte meine Zunge und versetzte meinen Mund in Aufruhr. Ich war überzeugt, dass Zutaten ihres allerersten Eintopfes mit herumschwammen, aber ich sagte es nicht laut.

Zum Dessert holte Mrs. McKenzie eine Sechserpackung Schokoeis aus dem Eisschrank. Ernest und ich aßen jeder zwei und stritten uns um die Letzte, die sie nicht mehr wollte.

Nach dem Essen gingen wir in sein Zimmer, und er packte

die letzten Sachen zusammen: Kleider, eine Kokswaage, ein paar Kleinigkeiten. Er drehte sich um und ließ etwas in seiner Hosentasche verschwinden. Es zeichnete sich unter dem Stoff ab, aber ich fragte nicht, was es war. Wir gingen in die Küche, und er sagte seiner Mutter, wir würden raus aufs Dach gehen.

»Nur etwas Luft schnappen, Ma«, sagte er. Ich war noch nie auf dem Dach gewesen. Die Aussicht war atemberaubend — auf diese Art können selbst Mietskasernen atemberaubend sein. Ich wollte einen Joint anzünden, doch Ernest sagte, ich solle warten. Er zog einen Plastikbeutel voll Koks aus der Tasche. Eine Menge Koks, ungefähr dreißig Gramm.

»Scheiße, wo hast du das her?« fragte ich. Er antwortete nicht. Das war auch nicht nötig.

Er gab mir einen Löffel und sagte: »Nimm, so viel du willst.« Und das tat ich. Er nahm auch eine gehörige Ladung. Wir rauchten den Joint und schnupften dann wieder Koks. Ernest erzählte mir, dass Winston fast sechzig Gramm Koks gebunkert hatte, bevor er ermordet wurde. Außerdem hatte er tausend Dollar in bar hinterlassen. Ernest zog noch einen Beutel hervor, der halb so voll war wie der Erste, und gab ihn mir.

»Hier«, sagte er, »er hätte gewollt, dass du es bekommst.«

Es war ein Beutel in einem Beutel. Im inneren Beutel war der Koks, der äußere war zur Hälfte mit Reis gefüllt. Ernest wollte nicht, dass ich ihn aufmachte.

»Heb's auf, du wirst es brauchen«, sagte er. »Versprich mir nur eins ... Vertick's nicht. Es ist für dich, okay?«

Ich wusste, worauf er anspielte. Natürlich versprach ich es.

Wir hingen ein paar Stunden draußen rum, rauchten Gras, schnupften Koks und redeten über die alten Zeiten, die guten, alten Zeiten. Gegen Mitternacht rief seine Mutter aus dem Fenster nach ihm; sie wollte, dass er ins Bett ging, denn um sechs Uhr morgens wollten sie weg. Mir war klar, dass er durch den Koks die ganze Nacht wach bleiben würde, aber er widersprach ihr nicht, sah mich an, und es war Zeit zu gehen.

Wir gingen hinunter zu seiner Wohnung und blieben im Hausflur stehen. In meiner Kehle bildete sich ein Kloß, doch ich schluckte ihn noch rechtzeitig runter. Ernest war cool, ich war cool, wir wussten beide, dass es jetzt so weit war, und waren darauf vorbereitet. Nicht gerade überzeugend wünschte ich ihm eine gute Reise, streckte ihm die Hand entgegen und er packte sie. Wie Klauen verkrallten sich unsere Finger ineinander. Sehr wahrscheinlich sah ich ihn das letzte Mal, meinen besten Freund, und wir sahen uns lange Zeit an, bis seine Mutter wieder nach ihm rief. Er öffnete die Tür und sagte ihr, dass er gleich komme. »Also, ich muss jetzt.«

Ich nickte und ging zur Treppe. Kurz vor der ersten Stufe rief er mir hinterher: »Du Zombiegesicht.« Im Schein der Glühbirne über seinem Kopf schimmerten seine Augen feucht. »Pass auf dich auf, okay?«

»Du auch.« Wir lächelten uns an, und das war's dann.

Er ging rein und ich neun Treppen hinunter, zählte dabei jede einzelne Stufe, bis ich auf der Straße war. Es waren 127, einschließlich der kaputten.

Am Süßwarenladen ging ich um einen bewusstlosen Penner herum, der auf dem Pflaster lag. Der Scheißtyp hatte sich vollgepisst und schlief in seiner Kotze. Nun rate mal, wer am anderen Morgen den Gehweg sauber machen musste.

Ich ging zu den Stufen vor meinem Haus und setzte mich hin, um über die hoffnungslose Natur des Lebens im Allgemeinen und über meines im Besonderen nachzudenken, als mir dieses Kribbeln auffiel, fast ein Kitzeln, als würden Kakerlaken über meine Haut laufen; aber es war nicht unheimlich. Mit Koks hatte ich bisher nie Probleme gehabt. Eigentlich mochte ich Koks gar nicht, es war mal was anderes als Gras.

Aber je mehr ich darüber nachdachte, desto mehr glaubte ich, dass der Koks für dieses Kribbeln verantwortlich war. Winston hatte seine Drogen immer mit allem möglichen Zeug verschnitten: Prokain, Vitamin B, mitunter sogar Talkumpuder. Er kannte das richtige Mischungsverhältnis. Selbst der Stoff, den Ernest und ich ihm geklaut hatten, war mit irgendwas verschnitten gewesen. Aber das Zeug hier war rein!

Eine dunkle Silhouette kam um die Ecke und ging den Block hinunter, vorbei an dem Penner vor Jenkins' Laden und über die Straße. Die schwerfällige Art, mit der sie über das Pflaster schlich, sagte mir, dass irgendetwas nicht in Ordnung sei.

Sie schien wie in Trance, hätte ich mich ihr nicht in den Weg gestellt, wäre sie an mir vorbeigegangen. »Hallo, Carol, alles in Ordnung?«

Ich hatte sie erschreckt, und sie sprang zurück. Ihre Bluse war zerrissen, sie trug keinen BH, und ihre Hose war offen. Sie wollte sich die Bluse zuknöpfen, doch es fehlten drei Knöpfe in der Mitte. Sie raffte die Bluse mit blutenden Fingerkuppen zusammen.

»Wer war das?«

»Was?« sagte sie, völlig außer sich.

»Wer war das?«

»Ich weiß nicht. Irgendjemand, der sehr groß war.«

»Wo?«

»In der Gasse, nahe bei der Ausfahrt. Er ... er hat mich von hinten angefallen.«

»Hast du gesehen, wer es war?« fragte ich.

»Er hat nach Wein gerochen ... bitte, frag nicht weiter.«

»Komm, ich bring dich ins Krankenhaus.«

»Nein«, sagte sie und wich einen Schritt zurück. »Nicht ins Krankenhaus. Es geht mir gut.«

Zur Polizei zu gehen war keine Alternative, ich machte

nicht mal den Vorschlag. »So kannst du nicht nach Hause«, sagte ich, »komm her.«

Ich setzte mich auf die Stufen, und sie setzte sich neben mich, ihre Blicke schossen hin und her wie bei einem verschreckten Tier. Ich konnte förmlich sehen, wie ihr Verstand nach irgendeinem Sinn, nach irgendeiner Logik hinter dem Ganzen suchte, aber nichts dergleichen fand.

Ich holte meinen Beutel Koks heraus.

»Wo hast du denn das her?« fragte sie, erleichtert, etwas zu haben, um auf andere Gedanken zu kommen.

»Ein Abschiedsgeschenk von Ernest und Winston«, sagte ich.

Wir fingen an, Koks vom Löffel zu sniffen. Ein Nasenloch nach dem anderen, nonstop. Es schien, als würde sie immer relaxter, je mehr sie sniffte, also ließ ich sie so viel nehmen, wie sie wollte. Sie steckte ihre Nase in den Beutel, um noch etwas herauszulöffeln, und fragte: »Was soll der Reis?«

Ich kannte den Grund, da ich Winston ein paar Monate zuvor gefragt hatte. »Koks muss man trocken aufbewahren, es darf keine Feuchtigkeit rankommen«, erklärte ich. »Wenn Koks 'ne Weile liegt, pappt er durch die Luftfeuchtigkeit zusammen. Er verliert seine Wirkung, und du kannst ihn nicht mehr zerteilen. Der Reis hält ihn trocken.«

Sie nickte und sniffte. Ich baute einen Joint, und bis zum Morgen saßen wir da, rauchten Gras, snifften Koks und unterhielten uns. Carol und ich hatten nie miteinander geredet, es hatte nie eine normale Konversation zwischen uns gegeben. Wir waren einander fremd. Jetzt redeten wir über alles Mögliche. Klatsch aus der Nachbarschaft, Leute von der Schule, wer war schwanger, wer hatte eine Abtreibung gehabt, wer saß im Knast ...

Als die Nacht vorbei war, glaubte ich, dass wir Freunde geworden waren, obwohl man bei Carol nie sicher sein konnte. Wir beobachteten, wie das Morgengrauen über die Dächer kroch, die Farben miteinander rangen, als der Tag die Nacht bezwang, und die Sonne zwischen den Häuserzeilen hervorlugte. Carol stand auf, um zu gehen.

Sie brachte ihre Bluse in Ordnung und wischte sich mit den Händen das Gesicht ab, strich sich die Jeans glatt und drehte sich um zum Bordstein, auf dem ich saß. Wie ein Kind fragte sie: »Du erzählst doch keinem was, oder? Versprochen?«

Ich war überrascht, besonders, nachdem wir die ganze Zeit miteinander verbracht hatten, aber ich denke, ihr Instinkt riet ihr zu fragen, ihre Erfahrung der Straße.

»Nein, niemals«, antwortete ich. Sie lächelte mir zu und ging die Straße hinunter. Sie schien ihre alte Stärke wiedergewonnen zu haben, und ich war froh darüber.

Bevor ich hineinging, dachte ich daran, zu Ernest zu gehen und ihm und seiner Mutter beim Beladen des Transporters zu helfen. Aber wir hatten uns schon voneinander verabschiedet, warum es also noch unangenehmer machen, als es sowieso schon war. Stattdessen wünschte ich ihm das Beste, ging rein und fiel aufs Bett. Ein paar Sekunden später war ich weggetreten.

Kapitel 16

Zwei ganze Tage stand ich völlig neben mir. Ich brauchte zehn Minuten, um aus dem Bett zu kommen, jeder Zentimeter meines Körpers tat mir weh. Ich trank vier Glas Wasser und hatte immer noch einen trockenen Mund. Ich sniffte etwas Koks, um in Fahrt zu kommen, ging dann hinüber zur Folterkammer. Eine Stunde zu spät.

Nachdem ich den Boden gewischt, die Fenster geputzt und die Toilette sauber gemacht hatte, gab es bis drei Uhr nichts mehr zu tun, dann sollte ich Soft Drinks in die Kühlschränke stellen. Im Laden würde es in der Zwischenzeit buchstäblich tot sein. Jenkins hatte weder Radio noch Fernseher, nichts, um sich abzulenken. War er nicht in der Stimmung, sich zu unterhalten, stand er einfach nur da und starrte unverwandt ins Leere. Es war gruselig. Woran dachte er? Welche archaischen Erinnerungen mochten durch die unfruchtbare Landschaft seines Gehirns humpeln?

Ich nahm meinen Platz an einem Ende des Tresens ein, und Jenkins stand am anderen. Nur die Fliegen, die gegen das Schaufenster stießen, unterbrachen die Grabesstille. Die Pepsi-Uhr über dem Eingang rülpste sprunghaft, die Motoren der Kühlgeräte stöhnten und ratterten alle drei Minuten, und während der ganzen Zeit hing Jenkins' drohende Gegenwart im Raum wie ein mottenzerfressenes Totenhemd. Schließlich hielt ich es nicht länger aus.

»Warum zeigen Sie mir nicht, wie man hinterm Tresen arbeitet?« fragte ich und unterbrach seinen Gedankengang.

Überrascht sah er hoch, wusste nicht, wie er darauf reagieren sollte.

»Du willst also Verkäufer werden?« sagte er und zog eine Braue hoch. »Und kaum habe ich mich umgedreht, ist die Kasse verschwunden.«

Das haute mich um. Für die Scheißarbeit war ich gut genug, die Schlepperei mit den Kisten und das Saubermachen, aber er hatte nicht für einen Sechser Vertrauen zu mir. »Warum, verdammte Scheiße, bin ich dann überhaupt in Ihrem Laden?« schoss ich zurück, verletzt und verärgert.

»Weil ich es so will«, lächelte er, steckte die Hände in die Taschen und wippte auf den Fußballen hin und her.

Ich war gerade dabei, Kästen mit Limonade zu stapeln, als Schulschluss war. Ich wartete darauf, dass Jenkins mir befehlen würde, den Gehweg zu fegen, jetzt, wo Leute kamen, aber er tat es nicht. Ich stellte den Inhalt eines Kastens Soft Drinks in den Kühlschrank, kippte das Minimum von zwei Kakerlaken aus dem Kasten und zertrat sie mit den Füßen. Ich bemerkte, dass das kleine Nagetier am Fenster vorbeihuschte, diesmal nicht im Regenmantel.

Ich stapelte noch sechs weitere Kästen, zerquetschte noch ein Dutzend Kakerlaken und ging dann in den Hinterraum, um Nachschub an Sodawasser zu holen, als ich draußen ein richtiges Spektakel hörte. Ich kam genau in dem Moment aus dem Hinterraum, als sie mit zwei vollen Einkaufstüten im Arm entlanghetzte, gejagt von den Mädchen aus der Nachbarschaft, die ihr den Weg abschnitten und sie vor dem Schaufenster stellten. Sie zogen sie an den Haaren, schlugen ihr ins Gesicht und zerrten an ihrem Kleid. Sie versuchte, sich mit den Tüten zu schützen, doch die Mädchen rissen sie ihr aus den Händen, und alles fiel zu Boden. Die Mädchen traktierten sie mit Fäusten und Füßen. Cathy versuchte, sich zu wehren, schlug mit den Armen wild um sich — und auch sie war tough —, aber es waren zu viele. Sie ging zu Boden, und die Mädchen fingen an, auf ihr herumzutrampeln. Rücksichtslos und grausam. Der größte Schock war, dass Carol das Kommando übernommen hatte.

Ich stellte die zwei Kästen Sodawasser auf den Boden und stürzte hinaus. »Lasst sie in Ruhe! Ihr kleinen Miststücke!«

Die Mädchen wichen zurück. Ich stellte mich vor Cathy und sah die Mädchen an, die mich anschrien, ich solle mich selber ficken, meine Mutter sei eine Hure und ein Miststück und noch ein Haufen anderer Dinge; Carol war die Lauteste und bezeichnete mich als schwul. Da wurde ich richtig sauer. Ich war drauf und dran, es ihr heimzuzahlen und ihren Freundinnen bis ins kleinste Detail zu erzählen, was ihr letzte Nacht passiert war, als ich ihr in die Augen sah ... Sie hatte wahnsinnige Angst.

Hinter mir entfernten sich Cathys Schritte. Ich drehte mich um und bekam gerade noch mit, wie sie ins Haus hastete wie eine Maus, die der Katze entwischt war, woraufhin Carols Freundinnen in Jubel ausbrachen. Carol hielt den Mund, und ich war froh darüber.

Ich hockte mich hin und fing an, die Lebensmittel einzusammeln, als Jenkins mit einer Tüte herauskam, damit ich alles einpacken konnte. Eine zerdrückte Tomate prallte gegen meinen Nacken, Rosine verschränkte die Arme und lächelte mich schmierig an — die behaarte Rosine mit einem Schnurrbart, auf den jeder Mann stolz gewesen wäre. Carol schlug vor, sie sollten woanders Stimmung machen, und während sie abzogen, sah sie über die Schulter und unsere Blicke trafen sich. Ich warf ihr einen Blick zu, der ihr das Gesicht zerkratzte.

Ich sammelte so viel ein, wie ich konnte, Kartoffeln lagen im Rinnstein, Spaghetti auf dem Bordstein, Seife auf dem Gehweg; ich jagte einem Salatkopf die halbe Straße hinterher, nachdem irgendein Wichser auf einem Fahrrad ihn weggestoßen hatte. Jenkins half mir, alles in zwei braunen Papiertüten zu verstauen. Ich sagte ihm, dass ich gleich wieder zurück sei, und machte mich auf zu ihrem Haus. Leute beobachteten mich aus den Fenstern, man hätte meinen können, auf der Straße würde gestrippt.

Ich sprang die Stufen rauf und ging hinein. Links im Hausflur lag das schlecht beleuchtete Treppenhaus, weiter hinten war ein schmaler, wenig Vertrauen erweckender Fahrstuhl. Im Erdgeschoss befanden sich keine Wohnungen, also lief ich die Treppe hoch. Es gab zwei Probleme, ich kannte weder die Nummer ihrer Wohnung, noch wusste ich ihren Nachnamen.

Ich ging in den ersten Stock und lauschte an allen Türen. Als ich nichts hörte, ging ich in den nächsten Stock.

Vom Treppenabsatz aus hörte ich explosionsartig das rauhe Krächzen ihres Vaters durch die mittlere Tür dringen; es hörte sich an, als hätte er eine Granate zum Frühstück gehabt. Ich sah ihn vor mir, wie er mit jedem ätzenden Fluch Schrapnellstücke ausspuckte. Er befahl ihr, die Einkäufe zurückzuholen, wobei es ihm völlig egal war, ob sie dabei getötet werden würde oder nicht. Sie bettelte ihn an, bleiben zu dürfen, ihr sanfter Sopran folgte dabei einer melancholischen Melodie. Im Hintergrund wimmerte ein kleines Kind. Ich wusste nicht, was ich tun sollte. In der Wohnung dort war eine andere Welt, das Schreien und das Betteln, das wimmernde kleine Kind, und all das steigerte sich zu etwas, was nur in einem gewaltigen Crescendo gipfeln konnte. Ich wollte gerade an die Tür klopfen, als der Türknauf herumgedreht wurde. Ich drückte mich gegen die Wand.

Sie schloss die Tür hinter sich und stand da mit zusammengekniffenen Augen. Er schrie immer noch und drohte, sie mit dem Gürtel zu verprügeln, wenn sie zurückkomme. Ich sagte kein Wort, sie hatte keine Ahnung, dass ich da war. Sie presste sich gegen die Tür, atmete hastig und voller Angst, die Stirn gerunzelt und mit hängenden Mundwinkeln. Sie wirkte alt, ganz und gar nicht wie ein Teenager. Betrat sie das Haus, alterte sie um zwanzig Jahre.

Ich versuchte mir vorzustellen, wie ihr Leben wohl bisher gewesen sein musste, was es ihr angetan hatte, diesem Geschöpf, gequält, sowohl innerlich als auch äußerlich. Aber es gelang mir nicht, es blieb ein Geheimnis für mich.

Eine der Papiertüten in meinem Arm raschelte, und aufgeschreckt sprang sie zurück. Ich machte einen Schritt nach vorn, wollte sie nicht noch mehr verängstigen, als sie ohnehin schon war. Ich suchte nach einer plausiblen Erklärung, doch die Worte kollidierten in meinem Kopf wie Rennwagen.

»Ich, ähh ... hab fast alles«, stammelte ich. »Die ... äh ... Eier sind kaputt ... aber alles andere ist hier. Von den Tomaten sind auch ein paar hinüber.«

Anfangs glaubte sie mir nicht, für sie war das ein grausamer Scherz. Aber als sie die Tüten in meinen Armen sah, funkelten ihre Augen wie Leuchtkugeln. Ich sah hinunter auf meine Füße, nie zuvor in meinem Leben hatte ich mich so gedemütigt gefühlt.

Wortlos griff sie nach den Tüten und berührte meinen Arm. Das Blut jagte durch meine Venen, ich musste mich angehört haben wie ein reißender Strom. Sie nahm die Tüten und trat einen Schritt zurück. In dem Augenblick nahm ich einiges wahr, was ich nie zuvor gesehen hatte: Ihr Gesicht war ein vollkommenes Oval mit Sommersprossen, die wie Zimt über ihre Wangen verstreut waren. Ihre Augen waren tief dunkelbraun; das dunkelste Braun, das ich je gesehen hatte; sie nahmen einen gefangen und beanspruchten auf beunruhigende Weise die Aufmerksamkeit. Ihre Nase verlief in einer schmalen, geraden Linie von der Stirn, ohne Krümmung oder Höcker; sie hatte weiche Lippen, die von Farbe und Beschaffenheit an eine frische rote Rose erinnerten.

Ohne auch nur einen Hauch von Make-up, war sie von einer natürlichen Schönheit, wie ich sie noch nie gesehen hatte.

Ich wich noch einen Schritt zurück und sagte zu ihr: »Ich ... äh ... sollte jetzt wirklich zum Laden zurückgehen.«

Verwirrt sah sie mich an. »Ich dachte immer, du kannst mich nicht leiden«, sagte sie, und die Kraft in ihrer Stimme erstaunte mich, machte mich sprachlos. Sie lächelte schief, stemmte leicht die Tüten gegen die Tür, drehte den Türknauf und ging hinein. Ich blieb noch eine Minute draußen stehen und starrte in die Leere, die sie hinterlassen hatte.

Als ich in den Laden zurückkam, waren die Sodaflaschen bereits im Kühlschrank. Jenkins stellte mich hinter den Tresen und erklärte mir die Registrierkasse, wie man sie öffnet, die

Preise eintippt und am Ende des Tages die Abrechnung macht.

Mein erster Job am Tresen drehte sich um zwei Lifesaver, einen Clark-Riegel und fünf Bazooka-Kaugummis. Mit Hilfe von Notizblock und Stift addierte ich alles, nahm die Dollarnote und gab vierzig Cents Wechselgeld heraus. Jenkins quittierte alles mit einem zustimmenden Nicken, und so wurde ich der Mann hinterm Tresen. Ich war verdammt stolz auf mich.

Gegen sechs Uhr wurde es ziemlich ruhig, alles war bereits erledigt, soweit es das Auffüllen der Kühlschränke und so betraf, also fragte ich Jenkins nach Cathy und ihrer Familie. Zuerst wollte er nicht mit der Sprache heraus, aber ich blieb hartnäckig.

Er erzählte mir, er habe ihre Mutter sehr gut gekannt, sie sei eine wunderbare Frau gewesen. Er erzählte mir von den Auseinandersetzungen, bei denen es um Drogen ging, und die damals immer beim Treffpunkt der Fixer hinten an der Ecke des Blocks stattgefunden hatten. Jetzt ist das nur noch eine ausgebrannte, verlassene Ruine, die Türen und Fenster sind zugemauert.

»Cathy saß bei ihrer Mutter auf dem Schoß«, sagte er. »Margaret hob sie, Gott weiß warum, hoch, um sie auf die Treppenstufen zu setzen. Eine Sekunde später fielen einige Schüsse. Margaret fiel tot auf die Stufen. So was geschieht eben. Absolut sinnlos.«

Jenkins erinnerte sich an alles. Cathy, voller Blut — das Blut ihrer Mutter, Leute, die aus ihren Häusern herausgerannt kamen, um zu sehen, was passiert war, kreischende Kinder und schreiende Babys, Streifenwagen, der Krankenwagen und die Übertragungswagen der Fernsehreporter.

Ich fragte ihn, ob der Typ je erwischt worden war, und er warf mir einen stahlharten Blick zu und fauchte: »Was macht das für einen Unterschied? Die Frau wurde getötet. Wie will man das wiedergutmachen?«

Ich wusste es nicht.

»Was ist mit ihrem alten Herrn?« fragte ich. »Was hat er für ein Problem?«

Kapitel 17

Irgend so ein Typ von der High School kam heute Abend vorbei, um sich mit Ray zu prügeln, behauptete, Ray hätte mit seiner Freundin geflirtet. Jeder wusste, wie ungeheuer schüchtern Ray war und dass er niemals jemanden angebaggert hätte. Aber dieser Typ brüllte immer weiter. Ich stand bereit, für alle Fälle.

Ray ging auf den Typ zu, versuchte zu erklären, doch der wollte ihn wegstoßen. Ray wich aus und schlug ihm ins Gesicht, schlug ihn glatt zu Boden. Ich war perplex. Alle waren perplex. Prügeleien fingen normalerweise nicht so an. Mit diesem einzigen Schlag hatte Ray neue Maßstäbe für künftige Schlägereien in dieser Gegend gesetzt.

Ray sagte dem Typ, er solle es dabei belassen, doch der rappelte sich wieder hoch und griff mit gesenktem Kopf an. Ray blockte ihn mit dem Bauch, und beide gingen aufeinander los wie Wildkatzen. Ray war beeindruckend. Er wusste seinen Gegner zu stellen und zu packen, Schläge abzuwehren, ins Gesicht zu schlagen, ihn dann in den Schwitzkasten zu nehmen und zu Boden zu ringen. Fähigkeiten, die ich mir über Jahre angeeignet hatte, beherrschte Ray instinktiv. Scheiße, wo hatte er das her? Aus dem Fernsehen?

Als alles vorbei war, erklärte Ray dem Typen, dass er dessen Freundin nicht zu nahe treten wollte, das Ganze sei einfach nur ein Missverständnis. Sie schüttelten sich die Hände, und Ray lud ihn sogar ein, einen Joint mit ihm zu rauchen. Das war mir dann doch zu abgedreht.

Später saßen Ray und ich auf einer Bank, zogen ein paar durch und sahen einigen Jungs beim Basketballspielen zu. Einer von ihnen, etwa achtzehn Jahre alt, riss sich wirklich den Arsch auf. Er bewegte sich so geschickt, niemand konnte ihn decken.

Nach dem Spiel kam er rüber zu uns und beglückwünschte Ray zu seinem Sieg. Ich reichte ihm den Joint rüber, den wir gerade rauchten, und er sagte, sein Name sei Marcus Ramirez. Er sah ganz gut aus, hatte regelmäßige Gesichtszüge und schwarzes, gelocktes Haar. Marcus setzte sich zu uns, sprach aber hauptsächlich mit Ray, bis ich den Beutel mit Koks hervorholte; sofort erregte das seine Aufmerksamkeit. Ich hatte noch etwa sechs Gramm.

Ich tat etwas davon auf den Löffel und bot es ihm an. »Seht ihr, es wird schon feucht«, stellte er fest, »man muss es wegballern, bevor es verklumpt. Kennt ihr Freebase?«

Ray und ich sahen uns an.

Marcus hatte sowohl die notwendigen Utensilien als auch ein Gramm dabei. Dann rief er noch zwei Freunde, von denen jeder ebenfalls ein Gramm beisteuerte, und wir gingen zum Ziegelbau.

Beim Anblick der versifften, feuchten Matratze grinste Ray mich an. Marcus förderte einen runden Spiegel und eine kleine blaue Flasche zutage, schüttete sein Gramm und das seiner Freunde, Jaco und Shorty, auf den Spiegel. Jaco war drahtig, Typ Bohnenstange, Shorty eher kräftig und untersetzt. Ihre Gesichter waren im Dunkeln nicht zu erkennen.

Marcus verteilte die drei Gramm über den Spiegel und zerkleinerte alles mit einer Rasierklinge, bis eine dünne Schicht die ganze Fläche bedeckte, dann öffnete er die blaue Flasche.

»Das ist Äther«, sagte er und ließ vorsichtig etwas davon auf den Spiegel tropfen. Irgendjemand zündete sich eine Zigarette an.

»Mach das Scheißding aus!« fauchte Marcus den Untersetzten an, und Shorty drückte die Fluppe mit seinem Fuß aus.

Marcus vermischte Koks und Flüssigkeit zu einer klebrigen Masse. Er legte den Spiegel hin, damit sich das Zeug setzte. In ein paar Minuten werde es trocken sein, erklärte er. Kurz darauf war nur noch die Hälfte des Koks' da.

»Scheiße, was ist denn nun passiert?« fragte ich.

»Der Äther bindet den Verschnitt und läßt ihn verdunsten«, gab er mir zu verstehen. »Übrig bleibt reinstes Kokain. Keine fremden Substanzen, kein Verschnitt, ganz rein!«

Marcus zerkleinerte das flockige Pulver mit der Rasierklinge, dann zog er eine kleine Glaspfeife mit gebogenem Rohr und winzigem Kopf hervor. Er füllte den Kopf und zündete ein Streichholz darunter an, bewegte es hin und her, um das Glas nicht zu sehr zu erhitzen.

Das Pulver löste sich sofort in Rauch auf, den er durch das Glasrohr inhalierte und in den Lungen behielt. Er füllte den Pfeifenkopf erneut, um dann schließlich den süßlich riechenden Rauch auszustoßen.

Shorty nahm den nächsten Zug, dann Jaco, dann Ray. Ich war der Letzte. Marcus hielt die Pfeife für mich und erhitzte den unteren Teil des Kopfes, während ich zog. Der Rauch schlüpfte durch das Glas in meinen Mund, doch ich spürte nichts. Als saugte ich Luft ein, leicht, nahezu erfrischend. Doch bevor ich die Pfeife absetzte, knallte es schon rein. Es folgte noch eine Runde, und wir waren alle zugedröhnt.

Ich holte meinen Beutel raus und schüttete alles auf den Spiegel, Jaco und Shorty glotzten mich an. Marcus mischte Äther dazu und legte dann den Spiegel hin, damit es trocknete. Nach ein paar Minuten stellte Jaco fest, dass nichts passierte. Nichts verflüchtigte sich.

Marcus besah sich das näher, und ich hörte ihn deutlich ausatmen. Zu seinen Freunden gewandt, rief er aus:

»Mann! Ist doch einfach nicht zu glauben. Seht euch das an!«

Jaco und Shorty beugten sich über den Spiegel, keiner sagte etwas. Ray schien verwirrt, dann drehten sich Marcus, Jaco und Shorty zu mir um, als wäre ihnen gerade die Jungfrau Maria erschienen. Einer nach dem anderen bombardierte mich nun mit Fragen.

»Wo hast du das her?«

»Kannst du uns was beschaffen?«

»Würdest du mir ein Gramm verkaufen?«

»Wann kannst du noch mehr kriegen?«

Ich hasste es, ihnen die Wahrheit zu sagen, aber ich musste.

Später an jenem Abend sah ich Carol, die mit ihren Freundinnen in der Nähe der Courts herumhing. Während Ray und die anderen Basketball spielten, ging ich rüber zu ihr.

Kaum war ich da, legten die Mädchen auch schon los. Ich sagte Carol, dass ich sie sprechen wolle, allein. Die anderen fingen an zu feixen, doch Carol sagte nur: »Okay, hört schon auf, ich bin gleich zurück.«

Ohne ein Wort zu wechseln, gingen wir zu der Handballmauer; sie sah mich nicht an. An der Mauer wirbelte sie herum und keifte: »Versuch ja nicht, mit mir was abzuziehen!«

»Wovon sprichst du?«

»Ich lass mich nicht von dir erpressen! Ich werd nichts mit dir anfangen!«

»Bild dir bloß keine Schwachheiten ein!« gab ich zurück. »Ich will nichts von dir.«

»Warum sind wir dann hier?«

»Weil ich mit dir reden will.«

»Was hätten wir schon zu bereden?«

»'ne ganze Menge! Ich wollt dir nur sagen, dass mich dein Lästern ankotzt und auch der Scheiß, den ihr, du und deine

Clique, anstellt ... Und es kotzt mich an, wie du auf diesem Mädchen herumhackst.«

»Welches Mädchen?«

»Du weißt genau, von wem ich rede.«

»Wer? Diese Zurückgebliebene?«

»Sie ist nicht zurückgeblieben.«

»Wer sagt das?«

»Schluss jetzt!«

»Wer bist du, ihr Schutzengel? Sie ist ein großes Mädchen, soll sie doch selbst auf sich aufpassen.«

»Nein, Carol, nicht bei vier gegen einen. Fühlst du dich stark dabei?«

»Pass auf, was du sagst! Was willst du machen? Meinen Freundinnen was erzählen, wenn ich nicht tue, was du willst?«

»Sieh mich an ... Sieh mich an!« Sie tat es. »Ich habe dir versprochen, dass ich nie jemandem etwas davon erzählen werde, und ich habe es ernst gemeint.«

Sie wich mir aus mit ihrem Blick, aber ich stellte mich genau vor sie. »Du hast nichts von mir zu befürchten. Okay? Bevor du nichts erzählst, wird niemand etwas erfahren. Es gibt nichts, wofür du dich schämen müsstest, Carol, du hast nichts getan. Aber sie auch nicht. Also, warum hackst du auf ihr herum, sobald sie das Haus verlässt? Ich versteh nicht, warum du sie nicht in Ruhe lassen kannst.«

»Es liegt nicht nur an mir ...«

»Ich weiß, aber du hast Einfluss auf die anderen. Sie hören auf dich. Komm schon, Carol, ich bitte dich. Gib ihr 'ne Chance, okay?«

Keiner von uns sagte etwas. Abschätzend betrachtete sie mich aus den Augenwinkeln, versuchte, das geheime Motiv zu ergründen. »Mal sehen, was ich tun kann«, frotzelte sie und grinste mich dreckig an. Dies war das größte Zugeständnis, das sie mir machen konnte.

Ich setzte mich auf die Bank und sah den anderen beim Basketballspielen zu, ertappte mich dabei, dass ich Marcus wie hypnotisiert anstarrte. Abgesehen von Ray war er wahrscheinlich der attraktivste Mann, den ich je gesehen hatte. Aber auf eine dunkle, geheimnisvolle Art. Er hatte kohlrabenschwarze Augen und eine breite, flache Nase. Lippen, die sich geschmeidig wie Gummischlangen oberhalb seines Kiefers bewegten. Seine Bewegungen beim Basketballspielen hatten etwas von der eindrucksvollen Präzision einer Raubkatze. Jeder, der am Court vorbeiging, blieb stehen und sah ihm zu. Mädchen beobachteten ihn ständig, flüsterten sich hastig etwas zu. Er gab vor, sich dieser Aufmerksamkeit nicht bewusst zu sein; doch jede Kopfbewegung, jedes Dribbeln mit dem Ball geriet zum öffentlichen Akt. Und alles schien so natürlich, mühelos.

Irgendwie fühlte ich mich ihm verbunden, obgleich ich nicht wusste, auf welche Weise. Mit Sicherheit besaß ich keine der Fähigkeiten, die er zu haben schien.

Kapitel 18

Marcus kannte jeden, und Leute, die er nicht persönlich kannte, hatten von ihm gehört. Er unterhielt freundschaftliche Kontakte zu allen, die in Drogen machten, und kam an alles ran, was er wollte. Selbst die Kolumbianer kannte er. Von denen bezog jetzt jeder seinen Stoff. Auch ich. An Drogen ranzukommen war wichtiger als Typen zu hassen, gegen die man sowieso nicht ankam. Mein gesamtes Geld ging für Drogen drauf. Geld? ... Nach meinem Monat Zwangsarbeit in seiner Folterkammer bot Jenkins mir einen festen Job an. Gegen Bezahlung. Und obwohl es nur lausige fünfundzwanzig Piepen die Woche brachte, reichte es immerhin, um mich bis zum nächsten Zahltag mit Gras eindecken zu können, also sagte ich zu.

Seit drei Wochen hatte sie das Haus nicht mehr verlassen. Seit dem Vorfall mit dem Gemüse. Ihr alter Herr stolperte jeden Tag am Laden vorbei, doch von Cathy keine Spur. Selbst für eine Person wie sie war das merkwürdig. Also beschloss ich, ihr einen Besuch abzustatten, sobald ihr Alter das nächste Mal das Haus verlassen würde, so, wie es gute Nachbarn eben tun.

Ich stand am Fenster und wartete, dass er vorbeikommen würde. Jenkins stellte sich neben mich. Schnell trat ich den Rückzug an, hoffte, er werde vielleicht so nicht bemerken, wie dreckig die Scheibe war. Ich verzog mich hinter den Tresen und ordnete die Schokoriegel, als eine Kakerlake über den Fußboden rannte. Ich zerquetschte sie unter meinem Fuß. Mit schmerzerfülltem Gesichtsausdruck wirbelte Jenkins herum.

»Lass das! Wie oft soll ich dir das noch sagen!«

Jenkins hasste das Geräusch beim Zertreten von Kakerlaken. Aber ich konnte nicht anders, sie waren überall.

Manchmal, wenn ich ins Hinterzimmer ging und das Licht einschaltete, flitzten dreißig bis vierzig Exemplare in die Ecken. Ich erwischte gleichzeitig etwa ein Dutzend, tanzte Cha-Cha-Cha auf ihren Körpern und trieb Jenkins damit fast in den Wahnsinn. Das war eine der angenehmeren Seiten des Jobs.

Eine ebenso angenehme war es, die toten Kakerlaken aus dem Laden zu kehren. Niemals benutzte ich dazu Schaufel und Besen, das erschien mir zu konventionell. Stattdessen fegte ich sie in kleinen Haufen auf den Fußweg. Zur allgemeinen Erbauung. An manchen Tagen sah es aus wie bei einem Hindernisrennen. Leute blieben stehen, um sie zu betrachten, als handelte es sich um Kunstobjekte. Kinder fuhren mit ihren Rädern darüber. Einmal, als Jenkins mich fragte, was diese verdammten Kakerlaken da draußen sollten, erklärte ich ihm, dass dies eine Warnung für ihre Artgenossen bedeute, sie mögen sich vom Laden fern halten. Jenkins fand das nicht witzig.

Um vier Uhr schlich die alte Granatenfresse am Fenster vorbei. Ich beobachtete ihn, bis er außer Sicht war, stürzte dann, als Jenkins ins Hinterzimmer ging, zur Tür hinaus. Über die Schulter schrie ich: »Bin gleich wieder da, Mr. Jenkins.« Er rief etwas hinter mir her, doch ich war schon weg.

Ich lauschte an ihrer Tür. Jemand ging leichtfüßig durchs Zimmer, es war eher eine Schwingung denn ein Geräusch. Ein Wasserhahn wurde aufgedreht. Das Ganze schien irgendwie keine gute Idee mehr zu sein. Der Wasserhahn wurde abgedreht, und ich klopfte an die Tür. Die Schritte näherten sich, und drinnen wurde es richtig still.

»Wer ist da?« fragte sie.

Ich antwortete nicht. Die Tür wurde gegen den Rahmen gedrückt, als sie sich innen dagegenlehnte.

»Ich bin's«, stieß ich hervor, als wüsste sie, wer gemeint war. Mehrere Schlösser klickten, die Tür öffnete sich einen Spalt, und dahinter erschien ihr Gesicht. Sie stand da und wartete darauf, dass ich etwas sagte.

»Ich ... äh ... ich war gerade hier im Haus ... und ... äh ... ich hab gedacht, ich schau mal vorbei und ... äh ... schau mal, was du so treibst. Hab dich lange nicht gesehen.«

Ich hörte mich an wie ein zurückgebliebenes Kind, doch sie reagierte ganz freundlich.

»Mir geht es gut«, sagte sie höflich, »ich hatte in letzter Zeit nur viel zu tun.«

In der darauf folgenden Stille fiel mir nichts mehr ein.

»Weißt du, ich dachte, es ist so ein schöner Tag, hast du nicht Lust, ein bisschen frische Luft zu schnappen?« Es war trübe und wolkenverhangen, aber sie war drei Wochen lang nicht draußen gewesen, es mußte ihr wie Disney World vorkommen.

»Ich kann nicht«, sagte sie, »ich muss auf meine Schwester aufpassen und noch was im Haushalt machen.«

»Kann ich dir vielleicht helfen?«

»Ich glaub nicht«, sagte sie und zog die Nase kraus. »Ich versteh wirklich was von Hausarbeit. Frag Jenkins.«

Sie verzog ihre Lippen zu einem schiefen Lächeln, warf dann einen nervösen Blick zur Treppe. Mir fiel ihr Alter ein, vielleicht war er schon auf dem Nachhauseweg.

»Ja, vielleicht hast du Recht«, sagte ich, »ich wollte dich wirklich nicht stören.«

»Komm rein«, stieß sie hervor, so schnell, dass ich nicht sicher war, richtig gehört zu haben. Doch sie trat beiseite und gab mir zu verstehen, ich solle eintreten.

Die Tür führte in eine Küche, die mustergültig war. Nie zuvor hatte ich einen saubereren Raum gesehen. Das Spülbecken war fleckenlos, das weiße Porzellan leuchtete wie frisch gefallener Schnee, der Wasserhahn glänzte. Kochtöpfe hingen an Haken wie Zimmermannswerkzeuge, und jede Schranktür hatte einen Griff. In der Mitte der Küche stand ein runder Holztisch mit Stühlen; der Tisch mußte gerade gewischt worden sein, er war noch feucht. Neben der Küche war das Wohnzimmer. Ein kleines Mädchen mit langen roten Haaren schlief dort auf der Couch, jünger als das Mädchen, mit dem ich Cathy an jenem Tag auf der Treppe gesehen hatte. Rechts und links der Couch standen kleine Tische, auf Hochglanz poliert, und die Zeitschriften, die darauf lagen, waren perfekt übereinander gestapelt; ein alter grüner Teppich lag exakt mitten im Zimmer. Es gab keine Schmutzspuren an den Wänden, keine Schlieren auf dem Fußboden, keinen Staub in den Ecken, alles war absolut perfekt.

Cathy schloss die Tür und entschuldigte sich, dass die Wohnung so unaufgeräumt war.

Die Kleine auf der Couch rollte sich auf die andere Seite, und Cathy sah hinüber zu ihr.

»Deine Schwester?« fragte ich.

»Ja.«

»Wie alt ist sie?«

»Sie ist sechs, sie heißt Tara.«

»Du hast noch eine Schwester, nicht wahr?«

»Ja. Sie ist in der Schule.«

»Also du und zwei Schwestern?«

»Ich hab noch einen kleinen Bruder.«

»Wirklich? Ich hab ihn noch nie gesehen.«

»Er wohnt nicht bei uns. Er ist im Kinderheim.«

»Wieso?«

»Er ist gern dort.«

Für einen Moment standen wir einfach nur so rum. Cathy schien sich unbehaglich zu fühlen.

»Möchtest du dich setzen?« fragte sie, und ich setzte mich an den Tisch. »Möchtest du etwas trinken?« Sie sprach leise, als wollte sie ihre Schwester nicht aufwecken.

»Nein danke.«

Sie lehnte sich gegen das Spülbecken, und zum ersten Mal fiel mir ihr Körper auf. Bisher hatte ich ihn nie richtig beachtet, hatte nie auf ihren Arsch gesehen, wenn sie vorbeiging, oder versucht, einen Blick auf ihre Brüste zu erhaschen. Ich hatte sie nie als sexuelles Objekt angesehen. Bis jetzt.

»Wie ist das Wetter heute?« fragte sie und setzte sich auf den Stuhl neben mir.

»Oh, es ist ziemlich schwül«, antwortete ich.

»Hier drinnen ist es immer stickig, selbst wenn's draußen kalt ist, ist es hier drinnen heiß.«

»Nun, du solltest öfter mal rausgehen«, sagte ich. »So weißt du immer, wie das Wetter ist. Das ist der Vorteil, wenn man bei Jenkins arbeitet.«

»Arbeitest du gern bei Mr. Jenkins?«

»Yeah, ich denke schon. Der alte Bursche ist gar nicht so übel, wie er tut. Manchmal geht er einem zwar auf den

Wecker, aber im Großen und Ganzen ist er okay. Ist ja auch schon seit Ewigkeiten in der Gegend, das muss man ihm lassen.«

»Es ist komisch, dass du da arbeitest.«

»Yeah, warum?«

»Nun, ich bin erstaunt, dass er dich überhaupt in die Nähe des Ladens lässt, nachdem du die Scheibe eingeworfen hast.«

Ich kicherte. »Ich war ganz schön in Fahrt an dem Tag, nicht wahr?«

»Yeah, kann man so sagen.«

Wir schwiegen für einige Minuten; doch es war nicht dieses verkrampfte Schweigen, bei dem man sich das Gehirn zermartert, damit einem bloß etwas Freundliches einfällt, es war friedvoll, entspannt, wie eine Partie Dame unter Freunden. Mir fiel das Muster der Tapete auf, gelbliche Blumen, die sich zu satanischen Ziegenköpfen zu vereinen schienen.

»Du willst wirklich nichts trinken?« fragte sie noch einmal.

»Na gut, okay, was hast du denn da?«

Sie öffnete den Kühlschrank. Auf der rechten Seite standen Milch- und Saftkartons, der Größe nach geordnet, links, übereinander gestapelt, lagen verpackte Lebensmittel, Tupperdosen und anderer Plastikkram lagen in den unteren Fächern, alles mit Aufklebern und beschriftet. Cathy drehte sich um zu mir und fing an aufzuzählen: »Ich hab Eistee, Orangensaft und Milch da. Ich kann auch Kaffee machen.«

»Hmmm. Ich nehm Eistee.«

Sie brachte mir ein Glas und setzte sich. Ich nahm einen Schluck von dem Tee.

»Nicht schlecht.«

»Es ist eine Fertigmischung.«

Ich nahm noch einen Schluck und sah mich dann um: »Du hältst hier alles ziemlich in Schuss.«

»Findest du?« fragte sie, als wüsste sie es nicht.

»Wie kriegst du nur das Spülbecken so weiß? Ich glaub, ich hab noch nie so ein weißes Spülbecken gesehen, selbst wenn's nagelneu war.«

Wie zur Bestätigung betrachtete sie das Spülbecken und sagte dann: »Man bekommt alles sauber, wenn man nur kräftg genug schrubbt.«

»Yeah, könnte sein. Aber ich denke, es ist reine Zeitverschwendung. Egal, wie viel man auch sauber macht, es wird ja doch wieder schmutzig, oder?«

»Würden alle so denken, würden wir in einem Schweinestall leben.«

»Tun wir das nicht?«

Sie warf mir einen Blick zu und überlegte, ob ich es ernst meine. Ich nippte am Glas, sah hinüber zu ihrer Schwester auf der Couch und dann wieder zu Cathy, die auf die Uhr über dem Waschbecken starrte. Es war halb fünf. Völlig unvermittelt fragte sie: »Warum hast du eigentlich das Gemüse aufgehoben an dem Tag?« Es klang, als spräche sie in einem U-Bahnwaggon. Für einen Augenblick wusste ich gar nicht, was sie meinte.

»Was? ... oh. Das! Ja, nun, ... weißt du ... es ist einfach eine Schande, Lebensmittel zu verschwenden ... in Afrika verhungern die Leute ... «

»Tatsächlich.«

Entwaffnend die Art, wie sie mir begegnete, so direkt, ohne jede Unsicherheit. Verstohlen sah sie zur Uhr, trommelte nervös mit den Fingern auf der Tischplatte herum, und ich wusste, es war Zeit zu gehen. Ich kippte den Tee runter und stand auf.

»Ich muss wieder in den Laden«, sagte ich. »Ich hoffe, es war okay, einfach so vorbeizukommen. Wollte eben mal sehen, wie's dir geht.«

»Es war nett von dir.«

Sie brachte mich zur Tür, und wir linsten beide in den Flur — die Luft war rein —, und als ich ging, sagte ich nicht, dass ich wiederkäme, aber ich denke, dass die Ungezwungenheit unseres Abschieds ihr klarmachte, dass es geschehen würde.

Als ich zum Laden zurückkam, sagte mir Jenkins auf den Kopf zu, wo ich gewesen war, und ich stritt es nicht ab. Um Viertel nach fünf zerrte ihr Alter die andere Schwester hinter sich her. Er latschte am Schaufenster vorbei, sichtbar betrunken, mit einer braunen Flasche unter dem Arm. Seagrams No. 7. Paps' Lieblingsgesöff. Mich interessierte, ob er und Paps schon mal zusammen gebechert hatten.

Als ich nach Hause kam, saß Ray auf der Couch und sah fern. Paps war in der Küche und machte irgend so ein schlabberiges Fertiggericht warm. Ich saß auf dem Bett und suchte nach einer Möglichkeit, ihn zu fragen, ohne dabei Verdacht zu erregen. Schließlich nahm ich mir Cathy zum Beispiel und ging aufs Ganze.

»Hey, Paps, du kennst doch den alten Säufer von gegenüber? Du weißt, von wem ich spreche?«

»Yeah, was ist mit ihm?« fragte er.

»Kennst du ihn?«

»Nur vom Pissen.«

»Was?« Ich dachte, ich hätte mich verhört.

»Nur vom Pissen«, wiederholte er und wartete, dass ich nach dem Köder schnappte. Doch ich biss nicht an, denn es hatte das Markenzeichen seiner richtig schlechten Witze. Eisiges Schweigen. Ray zog die Brauen zusammen und sah mich an, doch ich hielt die Klappe. Schließlich fragte Ray: »Was meinst du damit, Paps?«

»In Denny's Bar hab ich mal beim Pissen neben ihm gestanden«, kicherte er, »kapiert? Nur vom Pissen!«

Er amüsierte sich über seinen eigenen Witz. Und zu meiner

völligen Überraschung fing auch Ray an zu lachen. Beide lachten sich schief.

Ray erklärte mir die Pointe: »Haha, man sagt doch ›nur vom Sehen‹, und Paps hat ›nur vom Pissen‹ draus gemacht. Hahaha.«

Hastige Schritte vorbei an unserem Fenster, aufgeregtes Stimmengewirr. Es hörte sich nach etwas Großem, Sensationellem an. Ray und ich flitzten aus der Wohnung und ließen Paps mit seinem Fertigfraß zurück. Wir rannten zu den Courts, wo es nur so wimmelte vor fremden Gesichtern. Kinder und Erwachsene, die nie einen Schritt hinter den Zaun machten, mischten sich jetzt unter Leute, die sie sonst immer mieden.

Wir drängten uns durch die Menschenmenge, und da lag er, auf dem Boden, und er hielt sich die Seite, während das Blut zwischen seinen Fingern hervorströmte. Er war nicht aus der Gegend, niemand kannte ihn. In seinem Nadelstreifen und mit der blauen Seidenkrawatte hatte er was von einem Gangster aus einem Film, nur dass er jünger war, so um die zwanzig. Ich hörte jemanden sagen, der Typ sei aus einem Wagen gesprungen, der an der Ampel gehalten hatte. Der Wagen sei davongeschossen und habe ihn zurückgelassen.

Ein anderer fragte: »Hat schon jemand einen Krankenwagen gerufen?«

Niemand antwortete. Es spielte vielleicht auch gar keine Rolle mehr. Der Typ starb direkt vor unseren Augen. Man sah es an seinem Gesicht, der Hautfarbe, dass sein Leben sich langsam verflüchtigte. Seine Augen schienen zu schrumpfen, wurden von dunklen Ringen umschattet. Unaufhörlich floss Blut aus der Wunde, und während wir ihn die ganze Zeit beobachteten, beobachtete er uns. Ich versuchte, mir vorzustellen, was es hieß, dort zu liegen und uns gaffen zu sehen wie Orang-Utans, das hohle Geschwätz und die geistreichen

Bemerkungen zu hören. Was war das für ein Gefühl?

Er schien keine Schmerzen zu haben, schrie nicht oder stöhnte, nur hin und wieder stieß er einen Schwall Luft aus wie imaginäres Erbrochenes. Einige der älteren Kids schrien ihm zu: »He, Mann, was meinst du, fährst du in den Himmel oder in die Hölle?«

»Schönen Gruß an den Teufel! Sag ihm, ich besuch ihn in fünfundsechzig Jahren!«

»Los, Mann, gib mir deine Brieftasche! Da, wo du hingehst, brauchst du kein Geld mehr!«

Er lag flach auf dem Boden, atmete aber noch; die Augen fast geschlossen, er sah aus wie ein Chinese, pinkfarbener Sirup rann aus seinem Mundwinkel. Plötzlich riss er die Augen auf und schlug mit der flachen Hand auf den Beton; alle sprangen zurück. Entsetzen stand in seinem Gesicht, Verwirrung und der Wille zu überleben. Zentimeter für Zentimeter zog er sich am Boden entlang. Ein paar Klugscheißer feuerten ihn an, als wären sie bei einem Boxkampf. Sein Hemd war rot, die Hose nass. Ich konnte einfach nicht glauben, dass er so viel Blut verloren hatte und sich immer noch rührte.

Schließlich stieß er einen letzten Schwall Luft aus, bäumte sich auf und fiel dann flach auf den Boden zurück; noch atmete er. Sechs Atemzüge später war er tot.

Ray und ich sahen einander an, völlig geschockt; die Art von Schock, wenn man etwas miterlebt, worauf man nicht vorbereitet ist, woran man sich sein ganzes Leben erinnern wird. Man erzählt dann seinen Freunden, wie man den Mann ohne Arme und Beine gesehen hat, solche Sachen eben. Der Ausdruck seiner Augen, als ihm bewußt wurde, dass er sterben würde. Diese Erkenntnis, das Entsetzen, dieser Kampf ums Weiterleben ... das zu sehen, hatte was!

Die Polizei kam zehn Minuten zu spät. Ein Krankenwagen fuhr vor und schaffte die Leiche weg, während die Cops einen

Haufen Leute befragten, die natürlich alle nichts gesehen hatten; dann stiegen sie wieder in ihre Streifenwagen und fuhren davon, um die Protokolle zu den Akten zu legen. Ray und ich saßen auf der Bank und rauchten einen Joint. Eine Stunde nach Abtransport der Leiche kam immer noch Volk angerannt, um sie zu sehen. Übrig blieben einige mit Blut vermischte Wasserflecken auf dem Beton. Ein paar Leute harrten aus, um zu sehen, wie die Flecken trockneten, aber schließlich gingen auch sie und ließen die zurück, die ständig dort abhingen.

Marcus tauchte in einem großen schwarzen Wagen vor den Basketballcourts auf. Er stieg aus, und einige Kids rannten hin und berichteten ihm von dem Typen, den man erschossen hatte. Jaco war dabei, und sie kamen rüber zu uns, während wir gerade mit Jamey und Tito Guerrera, den schlechtesten Spielern weit und breit, Basketball spielten.

Ich warf den Ball zu Jaco, und er versuchte einen Korbwurf, aber der mißlang, und es gab ein Gerangel um den freien Ball. Jeder gegen jeden. Bereits nach ein paar Minuten wurde es uns langweilig, und wir gingen zum hinteren Court. Dort organisierte Marcus dann ein richtiges Spiel mit einigen der älteren Jungs. Er holte Jaco und mich, Ray und einen Typ namens Wally in sein Team. Wir rauchten ein paar Joints, snifften Koks, und das Spiel begann.

Marcus war richtig gut, vollführte schnelle Drehungen, lockte Gegner in eine Richtung, um dann selbst in die entgegengesetzte zu laufen; aus jeder Position versenkte er den Ball im Korb oder dribbelte weiter, warf den Ball über einen Gegenspieler, um ihn hinter ihm wieder aufzufangen; er spielte wie Earl Monroe.

Aber er war auch ein Ballschwein. Abgeben war für ihn ein Fremdwort. Von fünf Gegnern gedeckt, versuchte er dennoch durchzukommen. Wir vermieden, ihn anzuspielen, es sei denn, unser Leben hing davon ab.

Das andere Team war gut, doch Marcus spielte sie an die Wand. Einige wurden richtig stinkig deswegen, konnten ihn aber nicht mal foulen, weil er ihnen ständig durch die Lappen ging.

Also nahmen sie Ray und mich aufs Korn.

Als sie nach Punkten weit zurücklagen, wurden sie offen aggressiv. Das Spiel geriet zum Krieg, und Marcus hatte so gar nichts von einem Friedensstifter. Nach jedem Korb zeigte er mit dem Finger auf einen der Gegner und rief: »In die Fresse, Scheißer!«

Einer von ihnen, eine Typ namens Juggs, dribbelte sich seinen Weg zum Korb, versuchte, mich zu umspielen, doch ich griff hinein und nahm ihm sauber den Ball ab. Nichts war zwischen mir und dem gegnerischen Korb, also dribbelte ich über den Platz, um den leichten Korb zu machen. Juggs sprintete hinter mir her und stoppte mich, doch statt mich zu blocken oder den Korb zu verteidigen, machte er ein langes Bein. Wie ein nasser Sack fiel ich zu Boden.

Alle drehten sich um. Der Ball sprang über die Markierung, doch niemand lief hinterher, um ihn zu holen. Ich rappelte mich hoch. Meine Handflächen waren völlig zerschrammt und meine Hosen an den Knien aufgerissen. Ray kam herüber, wollte sehen, ob ich okay war, aber ich stieß ihn weg. Selbstgefällig lächelnd stand Juggs da, und seine Freunde hinter ihm feixten. Ich sah in die Gesichter um mich herum, alle waren gespannt, wie ich reagieren würde. Hätte Juggs irgendetwas gesagt, und wäre es nur eine schlappe Entschuldigung gewesen, ich hätte den Kampf vermieden, aber er tat nichts dergleichen.

So baute ich mich direkt vor ihm auf.

»Was soll das, Arschloch?«

»Wen nennst du hier Arschloch, Scheißweißbrot!«

Er verpasste mir einen Haken, und wir kämpften miteinander, nur nicht so sauber und geschickt wie bei Ray. Eher unbeholfen, unfair, einfach blöd. Die Leute jubelten und riefen ihre Freunde herbei, als wäre hier ein beschissener Karneval. Juggs war schnell mit den Händen, doch es gelang mir, ihn niederzuringen. Wir rollten über den Beton, und ich drückte seine Hände zu Boden, er biss mir in den Hals und verletzte mich. Dieser Wichser hielt sich wohl für Dracula. Ich schlug seinen Kopf auf den Boden, bis er von mir abließ. Daraufhin rammte er mir das Knie in die Eier und stieß mich zur Seite. Er sprang auf die Füße und trat mir immer wieder in den Bauch. Visionen vom Höllen-Hispano schossen mir durch den Kopf. Ich bekam eines seiner Beine zu fassen und packte es mit beiden Händen. Mit dem anderen versuchte er, mir ins Gesicht zu treten, doch ich versenkte mein Gebiss in seinem Schienbein und ließ es zuschnappen wie eine Bärenfalle. Die Menge erstarrte, als Juggs vor Schmerzen aufschrie und wegzuspringen versuchte. Er beugte sich hinunter und schlug mir mit der Faust ins Gesicht, bis ich losließ.

Er hüpfte davon und rieb sich das Schienbein, während ich hochkam, doch der Ausdruck in seinen Augen verriet mir, dass es noch nicht vorbei war. Er fing an, mich zu umkreisen und mein Gesicht wie einen Sandsack zu bearbeiten. Ich konnte nicht besser boxen als er, er war zu schnell, also griff ich mit dem Kopf nach vorn an. Er nahm mich in den Schwitzkasten und traktierte mein Gesicht mit Aufwärtshaken. Zumindest hielt ich es für Aufwärtshaken. Auf jeden Fall fühlten sie sich so an. Meine Lippe platzte auf und ich spürte Blut in meinem Mund. Juggs hielt mich noch immer im Schwitzkasten und schlug auf mich ein. Ich konnte mich weder befreien noch mit den Armen rudern. Nur ein einziges Teil von ihm war in meiner Reichweite. Ich attackierte. Vier, fünf, sechs harte Schläge direkt in die Eier. Er ließ los, beugte sich vornüber und griff sich an den Schritt. Ich platzierte noch einen letzten Schwinger genau in die Fresse, als er abdrehen wollte, und der schickte ihn endlich zu Boden.

Sekunden später tropfte eine warme Soße von meiner Hand, an meinen Handknöcheln klaffte eine Wunde. Ich blutete wie ein Schwein. Ray kam rüber und gab mir ein paar Papiertaschentücher.

Juggs lag am Boden, stöhnte und hielt sich die Eier. Seine Freunde halfen ihm auf die Beine und warfen mir tödliche Blicke zu, doch niemand machte irgendwelche Anstalten. Denn mit Marcus, der mir auf die Schulter klopfte, wollte sich keiner anlegen.

Wir sprangen alle in Marcus' Wagen. Ich presste die Papiertaschentücher gegen meinen Handrücken, um die Blutung zu stoppen, als ich bemerkte, wie Marcus zwei Drähte unter dem Armaturenbrett miteinander verband. Im Zündschloss waren keine Schlüssel!

Er sagte, wir sollten relaxen, und er müsse den Wagen bei einer ›Werkstatt‹ abliefern. »Da fahren wir jetzt hin«, sagte er.

Die Taschentücher waren inzwischen völlig blutdurchtränkt, und Ray wollte mit mir ins Krankenhaus, doch ich weigerte mich. In meinem Schädel dröhnte unablässig ein Vorschlaghammer, und auch äußerste Konzentration konnte ihn nicht stoppen. Mein Schädel dröhnte nach jeder Prügelei.

Richtung downtown, vorbei an den Achtzigern, fuhren wir in die Siebziger. Jaco zündete einen Joint an und ließ ihn rumgehen. Marcus erzählte uns, dass wir ›mucho money‹ machen könnten, wenn wir Autos zu dieser ›Werkstatt‹ brächten. »Zwischen drei- bis fünfhundert Piepen pro Wagen«, sagte er, »kommt ganz auf die Marke und das Baujahr an.«

Meine Kopfschmerzen verabschiedeten sich.

Er wollte uns zeigen, wie man einen Wagen knackt und kurzschließt.

»Eigentlich ist es kein richtiges Klauen«, erklärte er. »Die Wagen sind alle versichert, und in neunundneunzig Prozent der Fälle bekommt der Besitzer alles ersetzt. Er kriegt mehr, als der Wagen eigentlich wert war.«

»Wieso das?« fragte Ray.

»Nehmen wir mal an, der Typ kommt raus und stellt fest, sein Wagen ist weg, okay? Wenn er nicht blöd ist, behauptet er, er hätte 'n paar Sachen im Auto gehabt. 'ne Stereoanlage, Klamotten, Golfschläger, was auch immer. Die Versicherung zahlt, und alle sind glücklich.«

Ray wollte noch etwas dazu sagen, aber ich stieß ihn an, er solle ruhig sein. Schließlich waren fünfhundert Piepen fünfhundert Piepen.

Marcus fuhr zu den Piers in den Vierzigern unter der West Side Überführung. Die Gegend wimmelte nur so von Prostituierten, Junkies, Schwulen und Pennern. Ich hatte noch nie so viele Außenseiter auf einem Haufen gesehen. An jeder roten Ampel tauchten Nutten am Wagen auf und fragten, ob wir interessiert seien. Marcus rief einer jungen Hure zu, ob sie es auch für Essensgutscheine mache.

An der nächsten Ampel kam eine sexy Blondine an mein Fenster. Sie trug einen schwarzen Lederminirock und eine enge Bluse mit Leopardenmuster, bonbonfarbenen Lippenstift und dunkelblauen Eyeliner. Sie lehnte sich ins Fenster, ihre Brüste quollen förmlich aus der Bluse. Marcus knurrte: »Verpiss dich, du schwule Scheiße, sonst schneid ich ihn dir ab!« Sie tippelte hastig davon.

»Was soll das?« fragte ich, und er und Jaco fingen an zu lachen.

»Hast du nicht gesehen, dass das 'n Kerl ist?« kicherte Marcus und fuhr weiter.

»Auf keinen Fall ist das 'n Kerl«, sagte ich. »Hast du diese Titten gesehen?«

Beide lachten wieder. Ich drehte mich um und beobachtete sie durch das Rückfenster, genau wie Ray. Als sie zu einem anderen Wagen ging, bemerkte ich, wie sie sich in den Hüften wiegte, nicht wie Frauen es tun, mühelos, sondern bewusst und unnatürlich. Auch die Füße waren größer als die einer Frau, wie überhaupt ihr ganzer Körper. Scheiße.

Marcus fuhr jetzt vorbei an den Zwanzigern, Ray und ich waren nie so weit weg von zu Hause gewesen. Der Vorschlaghammer in meinem Kopf meldete sich wieder, meine Knöchel brannten wie Feuer, und ich konnte spüren, wie der Riss in meiner Lippe wieder zu bluten anfing.

Marcus bog in eine Seitenstraße ein und parkte neben einer dreckigen Autowaschanlage. Er sagte, wir sollten hier warten, stieg aus und überquerte die Straße und verschwand in einer dunklen Seitenstraße. Kurz darauf tauchte er wieder auf, neben ihm ein Brutalo in ausgeleiertem T-Shirt. Marcus und er sprachen kurz miteinander, dann ging eine schwarze Garagentür auf. In der Dunkelheit konnte ich kaum was erkennen. Marcus kam zurück und sagte, wir sollten aussteigen, dann fuhr er den Wagen in die Garage und die Tür schloss sich hinter ihm. Kurze Zeit später kam er wieder aus der Seitenstraße, sagte, alles sei okay, und wir hauten ab. Ich fragte ihn, wie viel Geld er kassiert habe, aber er wollte nicht mit der Sprache raus.

»Sind die Typen von der Mafia?« fragte ich.

Er grinste mich verschlagen an und sagte: »So was wie die Mafia gibt's doch gar nicht.«

Für mich war das ein klares ›Ja‹.

Kapitel 19

Im Badezimmer wickelte ich vorsichtig den Verband, ein Streifen von einem Laken, ab. Die Wunde war völlig vereitert, man sah sogar den Knochen. Ich hielt die Hand unter Wasser und tanzte einen Mambo, weil es so verdammt wehtat, dann wickelte ich mir einen neuen Lakenfetzen um.

Bevor ich zu Jenkins ging, rauchte ich noch einen Joint, aus rein medizinischen Gründen. Heute war ein guter Tag, ich kam nur eine Stunde zu spät.

Im Eiltempo erledigte ich meine üblichen Pflichten und nahm dann meine Position am Fenster ein. Jenkins kam zu mir und bemerkte den Verband an meiner Hand.

»Was ist mit deiner Hand passiert?« fragte er.

»Was? Ach das. Ich hab mich beim Rasieren geschnitten.«

»Oh, für einen Augenblick dachte ich, du hast dir das bei der Prügelei auf dem Court gestern Abend geholt!«

Cathys Vater ging vorbei. Ich beobachtete ihn, bis er außer Sichtweite war. Jenkins erwiderte nichts, als ich ihm sagte, ich ginge zum Lunch.

Von draußen hörte ich sie mit ihrer Schwester sprechen und klopfte an die Tür. Schritte näherten sich.

»Wer ist da?« fragte sie.

»Ich bin's.«

Drei Schlösser klickten, die Tür ging auf und ich hinein, als hätten wir das schon jahrelang so gemacht. Sie schloss die Tür hinter mir. Ihre Schwester saß auf der Couch, und ihr Gesichtsausdruck sagte mir, dass sie noch nie Besuch bei sich zu Hause gesehen hatte.

Cathy erklärte ihr, wer ich sei, und ich setzte mich an den Tisch. Auf dem Küchentresen lag frisches Gemüse, und ich bat Cathy, sie solle weitermachen, womit sie gerade beschäftigt war. Sie putzte Brokkoli und wusch sorgfältig die Verzweigungen oberhalb der Stiele. Ich unterhielt mich mit ihrer Schwester, die mit einer Puppe auf der Couch spielte. Wir alberten rum. Ich fragte sie nach dem Namen der Puppe, und sie verriet mir, dass sie Michelle hieß.

»Was für ein schöner Name«, antwortete ich.

Tara hielt mir die Puppe hin und forderte sie auf, ›hallo‹ zu sagen. Sie tat so, als wäre ihre Stimme die der Puppe, als sie mit winzigen, aufgesprungenen Lippen ›hallo‹ sagte. Cathy sah herüber und lächelte, dann legte sie den Brokkoli in eine Schüssel. Sie setzte sich zu mir und bemerkte den Verband an meiner Hand, durch den wieder Blut sickerte.

»Was ist passiert?« fragte sie.

»Gestern Abend gab's ein paar Probleme auf dem Court. Ist aber nicht so schlimm.«

Ohne weiter zu fragen, wickelte sie vorsichtig das Stück Laken ab. Als sie die Größe der Wunde sah, riss sie die Augen auf, atmete hörbar aus und sagte: »Das muss sofort behandelt werden.«

»Es ist wirklich nichts«, sagte ich zu ihr, doch ich war froh, dass es sie kümmerte. Sie ging ins Badezimmer und kam mit einer Flasche Wasserstoffsuperoxyd und einem kleinen Verbandskasten zurück. Sie goss etwas Superoxyd auf einen Wattebausch.

»Reiß dich zusammen. Es wird ein bisschen wehtun, aber du hast Schmutz in der Wunde«, sagte sie und tupfte die Wunde sanft mit dem Wattebausch ab.

Sie hatte nicht übertrieben. Es tat mehr als weh. Das Superoxyd schäumte weiß auf, und meine Hand spannte sich, aber sie packte mein Handgelenk und hielt es fest. Tara kam herüber, um zu sehen, was da vorging. Cathy säuberte die Wunde, verband sie und verklebte alles perfekt, ein Arzt hätte das nicht besser machen können.

Ich bedankte mich, und sie lächelte verlegen.

Eine Weile saßen wir so da, bis ich das restliche Gemüse auf dem Küchentresen bemerkte.

»Lass mich doch bei der Vorbereitung helfen.«

»Nein, das kann ich später noch machen.«

»Es macht mir nichts aus, dir zu helfen. Außerdem kann ich gut mit dem Messer umgehen«, sagte ich und grinste. Sie lächelte wieder, und ich bemerkte, dass ihre Schneidezähne dabei perfekt auf der Unterlippe saßen.

Wir gingen zum Küchentresen, und sie zeigte mir, wie man Maiskolben putzt, ohne die Körner zu zerstören.

Ich erzählte ihr von dem Toten auf dem Court, beschrieb die kleinsten Details, einschließlich Farbe und Form der Klümpchen, die er hervorgewürgt hatte. Meine Beschreibung des Augenblicks des Todes schien sie zu faszinieren. Selbst Tara hörte angestrengt zu.

Nachdem ich fertig war, fiel mir ein, dass ich besser zum Laden zurückgehen sollte.

Ich stand noch einen Augenblick draußen vor der Tür und hörte, wie Tara sie irgendetwas fragte. Cathy antwortete, dass sie mit keiner Silbe erwähnen solle, dass ich da gewesen sei.

»Nicht ein Wort«, sagte sie.

Ray und ich gingen die Amsterdam entlang. Schlenderten einfach so dahin, kümmerten uns um unser Geschäft — geparkte Wagen. Große amerikanische Wagen. Marcus hatte gesagt, es gebe keinen Markt für ausländische Kleinwagen, lediglich für Marken wie Porsche, Mercedes und BMW. Er hatte auch gesagt, wir sollten nach Wagen mit Jersey-Kennzeichen suchen, sie seien leichter zu knacken, die Besitzer würden nicht auf der Straße herumhängen, sondern in einem Restaurant oder Kino sitzen, Einkaufen gehen oder was auch immer. Nur für den Fall, dass es Ärger geben sollte, hatte er uns

Springmesser mitgegeben. Ausschließlich zur Selbstverteidigung, wie er meinte.

Wir waren schon mehr als eine Stunde unterwegs und hatten noch nichts Lohnendes gefunden, als wir vor uns, Ecke 86ste, diesen Wagen sahen. Groß, neu und mit Jersey-Kennzeichen.

Zwei Mal gingen wir dran vorbei, der Wohnblock schien ruhig, also zog ich die dünne Metallschiene aus der Hosentasche und schob sie zwischen Tür und Rahmen. Im Handumdrehen war ich im Wagen, Ray stieg auf der Beifahrerseite ein.

Ich griff unter das Armaturenbrett, wollte die Kabel verbinden, aber sie waren durch eine Verkleidung aus Plastik verdeckt.

Neben der Lenksäule befand sich zwar ein Schlitz, aber er war zu eng, ich kam mit meinen Fingern nicht ran. Ray fragte, was los sei, und ich erklärte es ihm, steckte dann meinen Kopf unter das Armaturenbrett, um besser sehen zu können.

Plötzlich ging die Alarmanlage los! Ich schiss mir fast in die Hosen.

»Was ist da oben los?« brüllte ich. »Kommt irgendjemand?«

Ray schaute sich um und sagte nein. Ich bekam meine Hand einfach nicht in die Öffnung. Die Alarmanlage jaulte weiter, und Ray schrie, ich solle ihn mal ranlassen. Also kam ich wieder hoch, und er kroch runter. Ich saß jetzt auf dem Beifahrersitz und versuchte, ruhig zu bleiben, tat so, als handelte es sich um ein elektrisches Problem an meinem Auto, während Rays Füße über den Sitz nach oben zeigten. Mehrere Leute sahen es, gingen aber weiter.

Schließlich schlug Ray mit der Faust durch die Plastikverkleidung und verband die beiden Kabel miteinander. Der Wagen startete, Ray legte den Gang ein und fuhr mit jaulender Alarmanlage vom Bordstein weg. Ich sah nach hinten, um zu checken, ob irgendjemand uns beobachtete oder die Nummer notierte. Aber niemand schien sich auch nur einen Scheiß darum zu kümmern.

Die Fahrt zur West Street war eine schreckliche Erfahrung. Ray konnte die Spur nicht halten, wechselte immer wieder auf die rechte Straßenseite. In einer Kurve fuhr er auf dem Bordstein, streifte zwei parkende Autos und fetzte den Spiegel eines anderen weg. Ich klammerte mich ans Armaturenbrett, als ginge es um mein Leben, und er lachte mich aus, der kleine Scheißer.

Die Alarmanlage jaulte noch immer und schien immer lauter zu werden, nur noch eine Frage der Zeit, wann die Bullen neben uns auftauchen würden. Im Handschuhfach und unter dem Armaturenbrett suchte ich nach dem Knopf zum Abschalten, aber da war nichts. Unter der Motorhaube nachzusehen wäre sinnlos gewesen. Ich konnte ein Zündkabel nicht vom Getriebekolben unterscheiden.

Wir mussten an einer Ampel halten, und der Typ hinter uns fing an, aus seinem Fenster zu schreien, eine Dame auf dem Zebrastreifen hielt sich die Ohren zu, während sie über die Straße ging. Wir erregten zu viel Aufmerksamkeit. Ray sah mich verunsichert an, und seine fragenden Augen wirkten wie Brenngläser auf meinem Gesicht. Ich hatte keine Ahnung, wie wir uns verhalten sollten, wir hatten noch eine beachtliche Strecke zurückzulegen. Wenn wir den Wagen zurückließen, hatten wir gar nichts, und wenn wir weiterfuhren, konnten wir verhaftet werden. Ich erwog Möglichkeiten und Konsequenzen. Die Ampel schien ewig zu brauchen, bis sie endlich umschaltete, und dieser Scheißalarm fräste sich in mein Gehirn wie ein Zahnbohrer ... es war nicht mehr zum Aushalten.

»Scheiß drauf«, fauchte ich.

Ray sah mich verstört an. »Was meinst du?«

»Scheiß drauf! Ray, wir sind minderjährig, was können die schon groß tun? Es gibt da offensichtlich eine höhere Kraft, die uns beschützt ... Was meinst du?«

Er dachte einen Augenblick darüber nach.

»Scheiß drauf!« sagte er mit einem teuflischen Grinsen. Die Ampel schaltete auf Grün, und wir fuhren weiter.

Wir bogen in die West Street ein in dem angenehm sicheren Bewusstsein, dass der jaulende Lärm unseres Autos reine Absicht war. Ray hupte, wenn er Mädchen auf der Straße sah. Und ich rief ihnen zu: »Hey Baby, komm, wir machen's in Detroit.« Was immer das auch bedeuten sollte.

Als Ray unter der Überführung durchfuhr, gab es ein schönes, schrilles Echo. Wir waren die Attraktion, Dealer und Nutten jubelten uns zu, als wir vorbeifuhren. Ray rammte auf meiner Seite beinahe zwei Trennwände aus Zement, stritt es jedoch ab. Ich hielt Ausschau nach Blondie im Minirock, konnte ihn aber nirgends entdecken.

Marcus wartete unter der Überführung nahe der Autowaschanlage. Kurz zuvor musste er wohl aus seinem Wagen gestiegen sein. Er kam auf uns zu, und Ray trat auf die Bremsklötze. Beide flogen wir nach vorn. Marcus griff durchs offene Seitenfenster, betätigte die Verriegelung für die Motorhaube, klappte die Haube hoch und riss ein Kabel raus. Augenblicklich schaltete der Alarm sich ab. Er knallte die Haube runter und erschien wütend am Seitenfenster.

»Seid ihr Scheißtypen völlig durchgedreht?« schrie er. »Wollt ihr jedem Pisser auf die Nase binden, was wir machen?«

Seine laute Stimme erregte mehr Aufmerksamkeit als der Alarm davor, aber ich sagte es ihm nicht. Ray klärte ihn auf, dass der Alarm losgegangen war und wir ihn nicht abschalten konnten.

»Und warum habt ihr die verdammte Karre nicht einfach stehen lassen und seit abgehauen?«

Ich sah Ray an, er sah mich an, und beide grinsten wir.

»Weil wir keine Pussies sind!« schnauzte ich.

»Yeah, scheiß drauf!« fügte Ray hinzu. Marcus lächelte, denn so etwas konnte er akzeptieren. Er meinte noch, wir sollten die ganze Sache cool angehen, weil wir ernsthafte Schwierigkeiten bekämen, wenn wir es verpatzten. Ich forderte ihn nicht auf, das näher zu erläutern.

Er fuhr den Wagen rein und kam zehn Minuten später mit vierhundert Dollar in Zwanzigern wieder heraus. Noch nie hatte ich vierhundert Dollar in den Händen gehabt, nicht einmal zu meiner besten Zeit als Dealer. Ray und ich nahmen die Scheine abwechselnd in die Hand, dann teilten wir, jeder bekam zweihundert Dollar.

Ach ja, der Wagen. Ein hellgrüner El Dorado, Sonderanfertigung.

Kapitel 20

Am nächsten Tag kündigte ich meinen Job bei Jenkins. Er wusste, dass ich irgendwas am Laufen hatte, wusste aber nicht, was. Er warnte mich, ich solle aufpassen, sagte, ich würde noch Schwierigkeiten bekommen und riet mir, wieder zur Schule zu gehen und mein Leben auf die Reihe zu bringen. Ich bekam mein Geld für die halbe Woche, die ich gearbeitet hatte, und war frei.

Tagsüber lungerte ich auf meiner Treppe herum und wartete, dass ihr alter Herr das Haus verließ, dann ging ich rauf, um sie zu besuchen. Jeder in der Nachbarschaft mußte inzwischen wissen, was da abging, aber niemand sagte irgendwas.

Ray ging vorzeitig von der Schule ab. Meinte, es kotze ihn an, und er werde nicht mehr zurückgehen. Ich fand's jammerschade, denn er hatte immer gute Noten gehabt und musste nie pauken dafür oder Hausaufgaben machen; er saß einfach nur in der Klasse und saugte die Informationen auf wie ein Schwamm. Ich versuchte, ihn davon zu überzeugen, seinen Abschluss zu machen (der Schatten von Jenkins ließ grüßen), aber sein Entschluss stand fest.

Sie sprach nie über sich. Ich hatte keine Ahnung, welche Musik sie mochte oder was sie im Fernsehen sah oder welches ihre Lieblingsfarbe war. Ich hatte sie noch nie geküsst oder ihre Hand gehalten oder irgendwas anderes gemacht, was man als romantisch hätte bezeichnen können. Ich wusste nicht, ob sie mich als Freund mochte oder einfach in mir nur jemanden sah, der ihr die Zeit vertrieb; nie gab sie mir auch nur einen Anhaltspunkt. Mir war klar, ich musste die Initiative ergreifen, und sei es nur, um herauszufinden, woran ich war.

Ich hatte keinen Schimmer, wie sie es angestellt hatte, doch Carol kriegte Ray rum, mit ihr zu gehen. Sie hatten so verschiedene Charaktere, ich konnte mir nicht vorstellen, dass sie je miteinander klarkämen.

Ich zog Ray damit auf, dass er jetzt Sex hatte, und er wurde rot bis unter die Haarwurzeln, für ihn war es, als würde er ein Geständnis unterschreiben. Es war hart, mich an den Gedanken zu gewöhnen, dass mein kleiner Bruder Sex hatte und ich nicht. Aber es hatte auf mich auch einen positiven Effekt.

Ich klopfte an die Tür, Schritte waren zu hören, und ich trat ein.

Noch ehe ich die Tür hinter mir geschlossen hatte, setzte sich Cathys andere Schwester, die neunjährige Debra, kerzengerade auf die Couch und fragte forsch, wer ich sei und was ich hier zu suchen hätte. Cathy sagte ihr, ich sei ein Freund. Dann drehte sie sich um und ging zum Spülbecken, um das Abendessen vorzubereiten. Tara lag auf dem Boden und malte, Debra fing an, eine Puppe mit der Faust zu traktieren, und ich stand mitten im Zimmer und beobachtete Cathy am Spülbecken. Zum ersten Mal fiel mir auf, wie still es war im Zimmer und wahrscheinlich schon immer gewesen war. Weder Fernsehen noch Radio, es war wie im Leichenschauhaus, schlimmer noch, wie in Jenkins' Laden. Hinten an der Wand im Wohnzimmer stand ein kleiner Fernsehapparat, und ich ging hin, um ihn anzuschalten. Cathy und ihre Schwestern drehten sich um. Ihnen fiel die Kinnlade runter, als hätte ich ein Familienerbstück zerbrochen.

»Was ist los?« fragte ich.

»Würdest du den wieder abschalten.«

Ich tat es, wollte aber zuerst wissen, warum.

Debra verkündete: »Wir dürfen nur fernsehen, wenn Vater es uns erlaubt.« Ich sah Cathy an, erwartete weitere Erklärungen, aber sie machte sich wieder ans Abendessen. Die Schwestern spielten weiter.

Ich saß in der Küche, und Cathy zeigte mir, wie man ein Hühnchen füllt. »Hier, sieh mal, man mischt Paniermehl mit verquirltem Ei, gibt die geschnittenen Zwiebeln hinzu«, sie sah rüber zu mir, um sich zu vergewissern, ob ich auch aufpasste, »und dann rührt man das Ganze zusammen.« Dann knetete sie die Mischung, bis eine sandähnliche Paste entstand, und stopfte sie in den Vogel. Sie wusch sich die Hände, schob die Pfanne in den Backofen und setzte sich dann neben mich.

»Eigentlich weiß ich gar nichts von dir«, sagte ich. »Du bist für mich ein Buch mit sieben Siegeln. Ich werd dir also jetzt ein paar Fragen stellen, und ich möchte, dass du sie ehrlich beantwortest, okay?«

»Wie bei einem Quiz?«

»Nein, es gibt keine richtigen oder falschen Antworten, aber du musst ehrlich antworten, sonst wirst du disqualifiziert.«

»Was sind das für Fragen?«

»Ganz einfache Fragen, nichts Schwieriges. Fangen wir mit Farben an. Was ist deine Lieblingsfarbe?«

»Oh! Okay, meine Lieblingsfarbe ist ...« Sie dachte einen Augenblick darüber nach und sagte dann: »Rot.«

»Ein guter Anfang, die Punktrichter sind mit der Antwort sehr zufrieden.«

»Ich denke, es gibt keine richtigen oder falschen Antworten?«

»Gibt's auch nicht. Aber die Punktrichter sind nun mal äußerst selbstherrlich. Von Zeit zu Zeit könnten sie mal ihre Meinung sagen. Ignorier sie einfach. Okay, weiter, was ist deine Lieblingsmusik?«

»Keine Ahnung. Ich hab keine Lieblingsmusik. Ich mag alles, was so im Radio läuft.«

»Yeah, aber du hast kein Radio. Und im Radio könnte alles gespielt werden, sogar russische Volkslieder.«

Sie suchte nach einer besseren Antwort, eine, die von den Punktrichtern akzeptiert würde. »Ich weiß nicht«, sagte sie. »Das ist eine schwierige Frage.«

»Magst du Rock'n Roll? Die Rolling Stones, die Beatles, Jimi Hendrix?«

»Ich mag eher sanfte Musik, glaub ich.«

»Sanfte Musik, kannst du das etwas genauer beschreiben.«

»Ich kenne wirklich nicht die Namen der Leute«, sagte sie ungeduldig.

»Das ist schon okay, das ist gut! Sanfte Musik. Mal sehen, was die Punktrichter dazu sagen. Gong! ... Ja, die Richter werden das durchgehen lassen.« Sie grinste. »Sanfte Musik gibt zehn Punkte. Nächstes Thema. Essen. Was isst du am liebsten?«

»Hmmm, das ist auch schwierig.«

»Nun, du kannst dich auf eines der Grundnahrungsmittel

beschränken, Fleisch, Gemüse, italienisch, spanisch, chinesisch.«

»Eier.«

»Eier sind dein Lieblingsessen?«

»Ja, ich mag Eier.«

»Auf welche Weise?«

»Pochiert.«

»Pochiert? Was ist das?«

»Hast du nie von pochierten Eiern gehört?«

»Nein.«

»Du garst sie in einer kleinen Pfanne mit etwas Wasser.«

»Mach kein Quatsch.«

»Nein, wirklich. Sie sehen aus wie gebraten, aber ohne Fett.«

»Willst du mich verkohlen?«

Sie kicherte, ein Kichern, das meinen Nacken kitzelte. »Nein, pochierte Eier. Das kannst du nachlesen.«

»Also, das ist dein Lieblingsessen? Pochierte Eier?«

»Ja.«

»Nun, das ist höchst ungewöhnlich, aber ich glaube, die Richter werden es akzeptieren. Pochierte Eier gibt fünfzehn Punkte. Okay, nächste Kategorie. Fernsehen. Welches ist deine Lieblingssendung?«

»Ich hab keine.«

»Nun komm schon, du musst richtig antworten. Dies ist die Bonusrunde.«

»Ich seh nicht fern.«

»Was ist, wenn dein Vater dich lässt? Was siehst du dann?«

»Ich seh nichts, auch nicht, wenn er hier ist und der Fernseher läuft.«

»Du siehst nie fern? Niemals?«

»Nein.«

»Die Richter finden, das sei schwer zu glauben. Sie wollen

wissen, womit du dich stattdessen beschäftigst.«

Sie überlegte, ob sie es mir sagen sollte oder nicht.

»Bitte beeil dich, die Zeit läuft ab.«

»Warte hier«, sagte sie, stand auf und ging in eines der Schlafzimmer; nach den Türen zu urteilen, mussten es zwei sein. Sie kam mit einem großen Zeichenblock zurück, legte ihn auf den Tisch und klappte das Deckblatt um. Die erste Zeichnung machte mich sprachlos.

Sie zeigte die Straße, unsere Straße, vom Treppenabsatz aus gesehen. Mein Haus war im Hintergrund. Sie hatte Farbstifte benutzt, aber die Details, die Farben, die Strukturen, es hätte eine Photografie sein können.

»Hast du das gezeichnet?« Ich hielt es nicht für möglich und hoffte fast, dass dem nicht so wäre. Sie nickte. Ich konnte es nicht glauben. Und die Punktrichter ebenfalls nicht.

Ich hatte noch nie jemanden getroffen, der so ein Talent besaß, war noch nie so direkt damit in Berührung gekommen. Ray war gut beim Ausmalen, aber verglichen hiermit, war er ein Versager. Das hier war ihre eigene Zeichnung, nicht irgendein Malen nach Zahlen in einem Malbuch. Ich scheute mich, die Seite zu berühren, also bat ich sie, mir die nächste zu zeigen.

Alle Zeichnungen hatten Straßen und Leute zum Thema. Niemanden, den ich persönlich kannte, aber Charaktere, die ich kannte, Säufer, Bettler, Junkies und Prostituierte.

Ich studierte jede einzelne Zeichnung minutenlang, nahm die Details wahr und merkte sie mir, dann bat ich sie, die Seite umzudrehen. Es waren zwanzig, und sie erklärte mir, sie brauche etwa eine Woche, um eine fertig zu stellen. »Sie sind nicht besonders«, fügte sie hinzu, »aber es hat mir Spaß gemacht, sie zu zeichnen.«

»Bist du völlig übergeschnappt?« rief ich, und mir fielen fast die Augen raus. »Die sollten in einem Museum hängen!«

Sie wurde rot, zog die Nase kraus und starrte auf den Fußboden. Ihre Schwestern spielten auf der Couch mit ihren Puppen und plapperten vor sich hin. Ich bat darum, die letzte Zeichnung sehen zu dürfen, die Cathy überschlagen wollte.

»Sie ist noch nicht fertig«, sagte sie.

»Ich möchte sie aber sehen. Bitte, ich habe noch nie ein Kunstwerk entstehen sehen.«

Unsicher sah sie mich an, dann klappte sie die Seite um. Es waren nur Umrisse, ohne Details. Doch die Wunde war exakt dort, wo sie gewesen war, die Blutlache hatte genau die richtige Größe. Selbst die kleinen Klümpchen, die er hervorgewürgt hatte. Einzig nach meiner Schilderung hatte sie es gezeichnet!

Ich zitterte innerlich. Jemandem, der so begabt war, so nahe zu sein, damit wurde ich nicht fertig. Jedes Mal, wenn ich etwas Neues über sie erfuhr, schien sie sich in jemand anderen zu verwandeln. Jede Verwandlung entfernte sie ein Stück von mir. Ich dachte nicht mehr daran, sie zu küssen oder gefühlvoll zu werden oder sie aufzuziehen, wie ich es bisher immer getan hatte. Ich war glücklich, mit ihr im selben Zimmer sein zu dürfen. Und das wollte ich nicht aufs Spiel setzen, indem ich etwas Blödes tat.

Mein Gott, ich fühlte mich wie ein Stück Scheiße.

Ray und Carol stritten mal wieder. Ray konnte kein anderes Mädchen anschauen, ohne daß Carol gleich ausrastete.

Es war seltsam, sie so zu sehen. Normalerweise verhielt sie sich, als wäre ihr alles und jeder scheißegal, jetzt reagierte sie wie eine alte, verheiratete Schlampe. Sie knurrten sich an wie verfeindete Hunde, dann stürmte sie eingeschnappt zum hinteren Teil der Courts, um eine Stunde später wieder zurückzukommen. Man versöhnte sich wieder, und alles ging von vorn los, sobald Ray irgendeinem Mädchen nachsah.

Marcus hatte eine Damenhandtasche dabei. Er setzte sich auf die Bank und durchsuchte sie nach Wertsachen. Er sagte, sie sei aus einem Auto, das er gerade verhökert habe.

In der Tasche waren ein kleines Portemonnaie mit vierzig Piepen und verschiedene Kreditkarten. Er behielt die Kreditkarten und das Kleingeld und überließ uns den Rest. Eine Puderdose, Lippenstift, Führerschein — der Name der Frau war Celia Goize, 34 Jahre, einssechzig groß, braunes Haar, braune Augen —, dann waren da noch einige Haarnadeln und Papiertaschentücher, eine Bürste. Im Grunde nur Müll, aber es war interessant, auf solche Art im Leben dieser Frau herumzuschnüffeln.

»Habt ihr schon mal Mesk genommen?« fragte er, obwohl er genau wusste, dass wir es noch nie genommen hatten.

Ray fragte: »Meskalin?«

»Nein, Mascara!« gab er zurück.

Marcus ging mit uns zur Handballmauer. Heute Abend war Shorty mit von der Partie. Wir saßen auf dem Betonboden im Kreis, und Marcus holte ein kleines Stück Stanniolpapier hervor, in dem Dutzende winziger purpurner Kügelchen waren, kaum größer als Stecknadelköpfe. Vorsichtig nahm er für jeden von uns eines heraus. Er selbst gönnte sich zwei.

»Mesk«, sagte er und lehnte sich stolz zurück. Ich starrte auf meine Handfläche, ein niedlicher kleiner Punkt, kaum zu glauben, dass mich das antörnen sollte. Wir nahmen jeder unsere Dosis, lehnten uns zurück und warteten darauf, dass es abging. Marcus zündete einen Joint an, um die Sache zu beschleunigen.

Bald nahm ich Radiogedudel im Hintergrund wahr, das ich vorher nicht bemerkt hatte. Es war Salsa und kam von einer der Bänke. Ich hasste Salsa. Hier hörte man aber nichts anderes, und alle liebten es, selbst Ray. Jetzt war es in mir, und ich konnte es nicht loswerden. Ein bedrohlicher, giftiger Sound. Die rauhen Rhythmen glitten meine Kehle hinunter und schepperten als Einzelteile in meinen Eingeweiden. Jedes Schmettern der Trompeten war ein Stoß in die Magengrube, jedes Becken ein Schlag ins Gesicht.

Ich sah Ray an. Er hatte kleine, blutunterlaufene Augen, seine Nase verwandelte sich in eine winzige rote Spinne, die über sein Gesicht krabbelte. Shorty saß im Schneidersitz wie ein Indianer; eine Statue aus Granit, er kroch völlig in sich hinein und kam um nichts in der Welt wieder heraus.

Ich beobachtete Marcus. Unter seiner Kleidung nahm ich seine Seele wahr. Sie war eiskalt und schwarz und machte mich schaudern. Seine Augen waren unergründliche Höhlen, die Augen eines Zombies. Niemand sonst hatte diese schwarzen Todesaugen, nur Marcus.

Ich drehte mich um zu Ray.

Der grinste nur noch und sagte: »Ich bin völlig alle, Mann. Eure Augen sind alle schwarz!«

Scheiße.

Wir gingen nach vorn zur Bank. Ray, Shorty, Marcus und ich.

»Wie spät ist es?« fragte ich.

»Halb drei«, antwortete Marcus.

Was war mit sechs Stunden meines Lebens geschehen?

»Wie fühlst du dich, Ray?«

»Ich schwebe und fühl mich gut!« sagte er. »Und du?«

Ich sah, dass Carol neben ihm saß, kurz zuvor hatte sie noch nicht dort gesessen. Er legte den Arm um sie, und sie fingen an zu knutschen. Cathy schoss mir ins Bewusstsein, gefolgt von quälenden Gefühlen der Einsamkeit. Am liebsten wäre ich in einen Ball hineingekrochen und von der Erde heruntergerollt, um in eine nicht enden wollende schwarze Leere zu fallen, oder besser, um als gleißender Feuerball direkt hier auf der Bank zu explodieren. Noch Jahre später würden die Leute auf die Brandspuren zeigen und über den Jungen reden, der eines Tages einfach so explodiert war. Ich habe gehört, dass Menschen das manchmal tun, ich meine, einfach so grundlos explodieren.

Marcus meinte, wir würden noch stundenlang high sein, und ich war mir nicht sicher, ob ich das überhaupt wollte.

Ray und Carol hatten sich irgendwohin verdrückt, um es miteinander zu machen, und ich saß auf der Bank und sah zu, wie Marcus und Shorty Basketball spielten. Ein doppeltes Quantum Meskalin, und Marcus spielte immer noch besser als jeder andere hier. Wie sehr wünschte ich mir, er zu sein. Hätten wir doch nur die Körper tauschen können, niemand hätte einen Unterschied bemerkt. Ich wäre so perfekt er gewesen, er hätte stolz darauf sein können.

Kapitel 21

Seit über einer Woche war ich nicht mehr bei ihr gewesen. Hatte ständig an sie gedacht, ging aber nicht hin. Jeden Tag sah ich den Alten vorbeigehen, wusste, dass die Luft rein war, ging aber nicht hin. Ich hoffte, ich wäre nach einer Woche geheilt.

Tags zuvor versuchte ich, etwas zu zeichnen, so angestrengt, dass ich Kopfschmerzen bekam. Ich sagte mir, wenn ich mich nur genug konzentrierte und es schaffen würde, hätten wir etwas gemeinsam, etwas, was uns miteinander verbinden würde, anstatt uns zu trennen. Mit Zeichnen hatte ich noch nie so richtig was am Hut gehabt. Als Kind malte ich in den Malbüchern immer über die Ränder und kritzelte alles voll. Jetzt legte ich mich richtig ins Zeug. Zuerst etwas Simples, einfach nur eine Skizze der Wohnung ...

Ein Bleistift in meinen Händen ist eine gefährliche Waffe.

Ich klopfte an die Tür und hörte ihre Schritte.

»Wer ist da?« fragte sie.

»Ich bin's.«

Stille. Ich dachte schon, sie werde mich nicht hereinlassen. »Wer ist ich?«

»Komm schon, mach auf, Cathy.«

Die Schlösser klickten und die Tür ging auf. Ich konnte Cathy nicht sehen, sie stand dahinter. Dann linste sie hinter der Tür hervor. »Nun?«

Ich ging rein. Debra saß auf der Couch und Tara daneben auf dem Boden. Keine von beiden sah hoch zu mir. Cathy machte die Tür zu und schloss ab. Sie trug einen karierten Rock und eine weiße Bluse und hatte diesmal so gar nichts von einer Vogelscheuche.

»Wie geht's dir?« platzte es aus ihr heraus. Sie sprach so schnell, ich musste genau hinhören.

»Mir geht's gut. Ich hatte in der letzten Zeit viel zu tun, bin deshalb nicht vorbeigekommen.«

»Oh«, gab sie skeptisch zurück. »Bleibst du ein paar Minuten, oder hast du zu viel zu tun?«

Sie spielte mit mir, aber ich blieb cool. »Ich denke, ich bleib ein bisschen.«

»Setz dich«, zischte sie.

Wir setzten uns beide an den Tisch. Ihre Schwestern spielten auf der Couch mit einem kleinen Teegeschirr, die meisten Teile waren zerbrochen oder abgeplatzt. Cathy beobachtete mich mit kalten, metallischen Augen, mir war klar, dass sie mir nicht mehr vertraute.

»Wie kommst du voran mit dem Bild vom Court, ich meine von dem Typ?« fragte ich.

»Oh, es ist fertig«, sagte sie.

»Kann ich es sehen?«

»Nein.«

Das Geräusch von Plastikteetassen auf Holz ließ sie herumfahren. »Seid vorsichtig!« blaffte sie. »Zerkratzt nicht den Tisch.« Dann drehte sie sich wieder um und schwieg. Dieses Schweigen war verkrampft, düster, stand zwischen uns wie der Tod eines Familienmitglieds.

»Hör zu«, setzte ich an, »warum ich nicht gekommen bin, ... also, ich hatte ... äh ... so viel zu tun, ich hab mich nach einem Job umgesehen, und wenn ich dann nach Hause gekommen ...«

Sie faltete die Hände und starrte auf ihre Finger. Ich hielt es für besser, nichts mehr zu sagen, bevor sie mich ganz aus ihrem Bewusstsein strich. Und zwar für immer.

»Okay, hör zu, die Wahrheit ist ... ich wollte nicht vorbeikommen. Ich hätte kommen können, aber ich wollte nicht, ich meine, ich wollte schon, es ist nur ... ich hatte Angst.«

Sie sah mich an und begriff nichts.

»Ich hab noch nie jemanden wie dich getroffen! Und ich ... mag dich so sehr, ich hab Angst gehabt, wenn du mich erst besser kennst ... ich meine, ich bin nicht talentiert, ich hab nichts Besonderes drauf ... ich habe befürchtet, wenn du das erst mal mitkriegst, dass du mich dann nicht mehr sehen willst. Ich glaube, dass könnte ich nicht ertragen. Ich wollte dir also nur den Ärger ersparen. Verstehst du? Es lag nicht an dir, dass ich nicht gekommen bin, es lag an mir. Es tut mir Leid.«

Sie saß da, völlig reglos. Vielleicht war ich zu weit gegangen. So etwas hatte ich noch nie zu jemandem gesagt. Ich fühlte mich nackt, bloßgestellt und vor allem wie ein Narr. Ich kratzte auf der Tischplatte herum, bis sie endlich sprach: »Ich dachte, du hättest einen Unfall gehabt oder so was.«

Ich sah hoch, und das Zimmer erschien mit einem Mal viel

heller. »Möchtest du was zu trinken?« fragte sie, und ihr Gesicht hatte wieder den normalen Ausdruck.

»Ich würde wirklich gern das Bild sehen«, sagte ich. »Wenn das okay ist?«

Sie zögerte, stand dann aber auf und ging in ihr Zimmer. Als sie zurückkam und den Block aufklappte, waren alle Details hinzugefügt, und die Zeichnung war koloriert. Jetzt quoll Blut zwischen den Fingern hindurch, der karminrote Farbton war exakt getroffen. Sie hatte dem Schleim aus seinem Mund noch jede Menge Klümpchen hinzugefügt; die Spur, die er auf dem Zement hinterlassen hatte; die schweren Lider. Im Hintergrund die Courts; jedes ätzende Detail genau so, wie ich es in Erinnerung hatte!

»Möchtest du's haben?« fragte sie.

»Was?« Mir war, als hätte ich mich verhört.

»Hier, ich hab's für dich gemacht«, sagte sie, trennte die Seite vorsichtig heraus und legte sie auf den Zeichenblock.

»Du schenkst mir dieses Bild?«

»Wenn du's haben möchtest«, sagte sie, zog die Nase kraus und wich meinem Blick aus. Ich war überwältigt, dachte, ich müsste gleich losheulen. Stattdessen ging ich auf sie zu. Ihre Gesichtszüge wurden starr; sie bekam Angst vor mir. Und ich hatte Angst vor mir selbst. Sie wich zurück, stand mit dem Rücken am Küchentresen. Ich ging noch einen Schritt nach vorn und blieb direkt vor ihr stehen. Als ich sie auf den Mund küsste, wehrte sie sich nicht. Unsere Zungen prallten zusammen, vereinigten sich verzweifelt miteinander. Ich schlang meine Arme um Cathys Taille, hielt sie so fest ich konnte.

Das Zimmer fing an, sich um mich zu drehen. Ich hob vom Boden ab wie eine Dampfschwade, schwebte nach oben und durch die Decke, vorbei an den Bewohnern der nächsten drei Etagen, bis ich im Himmel war. Hand in Hand ließen Cathy und ich die ganze Nachbarschaft unter uns zurück, schoben die Wolken mühelos aus dem Weg. Von oben wirkten die Leute auf den Courts wie Ameisen. Die Stadt verwandelte sich in einen wunderschönen Obstgarten, die Müllkippe wurde zu einer grünen Weide mit Blumen und Kirschblüten, Apfelbäumen und bunten, exotischen Vögeln und himmlisch freien Flächen, so weit man sehen konnte. Und vor allem war da die Hoffnung. Wir waren frei. Frei von Drogen und Verbrechen, befreit von ihrem Vater und seiner Horrorwohnung. Ich hatte mich in einen neuen Menschen verwandelt, es war wundervoll und erschreckend in einem. Ich wollte etwas aus mir machen. Wollte wichtig sein. Bedeutend! Denn zusammen mit Cathy konnte ich alles erreichen ... jeden Gipfel.

Als sich unsere Lippen trennten, war ich zurück in der Wohnung: Mein Kopf schwebte immer noch in den Wolken, doch mit den Füßen stand ich fest auf dem Boden. Von der Couch beobachteten uns ihre Schwestern, wütend und verwirrt zugleich. Cathy flüsterte mir zu, dass wir in den Hausflur gehen sollten und sagte zu Debra, wir seien bald zurück.

Doch sie führte mich auf das Dach anstatt in den Hausflur, wo uns ein Nachbar oder — schlimmer noch — ihr Vater hätte sehen können. Als Erstes sah ich ein gebrauchtes Kondom, das auf der Dachpappe klebte, dann zerdrückte Bierdosen, zerbrochene Flaschen, leere Päckchen Zigarettenpapier, gebrauchte Spritzen und noch mehr Kondome.

Wir gingen auf dem Dach spazieren, sahen uns jeden Teil der Nachbarschaft aus unterschiedlichen Perspektiven an. Wir küssten und umarmten uns und hielten uns ganz fest umschlungen.

»Erinnerst du dich noch, als du das erste Mal mit mir gesprochen hast?« fragte ich.

»Eigentlich wollte ich gar nichts zu dir sagen. Du warst so gemein zu mir. Du hast mich eiskalt erwischt.«

»Ich glaube, es hat uns beide eiskalt erwischt«, sagte ich. Sie lächelte, und ihre Schneidezähne lagen auf der Unterlippe wie kleine Zuckerwürfel. Etwas zündete in meinem Innern. All die Möglichkeiten, die Zukunft — mein Leben schien jetzt klarer.

Atemlos sagte ich zu ihr: »Wir können das Haus jetzt verlassen! Wir können rausgehen und was zusammen unternehmen! Wir können uns sooft sehen, wie wir wollen! Wir müssen uns nicht mehr verstecken!«

Sie zog die Augenbrauen zusammen.

»Was ist los?«

»Nichts.«

»Du zitterst ja.«

»Es ist kalt hier oben.« Sie verschränkte die Arme und blickte in die Ferne, hinüber zur Brücke. Das bläuliche Glitzern der Hängelampen, darunter die Scheinwerfer der Autos. Das bedrohliche graue Schimmern der Stadt wurde vom Wasser reflektiert.

»Lass uns hineingehen«, sagte sie.

Sie drehte sich zu mir um, Entschiedenheit und Schärfe lagen in ihrem Blick: »Mein Vater darf niemals etwas erfahren, verstehst du?«

»Was? Warum nicht?«

»Weil er es nicht darf«, erwiderte sie entschlossen.

»Aber wir tun doch nichts Falsches.«

»Das spielt keine Rolle. Er ist kein guter Mensch. Nie würde er es erlauben. Wir können es ihm auf keinen Fall sagen.«

»Aber Cathy ... «

»So ist es nun mal!« schnitt sie mir das Wort ab, und das erstaunte mich, diese Seite an ihr, so bissig und aggressiv. Dieser Ausbruch schien ihr unangenehm zu sein, sie fuhr sich mit der Zunge über die Lippen und neigte den Kopf zur Seite. »Bitte«, sagte sie sanft, »alles ist doch gut, so wie es ist. Können wir die Dinge nicht so lassen, wie sie sind?«

Als ich den besorgten Ausdruck in ihren Augen sah, war ich natürlich einverstanden.

»Was ist los, geht's dir gut?« grummelte Paps.

»Ja, warum?«

»Ausnahmsweise siehst du mal nicht miserabel aus!«

»Mach dir keine Sorgen. Dafür siehst du so schlecht aus, dass es für uns beide reicht!«

Er grunzte und ging in die Küche. Ich pfiff keine Liebeslieder, hatte mich aber definitiv verändert, denn Ray bemerkte etwas. Während Paps in der Küche hantierte, erzählte ich Ray leise von Cathy. Er war überrascht, sagte, er verstehe nicht, warum ich in sie verliebt sei und fragte, ob ich Fieber hätte, der kleine Scheißer.

Ray erzählte mir, er wolle heute Abend mit Carol Schluss machen. »Ich halt es einfach nicht mehr aus«, sagte er. »Sie macht mich noch verrückt.«

»Kommt 'n bisschen plötzlich, oder?«

»Kommt überhaupt nicht plötzlich. Das läuft schon 'ne ganze Weile so.«

»Ich dachte immer, ihr streitet euch gern.«

»Sie vielleicht, aber ich nicht.«

»Magst du sie denn noch?«

»Natürlich mag ich sie noch.«

»Warum sagst du ihr dann nicht, sie soll mal 'nen Gang rausnehmen?«

»Hab ich. Es nützt nichts. Ständig will sie wissen, was ich mache. Bin ich mehr als eine Stunde weg, stellt sie eine Million Fragen. Wenn ich ein anderes Mädchen ansehe ... wenn ich nur hallo sage ... es ist schlimmer, als verheiratet zu sein.«

»Sie hat keine Peilung, was in dir vorgeht?«

»Nein, aber ich muss es ihr heute Abend sagen. Mann, ich

hab jemand anderes kennen gelernt, eine gute Freundin von ihr. Ich will's ihr sagen, bevor sie es selber rauskriegt.«

»Scheiße, Ray. Sie hätte dir eben nicht so auf die Pelle rücken sollen. Wer ist diese Freundin?«

»Debbie Mahoney.«

»Debbie Mahoney?« Ich konnte es einfach nicht fassen. Debbie hatte die größten Titten in der ganzen Gegend.

»Yeah, warum bist du so schockiert?«

»Weil ich dich nie mit Debbie Mahoney zusammen gesehen habe.«

»Das ist auch nicht leicht gewesen! Es ist so, eigentlich will ich mich gar nicht von Carol trennen. Carol ist toll, und ich mag sie wirklich sehr. Aber bei Carol gibt es nur alles oder nichts. Und ich bin noch nicht soweit, ihr alles zu geben.«

»Scheiße, Debbie ist verdammt scharf, Ray.«

»Yeah, ich weiß. Aber im Dachgeschoss ist nicht viel drin.« Er tippte sich an die Stirn.

»Also, dann weißt du, was du zu tun hast.«

»Was?«

»Bleib im ersten Stock!« Wir kicherten.

Paps brachte einen Fleischklops herein, der wie ein Riesenei aussah. In letzter Zeit hatte Paps öfter mit Hackfleisch experimentiert.

»Was ist das?« fragte Ray.

»Hackbraten.«

»Der sieht aus wie ein Football, Paps! Ich weiß nicht, ob ich ihn essen oder über den Torpfosten treten soll!«

»Ist doch scheißegal, wie er aussieht, oder?« grummelte er. »Hauptsache, er ist gut.« Und das war er tatsächlich, wenn man ihn mit Ketchup bestrich, was wir beide taten. Manchmal gab Ray ein paar Spritzer Tabasco dazu. An richtig schlechten Tagen würde ich meinen in Benzin tunken.

Auf dem Weg zu den Courts sagte Ray, dass er mit Carol

an diesem Abend endgültig Schluss machen wolle.

»Erzählst du ihr das mit Debbie?«

»Ich werde vollkommen ehrlich sein.«

Es versprach eine harte Nacht für Carol zu werden. »Sei nett zu ihr, versuch's wenigstens«, sagte ich.

Marcus und ich rauchten einen Joint, als Ray und Carol ihre Aussprache drüben auf der Junkiebank hatten. Wir bekamen mit, dass Carol über Heirat und Kinder und ein Haus auf dem Land sprach. Vor allem sie machte ein richtiges Trara. Doch Ray gab sich auch nicht gerade cool, argumentierte mit Beispielen von Tieren, die nun mal rammeln müssten, oder Bienen, die in verschiedene Blumen eintauchten, und ähnlich verrücktem Scheiß. Schließlich musste er die Katze aus dem Sack gelassen haben, denn sie ließ einen Schwall Obszönitäten vom Stapel und kreischte dabei quer über die Courts wie eine Motorsäge. Als alle aufmerksam wurden, hatte sie dann ihren Abgang. Einen großartigen Abgang, einen phantastischen Abgang. Die Kleine hatte wirklich Eier.

Sie stolzierte umher wie eine prämierte Henne, zog vom Leder und schrie, als hätte sie ihm den Laufpass gegeben. Und Ray ließ sie gewähren, Gott sei Dank! Nachdem sie aufgehört hatte zu gackern, meinte er, sie solle sich jemanden suchen, der ihr das geben könne, was sie brauche, er jedenfalle könne es nicht. Noch ein paar bissige Bemerkungen, und dann ging sie allein ans andere Ende der Courts.

Marcus und ich applaudierten und jubelten, als Ray rüberkam. Wir rauchten einen Joint auf seine neugewonnene Freiheit, dann versuchte Marcus, uns zu überreden, zur Feier des Tages jeder einen Wagen zu klauen. Ray und ich waren nicht völlig abgebrannt und auch nicht in der Stimmung, also lehnten wir ab. Marcus versuchte wieder seine alte Masche und eröffnete ein Schnellfeuer hundert logischer Gründe, warum wir's tun sollten. Aber heute Abend zog das nicht.

Am Ende der Courts war ein Loch im Zaun, dahinter eine betonierte Fläche, die zu einem Mietshaus gehörte. Mehrere Abfallcontainer standen dort, und Müllsäcke stapelten sich anderthalb Meter hoch, mitunter schliefen hier vollgedröhnte Junkies. Neben den Müllsäcken stand Carol und rauchte eine Zigarette. Ich ging auf sie zu und sie drehte sich um.

»Tut mir Leid, ich wollte dich nicht erschrecken«, sagte ich. Aber momentan stand sie nicht auf die sensible Tour.

»Du bist ein verdammtes Arschloch!« blaffte sie in einem Ton, der meine Ohren quälte. Ehe ich etwas entgegnen konnte, ließ sie ihren Wutausbruch nonstop vom Stapel. Sie kotzte sich richtig aus, Vorfälle und Ereignisse, von denen ich noch nie etwas gehört, alles, was sich in ihrem Leben an Gift und Galle angesammelt hatte. Ich wurde zum Stellvertreter für jeden, der sie jemals verletzt hatte. Sie holte tief Luft, und ihre Stimme klang spröde, als sie hinzufügte: »Wie konntest du mich nur so auslachen? Ich hab gedacht, du wärst mein Freund.«

Das traf mich wie ein Hammer. Ich schämte mich. Als ich mich entschuldigen wollte, fiel sie mir ins Wort: »Lass mich allein, verdammt noch mal! Okay? Geh zurück zu deinen Freunden!«

Es gab nichts mehr zu sagen. Wollte Carol einen nicht um sich haben, gab es keine Möglichkeit, sie umzustimmen, man hätte höchstens alles nur noch schlimmer gemacht. Also ging ich zu Ray und Marcus zurück, und jeder von uns schloss ein Auto kurz.

Kapitel 22

Die meiste Zeit verbrachten wir auf dem Dach. Es war der einzige Ort, wo wir wirklich allein waren. Auf der Straße taten wir so, als würden wir uns nicht kennen; begegneten wir uns, verhakten sich unsere Blicke ineinander, um sich dann wieder zu lösen, wie bei Agenten auf feindlichem Terrain. Später kamen wir dann hier herauf und lachten darüber.

Cathy schaute herüber zur Brücke, doch mit ihren Gedanken war sie woanders, sie schien melancholisch. Ein Hund bellte sieben Mal hintereinander. Cathy fragte mich, ob ich an Reinkarnation glauben würde. Manchmal war sie schon seltsam, platzte einfach heraus mit solchen Dingen.

»Ich weiß nicht«, antwortete ich. »Ich denke, ich glaube an gar nichts.«

»Bist du schon mal in ein Zimmer gekommen, in dem du vorher noch nicht warst, aber dennoch den Eindruck hattest, du seist schon mal da drin gewesen? Oder hast jemanden im Traum gesehen und siehst ihn dann im Leben? Oder hast irgendwas gemacht und festgestellt, dass du es schon mal früher gemacht haben musst, in einem früheren Leben? Ist dir so was mal passiert?«

»Nein.«

»Mir passiert das ständig. Letzte Woche bin ich in einem Kaufhaus gewesen, in dem ich noch nie war, habe alle Gänge und Verkaufstische gekannt, wusste, wo der Lagerraum und die Ausgänge sind, wusste sogar, wo ich bestimmte Dinge finden konnte. Es war alles genau dort, wo es meiner Erinnerung nach hätte sein müssen.«

»Yeah, aber weißt du, die meisten Kaufhäuser sind alle gleich. Es hätte auch Zufall sein können.«

»Das ist nicht alles. Da war ein Typ in der Wäscheabteilung, ich hatte ihn noch nie gesehen, aber als ich ihn sah, wusste ich seinen Namen. Manny. Ich las das Schild an seinem Hemd, und da stand Manuel. Das kann doch kein Zufall sein.«

»Nun, ich muss gestehen, das klingt ziemlich seltsam.«

»Und das passiert mir ständig. Es ist beängstigend.«

»Dafür gibt's auch einen Begriff, er fällt mir nur nicht ein.«

»Déjà-vu?«

»Nein, danke, ich hab schon gegessen.«

Cathy kicherte, und ich drückte sie fest an mich. »Au!« sagte sie. »Du zerdrückst mich ja.«

»Tut mir Leid, aber ich kann nicht anders. Du bist nun mal einfach zum Drücken.«

»Ich kann richtig deine Rippen spüren. Du musst ein bisschen zunehmen.«

»Ich bin schon immer dünn gewesen.«

»Das ist nicht gut. Du solltest besser essen. Ich will, dass du jeden Tag Gemüse isst, und versuch wenigstens zweimal Obst am Tag zu essen, okay?«

»Gemüse, zweimal Obst. Abgemacht. Zählt Hot Dog zu Gemüse?«

Sie verzog die Lippen. »Ich mein es ernst«, sagte sie. »Ich mach mir Sorgen um dich. Du musst besser essen.«

Ich küsste sie lange. Nachdem wir uns voneinander gelöst hatten, lehnte sich Cathy über die Brüstung des Daches und sah auf die Straße hinunter.

»Sieh mal«, sagte sie, »die Bullen verhaften gerade jemanden.«

»Ach du Scheiße«, sagte ich und grinste. »Haben sie ihn endlich geschnappt. Popcorn Reeves! Kennst du den noch aus der Schule?«

»Nein.«

»Schmiss immer Stinkbomben in die Aula und trug ständig ein lila Sweat-Shirt.«

»Ach ja, seine Schwester ging in meine Klasse.«

»Wer? Sherlita? Weißt du noch, was mit ihr passiert ist?«

»Yeah, es war schrecklich.«

Popcorn leistete Widerstand, und die Bullen packten ihn

und knüppelten ihn brutal in den Wagen. Einer versetzte ihm noch einen Tritt, bevor er die Tür schloss.

Cathy fragte: »Weshalb, glaubst du, haben sie ihn verhaftet?«

»Er ist leichtsinnig geworden«, sagte ich, als der Streifenwagen mit heulender Sirene davonfuhr. Wir beobachteten, wie das Licht des Streifenwagens durch die Straßen blitzte, und hörten, wie die Sirene nach und nach schwächer wurde. Meine Hand lag auf ihrem Rücken, und ich spürte ihr Rückgrat durch den Stoff ihres T-Shirts. Der Wind blies durch ihr Haar und trieb ihr die Tränen in die Augen. Nie war ich glücklicher gewesen in meinem Leben.

Kapitel 23

Nach sechs Monate Versteckspiel auf dem Dach wie Kriminelle, und nachdem ich sie immer nur ein oder zwei Stunden gesehen hatte, doch niemals am Abend oder an bestimmten Tagen, hatte ich die Nase voll. Cathy dagegen schien das vollkommen zu genügen. Bei mir war das anders. Immer wenn ich darauf zu sprechen kam, machte sie zu und wechselte das Thema. Sie weigerte sich schlichtweg, darüber zu diskutieren. Wenn sie wollte, konnte sie hart sein wie Granit.

Rays Augen waren glasig. Meine auch. Glücklicherweise spielte niemand Salsa.

Zwei Typen kamen rüber zu unserer Bank, sie suchten Jaco. Ich hatte sie in unserer Gegend noch nie gesehen. Sie erzählten, Jaco habe ihren Wagen gestohlen und sie wollten ihn zurückholen. Marcus sprang sofort auf und mischte sich ein, sagte ihnen, sie sollten sich selber ficken. Ray und ich sahen zu, wie ein Wort das andere gab, bis einer von ihnen

Marcus einen Schwinger verpasste. Ein Riesenfehler. Marcus beherrschte eine Art Straßenkarate, es machte einem Angst, ihm zuzusehen. Er wirbelte herum wie ein Tornado, teilte Schläge und Stöße aus. Dem größeren der beiden trat er so hart ins Gesicht, dass ihm Blut aus den Ohren lief. Dem anderen rammte er den Ellbogen in die Kehle und trat ihm in die Eier. Selbst als sie am Boden lagen, trat er immer noch auf sie ein und versuchte, ihre Gesichter mit dem Hacken einzutreten.

Leute kamen dazu und lachten, und Marcus ging zurück zur Bank. Als die Typen versuchten aufzustehen, rannte Marcus rüber zu ihnen und schlug sie nochmals nieder. Wieder versuchten sie hochzukommen, doch diesmal ging Ray dazwischen und sagte: »Lass sie. Sie haben's begriffen.«

Die Typen humpelten über die Courts, und Marcus schrie ihnen hinterher: »Wo wollt ihr hin, ihr Schwuchteln! Hat Spaß gemacht mit eurem Wagen, allerdings braucht der 'n paar neue Stoßdämpfer!«

Die Menge löste sich auf. Marcus spielte Basketball, und Ray, Jaco und ich setzten uns auf die Bank.

»Hey, Jaco, wer waren diese Typen?«

»Wer? Diese Spinner? Die gehören zu einer Gang in den Projects. Der KC-5.«

»Woher kennst du sie?«

»Ich hab ihren Wagen geklaut.«

»Du hast wirklich ihren Wagen geknackt?«

»Als ich ihn geknackt habe, hatte ich keine Ahnung, dass es ihrer war. Und nachdem ich ihn in diesem Autoschieberladen verkauft hatte, gab's keine Möglichkeit mehr, ihn zurückzukriegen, also ... wir sollten uns jetzt ein bisschen zurückhalten.«

»Warum das denn?«

»Sie werden sich wegen heute Abend rächen wollen.«

»Aber was hat das mit mir und Ray zu tun?« fragte ich neugierig, und Angst kroch in mir hoch. Auch Ray richtete sich auf.

»Wir hängen zusammen rum, also sind Marcus' Feinde auch unsere Feinde.«

»Willst du damit sagen, diese Typen sind jetzt auch hinter uns her?«

»Gut möglich«, sagte er mit einem Achselzucken und stand auf, um mit den anderen Basketball zu spielen. Ich saß da und kochte innerlich. Ich hatte keinen Bock auf Bandenkrieg, danach fragte aber keiner. Ray ging's genauso. Marcus und Jaco steckten tief in der Scheiße; wie konnten sie so gelassen sein?

Jaco kam zur Bank, um einen Schluck aus seiner Rumflasche zu nehmen. Ich fragte ihn: »Sind irgendwelche Kolumbianer in der KC-5?«

Er nahm einen Schluck und sagte dann ganz sachlich: »Sie sind alle Kolumbianer.«

»Oh.«

Kapitel 24

Donner erschütterte den Boden, Blitze zuckten über die Wände. Ich schreckte hoch aus dem Schlaf. Das Knallen der Regentropfen auf dem Asphalt hörte sich an wie Chinakracher in der Ferne. Ray saß auf der Couch und sah in die Glotze, sagte, Paps sei vor einer Weile weggegangen.

Ich zog mich an und holte mir einen Saft aus der Küche, zündete einen Joint an und reichte ihn an Ray weiter, der zwar den Joint nahm, aber den Saft ablehnte, weil ich aus der Packung getrunken hatte.

Draußen war es dunkel und die Straße leer, kein Auto fuhr

vorbei, keine Menschenseele war zu sehen, aber der alte Jenkins hatte natürlich geöffnet. Ray reichte mir den Joint, und am Fenster nahm ich einen tiefen Zug und sah hinüber zu Cathys Haus.

Kaltes Regenwasser spritzte vom Gehweg hoch, meine Hosen waren unten bereits völlig nass. Ich spannte den Schirm auf, drei der Metallstäbe waren zerbrochen. Es war nur den Block hinunter, also rannte ich die Straße entlang mit dem flatternden Regenschirm über meinem Kopf und trat zweimal in Pfützen. Ich raste die Stufen hoch, und der Regenschirm über mir klappte zusammen. Ich warf ihn weg.

Als ich in den Hausflur kam, war ich bis auf die Haut nass. Ich wrang mein Hemd aus, und auf dem Boden bildete sich eine Pfütze. Wasser drang seitlich aus meinen Sneakers, während ich die Treppe hinaufging. Ich hatte keinen Plan, stellte mir nur vor, dass ich draußen an der Tür horchen und dann improvisieren würde.

Ich ging um das Geländer im ersten Stock herum, als sich die Tür über mir öffnete und wieder schloss. Schritte kamen die Stufen hinunter, und morsches Holz knackte unter schwerfälligen Füßen. Ich war auf der Mitte der Treppe zum zweiten Stock, als er um die Ecke bog und mir entgegenkam. Ich blieb abrupt stehen, sein Anblick auf so einer engen Treppe jagte mir einen Schauer über den Rücken. Ich hatte vergessen, wie groß er war. Auf der vierten Stufe stoppte er, um seine Augen an die Dunkelheit zu gewöhnen, seine Silhouette baute sich über mir auf, und es stank nach billigem Whiskey und altem Schweiß. Als er weiterging und uns nur ein paar Zentimeter trennten, konnte ich den eiskalten Blick durch meine Kleider hindurch spüren. Ich wagte nicht, den Blick zu erwidern. Er verschwand hinter dem nächsten Treppenabsatz, und als ich hörte, wie er die Haustür öffnete und das Haus verließ, atmete ich auf und wischte mir den Regen aus dem Gesicht.

Sie hatte Recht, er durfte es nie erfahren.

Ich stand vor ihrer Tür und lauschte, ob er vielleicht zurückkäme. Aber er kam nicht. Drinnen lief der Fernseher. Ich klopfte an die Tür und flüsterte ihren Namen. Cathy steckte den Kopf heraus und blickte ängstlich an mir vorbei zur Treppe.

»Hast du ihn gesehen?« flüsterte sie.

»Wen gesehen?« antwortete ich.

»Mein Vater ist gerade vor einer Minute weggegangen. Bist du ihm nicht begegnet, als du hochkamst?«

»Nein. Ich hab niemanden gesehen.«

Ich ging rein, und sie machte die Tür hinter mir zu und schloss ab. Ihre Schwestern saßen auf dem Boden und sahen sich Zeichentrickfilme an.

Ich stand beim Spülbecken und fragte Cathy, wo ihr Vater hingegangen sei. Sie wusste es nicht.

»Was kochst du heute?«

»Gebratene Hähnchenschnitzel.«

»Ihr esst ziemlich oft Hühnchen.«

»Nun, es ist billig«, sagte sie, dann sah sie zur Uhr. »Ich muss erst in ein paar Stunden anfangen.«

Sie bemerkte meine nassen Sachen. »Du bist ja klitschnass, du solltest dich abtrocknen, sonst erkältest du dich noch. Komm her.«

Sie nahm ein Geschirrhandtuch vom Küchentresen und fing an, mein Haar trockenzurubbeln. Sie fuhr mit der Hand unter mein Hemd und rieb meine Brust trocken. Ihre Schwestern saßen gebannt vor der Glotze, also beugte ich mich nach vorn und küsste sie. Nervös blickte sie rüber zu den Kleinen.

»Willst du aufs Dach gehen?« fragte ich. Sie warf einen Blick zum Fenster, wo der Regen aufs Fensterbrett trommelte, und lächelte unsicher. Ich berührte ihre Wange und küsste sie auf die Lippen. Sie wich zurück, presste die Lippen zusammen.

»Können wir nicht in dein Zimmer gehen?« fragte ich, doch sie zischte: »Nein, wir müssen hier bleiben.«

»War ja nur 'ne Frage, Cathy. Ich hab gedacht, dass wir da vielleicht etwas ungestörter wären. Ich habe dein Zimmer überhaupt noch nicht gesehen.«

»Nein. Wir müssen hier bleiben«, wiederholte sie, ging zum Spülbecken und tat mich ab wie einen überflüssigen Gedanken.

Ich war verwirrt und stocksauer zugleich. Immer zog sie diese Scheiße ab. Sie war völlig normal und im nächsten Augenblick wie ausgewechselt. Schon seit Wochen wollte ich sie schütteln und fragen, warum sie so verdammt schizoid war.

Die Tür wurde aufgeschlossen.

Schwer zu sagen, wer mehr Angst hatte, sie oder ich. Die Tür ging auf, und dort stand er, triefnass, und im Nu bildeten sich Pfützen zu seinen Füßen, seine Augen rollten hin und her wie milchig graue Murmeln. Er glotzte mich an, überrascht und wütend, mich hier zu finden. Cathy versuchte, etwas zu sagen, aber er schnitt ihr das Wort ab.

»Was tut er hier!« rief er abfällig. Aus der Nähe war das Krächzen seiner Stimme noch furchteinflößender. Ich war zu erschrocken, um zu antworten; die Schwestern gingen auf der Couch in Deckung.

Cathy sagte: »Er ist nur ein Junge aus der Nachbarschaft, Daddy.«

»Ich weiß, wer er ist! Was macht er hier?«

Ich wollte ihm sagen, dass ich Zeitschriften verkaufe, um mein Studium am College zu finanzieren, wollte die ganze

Sache entschärfen, indem ich einen Witz machte, aber ich traute mich nicht. Stattdessen sagte Cathy: »Er war gerade hier im Haus und kam vorbei, um hallo zu sagen, das ist alles.«

»DU LÜGST!« brüllte er. Meine Knie gaben nach. Cathy bewegte sich nicht, atmete nicht, richtete ihre Augen auf den Boden, es war, als hörte sie auf zu existieren. So einfach war das. Sie wurde zum Objekt, wie der Tisch vor ihr oder der Stuhl darunter. Jetzt gab es nur noch mich und ihn.

»Was willst du von meiner Tochter!« krächzte seine Stimme, dann machte er einen Schritt auf mich zu. Ich ging um den Tisch herum, versuchte, vernünftig mit ihm zu reden, sagte ihm, dass ich sie nur besuchen wolle, dass ich keine bösen Absichten hätte. Die Adern an seinem Hals traten hervor; er schnappte sich einen Stuhl und hielt ihn über seinem Kopf. Cathy kam zurück, wo auch immer sie in Gedanken gewesen sein mochte, und bettelte: »Daddy, bitte! Er ist nur ein Junge. Er kam herein, um hallo zu sagen, das ist alles. Bitte, Daddy!«

Ich wurde wütend. »Erzähl ihm nicht so was! Er kann dich hier nicht halten wie eine Gefangene, sag ihm, wie du wirklich fühlst! Er hat kein Recht, dich so zu behandeln!«

Abwechselnd sah er uns beide an, und als er begriffen hatte, strafften sich seine Gesichtszüge, als würden sie am Hinterkopf festgezogen. Noch nie hatte ich jemanden so fuchsteufelswild gesehen, und ich kam zu einem Entschluss.

Ich griff nach dem Messer in meiner Tasche, aber er schwang den Stuhl in meine Richtung. Ich sprang rechtzeitig zur Seite, doch er erwischte mich an der Schulter, und es warf mich um. Ich kam wieder auf die Füße und lehnte mich gegen das Abwaschbecken. Die Wucht der Attacke hatte ihn selbst auf den Tisch geschleudert, aber den Stuhl hielt er noch immer fest umklammert. Als er sich aufzurichten versuchte, schoss ich um den Tisch herum und verpasste ihm einen Sidekick, der ihn rückwärts ins Wohnzimmer katapultierte. Die Schwestern fingen an zu weinen.

Cathy ging hin, um ihm zu helfen, aber er stieß sie beiseite. Ich wich zurück zur Tür, zog mein Springmesser heraus und ließ es aufspringen. Ich konnte einfach nicht glauben, wie sehr die Situation eskaliert war.

»Kommst du ihr noch einmal zu nahe, bringe ich dich um!« würgte er hervor. Aber angesichts des sicheren Fluchtweges hinter mir, schrie ich: »Fick dich! Sie liebt mich! Und sie ist alt genug, um selbst zu entscheiden, mit wem sie sich verabreden will!«

Alle Farbe wich aus seinem Gesicht und seine Lippen fingen an zu zittern, die Äderchen in seinen Augen vergrößerten sich zu kleinen roten Luftballons. Ich hatte voll ins Schwarze getroffen!

Er kniete am Boden, dann richtete er sich auf und torkelte in sein Schlafzimmer, stöhnte und wimmerte in hoher Tonlage vor sich hin. Ich war mit den Mädchen allein.

Cathy wurde hysterisch. »Bitte«, schluchzte sie. »Geh jetzt! Er hat eine Waffe in seinem Zimmer. Geh doch!«

»Komm mit. Lass uns hier verschwinden, wir hauen ab, er wird uns nie finden.«

»Geh jetzt! Verstehst du nicht! Ich kann nicht mit dir gehen. Ich will nicht.«

Er stand in der Schlafzimmertür und fuchtelte mit etwas herum. Ich konnte nicht sehen, was es war. Cathy blickte zu ihm, dann wieder zu mir und wurde urplötzlich völlig ruhig und konzentriert.

»Hör zu«, sagte sie und betonte jedes Wort. »Es tut mir Leid, wenn ich dir was vorgemacht habe, aber ich habe dir gesagt, er darf nie etwas erfahren, und jetzt, wo er es weiß ... also, es ist diesen ganzen Ärger nicht wert. Verschwinde einfach und komm nie wieder, okay?«

»Das sagst du doch jetzt nur seinetwegen.«

»Sieh mich an«, antwortete sie. »Sieh mir in die Augen.« Ich tat es. »Es ist die Wahrheit. Du hast selbst gesagt, du hättest überhaupt kein Talent und könntest nichts. Was soll ich mit so einem wie dir? Sieh mal, es war schön, aber es war nie etwas Ernstes.«

»Aber was ist mit dem, was du gesagt hast? Was ist mit unseren Plänen?« flehte ich, während alles in mir zu Staub zerfiel.

Sie grinste. »Hast du das wirklich geglaubt? Es war nur Spielerei. Es hat Spaß gemacht, mit dir zusammen zu sein, das ist alles.«

Ihr Vater kam aus dem Schlafzimmer, und ich rannte aus der Wohnung. Ein Nachbar am Ende des Flures beobachtete von seiner Tür aus, wie ich die Treppen hinunterraste.

Ich rannte über die Straße und versteckte mich hinter einem Auto, wollte sehen, ob er mich verfolgte. Ich bekam das Zittern meiner Hände nicht in den Griff. Die ganze Sache war so verdammt unheimlich. Nach ein paar Minuten ging ich zu den Courts. Ich war völlig durchnässt, aber das war mir scheißegal.

Der Platz war verwaist, es war seltsam, ihn so zu erleben. Ich setzte mich auf die hinterste Bank und beobachtete, wie sich Pfützen auf meinem Schoß bildeten, dachte über all das nach, was geschehen war.

Ich wünschte mir so sehr, dass sie alles nur gesagt hatte, um mich aus der Wohnung zu bekommen, damit ich nicht verletzt wurde. Mein Gott! Sie war so überzeugend gewesen und hatte mich schon öfter zum Narren gehalten. Es hatte Momente gegeben, da hatte ich nicht gewusst, wer sie wirklich war oder wovon sie sprach. Dabei gab es keine große Auswahl an Kandidaten. Ich war der Einzige, der sich ihr jemals genähert hatte.

In Gedanken ging ich die Szene immer wieder durch, die Worte, die sie benutzt hatte und wie sie sie benutzt hatte. Sie hätte mit mir gehen können, als ihr Vater ins Schlafzimmer torkelte. Wenn sie mich wirklich geliebt hätte, wäre sie mitgegangen. Ich hatte mich in ihr getäuscht. Vom ersten Tag an. Alles, was ich über sie gedacht hatte, ihre Verlegenheit, ihre Scheu ... alles falsch.

Mein Magen krampfte sich zusammen, ich zitterte am ganzen Körper, und der kalte Regen trommelte auf meinen Kopf wie Dutzende klopfender Finger. Ich heulte, ohne es anfänglich zu bemerken. Nie war mir bewusst gewesen, das etwas so wehtun konnte. Wie Säuretropfen liefen mir die Tränen über das Gesicht.

Später ließen die Regenschauer nach und auch die Tränen. Es nieselte nur noch leicht, als ich nach Hause ging.

Ich inhalierte den halben Joint in einem einzigen verzweifelten Zug wie ein Junkie auf Turkey. Augenblicklich entkrampfte sich mein Magen, und das Zittern hörte auf. Ray saß auf der Couch und hörte sich aufmerksam die Geschichte mit ihrem Vater an, jedes Detail. Ich zeigte ihm die ausgewachsene Prellung an meiner Schulter, und er wollte sofort rüber und die Scheiße aus dem Kerl herausprügeln, aber ich sagte, er solle sich abregen. Die Schulter war mein kleinstes Problem.

Nachdem er sich alles angehört hatte, auch das mit meinem Zusammenbruch auf den Courts, lehnte er sich zurück und analysierte die Fakten. Sein Blick ging in die Ferne, in seinem Kopf schienen sich Zahnräder zu drehen. Er kalkulierte alle Variablen, ging die verschiedenen Möglichkeiten durch und zog alles in Betracht.

Schließlich setzte er sich auf und sah mir direkt in die Augen. »Ich glaube, der alte Bock knallt die Kleine selber«, sagte er trocken.

Ich wartete, dass er grinste, aber er tat es nicht. Es war kein Witz. Es war etwas, was mir nicht in den Kopf wollte, obwohl alle Zeichen dafür sprachen. Es erklärte eine Menge Dinge, die Ray mir nun im Einzelnen erläuterte.

Kapitel 25

Er zerrte sie jetzt jedes Mal mit, wenn er das Gebäude verließ. Er kam auch nicht mehr an unserer Wohnung vorbei, lieber nahm er einen Umweg zu den Läden und Bars in Kauf. Cathy konnte ihm nie schnell genug gehen, er zog sie immer am Arm und stieß bellend irgendwelche Drohungen hervor. Ich machte mich schnell aus dem Staub, wenn sie auf der Straße auftauchten.

Ray und ich knackten jetzt regelmäßig Autos, mindestens eins pro Woche. Es war normal, dass ich vierzig oder fünfzig Piepen in der Tasche hatte, selbst wenn ich mich bereits mit Gras und Koks eingedeckt hatte. Nie liefen wir Gefahr, erwischt zu werden. Nachdem wir sie kurzgeschlossen hatten, dauerte es keine zwanzig Minuten, und die Wagen waren abgeliefert, es war kinderleicht.

Und von der KC-5 war seit jener Nacht nichts zu sehen gewesen.

Marcus schleppte ein paar Mädchen an und verteilte sie wie Kleingeld. Diese Mädchen fickten des Fickens willen; sie hatten weder einen besonderen Grund, noch brauchten sie Geld, sie taten es, weil Marcus sie darum bat.

Mir gab er ein jamaikanisches Mädchen namens Coco. Wir verschwanden durch das Loch im Zaun, während Ray und Jaco ihre Mädchen mit zum Ziegelbau nahmen. Coco war schlank und hübsch und hatte Rasta-Locken. Ihre Art zu sprechen war höflich, nahezu förmlich; sie betonte jede einzelne Silbe. Sie schien ganz nett, aber ich spürte, dass sie enttäuscht war, als Marcus sie mir gab. Ich vermute, sie fühlte sich eher zu Ray hingezogen. Mir war sie auch egal. Es ging eher um die körperliche Erleichterung als um irgendetwas anderes. Danach gingen wir zurück zu den Bänken und redeten über das Wetter.

Carol saß dort und wartete auf Ray. Coco ging rüber zu Marcus, und ich setzte mich neben Carol und wir rauchten einen Joint. Carol versuchte herauszubekommen, mit wem Ray zusammen war, ohne jedoch direkte Fragen zu stellen.

»Ray ist auch hier, nicht wahr?«

»Wer?«

»Ray, dein Bruder!« sagte sie scharf.

»Ich weiß, wer mein Bruder ist, ich hatte dich nur nicht richtig verstanden.«

»Ich glaub, ich hab ihn schon gesehen. Wo ist er jetzt, da hinten?«

»Keine Ahnung.«

»Du bist doch gerade von da hinten gekommen, war er nicht dort?«

»Ich hab ihn nicht gesehen, Carol. Ich glaub, eher nicht.«

»Oh, ich hätte schwören können, dass ich ihn schon gesehen hab«, sie schaute über die Schulter. »Wann bist du heut Abend gekommen?«

»Nach dem Abendessen.«

»Bist du mit Ray gekommen?«

»Nein.«

»Oh, habt ihr euch etwa gestritten?«

»Nein.«

»Hmmm, ich würde zu gern wissen, mit wem er so abhängt. Wann hast du ihn zum letzten Mal gesehen?«

»Hör zu, Carol, ich weiß nicht, wo er ist oder mit wem er zusammen ist, und ehrlich gesagt, es ist mir auch scheißegal!«

Sie wurde zickig. »Hey, lass deinen Frust nicht an mir aus. Mir ist es auch scheißegal. Er kann machen, was er will, verdammt noch mal.«

»Okay, dann ist ja alles klar.«

»Ich hab ihm gesagt, er kann sich von mir aus selber ficken, vielleicht ist er gerade dabei!«

»Könnte sein.«

Sie kaute nervös auf ihren Lippen herum, sah zu Marcus und Coco. »Hör mal, ich will was mit dir bereden. Aber nicht hier. Komm mit.«

»Ist es wichtig?«

»Ja, ist es.«

Wir gingen zum hinteren Teil der Courts und kletterten durch das Loch im Zaun. »Was gibt's denn so Wichtiges, was wir nicht da drüben besprechen konnten?«

»Das!« sagte sie und küsste mich. Ihre Zunge schoss zwischen meinen Zähnen hindurch, und ich fiel fast hin.

»Wo hast du mit Coco gefickt?«

Ein bisschen benommen zeigte ich auf einige Säcke, die wie eine Matratze ausgelegt waren. »Da drüben, warum?«

Sie nahm meine Hand und sagte: »Weil ich will, dass du mit mir fickst.«

Ich wich zurück. »Wirklich? Wann hast du denn das beschlossen?«

»Ich hab schon lange daran gedacht.«

»Aber Carol, du kannst mich nicht mal leiden.«

»Damit hat das auch nichts zu tun, sondern mit ficken. Was ist schon an gutem Sex auszusetzen? Außerdem hab ich dich insgeheim immer gemocht. Komm schon, willst du mich nicht ficken?« sagte sie. Ihre Stimme plätscherte dahin wie warmes Öl. Sie fing an, ihre Bluse aufzuknöpfen und enthüllte dabei einen schwarzen Büstenhalter.

Ich überlegte kurz. »Nee, Carol, das ist doch Bullshit. Er wird nicht eifersüchtig werden, und dann hast du mich umsonst gefickt. Denk mal drüber nach ... Willst du das wirklich?«

Sie sah mich an, ließ die Hände sinken, und ihre Bluse ging auf. Ihre Augen konnten nicht länger verbergen, dass sie verletzt war.

»Ich versteh das nicht«, seufzte sie. »Ich war doch gut zu ihm. Hab ihn nie betrogen, nie belogen. Ich hätte alles für ihn getan. Ich liebe ihn! Warum kann er mich nicht auch lieben?«

Ich versuchte, sanft zu sein, als ich ihr erklärte: »Weil du so verdammt neurotisch bist. Besitzergreifend. Du hast ihn völlig verrückt gemacht. Keiner will ständig jemanden um sich haben, der jeden Schritt eifersüchtig überwacht. Carol, sieh das mal von der anderen Seite, tu wenigstens so, als wäre es dir scheißegal. Die schärfsten Mädchen sind die, denen es scheißegal ist. Das ist die Herausforderung. Aber gerade deswegen mag ich dich ja so sehr.«

Sie lächelte trotz der Tränen. Carol fing nicht so leicht an zu weinen, selbst als sie vergewaltigt worden war, hatte sie nicht geweint. Ich war nah dran, ihr von mir und Cathy zu erzählen; vielleicht würde sie sich besser fühlen, wenn sie wusste, dass sie nicht der einzige Trottel war. Doch ich hielt es für das Beste, sie allein zu lassen, damit sie sich ausheulen konnte.

Auf dem Court führte die Polizei gerade Curtis Sterling in Handschellen ab. Curtis war einer der Älteren, er musste so um die dreißig sein. Ich bekam mit, wie Bobby Washington einem Typ erzählte, was passiert war.

Während er so mit den Händen auf dem Rücken abgeführt wurde, überlegte ich, was jemanden dazu bringen könnte, seine Frau zu ermorden. Ich stellte mir vor, ich wäre an seiner Stelle, und meine Frau würde mich wütend machen, so richtig wütend. Aber so stocksauer ich auch manchmal Cathys wegen war, ich hätte sie niemals umbringen können. Und ganz sicher würde ich ihre Leiche nicht in der Badewanne liegen lassen. Warum hatte er sie nicht nachts auf die Müllkippe geworfen und später als vermisst gemeldet? Das wäre das einzig Logische gewesen.

Er sah gelassen aus, keineswegs wie jemand, der seine Frau umgebracht hatte, nicht einmal die Bullen schienen ihn zu stören. Er ging ganz zahm mit, stieg in den Streifenwagen, und sie fuhren davon.

Niemand zweifelte daran, dass er es getan hatte. Er war einer dieser stillen Typen, die explodieren konnten wie eine Granate. Wenn man mit ihm abhing, konnte man seine Mutter beleidigen, ihn herumschubsen oder verarschen, solange alles nur Spaß war, sagte er kein Wort. Aber foulte man ihn beim Basketballspielen, dann prügelte er einen über den ganzen Platz.

Vielleicht hatte seine Frau ihn gestört, als er gerade einen Korb werfen wollte?

Kapitel 26

Zwei Wochen lang hatte ich sie nicht gesehen. Keine Spur von ihr. Die wenigen Male, wo der Alte das Gebäude allein verließ, wagte ich nicht, hinüberzuschleichen und dabei zu riskieren, erwischt zu werden.

Zwei Tage nach unserer Auseinandersetzung gab er Paps zu verstehen, er werde mich umbringen, käme ich jemals wieder seiner Tochter zu nahe. Paps erwiderte, dass er in diesem Fall für meine Beerdigung aufkommen müsse. Als ich Paps erzählte, was geschehen war und welchen Verdacht Ray hegte, war er alles andere als überzeugt.

»Dir ist klar, eine Anzeige solchen Kalibers ist eine ziemlich beschissene Sache«, sagte er. »Und wenn du dich irrst, bringt er uns womöglich alle um. Wenn du aber handfeste Beweise hast, informier ich höchstpersönlich die Bullen.«

Ich sagte Paps nicht, was ich wirklich für sie empfand, sagte nur, dass ich sie mochte. Er riet mir, eine andere Freundin zu suchen, am besten eine Vollwaise.

Es musste eine Halluzination sein. Ray und Carol spazierten tatsächlich Arm in Arm über den Court. Sie kamen herüber und setzten sich auf unsere Bank. Carol kam über ihn wie ein schlechter Traum. Ich fragte Ray, ob er noch atmen könne, und Carol grinste mich scheißfreundlich an, als hätte sie gerade im Kentucky Derby gewonnen. Irgendwie erinnerte sie mich immer an Winston, wenn sie so lächelte.

Ich hörte nichts. Keinen Fernseher, kein Gespräch, keinen Wasserhahn, absolut nichts. Um zu schlafen, war es noch zu früh. Vielleicht waren sie nachts weggezogen. Oder der alte Knacker hatte sie alle umgebracht und ihre Leichen in der Badewanne zurückgelassen. Ich steckte mein Messer in die Seitentasche, um es griffbereit zu haben, dann klopfte ich leise an die Tür. Das Geräusch winziger Füße, und ich hörte Debra fragen: »Wer ist da?« Noch ehe ich antworten konnte, kam Cathy zur Tür.

»Wer ist da?«

»Ich bin's.«

»Ich dachte, ich hätte gesagt, du sollst nicht wiederkommen«, sagte sie kalt.

»Ich möchte dich sprechen.«

»Nein. Geh weg.«

»Komm schon, Cathy. Ich geh nicht, bevor du nicht die Tür aufgemacht hast. Ich muss mit dir sprechen.«

»Es gibt nichts, worüber wir sprechen müssten.«

»Mach schon die Tür auf.«

»Ich hab dir doch gesagt, nein.«

»Hör zu. Ich glaub den Scheiß nicht, den du von dir gegeben hast. Ich weiß, du hast alles nur gesagt, weil er dabei war. Ich weiß, was du für mich fühlst, also mach die Tür auf.«

»Nein!«

So kam ich nicht weiter. Ich nahm einen neuen Anlauf. »Was läuft da zwischen dir und deinem Alten? Was stellt er mit dir an? Warum schlaft ihr beide im selben Zimmer?«

Sie drückte sich gegen die Tür. Ich ging ganz nah ran und flüsterte in das Holz: »Hör zu, Cathy, ich will dir nur helfen. Wenn du in diesem verdammten Irrenhaus bleiben willst, bitte, aber ich gehe nicht eher, bevor ich nicht herausgefunden habe, was los ist. Wenn's sein muss, bleibe ich die ganze Nacht.«

»Bitte, geh doch!«

»Scheiße!« schnauzte ich und schlug gegen die Tür, sie vibrierte kurz, dann hing sie wieder ruhig im Rahmen. Ich setzte mich auf die Stufen, die zum dritten Stock führten, noch entschlossener, zu bleiben, als vorher. Es war stockfinster, aber ich konnte ihren Schatten durch den Türspalt sehen.

»Diese Scheißtür«, rief ich. Dann lehnte ich mich zurück, zündete einen Joint an und blies den Rauch zu ihrer Wohnung hinüber. Da bemerkte ich, dass der Schatten verschwunden war. Jetzt fühlte ich mich richtig allein.

Ich rauchte den Joint zu Ende und drückte den Roach aus, als die Haustür aufging. Ich lauschte, ob unten jemand reinkam. Schwerfällige Schritte mühten sich die Treppe hoch. Ich schlich zum Ende des Flurs und betätigte den Fahrstuhl, mein einziger Ausweg. Es gab keine Zahlen, die anzeigten, in welcher Etage sich der Fahrstuhl befand. Ich wusste sofort, dass er es war, als er den Treppenabsatz des ersten Stocks erreicht hatte, Schleim hochzog und ihn auf den Boden spuckte. Ich drückte den Knopf nochmals, hielt ihn gedrückt — ich war mir nicht sicher, ob der Fahrstuhl überhaupt funktionierte. Als er auf der Treppe zum zweiten Stock war, wurde ich panisch; es gab keine Möglichkeit, sich zu verstecken; er würde mich entdecken, wenn ich hier stehen bliebe, also ging ich auf Zehenspitzen durch den Flur und schlich die Stufen zum vierten Stock hoch; doch das Holz knackte unter meinem Gewicht, und ich blieb stehen. Whiskeydämpfe breiteten sich im Flur aus, kurz darauf torkelte er vor seine Tür, sturzbesoffen. Ich war froh, ihn in diesem Zustand zu sehen.

Er zog ein Schlüsselbund hervor und fummelte damit herum. Sein Atem ging pfeifend, und seine Nase war zu; er hatte einen feuchten, schleimigen Husten. Ich sah den Auswurf richtig vor mir, den er nach jedem Hustenanfall ausspuckte. Ich verlagerte mein Gewicht, und die Stufen knarrten. Er drehte sich um, konnte aber im Dunkeln nichts erkennen. »Wer ist da?« krächzte er, dann ging er in die Mitte des Flurs und zog an der Schnur, mit der man die Glühbirne an der Decke einschaltete.

Einen Augenblick lang ließ mich das Leuchten in seinen Augen vergessen, wie betrunken er war. Er stand da und sagte nichts. Ich nahm meinen Mut zusammen und ging einen Schritt die Treppe hinunter. »Ich weiß genau, was abläuft. Ich rufe jetzt die Bullen, und die werden Ihren Arsch in den Knast schaffen.«

»Ach ja?« lallte er, den Mund voller Schleim. »Du kannst sie von deinem Grab aus anrufen. Du und diese Hure von Mutter, die du hast.«

Ich war auf alles vorbereitet; beim ersten Anzeichen einer

Kanone würde er Bekanntschaft mit meinem Messer machen. Doch er rührte sich nicht, starrte nur auf meine Hand. Ich nahm noch eine Stufe, und er bewegte sich rückwärts Richtung Geländer, bückte sich, um etwas vom Boden aufzuheben. Es war ein Teil des Geländers, das abgebrochen war, eine Stange aus Holz. Damit hatte ich nicht gerechnet. Ich zog mein Messer und ließ es aufspringen. Er grinste und entblößte eine scheußliche Reihe brauner, abgebrochener Zähne.

Er schlug mit dem Knüppel gegen das Geländer, und am Ende des Flurs ging eine Tür auf. Es war der Nachbar, der mich das letzte Mal hatte weglaufen sehen, diesmal sah er mich nicht.

»Verzieh dich in dein Scheißloch!« bellte Granatenfresse, und die Tür wurde zugeschlagen. So viel zu möglichen Zeugen.

Er drehte sich zu mir um und schwang seine Keule. Ich ließ meine Klinge kreisen, um ihn von mir fern zu halten, doch er kicherte nur vor sich hin. In dem trüben, dreckig gelben Licht entdeckte ich die geplatzten blauen Äderchen auf seiner Nase. Äderchen, die von dreißig Jahren Trunksucht und Elend zeugten. Von der Treppe aus sprang ich mitten in den Flur, und er faselte, er werde mich durch den Wolf drehen. Ich konzentrierte meine gesamte Energie auf den nächsten Augenblick: Was sollte ich tun? Wie konnte ich ihn besiegen? Welche Tricks hatte er drauf?

Noch bevor ich eine Antwort hatte, griff er mich an, indem er den Knüppel schwang und mich Richtung Wand trieb. Seine Reflexe waren unnatürlich schnell, das überraschte mich. Er packte mich am Arm und nagelte mich an die Wand, indem er sein Knie in meine Leiste rammte; dann schlug er mir ins Gesicht und hämmerte auf meine Schläfe ein. Sofort schwoll mein linkes Auge an, und Blut floss meine Wange hinunter. Ich konnte nicht auf ihn einstechen, ich konnte ihn nicht treten ... Dieser Fucker verstand zu kämpfen!

Ich versuchte, mich an der Wand entlangzuschieben und freizukommen, aber er hielt mich fest. Er schlug gegen mein Handgelenk, und das Messer fiel zu Boden. Dann erwischte er mich voll an der Schläfe, und für einen Augenblick wurde mir schwarz vor Augen, als würden sich Glassplitter in meine Augäpfel bohren, ein einziges Kaleidoskop des Schmerzes. Als ich wieder halbwegs etwas erkennen konnte, wurde die Holzstange gegen meine Kehle gepresst; immer noch stand ich wie an die Wand genagelt. Ich sah mein Spiegelbild in seinen grauen leblosen Augen. Das machte mir eine Höllenangst.

In einem gewissen Rhythmus bearbeitete er meine Kehle mit der Holzstange — er presste ein wenig, dann ließ er wieder nach. Er wollte, dass ich leide, bevor ich sterbe. Ich drückte meinen Kopf gegen die Wand, schloss die Augen und täuschte Bewusstlosigkeit vor. Noch immer hielt er den Knüppel fest gegen meine Kehle gepresst. Ich konnte weder atmen noch schlucken. Eine Minute länger und ich wäre hinüber gewesen. Mit jedem Druck berührten sich unsere Gesichter, der Rotz aus seiner Nase tropfte auf mein Kinn. Bei jedem seiner Atemstöße spritzte Spucke in mein Gesicht. Ich wartete den nächsten Druck des Holzknüppels ab, timte optimal, schoss mit dem Kopf nach vorn und biss ihm in die Wange. Er wand sich vor Schmerzen und trat mir in die Eier. Ich spuckte Hautfetzen aus, stürzte zu Boden und hielt mir die Kehle. Noch immer unfähig zu atmen, griff ich in meinen Mund und zog die Zunge heraus, kühle Luft explodierte in meinen Lungen, ich musste kotzen. Ich stand auf, während er sich das Blut von der Wange wischte und meine Zahnabdrücke befühlte. Er hob den Knüppel auf und senkte den Kopf, stieß ein Röhren aus, das nicht mehr menschlich klang, und griff mich an. Ich sprang hoch und verpasste ihm einen

Tritt gegen die Brust, er schlug buchstäblich einen Salto. Den Knüppel in der Rechten, lag er flach auf dem Bauch mit dem Gesicht zur Treppe; mit der Linken tastete er nach meinem Messer, als ich die Schnur für die Glühbirne direkt über mir bemerkte. Ich riss sie ab — die Glühbirne zersprang auf dem Boden — und schlang die Schnur um seinen Hals, genau in dem Moment, als er das Messer packte. Ich zog mit aller Kraft, die mir noch geblieben war, und zwang ihn auf den Rücken. Er versuchte, auf mich einzustechen, aber ich schleifte ihn zu den Stufen und hob ihn dabei etwas hoch. Er schlug mir auf den Kopf, und ich strauchelte, hielt aber immer noch die Schnur fest. Wieder versuchte er, mir eine überzubraten, aber ich wehrte seine Arme mit meinen Beinen ab und nahm ihn in die Zange, bis er den Knüppel fallen ließ. Er wollte seine Finger unter die Kordel zwängen, aber es gelang ihm nicht. Dann versuchte er, sie durchzuschneiden, doch mein Fuß auf seiner Hand verhinderte das. Ich trat ihm solange auf die Finger, bis die Knochen brachen. Als das Messer frei lag, kickte ich es weg. Wild schlug er nach mir, wollte so hochkommen, doch ich hielt ihn unten. Speichelfäden hingen an seinem Kinn, er würgte, trat und wand sich, und ich hatte entsetzliche Angst loszulassen. Ich war schon zu weit gegangen. Meine Arme taten weh und meine Hände waren taub, ich war nicht sicher, wie lange ich meinen Griff noch halten konnte. Ich sah den Knüppel auf der Stufe unter mir, hielt die Schnur mit der einen Hand und hob ihn mit der anderen auf und zog Granatenfresse den Knüppel kräftig über den Schädel. Seine Kopfhaut platzte auf wie die Pelle einer matschigen, fauligen Frucht — ich konnte den Knochen darunter sehen —, aber er kämpfte weiter. Er schlug mir den Knüppel aus der Hand und schmetterte ihn auf die Stufen. Ich zog die Schnur noch fester und konnte spüren, wie die Schlinge sich tief in sein Fleisch grub.

Endlich ließ seine Kraft nach, sein Atem ging schwer und unregelmäßig, die Augen rollten nach oben, sie wirkten traurig und jämmerlich.

Seine Arme und Beine erschlafften, doch es hätte auch ein Trick sein können, also zog ich noch fester an der Schnur. Nach einer Minute löste ich meinen Griff. Meine Finger knackten. Sein Kopf schlug auf die Stufen und berührte dabei die Holzstange, die die Treppe hinunter, auf den Boden und gegen die Wand rollte. Ich bemerkte den Schatten hinten an der Tür.

Völlig erschöpft saß ich da, mir war nicht ganz klar, was ich getan hatte. Es war, als sähe ich einen Film. Doch das hier war kein Film, das war Wirklichkeit. Sein säuerlicher Gestank hing in meinen Kleidern, in meinem Haar, haftete an meiner Haut, sein allerletzter Atemzug. Es war zum Kotzen.

Am Ende des Flurs quietschte die Fahrstuhltür. Der Fahrstuhl war leer und erinnerte mich an einen Sarg. Ich sprang über die Leiche und tastete auf dem Boden nach meinem Messer. Voller Hass hatte er die Zähne zusammengebissen, wie ein toter Hund, eine Blutspur lief seinen Hals entlang. Ich fand das Messer und sah mich schnell um, vergewisserte mich, dass ich nichts hatte liegen lassen.

Nicht einer war aus seiner Wohnung gekommen. Trotz all des Lärms und Spektakels hatte niemand seine Tür geöffnet, um zu sehen, was los war.

Cathy stand hinter der Tür. Als ich die Treppe hinuntergehen wollte, bewegte sich ihr Schatten weg und die Tür öffnete sich einen Spalt. Sie linste in den Flur.

»Geh wieder rein«, flüsterte ich. Sie sah zu ihrem Vater hinüber.

»Mach schon. Wenn die Cops kommen, hast du nichts gesehen und nichts gehört! Verstanden?« Sie nickte heftig, stand unter Schock und hatte wieder diesen leeren Ausdruck im Gesicht.

»Egal, was passiert, ich komme zu dir. Ich werde dich finden, gleichgültig, wohin sie dich bringen, das versprech ich.«

Sie starrte auf die Leiche, als wollte sie dorthin.

»Geh wieder rein«, wiederholte ich, und stieg ein paar Stufen zu ihr hoch. Sie verschwand schnell nach drinnen. Mir lief ein Schauder über den Rücken, als ich sie so sah. Vielleicht war ihr merkwürdiges Verhalten normal für sie. Vielleicht hatte ihr Vater gar nichts damit zu tun.

Vielleicht hatte ich einen unschuldigen Menschen umgebracht.

Niemand sah, wie ich das Gebäude verließ. Ich lief zu den Courts, würden die Bullen später fragen, wo ich gewesen sei, hätte ich zwanzig Zeugen.

Ich wusste genau, wie Curtis Sterling sich fühlte. Dieses dumpfe, taube Gefühl. Es war wie eine Aura, eine Art Ausstrahlung. Würden die Leute es bemerken, wenn sie mich ansahen? Und noch ein anderer Gedanke stahl sich in meinen Schädel: Wie würde Cathy reagieren, wenn die Cops anfingen, Fragen zu stellen?

Im Dunkeln bemerkte niemand mein geschwollenes Auge oder das Blut auf meinem Gesicht. Ray, Carol und Shorty saßen auf der hinteren Bank und sahen Marcus und Jaco beim Basketballspielen zu.

Ich rief Ray zu mir. Er und Carol standen auf. »Allein«, rief ich ihnen zu. Carol zickte zwar rum, aber blieb auf der Bank. Ray sah mein Gesicht.

»Mann, was ist denn mit dir passiert? Mit wem hast du dich geprügelt?«

Wir gingen zum Ziegelbau, und ich erzählte ihm alles. So, wie sich alles abgespielt hatte. Er sah mich ungläubig an, einzig mein Gesicht überzeugte ihn. Als er begriffen hatte, überschlugen sich seine Gedanken: »Hat dich irgendjemand gesehen? Wer weiß noch davon? Hat schon einer die Bullen gerufen?«

Als Nächstes musste eine Erklärung für meine Verletzungen gefunden werden.

Mein rechtes Auge war zu, ich hatte einen Bluterguss oberhalb der Wange, eine Platzwunde am Kopf und dann noch ein paar Schrammen.

»Einfach nur zu sagen, du hättest dich geprügelt, genügt nicht«, stellte er fest. »Du brauchst Augenzeugen.« Ich sah ihn skeptisch an, aber er bestand darauf, dass es so laufen müsse. Ich sprach von meinen Zweifeln, was Cathy und ihren Alten betraf.

»Wenn du mich fragst, gibt's keinen Zweifel, dass der Typ seine Kinder gefickt hat«, sagte er. »Du hast sie gerettet, und du kannst verdammt stolz auf dich sein. Du hast das getan, was du tun konntest. Nehmen wir mal an, du wärst zu den Bullen gegangen, okay? Bevor die jemand rübergeschickt hätten, hätte er sie vielleicht längst nach Florida verfrachtet. Es ist nun mal passiert, du hast es nicht gewollt, aber es ist nun mal geschehen. Es war nicht deine Schuld. Es war ein Missgeschick, aber gerechtfertigt. So seh ich das.«

Als Ray fertig war, fühlte ich mich, als hätte ich einen Orden verdient.

Dennoch, ich musste mich noch mit jemandem prügeln. Wir checkten die Courts auf der Suche nach einem, der gut war für eine überzeugende Schlägerei, jedoch ohne mich ernsthaft zu verletzen. Rays Blick blieb an Chico Guerrera hängen — nicht verwandt mit den Guerrera-Brüdern.

»Er ist genau der Richtige«, sagte Ray. »Er hat deine Größe, du kannst ihn besiegen, und er ist nicht nachtragend. Heute prügelst du dich mit ihm, und morgen seid ihr wieder Freunde.«

»Okay. Bringen wir's hinter uns.«

»Ich hole ihn her, du sagst ihm, dass er irgendwelchen Scheiß über dich erzählt hat, und dann schlägst du zu.«

Ray ging weg, und ich fragte noch: »Was soll er denn gesagt haben?«

»Keine Ahnung. Er hat dich schwule Sau genannt, fang an ihn zu schubsen, sobald er vor dir steht.«

Ich wartete im Dunkeln, bis Chico mit Ray rüberkam.

»Ich hab gehört, du hast mich einen Schwulen genannt, Chico.«

Er blieb wie angewurzelt stehen und griff sich beleidigt ans Herz. »Was redest du da, Mann! Ich hab zu niemandem was gesagt.«

Ich wiederholte es noch einmal und gab noch etwas Würze in den Eintopf. Es war eindeutig, dass ich ihn provozieren wollte, aber er ging nicht darauf ein. Er versuchte, mich davon zu überzeugen, dass er nichts gesagt hatte. Dann sah er mich genau an, seine Augen gewöhnten sich an die Dunkelheit.

»Hast du dich geprügelt, Mann?« fragte er besorgt.

Schließlich stieß ich ihn. Er stieß mich zurück, und schon ging's los. Es gab jetzt dreißig Augenzeugen, die jubelten, während wir am Boden miteinander rangen. Mein Auge brachte mich fast um, mein Kopf fühlte sich an, als wäre er gespalten, und ich konnte kaum eine Faust ballen, aber ich musste mich zusammenreißen und eine gute Show abliefern.

Wir hatten einander im Schwitzkasten und rollten uns auf dem Boden. Ich wollte ihm nicht wehtun, er wollte mir nicht wehtun, und danach sah es auch aus. Die Zuschauer schrien, forderten mehr Gewalt, einige von ihnen machten sich über uns lustig; ich musste einen besseren Grund finden, meine Wunden zu rechtfertigen, also versuchte ich, ihn härter zu schlagen, nahm sein Gesicht als Zielscheibe. Er landete einen sauberen Punch auf meinem geschwollenen Auge, und ich glaubte, mein Gesicht würde auseinander platzen.

Ich drehte durch und fing an, mit aller Kraft auf ihn einzuschlagen, egal, wohin. Dass die ganze Sache nur ein Fake war spielte jetzt keine Rolle mehr. Ich hatte ihn auf den Boden genagelt und prügelte die Scheiße aus ihm heraus, als wäre er mein Todfeind, und alle brüllten, ich solle noch härter zuschlagen. Plötzlich sprang Ray dazwischen, riss mich hoch und drängte mich weg, während die Menge buhte und schrie.

»Was ziehst du hier ab, verdammt noch mal?« sagte er angewidert. »Reicht dir der eine nicht?«

Chico weinte, als er sich hochrappelte, und die Menge feixte und äffte ihn nach. Am liebsten hätte ich allen den Schädel eingeschlagen, vor allem Marcus, der am lautesten tönte.

Einer der Kids kam auf den Court gerannt und schrie, die Bullen hätten eine Leiche gefunden, und alle machten, dass sie wegkamen, außer Ray, Marcus, Shorty und ein paar ältere Jungs. Mir entging nicht, dass Marcus mich misstrauisch ansah, irgendwas schien ihm spanisch vorzukommen. Doch er sagte nichts, und darüber war ich froh.

Carol drückte mir ein Taschentuch für mein Gesicht in die Hand und rannte dann auch davon, um sich die Leiche anzusehen. Ich meinte zu Ray, wenn er auch hin und sie sich ansehen wolle, könne er ruhig gehen, aber er hatte kein Interesse.

Am nächsten Morgen klopfte es an der Tür. Ray setzte sich im Bett auf. Paps kam aus der Küche und öffnete.

»Was wollen Sie von ihm?« fragte er. »Er hat nichts getan.«

Ich sah rüber zu Ray.

Sie versicherten, sie hätten nur ein paar Fragen an mich, spätestens in ein paar Stunden würde ich zurück sein.

Sie informierten Paps über Granatenfresse. Paps sah herüber zu mir, und als er die Schwellungen in meinem Gesicht sah, wurde er kalkweiß. Sie sagten, sein Name sei Irving. Mr. Irving. Ich hatte bis zu diesem Augenblick nicht mal gewusst, wie Cathys Nachname war. Während ich meine Hosen anzog, überlegte ich, was Irving für ein Name sei. Ich erklärte Paps, dass ich keinen Schimmer hätte, worüber sie mit mir reden wollten.

»Ich hab das Mädchen wochenlang nicht gesehen, Paps.«

Einer der Detectives sagte zu Paps, dass sie eine Reihe von Leuten befragen müssten, und das beruhigte ihn, mir half das jedoch nicht viel weiter.

Sie warteten vor der offenen Wohnungstür, also konnte ich nicht mit Ray sprechen. Paps kündigte an, er komme mit.

»Schließlich ist er noch minderjährig«, erinnerte er die Cops. Von Ray wollte er, dass er hier bliebe, bis wir zurück waren. Kurz vor meinem Abgang flüsterte Ray mir ins Ohr: »Denk dran, nichts zugeben. Nichts! Die werden versuchen, dich reinzulegen, werden behaupten, sie hätten Beweise. Egal, was sie sagen, leugne alles ab. Verstanden?«

Ich hatte verstanden. Es war einfach. Das hatte ich fast mein ganzes Leben lang getan.

»Hast du dich geprügelt?« fragte der Große, als ich aus der Wohnung kam.

»Irgend so ein Arschloch auf den Courts hat gestern Abend Stress gemacht«, antwortete ich und versuchte, so gelassen wie möglich zu sein. Als wir das Haus verließen, beobachtete uns der ganze Block. Ich hörte buchstäblich das Getuschel, spürte, wie Jenkins durch sein schmutzig grünes Fenster sah.

Vor Cathys Haus standen mehrere Streifenwagen. Alles war mit gelbem Plastikband abgesperrt, Bullen und Detectives auf Spurensuche gingen ein und aus.

Ohne ihre Namen zu nennen, fragte ich im Wagen nach, was mit den Mädchen geschehen sei.

»Oh, um die wird sich schon gekümmert«, sagte der große Typ auf dem Beifahrersitz. Der Fahrer wollte wissen, weswegen ich mich geprügelt hatte.

»Irgend so ein Arschloch hat mich einen Schwulen genannt und noch 'n paar andere Sachen gesagt.«

»Wer?«

Paps sah mich an, er wollte wissen, mit wem ich mich geprügelt hatte.

»Chico Guerrera. Er wohnt zwei Blocks weiter unten.« Paps war beruhigt, dass ich eine Antwort parat hatte, eine, die leicht überprüfbar war. Der Typ auf dem Beifahrersitz schrieb etwas in ein Notizbuch, dann stellten sie keine weiteren Fragen mehr. Bis wir zum Revier kamen.

Dort angekommen, ließen sie Paps im Vorraum warten, während sie mich in ein Zimmer führten. Ein Detective in Hemd und Jeans kam herein und fing an, Small Talk zu machen, um mich aufs Glatteis zu führen, aber ich war ja vorgewarnt.

Dann sollte ich alles aufzählen, was ich am Abend zuvor gemacht hatte.

»Lass keine Details aus, egal, wie unwichtig sie dir erscheinen«, sagte er.

Ich sagte, ich sei die ganze Zeit auf dem Court gewesen.

»Um welche Uhrzeit bist du dorthin gegangen?«

»Oh, es muss etwa um sieben gewesen sein«, antwortete ich. »Ich war mit meinem Bruder und einigen Freunden da.«

»Du bist etwa um sieben Uhr dort angekommen?« fragte er, während er es aufschrieb.

»Yeah, ich glaube, es war sieben. Gleich nach dem Abendessen, und das war gegen sechs.«

»Kannst du mir genau sagen, wann du dort angekommen bist?«

»Kann ich nicht, ich hab keine Uhr. Nur ein paar auf dem Court haben Uhren. Eigentlich kenne ich niemanden, der eine Uhr hat.«

»Okay, kannst du mir alles noch einmal von Anfang an

erzählen?« Dann ließ er mich die Geschichte wieder und wieder erzählen, wartete darauf, dass ich mich in Widersprüche verstrickte. Aber ich erzählte immer genau das Gleiche. Einer der Detectives aus dem Streifenwagen kam herein. Er sagte, Chico behaupte, ich hätte mich bereits vor unserer Keilerei geprügelt.

»Was erwarten Sie von dem? Er will mir jetzt eins auswischen, weil ich ihm in den Arsch getreten habe«, sagte ich stolz. Zwei geschlagene Stunden versuchten sie, aus mir herauszupressen, dass ich mich schon vor dieser Prügelei mit Chico geschlagen hatte. Sie versuchten es mit der Masche ›guter Cop/böser Cop‹, drohten mit Gefängnis, wobei sie Paps und Ray als Mittäter ins Spiel brachten. Dann legten sie ein paar Briketts nach.

»Was ist mit den Autos, die du gestohlen hast? Wir wissen alles darüber.«

Ich leugnete alles. Ich leugnete, Cathy besucht zu haben. Selbst in der Nähe ihres Vaters gewesen zu sein, leugnete ich. Ich leugnete, was mit Drogen zu tun zu haben. Egal, was sie auch behaupteten, ich leugnete es. Unter ihren Achseln bildeten sich Schweißflecken, einer biss sogar seinen Styroporbecher durch.

Nach vier Stunden hatten sie genug. Fürs Erste war ich gerettet. Oder nicht? Meine Fingerabdrücke waren überall. Auf dem Knüppel, auf dem Geländer, an ihrer Tür, überall! Wenn sie die erst mal hatten, würde ich ziemlich alt aussehen.

Im Vorraum meinte der Typ vom Verhör, man würde mich anrufen, wenn sich noch Fragen ergäben. Paps wollte wissen, warum. Reine Routine, antwortete man ihm, außerdem werde uns gleich ein Wagen nach Hause fahren.

Vor dem Revier nahm mich Paps beiseite, er schien nervös. Es war dunkel und still, und wir waren ganz allein. Er blickte rechts und links die Straße hinunter und fragte dann:

»Also ganz unter uns«, und er sah mir dabei direkt ins Gesicht, »sag die Wahrheit ... hast du's getan?«

Ich konnte sehen, wie wichtig es ihm war. Er musste es wissen. Musste einfach wissen, ob wir noch ehrlich miteinander umgingen. Ob ich ihm noch vertraute. Seit zwanzig Jahren war er nicht mehr so lange nüchtern gewesen, und er musste es unbedingt wissen. Ich sah ihm direkt in die Augen.

»Nein, Paps, ich hab's nicht getan.«

Am nächsten Tag zeigte mir Ray einen Artikel in der Zeitung. Granatenfresse schuldete Kredithaien Geld, hatte Kontakte zu Kriminellen gehabt, außerdem Spielschulden und war einmal wegen Betrugs verhaftet worden; die Bullen vermuteten, dass jedes einzelne Glied mit seinem Tod zusammenhängen könnte. Raubüberfall schied aus, weil er noch Geld bei sich hatte. Von Kindesmissbrauch stand nichts in der Zeitung. Nichts in dieser Richtung. Das beunruhigte mich, doch Ray sagte, sie brächten das nicht, weil es um Kinder gehe, und das leuchtete mir ein.

Die Bullen befragten jeden in unserem Block. Sie fragten Carol und sie schwor, ich sei den ganzen Abend mit ihr und Ray zusammen gewesen. Sie befragten unsere Nachbarn, niemand wusste etwas oder wollte etwas wissen. Sie befragten Ray, und er bestätigte das, was Carol gesagt hatte. Sogar Chico gab zu, er könne sich vielleicht geirrt haben. »Immerhin war's dunkel«, räumte er mit einem Achselzucken ein.

Sie befragten Jenkins, der ihnen auch nichts gesagt haben muss, denn sie kamen nie wieder. Die Cops fahndeten jetzt nach Kredithaien und Gangstern.

Ich war aus allem raus.

Die Gerechtigkeit siegt.

Gott segne Amerika.

Kapitel 27

Es war schon über einen Monat her, und es gelang mir nicht, herauszufinden, wo sie steckte oder wie ich sie erreichen konnte. Die Cops konnte ich nicht fragen, denn schließlich hatte es mich vier Stunden gekostet, sie davon zu überzeugen, dass ich Cathy kaum gekannt hatte. Jedes Mal, wenn ich bei der Arbeiterwohlfahrt anrief, sagt man mir, man dürfe diese Informationen nicht weitergeben. Dann wollte man wissen, wer ich sei und warum ich fragte. Es schien, als wäre sie vom Erdboden verschluckt.

Paps erzählte mir, Irving sei ein jüdischer Name. Nie hätte ich sie für jüdisch gehalten, sie sah nicht so aus. Ich hatte gedacht, Jenkins sei der einzige Jude in unserer Gegend, doch dann berichtete mir Jenkins, er habe ihrer Mutter nahe gestanden, und Juden halten ja immer engen Kontakt untereinander.

Mit Chico machte ich reinen Tisch, sagte ihm, es tue mir Leid, und alles sei ein großes Missverständnis gewesen. Dann schenkte ich ihm eine Tüte Gras, die er zuerst gar nicht annehmen wollte.

Ich zog mir jetzt so ziemlich alles rein, was die Kolumbianer zu bieten hatten. THC, Uppers und Downers, Pilze, LSD, Speed, DMT, ganz egal, was es war, nichts törnte mich mehr richtig an. Mein Körper fühlte sich wie nach einem Autounfall, aber es interessierte mich nicht.

Wo, verdammt noch mal, steckte sie?

»Das ist der Deal«, sagte ich zu ihm. »Ich werde alles machen, und ich mein es ernst. Wenn du das für mich tust, schulde ich dir auf immer und ewig einen Gefallen.«

Marcus sah mich merkwürdig an, er verstand nicht ganz. »Dir ist klar, dass diese Typen keine Zeit für irgendwelche Spielchen haben.«

»Hör zu«, sagte ich, »fünf Autos. Kein Bullshit, fünf gute Autos. Du willst mir erzählen, diese Typen können mit fünf geschenkten Autos nichts anfangen?«

»Ich kann sie fragen«, sagte er mit einem Achselzucken. »Aber ich weiß nicht ... vielleicht wollen sie nicht mit drinhängen.«

»Okay, fünf Cadillacs.«

»Wo willst du fünf Cadillacs hernehmen?«

»Was kümmert dich das? Ich werd sie schon finden.«

»Scheiße, was willst du, dieses Mädchen etwa heiraten?«

»Das geht dich nichts an. Geht der Deal klar?«

»Ich hoffe nur, dass sie das wert ist.«

»Fünf Cadillacs!« rief Ray. »Wo sollen wir, verdammt noch mal, fünf Caddies auftreiben?«

»Mach dir keine Sorgen, wir kriegen sie schon. Hilfst du mir?« Ich wusste, dass er es tun würde.

Vielleicht hätte ich Marcus rumkriegen können, es für weniger zu machen, aber ich wollte nicht rumfeilschen. Ich hatte ihm ein Angebot gemacht, dass er nicht ausschlagen konnte, und nun musste ich meinen Part erfüllen, ohne im Knast zu landen.

Ray und ich observierten die Straßen der East Eighties. Nach ein paar Stunden entdeckten wir unser erstes Ziel, einen dunkelblauen Seville. Er stand auf einem Parkplatz etwa drei Meter von der Straße entfernt. Wir mussten schnell machen, ehe ein anderer Wagen davor geparkt wurde. Ray sagte, er werde ihn kurzschließen, und ich startete ein Ablenkungsmanöver. Ich ging auf die andere Seite des Parkplatzes, wartete, bis Ray so weit war, und trat zwischen zwei Wagen nahe der Mauer und tat so, als wollte ich pinkeln. Der Wärter kam aus seiner Bude und fing an zu schreien. Ich war etwa sechs Meter weit weg und fragte ihn, ob in der Nähe eine Toilette sei, aber er rief mir zu, ich solle verdammt noch mal verschwinden. Als er näher kam, sah ich, dass er ein richtiges Monstrum war, einsfünfundachtzig groß und zweihundert Pfund Muskeln. Ich musste die Stellung halten, zumindest bis Ray im Wagen saß, also rang ich mir eine Entschuldigung ab, erklärte, es handele sich um einen Notfall, doch er drohte, mir in den Arsch zu treten. Der Wagen startete hinter ihm, er drehte sich um und bemerkte, wie Ray ihn aus der Parklücke steuerte. Wütend sah er mich an.

Ich rannte die Straße hinunter, und er folgte dicht hinter mir. Ich hätte nie gedacht, dass er den Parkplatz unbeaufsichtigt lassen würde, aber er tat's — Scheiße, er war schnell! Passanten sprangen aus dem Weg, während wir uns eine Verfolgungsjagd lieferten. Ich tauchte in der Menge unter und schlängelte mich wieder hervor, er rannte drei Damen um und bescherte einem Radfahrer einen Abgang. Er war dicht hinter mir, machte Boden gut und rief nach den Bullen, rief nach jemandem, der mich aufhalten sollte, rief, er werde mich umbringen! Ich sprintete über eine Kreuzung und hechtete über die Motorhaube eines Autos. Er folgte mir, schlug mit seiner Faust auf den Kofferraum. Ich streifte einen koreanischen Früchtestand, eine Kiste mit Orangen fiel auf den Bürgersteig. Jemand schrie auf Spanisch, während der Parkplatzwächter gegen eine Kiste mit Erdbeeren trat und die Orangen aus dem Weg kickte. In den Beinen spürte ich tausend Nadelstiche, bald würden sie völlig taub und gefühllos sein. Ich rannte in eine Straße hinein, wo es nur geradeaus ging, und aktivierte den letzten Überlebenswillen in mir. Der Parkwächter stieß noch mehr Drohungen aus, verfluchte meine Mutter, wünschte mir den Krebs an den Hals, aber dann wurde seine Stimme leiser. Ich warf einen Blick über die Schulter. Er fiel hinter mir zurück, doch ich musste Ray noch finden. Ein Wagen tauchte neben mir auf und hupte.

Ich sprang hinein, und wir preschten davon. Ich war schweißüberströmt, völlig erschöpft und japste nach Luft. Ray lachte mich nur aus, der Scheißer. Ich sagte ihm, er solle direkt zu den Autoschiebern fahren. »Die Bullen werden jede Minute hinter uns her sein.«

»Und Marcus?« fragte er. »Er wartet doch bei den Courts auf uns.«

»Bis nach uptown schaffen wir's nicht«, antwortete ich. »Wir können von Glück reden, wenn wir den Wagen abliefern und rechtzeitig wegkommen.«

Wir fuhren die Westside hinunter, vorbei am Picknick der anders Gearteten und Ray parkte gegenüber der Garageneinfahrt. Für eine kurze Zeit saßen wir einfach nur da. Ich hatte keine Peilung, wie wir dort hineinkommen sollten, bisher hatten wir nie direkt mit den Kerlen verhandelt. Ich sagte Ray, er solle aussteigen und bei der Autowaschanlage warten. Ich wollte nicht, dass er im Wagen saß, falls man den Wagen entdecken würde. Ich ging über die Straße und eine schmale Seitenstraße hinunter. Rechts und links stapelten sich Mülltüten drei Meter hoch, der Gestank von verdorbenem Fisch wurde immer intensiver, je weiter ich ging; ich hoffte zumindest, dass es Fisch war. Am Ende der Straße war eine hohe, verrostete Tür.

Ich nahm einen Stein und schlug mehrmals gegen die Tür; es schien massiver solider Stahl zu sein. Niemand antwortete.

Links bemerkte ich einen kleinen Knopf. Voller Schmiere, färbte er meinen Finger schwarz. Nach ein paar Sekunden hörte ich Metall klappern. Fünf Schlösser wurden betätigt, die Tür ging halb auf, und ein massiger Brutalo in einem Armeeunterhemd präsentierte seinen Quadratschädel.

»Zum Teufel, wer bist du, und was willst du?« bellte er. Die Begrüßung erstaunte mich.

»Äh, ich bin ein Freund von Marcus, ich hab vor 'ner Weile Autos bei euch abgeliefert und hab jetzt noch einen da draußen.«

»Yeah? Na dann soll Marcus ihn auch abliefern, und lass dich hier nicht mehr blicken!« knurrte er und wollte die Tür wieder schließen.

»Wart doch mal 'ne Sekunde!« schnauzte ich. Er sah mich verblüfft an. Ich war selber ein wenig perplex. »Hör zu, Mann, mein Bruder und ich haben gerade einen nagelneuen Seville geknackt, er ist brandheiß und wir können nirgendwohin damit. Marcus können wir nicht holen, die Bullen sind hinter uns her. Nimm uns die Scheißkarre ab.«

Er starrte mich an, steckte dann seinen Kopf zur Tür raus. »Ist er das?« fragte er. Ich nickte. Er musterte mich von oben bis unten und dachte kurz nach.

»Bring ihn rein«, sagte er knapp.

Ich ging zurück, und als ich die Straße erreicht hatte, öffnete sich die Garagentür. Ray rutschte auf den Beifahrersitz, und wir fuhren rein. Hinter einem riesigen schwarzen, in Streifen geschnittenen Vorhang waren etwa ein Dutzend Männer bei der Arbeit, demontierten und schweißten und lackierten und machten alles Mögliche, was man mit Autos eben so anstellen konnte. Wir stolperten geradewegs ins General-Motors-Werk des Verbrechens!

Der Brutalo baute sich vor uns auf und gab uns zu verstehen, wir sollten ihm folgen. Ray und ich blickten verwundert auf die Arbeiter neben uns. Einige erwiderten unsere Blicke und nickten uns zu.

Von außen hätte man nie geglaubt, wie weitläufig das Ganze hier war. Wir kamen an einem Parkplatz vorbei, auf dem Dutzende von Autos darauf warteten, verfrachtet zu werden.

Schließlich bedeutete uns der Brutalo, vor einer Art Verschlag stehen zu bleiben. Der Lärm war ohrenbetäubend, wir konnten ihn nicht verstehen, also winkte er uns hinein.

Drinnen war es fast still. Drei Männer in dunklen Anzügen

standen um einen Schreibtisch herum und warteten auf eine Erklärung. Der Brutalo sagte ihnen, wer wir seien, und ein zu kurz geratener Typ von etwa fünfzig mit pockennarbigem rötlichen Gesicht sprach uns an: »Ihr seid also die Brüder.«

Ray und ich nickten. Er fragte uns, was wir hier zu suchen hätten, und ich berichtete ihm mit stockender Stimme, wie wir den Wagen geknackt hatten und vom Parkplatzwächter gejagt worden waren, Passanten umgerannt hatten und dass wir keine Möglichkeit sahen, Marcus abzuholen. Er sah seine Kumpane an und grinste.

Der Brutalo klärte ihn auf, was wir mitgebracht hätten, und alle sahen sich höchst erfreut den Wagen an. Der zu kurz Geratene zückte ein Bündel Geldscheine und schälte fünf Hunderter ab.

»Nein, ich will kein Geld«, sagte ich zu ihm. Verwirrt sah er mich an. »Hat Marcus nichts von der Abmachung erzählt?«

»Welche Abmachung?« fragte er. Also hatte Marcus ihm nichts erzählt! Nachdem ich den zu kurz Geratenen aufgeklärt hatte, grinste er, alle grinsten.

»Und was ist so wichtig daran, dieses Mädchen zu finden?« fragte er.

»Nichts, ich will nur mit ihr in Verbindung bleiben, das ist alles.«

»Ihr Nachname?« Er nahm einen Notizblock vom Schreibtisch. Als ich ihn nannte, horchte er auf. »Ihr Vater wurde kürzlich umgebracht.«

»Yeah. Es stand in allen Zeitungen.«

»Stimmt. Und was für eine Beziehung hast du zu dem Mädchen?«

»Sie ist 'ne Freundin. Wir sind Nachbarn.«

Er musterte mich misstrauisch. »Und wir kriegen den Wagen, wenn wir dir diese Information liefern?«

»Das ist der Deal«, ich pokerte. Er würde die Information

für nur einen einzigen Wagen herausrücken! Ich konnte das seinem Tonfall entnehmen. Das Ganze schien ihm einen richtigen Kick zu geben. Genau wie den anderen.

Einer von ihnen fragte Ray: »Und du, bist du stumm?« Ray hatte bisher kein einziges Wort gesagt.

»Nee«, antwortete er.

»Wie steht's mit 'ner Freundin?«

»Die gibt's«.

»Na, und wo ist sie jetzt?«

»Auf den Basketballcourts«.

Sie amüsierten sich, selbst der Brutalo lachte. Langsam fing ich an, diese Typen zu mögen.

Der zu kurz Geratene schrieb Cathys Namen auf, steckte den Zettel in die Tasche und sagte mir, ich solle in ein paar Tagen wegen der Adresse wiederkommen. Ich konnte es kaum glauben. Er tat mir gern den Gefallen, und es gab null Probleme, völlig anders, als Marcus es dargestellt hatte — mir ging auf, was Marcus, dieses Arschloch, abzog.

Wir hatten ihnen schon genug Zeit gestohlen, dennoch fragte ich, ob wir künftig die Autos direkt vorbeibringen könnten, anstatt auf Marcus zu warten.

»Sicher, Junge, du klingelst und wartest auf Rocco«, er deutete auf den Brutalo. »Er lässt euch dann rein. Mein Name ist Sal. Liefert nur hübsch weiter Sevilles, und ihr seid hier jederzeit willkommen. Bring mal deine Freundin mit!«

Alle lachten, schüttelten uns die Hände, und als wir rausgehen wollten, rief Sal mich zurück und drückte mir hundert Dollar für ein Taxi in die Hand.

Beim Hinausgehen dachte ich, dass die ganze Sache richtig unheimlich sei. Als Rocco uns an die Seitentür gebracht hatte, sah er uns an und sagte warnend: »Das hier ist kein Kinderkram. Ihr arbeitet jetzt für die Familie. Fliegen wir euretwegen auf oder versucht ihr, uns zu linken ... «

Er sprach den Satz nicht zu Ende. Es wäre auch überflüssig gewesen.

Marcus spielte gerade Basketball, als Ray und ich auf die Courts kamen. Er fragte nach dem Wagen, und ich erzählte ihm, dass wir ihn gerade abgeliefert hatten. Er hörte auf zu dribbeln und starrte uns an. Dann fing er an zu toben, fluchte und warf mit dem Ball nach uns, stapfte umher wie ein Kind mit Blähungen, schrie, wir hätten das ganze Abkommen mit dem Laden versaut. Alle bekamen das Spektakel mit, doch Ray und ich wussten, alles war nur Theater.

Ich betonte noch, was für ein netter Kerl Sal sei und dass er uns eingeladen hätte, jederzeit wiederzukommen. Ausgesprochen draufgängerisch, schmierte ich Marcus gleich noch aufs Brot, dass er uns monatelang abgezockt hatte.

Er blieb abrupt stehen; sein Gesichtsausdruck wechselte von wütend nach verletzt, als hätte ich ihn ins Herz getroffen.

»Abgezockt?« sagte er. »Wenn ich nicht wäre, wärt ihr Fucker nicht an einen einzigen lausigen Job gekommen! Wer hat euch das verdammte Equipment besorgt? Wer hat euch gezeigt, wie man ein Auto kurzschließt? Wer hat euch gesagt, wo ihr die Scheißkarren hinbringen könnt, wenn ihr sie erst einmal habt?«

Er hatte Recht, er hatte uns alles beigebracht, und vielleicht hatte er Anspruch darauf, dass wir uns revanchierten. Aber er war uns gegenüber nicht ehrlich gewesen, und das nervte uns.

Ich drückte auf die Klingel neben der Stahltür und wartete. Als die Schlösser entriegelt wurden, sah ich Ray an. Die letzten drei Tage waren mir wie drei Monate vorgekommen.

Rocco streckte den Kopf raus und fragte, was ich dabei hätte. Ich sagte ihm, dass ich kein Auto liefern, sondern nur die Adresse des Mädchens abholen wollte. Er schien nicht zu wissen, wovon ich sprach. Ich erinnerte ihn daran, was sich vor drei Tagen abgespielt hatte, aber er tat so, als wäre er nicht dabei gewesen.

Er verschwand nach drinnen und kam kurz darauf mit einem Stück Papier zurück. Er gab es mir. Richmond Avenue 591 stand drauf, mehr nicht.

»Wo ist das?« fragte ich.

»Mehr hab ich nicht. Nimm's oder lass es bleiben«, schnauzte er.

Ich nahm's, und wir gingen wieder nach Hause, um herauszufinden, wo die Richmond Avenue sein könnte. Ray war sich sicher, sie müsse in einem Außenbezirk liegen. »Mach dir keine Sorgen, wir werden sie finden«, beruhigte er mich. Doch ich befürchtete, dass man sich nur eine Adresse ausgedacht hatte, um uns loszuwerden. Was dann, wenn dem so war?

Auf dem Court zeigte Ray Carol die Adresse und fragte, ob sie schon mal davon gehört habe.

»Warum geht ihr nicht in die Bibliothek und besorgt euch einen Stadtplan?« sagte sie. »Schlagt die Straßennamen nach und sucht sie. So viele Richmond Avenues kann's doch nicht geben.«

Ich war noch nie in einer Bibliothek gewesen und war richtig platt, dass es umsonst war. Carol breitete den riesigen Stadtplan auf dem Tisch aus. Es gab insgesamt fünf Bezirke. Wir nahmen uns jeder einen Bezirk vor und gingen Tausende von Zeilen durch. Ray entwickelte ein System, nachdem wir den Plan Zentimeter für Zentimeter in einer Richtung durchgehen konnten, um jede Gegend doppelt durchzuchecken.

Eine Stunde später fand ich sie. Richmond Avenue.

Kapitel 28

Wir parkten den Wagen am Ende der Straße. Ray und ich saßen auf dem Rücksitz, Marcus und Shorty vorn. Es war ein malerisches, altmodisches Viertel, die Gegend, wo jeder jeden kennt. Fahrräder lehnten unangekettet an frisch gestrichenen Geländern, Gartenstühle mit Kissen standen unbewacht auf Veranden und Autos parkten nicht abgeschlossen in Einfahrten! Wir konnten das Haus gut beobachten. Es war das einzige Backsteinhaus in der Gegend. Ein paar Kids erschienen auf dem Treppenaufgang, aber von Cathy keine Spur. Ich fing langsam an zu zweifeln, ob sie überhaupt hier war.

Bald würde es dunkel werden, und ich hatte keine Vorstellung, was ich tun sollte. Einfach raufgehen und nach ihr fragen?

»Yeah, das ist eine großartige Idee«, blaffte Marcus. »Frag einfach nach Cathy, sag, du wärst hier, um sie mitzunehmen. Ich bin sicher, man wird dir auch noch helfen, ihre Sachen zu packen!«

Er hatte Recht. Außerdem war ich mir nicht sicher, ob sie mich überhaupt sehen wollte. Ray sagte, wir sollten erst anrufen, um uns davon zu überzeugen, dass sie auch da war, und dann unseren Angriffsplan ausarbeiten.

»Wie kriegen wir die Nummer raus?«

Marcus hatte eine Idee.

Wir fuhren beide vor das Haus, Ray und Shorty warteten am Ende der Straße. Marcus ging mit einer Pizza und einem Zettel zur Vordertür. Er klopfte an die Fliegengittertür, und ein hübsches schwarzes Mädchen öffnete.

»Ja?«

»Jumbo-Pizza mit extra viel Käse«, sagte er und tat so, als lese er vom Zettel ab. Das Mädchen drehte sich um und rief ins Haus: »Hat irgendjemand was von der Pizzeria bestellt?«

Niemand hatte. Marcus schien genervt, er war ein großartiger Schauspieler.

»Ist das hier nicht Richmond Avenue 591?« fragte er.

»Ja, aber niemand hat eine Pizza bestellt.«

Er las weiter vom Zettel ab: »Ist Ihre Telefonnummer 489-2332?«

»Nein.«

»Mist, irgendjemand spielt Ihnen da einen Streich. Hmmm, geben Sie mir am besten Ihre Nummer, sollten wir nochmals Bestellungen für diese Adresse bekommen, rufen wir Sie vorher an.«

»Es ist 273-7943.«

»Haben Sie mal einen Stift?« Jetzt gab er noch eine Zugabe. Sie reichte ihm durch die Tür einen Stift, und er schrieb die Nummer auf. »273 ... äh«.

Sie ergänzte: »7943.«

»Vielen Dank.«

Er ging mit dem Karton zum Wagen zurück. Das Mädchen beobachtete, wie er einstieg, und wir fuhren zurück zu Ray und Shorty.

Meine Finger zitterten, als ich die Nummer wählte. Keine Ahnung, was ich ihr sagen sollte. Oder was sie zu mir sagen würde. Würde sie sagen, ich solle sie in Ruhe lassen wie beim letzten Mal? Würde sie mich anzeigen?

Ich wählte die letzte Zahl. Es dauerte, bis das erste Klingeln ertönte. Vor dem zweiten nahm jemand ab.

»Hallo?« sagte ein junges Mädchen. Ich antwortete nicht. »Haallllllloooo?« leierte sie ein wenig ungeduldig.

»Oh, hallo ... äh ... kann ich mit ... Cathy Irving sprechen?« stammelte ich.

»Bleiben Sie dran«, sagte sie, und mein Herz rutschte in die Hose. Ich hatte den Eindruck, innerlich zu verbrennen.

»Hallo?«

Ich konnte die Überraschung in ihrer Stimme hören, sie erwartete nicht, dass jemand anrief. Mein Arm folgte beinahe dem Impuls, einzuhängen. Ich konnte spüren, dass auch sie drauf und dran war, aufzulegen.

»Cathy?«

Sie sagte kein Wort. Ich hätte nicht sagen können, ob sie froh war mich zu hören oder nicht.

»Hör zu«, sagte ich. »Ich mach's kurz. Ich bin am Ende deiner Straße. Wochenlang hab ich versucht, dich zu finden ... Ich will dich nach Hause bringen. Will, dass wir zusammen sind. Aber wenn du mit mir nicht zusammen sein willst, leg einfach auf, und ich werde dich nie wieder belästigen. Ich verschwinde dann einfach. Okay?«

Ich wartete, aber nichts geschah. Vielleicht hatte sie aufgelegt.

Ich lauschte, ob ihr Atmen zu hören war oder irgendein anderes Geräusch, aber da war nichts.

»Du bist am Ende der Straße?« fragte sie.

»Yeah, ich habe ein Auto, und will dich nach Hause bringen.«

Schweigen. Ich fragte: »Sind deine Schwestern hier?«

»Nein.«

Gut, dachte ich, mit ihr allein wird's leichter.

Sie sagte nichts weiter. Es war still. Totenstill. Ich hielt es nicht mehr aus.

»Hör zu, vielleicht sollte ich einfach ...«

»Gib mir zehn Minuten«, platze es aus ihr heraus, und sie legte auf.

Mit laufendem Motor warteten Ray und die anderen am Ende der Straße. Ich stand an der Ecke gegenüber ihrem Haus. Ein paar Kerle saßen auf dem Treppenaufgang und tranken Mineralwasser. Niemand kümmerte sich um mich. Zwei junge Mädchen kamen heraus. Als die Fliegengittertür gegen den Rahmen schlug, rutschte mir das Herz in die Hose.

Ich erkannte sie zuerst nicht. Die nackte Glühbirne über dem Treppenaufgang warf einen bernsteinfarbenen Schleier über ihren Kopf. Ihr Haar fiel in dicken Locken auf die Schultern. Sie trug ein Latzkleid, das bis zu den Knien reichte, die Art von Kleid, die Mädchen schon seit Jahren nicht mehr trugen. Die Schuhe an ihren Füßen leuchteten weiß, die Socken waren marineblau. In der Hand hielt sie eine kleine braune Papiertragetasche. Sie lehnte sich gegen das wackelige Metallgeländer und unterhielt sich mit den Männern. Sie kicherte nervös. Etwas daran beunruhigte mich.

Sie warf einen Blick herüber, und unsere Augen trafen sich. Dann sah sie wieder weg. Ich ging auf das Haus zu, und sie spazierte ungezwungen zum Gehweg. Als ich nah genug war und sie mein Gesicht sehen konnte, lächelte sie. Blitzschnell schnappte ich nach ihrer Hand, und wir rannten um unser Leben.

»Scheiße! Das ist eine Entführung!« schrie jemand.

Sofort sprangen die Typen vom Treppenaufgang hoch, rannten hinter uns her und schrien panisch. Sie waren uns dicht auf den Fersen, und es wurden immer mehr; die Fliegengittertür klapperte ein Dutzend Mal. Cathy ging mein Tempo mit, hielt die Tüte fest an die Brust gepresst und drückte meine Hand. Hinter uns gewann der Mob an Boden, man schrie, ich solle stehen bleiben und rief: »Kidnapper, Kidnapper.«

Es störte mich nicht. Man hatte mich schon übler beschimpft.

Ray hielt die Wagentür offen, und als sie im Begriff waren, uns einzuholen, sprangen wir auf den Rücksitz. Fäuste hämmerten auf den Kofferraum, und Marcus raste davon und schickte dabei einen von ihnen über die Kühlerhaube. Ein anderer rannte noch mehrere Straßenzüge hinter uns her. Marcus, das Arschloch, fuhr mit Absicht so langsam, dass der Typ uns einholen konnte, doch dann gab Marcus Gas, lachte ihn vom Fenster aus zu und wurde wieder langsamer. Schließlich verloren wir ihn. Dennoch, wir mussten in die City zurück, ohne erwischt zu werden, und ich war mir sicher, einer dieser Typen hatte sich unsere Autonummer aufgeschrieben.

Marcus parkte den Wagen in einer Seitenstraße und nickte Shorty zu. Der stieg aus und machte sich vorn und hinten am Wagen zu schaffen.

»Was veranstaltet er da?« fragte ich Marcus, der selbstgefällig lächelte und mir sagte, ich solle relaxen. Shorty stieg wieder ein, an seinen Fingern hingen mehrere Streifen schwarzes Isolierband. Er warf sie mir auf den Schoß, und wir fuhren weiter.

Während des ganzen Nachhausewegs sagte Cathy kein einziges Wort. Ich stellte sie den anderen vor, und sie lächelte nervös. Mir fiel auf, dass Marcus sie im Rückspiegel beobachtete, und ich zog sie aus seinem Blickfeld. Vor unserem Haus setzte er uns ab, fuhr dann weiter, um den Wagen zurückzubringen. Er hatte ihn von einem Freund geliehen, nicht gestohlen.

Ich brachte sie schnell hinein, bevor sie jemand sehen konnte.

Als ich das Licht anschaltete, holte sie tief Luft. Ich glaube, sie hatte noch nie eine so dreckige Wohnung gesehen. Überall waren Kleidungsstücke verstreut, Flaschen lagen auf dem Boden, Zeitungen stapelten sich an der Wand, leere Verpackungen vom Schnellfress, alles, was man sich nur vorstellen kann. Es war mir nie eingefallen, hier aufzuräumen. Ich erklärte, das Hausmädchen sei im Urlaub, und Cathy rang sich ein gequältes Lächeln ab. Ich sagte ihr, sie könne erst einmal in Paps' Zimmer bleiben und müsse sich auch vor den Bullen und den Sozialarbeitern verstecken. Dann riss ich sie in meine Arme, hielt sie fest an mich gedrückt und küsste sie. Ray tat so, als schaute er weg, aber ich spürte, dass er uns beobachtete. Als er in den Flur ging und wir allein waren, fragte ich sie: »Warum hast du mich nicht angerufen oder mir geschrieben, damit ich erfahre, wo du bist? Ich wäre früher gekommen.«

»Ich wollte dir keinen Ärger machen.«

»Mir Ärger machen? Du hast keine Ahnung, was ich alles mitgemacht habe, um dich zu finden. Ich wäre beinahe umgebracht worden!«

Unbehaglich wand sie sich hin und her. Ich wechselte das Thema. »Was ist mit deinen Schwestern? Wo sind sie?«

»Sie sind bei meiner Tante in Jersey. Mein Bruder ist auch da.«

»Warum bist du nicht bei ihnen geblieben?«

»Es war kein Platz für mich«, sagte sie. »Es ist ein sehr kleines Haus. Außerdem war es gar nicht so schlimm im Heim.«

Ich zeigte ihr Paps' Zimmer.

»Hier, toll ist es nicht, ich weiß, aber du kannst ja umräumen, es ist jetzt dein Zimmer.«

»Wo wollt ihr denn schlafen, du und dein Bruder?«

»Wir schlafen da drüben, wie immer.«

»Und was ist mit deinem Vater?«

»Er schläft in der Küche, falls er nachts Hunger kriegen sollte.«

»Das ist doch lächerlich«, sagte sie und zog die Stirn kraus.

»Nein, wir haben öfter Gäste.«

»Und dein Vater schläft auf dem Küchenboden?«

»Er kommt meistens gar nicht nach Hause.«

Sie warf mir einen skeptischen Blick zu und grinste.

Während sie Paps' Zimmer aufräumte, stritten Ray und ich darüber, wer wo schlief, da Paps ab jetzt mit uns zusammen im Wohnzimmer sein würde.

»Hör zu, ich schlafe jedenfalls nicht auf dem Boden!« protestierte Ray. »Wenn jemand da schlafen muss, dann du!«

Als Paps hereinstolperte, dösten Ray und ich auf der Couch vor dem Fernseher. Ehe ich es verhindern konnte, machte Paps seine Tür auf und sah Cathy, die auf seinem Bett schlief. Sie drehte sich um, wachte aber nicht auf.

Ich schloss die Tür, legte einen Finger auf die Lippen und gab ihm zu verstehen, er solle leise sein. Paps war voll wie tausend Mann, und ich hatte ihm einiges zu erklären, also brachte ich ihn zur Couch, zu Ray, der dasaß und grinste wie ein Idiot.

Ich erzählte alles von Anfang an, ließ allerdings den Part mit ihrem Vater aus. Ich berichtete Paps, wie wir sie aus dem Heim geholt hatten und gejagt worden waren. Ich sagte ihm, wenn er sie hier nicht haben wolle, würden Ray und ich mit ihr auf der Straße leben — Ray zuckte zusammen. Dann erinnerte ich Paps daran, was er über unsere Mutter gesagt hatte, dass sie sein Leben verändert habe. Ich bearbeitete ihn mit allem. Schließlich sah ich ihm in die Augen und sagte: »Paps, ich liebe sie. Und ich werde sie nicht aufgeben.«

Er saß einen Augenblick da und sah hilflos zu Ray, der nur mit den Achseln zuckte, dann sah er mich an und jammerte: »Und wo zum Teufel soll ich schlafen?«

Am nächsten Morgen weckte mich der Duft von gebratenem Speck. Ich setzte mich auf, um sicherzugehen, dass ich nicht träumte. Cathy und Paps waren in der Küche und brieten Eier mit Speck, diskutierten dabei die Vorzüge von pochierten Eiern gegenüber Spiegeleiern.

Paps hatte auf der Couch geschlafen, Ray und ich teilten

uns das Feldbett. Es war die ungemütlichste Nacht meines Lebens gewesen; wir hatten ständig um jeden Zentimeter Platz und die Decke gerungen.

Ray wurde langsam wach, und Paps kam rein und knurrte: »Los, aufstehen, ihr Faulpelze. Was glaubt ihr wohl, ist hier los? Tagsüber schlafen und nachts durchfeiern, was!«

Ray sah aus dem Fenster und drehte sich zu mir um. »Scheiße! Sieh dir das an!« Vor Cathys Haus parkte ein Streifenwagen, dahinter ein schwarzer Sedan.

»Okay, damit haben wir gerechnet«, sagte ich und verspürte einen Adrenalinstoß. »Du bringst sie aufs Dach, ich bleib hier und streite alles ab.«

Cathy kam aus der Küche. Sie machte ein Gesicht, als säße sie in der Falle. Ich versicherte ihr, alles käme ins Lot, und bat sie, mit Ray zu gehen. Durch den hinteren Hausflur führte er sie hinauf aufs Dach. Unterdessen stürmte ich in Paps' Zimmer und versteckte ihre Tüte im Bettkasten. Paps ging zum Herd und tat so, als koche er. Es klopfte an der Tür — sie mussten Ray und Cathy knapp verpasst haben. Zwei Detectives, andere als beim letzten Mal, zeigten mir ein Photo und fragten, ob ich sie gesehen hätte. Ich konnte schlecht leugnen, sie zu kennen. »Oh ja. Sie wohnt da gegenüber, hab sie aber seit Wochen nicht gesehen. Stimmt was nicht?«

»Könnten wir mal hereinkommen und uns umsehen?« fragte der eine.

»Natürlich, kommen Sie rein.«

Ich zeigte ihnen das leere Bad und Paps' Zimmer. Sie sahen sich überall um, der eine warf sogar einen Blick in den Küchenschrank.

Paps war empört. »Durchsuchen die Herren alle Wohnungen im Haus?« Misstrauisch nahmen sie Paps in Augenschein, doch der hielt ihren Blicken stand und wartete auf eine Antwort. Sie sahen sich an, dann gab einer von ihnen Paps eine

Nummer, die er anrufen sollte, falls wir sie irgendwo sehen sollten.

Drei Tage später sah die Wohnung aus wie ein Palast. Flecken, mit denen man sich richtig angefreundet hatte, waren in Vergessenheit geschrubbt. Müll lag zusammengepackt neben der Tür, um weggeschafft zu werden. Kleidung hatte ihren festen Platz, die saubere in einer Schublade und die schmutzige im Wäschekorb.

Ich schlief in einem Feldbett, das ich in einem Ramschladen erstanden hatte, und Paps hatte es sich am Fenster bequem gemacht. Ich verließ die Wohnung nicht mehr, weil Cathy auch nicht hinauskonnte. In der ganzen Gegend zeigten die Bullen Photos von ihr, sprachen mit Leuten, stellten Fragen, aber niemand wusste etwas. Wir gingen lieber auf Nummer Sicher.

Ich hatte ihr einen großen Zeichenblock gekauft — ihren alten hatte sie im Heim gelassen —, und so verbrachte sie die Nachmittage mit Zeichnen. Nachts gingen wir aufs Dach, es war der einzige sichere Ort, wo wir frische Luft schnappen konnten.

Ich konnte keine zwei Schritte weit sehen. Cathy stand an der Brüstung und schaute hinunter auf die verwaiste Straße. Ich stellte mich hinter sie und legte meinen Arm um ihre Schulter, beide starrten wir in die tiefschwarze Nacht. »Ich kann mich nicht erinnern, dass es jemals so dunkel gewesen ist.«

»Ich auch nicht.«

»Es ist gruselig, nicht?«

»Nicht richtig, ich finde, es ist irgendwie friedlich.«

»Wo zum Teufel sind die Sterne? Als hätte sie jemand vom Himmel gepflückt.«

Weit weg in der Ferne, hinter dem Hudson und bis nach

New Jersey hinein, erhellten winzige Blitze den Himmel. Ein scharfer Wind zerzauste ihr Haar.

»Sieht aus, als gäbe es einen Sturm«, sagte sie. »Man kann's förmlich riechen.« Sie lehnte ihren Kopf an meine Brust und sah hoch in die Nacht. Ich atmete den süßen Duft von Babyshampoo ein.

»Im Heim war der Himmel in bestimmten Nächten so klar, dass man Millionen von Sternen sehen konnte; Sterne, von denen ich gar nicht wusste, dass sie dort oben sind. Es war wie auf dem Lande.«

»Komisch«, sagte ich. »Eigentlich gehört der Stadtteil noch zur City.«

»Manchmal ritten Leute hinten am Haus vorbei. Einmal blieben zwei Kinder stehen und ihre Pferde grasten auf der Wiese, die waren richtig groß, ich hatte keine Ahnung, wie groß Pferde sind.«

»Pferde riechen, nicht wahr?«

»Na ja, es ist kein unangenehmer Geruch.«

»Wenn du das Land so magst, können wir ja irgendwann dort hinziehen. Wir kaufen uns eine hübsche kleine Farm mit Pferden! Wir ziehen so weit aufs Land wie möglich.«

»Du auf einer Farm, das kann ich mir nicht vorstellen; in Arbeitskleidung und die ganzen lästigen Pflichten«, sagte sie.

»Doch! Wir könnten eine Potfarm betreiben!«

Sie grinste. »Das ist nicht gerade das, was ich mir vorstelle.«

»Aber bis dahin sitzen wir hier fest«, fügte ich hinzu.

»Hier oben ist es okay«. Sie atmete tief durch. »Die Luft hier oben ist viel sauberer.«

Ich kicherte; sie mochte nun mal alles, was mit Sauberkeit zu tun hatte.

Es war alles so vollkommen, die Zeit mit ihr verbringen zu können. Vollkommen, bis auf eine Ausnahme. Unter der Oberfläche lauerte ein Schatten. Eine Wunde, die nicht verheilen wollte, die an mir fraß und mir Albträume bescherte. Ich war mir immer noch nicht sicher. Und ich hatte Angst, darüber zu sprechen, Angst davor, was vielleicht passieren könnte, wenn ich es tat — dass sie wieder ihr gestörtes Nagetierverhalten annehmen würde. Dennoch, nach drei Wochen konnte ich nicht länger so tun als ob. Ich musste es wissen.

»Wir haben Glück, dass es einen Ort gibt, wo wir allein sein können, nur wir beide«, sagte ich. »Bisher gab es nicht viele Gelegenheiten, miteinander zu reden.«

Sie antwortete nicht, verschränkte nur ihre Arme als Schutz vor dem Wind. Ich setzte nochmals an: »Es kommt einem vor, als wäre alles vor langer Zeit passiert, nicht wahr? Als wäre es Jahre her, nicht Monate. — Soll ich dir ein Sweat-Shirt oder so was holen?«

»Nein, nicht nötig.«

»Du siehst aus, als wär dir kalt.«

»Nein. Es war nur so ein Schauder.« Dann starrte sie hinaus auf das wütende, tosende Wasser des Hudson.

»Es ist wichtig zu reden, meinst du nicht?« Sie antwortete nicht. »Ist irgendwas nicht in Ordnung, Cathy?«

»Nein«, sagte sie und schüttelte heftig den Kopf.

»Du weißt, wenn dich etwas quält, kannst du mit mir darüber sprechen, das weißt du doch, oder? Egal, was es wäre, ich würde es nie ausnutzen. Ich will nur, dass du ehrlich zu mir bist, und ich werde auch ehrlich zu dir sein, okay?«

Keine Antwort, nur Krampf. Vor allem deswegen war es so dringend für mich, und es machte mich auch stocksauer. Cathy musste das gespürt haben, denn sie drehte sich zu mir um. Die Dunkelheit ließ sie altern; ihre Augen wirkten hart, der Mund schien hoffnungslos, und in ihrem Gesicht zeigten sich scharfe Linien. Auf eine mir nur zu gut bekannte Weise verwandelte sie sich zurück in jemanden, von dem ich gehofft hatte, er sei schon lange tot.

Ein Hund bellte. Irgendjemand trat ihm in die Rippen, und er jaulte auf. Cathy holte tief Luft und fing an zu erzählen, ruhig, emotionslos.

Zehn Minuten später war sie fertig, und ich hätte am liebsten losgeschrien. Es war genau so, wie ich es vermutet hatte. Und noch schlimmer.

Seit ihrem elften Lebensjahr hatte ihr Vater Sex mit ihr gehabt. Nachdem ihre Mutter gestorben war, zwang er Cathy, im selben Bett mit ihm zu schlafen, ihrem gemeinsamen Bett. Als er an jenem Tag seine Kanone holte, ging er in ihr Zimmer. Ihr gemeinsames Zimmer. Dort konnte er sie erniedrigen, nötigen, quälen, sie kaputtmachen, so gut es irgend ging. Er wollte, dass sie litt.

Als ihre Eltern hierher gezogen waren, hatte ihre Mutter eine flüchtige Affäre mit irgendeinem ihrer Nachbarn. Cathy war das Ergebnis dieser Affäre. Granatenfresse schöpfte keinen Verdacht, bis Cathy älter und dem Kerl immer ähnlicher wurde. Sie war sechs Jahre alt, als sie zum ersten Mal bemerkte, dass ihr Vater sie mit seltsam zweifelndem Blick anstarrte. Fragte sie ihn, ob etwas nicht in Ordnung sei, gab er keine Antwort. Eines Tages, als sie allein zu Hause waren, drängte er sie ins Badezimmer. Er zog ihre Lippen zurück und inspizierte ihre Zähne, dann die Augen und die Ohren, die Form ihres Kopfes und die der Fingernägel; und die ganze Zeit stöhnte er, so wie er an jenem Tag in der Wohnung gestöhnt hatte. Als Cathy voller Angst wegrennen wollte, steckte er ihren Kopf in die Toilette und ertränkte sie fast. Später an jenem Abend schlug er, völlig betrunken und rasend vor Wut, seine Frau, bis sie die Wahrheit gestand. Kurz darauf verschwand ihr Ex-Lover aus der Eckwohnung 317 und wurde nie wieder gesehen.

Granatenfresse sprach danach fast ein Jahr nicht mit seiner Frau. Sie sagte, es tue ihr Leid, bettelte um Vergebung, doch er würdigte sie nicht eines Blickes. Ging sie in der Küche oder im Wohnzimmer an ihm vorbei, durfte sie ihn nicht ansehen; sprach sie ihn an, schlug er ihr ins Gesicht.

Nachdem seine Frau tot war, ging die Scheiße erst richtig los. Er drohte, Cathy umzubringen, würde sie auch nur ein Wort darüber verlieren, drohte, ihre Schwestern umzubringen, würde sie versuchen wegzulaufen. Cathy erlebte den reinen Terror. Die kleinste Bagatelle brachte ihn in Harnisch, wenn die Geschwister ungezogen waren, wenn sein Scheck zu spät eintraf oder wenn sie ihn auch nur ansah.

Während sie mir das erzählte, starrte sie unverwandt geradeaus. Ich fragte sie nach ihren jüngeren Schwestern, nur zögernd kamen mir die Worte über die Lippen: »Sind es deine Kinder?«

»Nein. Natürlich nicht«, sagte sie und wies den Gedanken weit von sich. »Denk mal nach, wie alt sie sind«, fügte sie hinzu. Blöd, dass ich überhaupt gefragt hatte.

Ihr Vater wollte, dass ihre Mutter so viele Kinder wie möglich austrägt, Kinder von ihm. Also fickte er sie, bis sie dick und rund war, und gleich nach der Geburt versuchte er, ein neues anzusetzen. Cathy erinnerte sich, dass ihre Mutter schnell heimlich duschte, nachdem er weggegangen war.

Ich fragte, ob er es jemals mit ihren Schwestern getrieben habe, sie sagte nein. Nicht ihre Schwestern hasste er, er hasste sie.

Sie war an allem schuld. War das Abendessen nicht rechtzeitig fertig, musste sie mit ihm ins Zimmer gehen, und dort tat er ihr schlimme Dinge an. Sein Schwanz wurde zur Waffe; manchmal benutzte er auch Gegenstände. Er nötigte sie in die Badewanne und pinkelte sie an. Brennende Zigaretten drückte er auf ihren Schenkeln und Brustwarzen aus — die Narben hatte sie immer noch.

Ich spürte die kalte Wut in mir hochsteigen; ich hatte mehr gehört, als ich wollte, aber da sie nun mal angefangen hatte zu erzählen, fuhr sie auch fort, und ich unterbrach sie nicht.

Nahezu gelassen erzählte sie mir von ihrer zweiten Abtreibung. Zwei Abtreibungen, und sie war nicht einmal dreizehn gewesen! Ich hätte sie an diesem Tage gesehen, sagte sie. Daran erinnerte ich mich. Ich fegte vor Jenkins' Laden. Es war ein heißer Sommertag, und sie trug einen Regenmantel. Einen schweren Regenmantel bei 32 Grad im Schatten. Sie wollte so ihren Bauch verbergen. Ihr Vater schleppte sie zur Klinik und schwor, er würde sie erschießen, wenn sie nur ein Wort sagte. Um sicherzugehen, nahm er sogar seine Knarre mit.

Während sich das alles abspielte, ging das Leben in der gesamten Nachbarschaft weiter, als wäre alles in Ordnung. »Wusste denn niemand Bescheid? Oder hat irgendwer mal versucht, etwas zu unternehmen?«

Sie schüttelte den Kopf.

»Aber weshalb wurde niemand misstrauisch? Was war mit Jenkins? Er weiß doch immer alles, willst du sagen, er hatte keine Ahnung, was vorging?«

Irgendjemand habe wohl mal die Jugendfürsorge angerufen, und die hätten einen Mitarbeiter vorbeigeschickt, erzählte sie. Sie habe alles abgestritten und auf glückliche Familie gemacht. Selbstverständlich war die Wohnung absolut keimfrei, was der Mitarbeiter in seinem Bericht lobend erwähnte. Jenkins besaß damals eine Katze, die man am nächsten Tag an seine Tür genagelt vorfand. Daraufhin rief er niemanden mehr an.

Nach den ersten Jahren kam es nicht mehr so häufig zum Missbrauch. Solange Cathy sich um ihre Schwestern kümmerte und ihm aus dem Weg ging, ließ er sie in Ruhe.

Ich wusste, dass die Geschichte bald ihren Abschluss finden

würde, je näher wir der Gegenwart kamen. Sie erzählte mir noch, dass ihre Zeichnungen nicht im Heim geblieben seien, sondern dass ihr Vater sie vernichtet habe, nachdem er mich in der Wohnung erwischt hatte. Er hatte sogar damit gedroht, ihr eine Glatze zu schneiden.

Die Tante, eine Schwester ihres Vaters — es war unheimlich, wie sie von ihm immer noch als von ihrem Vater sprach —, nahm sie nicht auf, weil sie alles über Cathy wusste. Ihr Bruder und ihre Schwestern waren Blutsverwandte, doch Cathy war ein Bastard, der auf die Straße oder wohin auch immer gehört.

Dann hörte sie auf zu erzählen und wurde beängstigend ruhig. Jegliches Gefühl schien sie verlassen zu haben, sie war hohl. Für eine ganze Weile war ich wie gelähmt; hatte keine Ahnung, wie ich mich verhalten sollte. Als sie anfing zu frösteln und ich ihre Schulter berühren wollte, zuckte sie zurück. Sie sah hinunter auf ihre Füße und sagte leise: »Jetzt weißt du alles. Bist du nun zufrieden?«

Ich war's nicht.

Wir beide in der Dunkelheit, die weit entfernten Geräusche pulsierenden Lebens in der City drangen nur holpernd, nahezu abgehackt in mein Ohr. Für einen Moment dachte ich daran, vom Dach zu springen, versuchte, mir den Sturz und unseren Tod vorzustellen, einander eng umschlingend.

Als mir bewusst wurde, wie richtig Ray gelegen hatte, hätte ich ihm am liebsten eins in die Fresse gehauen; er hatte sich ja nahezu darüber amüsiert. Viele Dinge, die ich früher komisch gefunden hatte, würden von nun an nie wieder komisch sein. Nicht nach heute Abend.

Ich lehnte mich gegen die Brüstung, zündete einen Joint an und nahm einen tiefen Zug. »Hier, ich möchte, dass du das rauchst. Du fühlst dich dann besser.«

Sie schüttelte den Kopf, aber ich bestand darauf. Sie hielt

ihn wie eine Zigarette, rauchte unbeholfen und fing gleich an zu husten.

Ich erzählte ihr von dem Verhör.

»Ich hab alles abgestritten. Egal, was sie gesagt haben, ich leugnete.«

Sie nahm noch einen Zug.

»Aber wenn die Bullen nach Fingerabdrücken gesucht hätten, säße ich jetzt im Gefängnis.«

»Aber sie haben nach Fingerabdrücken gesucht«, sagte sie.

»Nein, das kann nicht sein.«

»Doch, das haben sie. Als sie uns aus dem Haus geholt haben. Auf dem Weg nach unten durften wir nichts anfassen.«

»Das ist unmöglich«, rief ich, »meine Abdrücke waren überall.«

»Nein, waren sie nicht«, sagte sie und sah mich vielsagend von der Seite an.

»Erinnerst du dich, als du weggelaufen bist? Du hast mir gesagt, ich soll reingehen und dort bleiben.«

Ich nickte.

»Hab ich aber nicht gemacht. Kaum warst du weg, bin ich mit einem Handtuch raus und hab den ganzen Flur abgewischt, die Stufen, das Geländer bis hinunter zum Eingang, sogar den Türknopf. Die Holzstange hab ich in den Heizkessel geworfen, die Kordel zerschnitten und im Klo runtergespült.«

Ich war sprachlos, konnte es einfach nicht glauben, und sie lächelte unsicher, als wäre das Ganze ihr peinlich. Der Knoten in meinem Magen löste sich, meine Gedanken wurden leichter, und ich fing an zu lachen, fröhlich wie ein Kind beim Achterbahnfahren. Dieses merkwürdige kleine Mädchen, diese Spinnerin, war ohne Zweifel die cleverste Frau, die mir je begegnet war. Ich hob sie hoch und wirbelte sie herum, und je mehr ich über sie nachdachte, desto mehr musste ich lachen.

Hand in Hand gingen wir an den Bänken vorbei. Jeder starrte uns an und tuschelte hinter unseren Rücken, sie konnten einfach nicht glauben, dass dies dasselbe Mädchen war, das sie jahrelang gequält hatten. Endlich, nach zwei Monaten des Versteckens, ließ sie sich jetzt sehen. Cathy hielt fest meine Hand und wirkte stolz und selbstsicher. Obwohl sie eine Heidenangst hatte, zeigte sie es nicht.

Ray und Marcus spielten Basketball auf dem hintersten Court, Shorty und Carol saßen auf einer Bank und beobachteten uns. Als wir auf sie zugingen, umklammerte Cathy meine Hand noch fester. Wir begrüßten uns etwas unterkühlt und setzten uns dann auf die Bank.

Marcus und Ray kamen dazu, und wir zogen einen Joint durch, alle außer Cathy, die besser mitgeraucht hätte, sie wäre dann lockerer gewesen.

Jaco kam mit einer Flasche Boones Apfelwein herüber — wirklich die übelste Pisse, die je produziert worden ist. Wir nahmen alle einen Schluck, und ich reichte Cathy die Flasche. Sie schnupperte am Hals und dann nippte sie dran. Der Anblick der Flasche an ihren Lippen war so ungewöhnlich, dass Ray mich ansah und grinste.

Wir begannen, Basketball zu spielen, und ließen Cathy und Carol auf der Bank zurück. Jaco stellte ihnen die Flasche hin und sagte, sie sollten sie austrinken.

Zwanzig Minuten später war die Flasche leer und beide waren blau. Niemand schenkte Cathy noch besondere Beachtung. Carol nahm sie mit zu ein paar Mädchen auf einer anderen Bank.

Nach dem Spiel hingen wir am Zaun herum, und Carol und Cathy kamen zurück. Leute kamen vorbei, blieben stehen und redeten einige Minuten mit ihr, fragten, wie es ihr gehe, und sprachen ihr Beileid zum Tode ihres Vaters aus. Mir fiel auf, dass Marcus sie musterte. Er ließ den Coolen raushängen, aber ich wusste, was er vorhatte. In ihrer Nähe verhielt er sich anders, völlig anders. Er hasste Frauen und behandelte sie wie Scheiße. Nicht eine Woche verging, ohne dass irgendein Mädchen wie ein Schlosshund heulte, weil er sie gefickt und dann fallen gelassen hatte. In dieser Beziehung war er brutal. Verblüffend war nur, dass die Mädchen um so mehr hinter ihm her waren, je grausamer er mit ihnen umging. In Cathys Nähe war er wie ausgewechselt. Er spielte den Empfindsamen, beinahe Schüchternen. Den Höflichen. Ich sagte mir, das könne nicht funktionieren. Sie wusste alles über ihn, was für ein Mensch er war — ich hatte ihr schließlich alles erzählt. Aber es störte mich dennoch, wie er sich aufführte, dieses verdammte Chamäleon.

Ich sagte, es sei Zeit, nach Hause zu gehen. Sie grinste mich betrunken an und fragte, ob wir nicht noch etwas bleiben könnten. Ich blieb hartnäckig, und sie stand auf. Ich spürte, dass Marcus sie beobachtete, als wir gingen. Ich drehte mich nicht um, um mich zu vergewissern, denn ich wusste, dass er es tat.

Vielleicht war dieses Experiment ein Fehler.

Kapitel 29

Marcus war ebenso überrascht wie wir. Wir hatten die Autos draußen geparkt, doch niemand reagierte auf das Klingeln, niemand hob den Hörer ab, als Marcus anrief. Das Gebäude war verlassen.

»Das war schon mal so«, sagte er, »aber da haben sie mich informiert. Gaben mir 'ne Telefonnummer. Zum Teufel, diesmal weiß ich nicht, wo sie sein könnten. Die mussten sicher Hals über Kopf abhauen.«

»Wieso das?« fragte Ray.

»Verdammt noch mal, woher soll ich das wissen?« rief er. »Der Boden hier wird zu heiß. Einem Nachbarn fallen die Autos auf, er ruft die Bullen ...«

So schnell waren wir arbeitslos geworden. Wir ließen die Autos stehen und fuhren mit der U-Bahn zurück zu den Courts. Dort traf ich Cathy, die jetzt ständig mit den anderen zusammen war. Alle mochten sie. Tatsächlich hatte sie jetzt mehr Freunde, als ich jemals gehabt hatte. Es ärgerte mich, dass jeder Typ, der vorbeikam, ›hallo‹ sagte und sie ihn freundlich zurückgrüßte. Aber dazu äußerte ich mich nicht.

Marcus bekam null Information über den Laden.

»Keinen Check, welche Kacke da am Dampfen ist«, sagte er. »Ich kann niemanden erreichen. Alle Telefone sind abgestellt«.

»Wie kommen wir jetzt zu Geld?« fragte ich.

»Das ist kein Problem. Wir klauen Handtaschen. Es gibt 'ne Menge alte Damen, die hier rumspazieren.«

Er amüsierte sich, doch etwas Wahres war schon dran, zumal die Idee von ihm kam.

Wir spielten ein wenig Mann gegen Mann, und Cathy saß dabei und sah uns zu. Nach einer Weile fiel mir auf, dass sie ihn und nicht mich beobachtete. Ich konnte ihr das nicht mal übel nehmen, er war ein Magnet. Doch ich hoffte, sie würde hinter seine Scheißfassade blicken und nicht auf ihn hereinfallen.

Es war wirklich keine tolle Sache. Ich hatte nichts anderes erwartet. Schuld war für mich ihr verdammter Vater. Ich versuchte, so zärtlich wie möglich zu sein, und sie war nett hinterher, aber jede Sekunde war ihr zuwider gewesen; und mir auch, als ich sah, wie unerträglich es für sie gewesen war. Meine Gefühle für sie beeinträchtigte es nicht.

Es gibt wichtigere Dinge im Leben.

Cathy verkündete, sie habe einen Job gefunden.

Nach einem Jahr konnte sie jetzt gehen, wohin sie wollte. Sie wirkte älter, niemand hätte sie auf sechzehn geschätzt.

»Ich will arbeiten«, sagte sie. »Ich hatte bisher noch nie einen richtigen Job. Und immer nur zu Hause hocken, halt ich nicht mehr aus.«

»Aber dein Schulabschluss? Wann willst du dafür lernen?«

»Ich kann noch lernen, wenn ich nach Hause komme.«

»Das ist nicht dasselbe. Und was ist mit deinem Zeichnen? Was ist damit?«

»Zeichnen kann ich auch immer.«

»Das sieht mir nicht so aus.«

»Komm schon, wo ist das Problem?«

»Ich weiß nicht. Es ist ... eine plötzliche Veränderung. Was, wenn die Leute Fragen stellen?«

»Das interessiert doch keinen Menschen mehr.«

»Und, was ist das für ein Job?«

»In einer chinesischen Wäscherei«, sagte sie. »Nahe der Brücke. Sie gehört einem Mann und seiner Frau. Beide sprechen nicht so gut englisch, also werde ich die Bestellungen aufschreiben und die Wäsche der Kunden annehmen.«

»Chinesische Wäscherei?« sagte ich. »Du bist doch Jüdin! Ist das nicht verboten?«

»Du bist blöd!« lachte sie. Ich zog sie an mich und küsste sie. Ich konnte ihr nie etwas abschlagen, wenn sie es wirklich wollte.

Wir hatten das Geld absolut nicht nötig. Ray und ich belieferten jetzt in der ganzen City Privatclubs mit gestohlenem Schnaps. Marcus hatte unsere Freunde aus dem Autoschieberladen aufgespürt, und weil denen die Nummer mit den Autos gefallen hatte, verhalfen sie uns zu neuen Jobs. Wir brauchten nichts zu klauen, wir luden das Zeug lediglich auf und lieferten es an die Clubs. Cathy gefiel das nicht, aber sie tolerierte es. Schließlich taten wir niemandem weh.

Kapitel 30

Cathy verschränkte die Arme und kniff die Lippen zusammen. Ich holte tief Luft und versuchte, es ihr ein allerletztes Mal zu erklären.

»Pass auf, ich verdiene gutes Geld damit. Wie kannst du nur erwarten, dass ich das aufgebe?«

»Weil du sonst im Gefängnis landest!«

»Nein, das werde ich nicht. Es ist doch nichts Schlimmes dabei. Niemand wird verletzt. Jeder macht seinen Schnitt.«

»Das ist lächerlich.«

»Es ist alles versichert, was wir klauen!«

»Es ist nur eine Frage der Zeit ... «

»Du glaubst also, die mickrigen hundertundzwanzig Piepen, die du in der Wäscherei verdienst, die bringen's?«

»Das behaupte ich ja gar nicht. Aber wir kommen schon zurecht.«

»Glaub mir, du brauchst diesen Pissjob nicht ... Allein dich dorthin zu bringen und wieder abzuholen ist ein Abenteuer für sich. Eines Tages werden sie uns noch erwischen.«

»Sie sind hinter dir her, nicht hinter mir. Ich kann auch allein gehen.«

»Großartig. Die KC-5 wird begeistert sein. Es ist viel leichter, dich zu schnappen, wenn du allein bist ... Du solltest es besser wissen.«

»Ich werde meinen Job nicht aufgeben.«

»Das sag ich auch gar nicht. Aber dann sag du mir nicht, ich soll meinen aufgeben.«

»Was du machst, ist kein Job.«

»Wenn man ihn richtig macht, schon.«

Sie sah mich streng an und fand das überhaupt nicht komisch. »Ich will doch nur, dass du begreifst, was du dir da antust.«

»Das tu ich und stelle fest, dass alles bestens läuft. Warum sollte ich damit aufhören?«

»Du meinst, alles läuft bestens?«

»Genau.«

»Und das ist dein Problem.«

»Hey, du brauchst mir wirklich nichts von Problemen zu erzählen. Du willst also über Probleme reden? Dann schau in den Spiegel! Du hast Probleme, nicht ich. Kein Tag, ohne dass du fünf verschiedene Gesichter aufsetzt, es ist wie fernsehen. Manchmal weiß ich gar nicht, mit wem ich eigentlich zusammen bin, verdammt noch mal.«

Im Dunkeln wirkten ihre Augen wie scharfe Kristalle. Wir standen uns kurz schweigend gegenüber, dann ging sie ins Schlafzimmer und schloss die Tür hinter sich.

Letzte Woche war ich nahe dran gewesen, ihr eine zu scheuern, keine Ahnung, was mich dann davon abhielt. Sie konnte einfach nicht die Klappe halten, nörgelte ständig rum. Ich war kurz vorm Ausrasten. Immer wieder versuchte sie, mich zu ändern oder drängte mich, Dinge zu tun, die ich nicht tun wollte. Hätte sie mich wirklich geliebt, dann hätte sie mich so genommen, wie ich war. Und wenn sie von den Drogen anfing ... Ehrlich, es gab Augenblicke, da hätte ich sie am liebsten ins Heim zurückgebracht. Ich verstand nicht, was passiert war. Wir waren nie unterschiedlicher Meinung gewesen, hatten uns glänzend verstanden. Auf einmal wollte sie die Welt verändern oder so was. Wenn sich jemand hätte ändern müssen, dann sie.

Kapitel 31

Der Lieferwagen fuhr auf den Parkplatz hinter dem Lagerhaus. Marcus saß am Steuer und der Rest von uns hinten. Er schaltete die Scheinwerfer aus und rollte langsam rückwärts zur Laderampe. Ich war nervös. Das hier war ein paar Nummern größer als die Schnapslieferungen, brachte aber doppelt so viel Schotter.

Der Motor wurde abgeschaltet. Shorty machte die Tür auf, und wir sprangen alle heraus. Sofort stieg mir der saure, ranzige Gestank von der Müllhalde nebenan in die Nase. Warum ausgerechnet dort ein Restaurant war, hatte ich nie verstanden.

Jaco ging voran und untersuchte die große grüne Tür. Dort hing ein riesiges Vorhängeschloss mit Kette. Er tastete alles ab, suchte nach etwas anderem.

»Hier ist es«, sagte er. Ein dünnes Kabel, es war an der Tür befestigt und hatte dieselbe Farbe. Marcus bog es mit einem Brecheisen etwas zurecht und Jaco schnitt es durch.

»Shhhh«, flüsterte er.

Wir rührten uns nicht. Mit erhobener Hand lauschte Jaco angestrengt einen Moment, bis ...

»Sie ist aus.«

Shorty setzte den großen Bolzenschneider an und knackte unter großen Anstrengungen die Kette. Es gab ein lautes Geräusch, als die Kettenglieder nacheinander auf den Boden rasselten, und Marcus starrte ihn an, packte dann den Bolzenschneider und sagte Shorty, er solle das Schloß festhalten und nicht fallen lassen.

Im Lagerhaus war es stockfinster. Die Fenster waren übermalt, und von draußen drang kein Lichtstrahl herein. Die Luft war stickig, der muffige Geruch feucht gewordener Pappe hing in der Luft. Wir hatten alle Taschenlampen dabei und knipsten sie an. Ich blieb bei Ray. Reihen übereinander gestapelter Kisten; ich konnte eine Kiste nicht von der anderen unterscheiden, für mich sahen sie alle gleich aus. Wir würden Stunden brauchen, um den Schnaps zu finden und ihn rauszutragen. Das alles schien jetzt doch keine so gute Idee mehr zu sein.

Marcus fing an, Kartons aufzureißen und beiseite zu werfen. Er rief Jaco und Shorty zu, das Gleiche zu tun. Wir konnten sie in verschiedenen Gängen hören, das Geräusch, als sie die Kartons aufrissen, hallte durch die weiträumige Lagerhalle. Sicher konnte man dieses Geräusch auch von draußen hören! Ich musste Marcus finden.

»Ray, warte hier. Rühr dich nicht vom Fleck! Wir verschwinden.«

Ich fand Marcus zwei Gänge weiter. »Komm schon, das ist Bullshit. Lass uns hier verschwinden, ehe uns jemand hört.«

»Fick dich. Ich gehe nicht, bevor wir das Scheißzeug haben.«

»Aber wir werden's nicht so schnell finden, willst du die ganze Nacht hier bleiben?«

»Dann hilf uns endlich, die Kartons aufzukriegen.«

»Du bist irre. Sie werden uns schnappen.«

Die Tür der Lagerhalle ging auf, und die Lichtkegel zweier Taschenlampen wanderten durch den Raum. Eine Männerstimme rief: »Keine Bewegung! Wir wissen, dass ihr da drin seid, und wir sind bewaffnet.«

Ich ging zurück, um Ray zu finden, aber er war weg. Ich konnte das Geräusch von Sneakers auf Beton hören, die sich zur Mitte des Lagerhauses bewegten. Dann das Klacken von Schuhabsätzen. Niemand von uns trug Schuhe.

Kapitel 32

Ray lag seit einem Monat im Koma. Sie konnten nicht sagen, ob er es schaffen werde, es war völlig ungewiss. Der Rechtsanwalt meinte, ich müsse wahrscheinlich einsitzen, aber das war mir egal. Das war nicht wichtig. Ray war wichtig.

Es war alles meine Schuld. Absolut. Ich hätte nur zu sagen brauchen, dass ich nicht mitmachen will, dass wir uns diesmal nicht daran beteiligen. Er hätte auf mich gehört, er hat immer auf mich gehört. Aber ich habe nichts gesagt. Ich habe nicht auf ihn aufgepasst, nicht so, wie ich es hätte tun sollen; nicht so, wie ein älterer Bruder auf den jüngeren aufpassen sollte. Anstatt ihn auf den rechten Weg zu bringen, sorgte ich dafür, dass er beinahe getötet wurde.

Ich kann nicht mal sagen, warum ich's tat. Ich wusste, es war falsch, während ich es tat. Wusste es ganz genau! Aber das hielt mich nicht davon ab. Und ich kann Marcus nicht die Schuld dafür geben, weil er mich schließlich nicht dazu gezwungen hat. Aber ich gebe ihm die Schuld für etwas anderes. Dieses Arschloch sagte aus, dass ich es gewesen sei, der den Nachtwächter getötet hat. Und Shorty und Jaco bestätigten alles. Sie hatten einen Deal gemacht, um davonzukommen. Was sollte aus mir werden? Ich wusste es nicht. Es war auch nicht wichtig.

Ray war wichtig.

Kapitel 33

Es ist ein Klischee. In jedem Gefängnisfilm läuft es so ab. Es ist so realistisch, dass es wie gestellt wirkt. Man glaubt, man sei am Ende der Welt, wenn es hinter einem scheppert. Es ist der Moment, wenn es einen umhaut. Man fühlt sich auf primitivste Weise nackt — als sich das Tor hinter mir schloss, hörte ich auf, eine Persönlichkeit zu sein.

Drinnen, das waren Geräusche aus einer anderen Welt. Schrill. Durch die Gitterstäbe drang das Echo der Wehklagen des Wahnsinns, des Hasses und des Schmerzes, unterlegt von Anweisungen aus einer Lautsprecheranlage. Und immer gegenwärtig, die abgestandene, üble Luft, als bewegte man sich in einem Abflussrohr. Mir war speiübel, und ich kam gerade erst rein.

Man brachte mich zu meiner Zelle, und als ich Block 7-A betrat, wurden mir von allen Insassen die perversesten und bedrohlichsten Dinge entgegengeschleudert, die ich je gehört hatte. Noch mehr beunruhigte mich die Tatsache, dass sie es ernst meinten. Dass sie mir all dies angetan hätten, hätten sie die Gelegenheit dazu gehabt. Hunderte von ihnen schrien, nannten mich ›Baby‹ und ähnlichen Scheiß. Sofort wurde mir klar, was Leben hier drinnen bedeutet; zumindest vermutete ich das.

Meine Zelle war eine enge Kiste von ein Meter fünfzig Breite. Kaum genug Platz, um die Arme auszustrecken. Unvorstellbar, wie klein sie war — man spürte die Wände auf einen zukommen; wohin auch immer der Blick sich richtete, war es auch schon vorbei, stellte sich einem etwas in den Weg. An der Rückwand stand eine stinkende Kloschüssel ohne Sitz. Die Wände starrten vor Schmutz, atmeten buchstäblich die ganze Scheiße hier aus. Die Inschriften auf den Wänden wirkten wie Narben.

Das Erste, was man macht, man setzt sich aufs Bett, eine Pritsche aus hartem Holz mit dünner Decke, und denkt nach.

Man denkt darüber nach, wie man hierher kam. Denkt an die Ereignisse, die dazu geführt hatten. An den ganzen Schwachsinn. Man denkt nach.

Heute Nachmittag kam Paps. Er erzählte mir, Ray werde in ein oder zwei Wochen aus dem Krankenhaus entlassen, könne sich aber immer noch nicht erinnern, was geschehen sei. Er sehe gut aus und hätte nach mir gefragt.

Dann sagte Paps, Cathy sei ausgezogen. Es war mir völlig schleierhaft, wie sie es zweieinhalb Jahre bei mir ausgehalten hatte, aber die letzte Aktion hat ihr wahrscheinlich den Rest gegeben. Sie hatte zwar gesagt, sie glaube mir das mit dem Nachtwächter, aber in ihren Augen konnte ich lesen, dass sie es nicht tat. Daraus konnte ich ihr keinen Vorwurf machen, vor allem angesichts der Lügen, die ich ihr aufgetischt hatte.

Um die Lügen ging es. Sie konnte mir nie vertrauen, wusste nie, wann ich die Wahrheit sagte und wann nicht. Ich konnte sie belügen und hatte dabei nicht das geringste Schuldgefühl. Ich weiß nicht, warum oder wie es dazu kommen konnte. Eine riesige Mauer baute sich zwischen uns auf, Stein für Stein. Bis man eines Tages aufwacht und feststellt, der Mensch, den man liebt, steht auf der einen Seite, man selbst auf der anderen Seite der Mauer, und dass Dinge, die einen früher miteinander verbanden, jetzt nicht mehr verbinden. Ich gab ihr die Schuld dafür. Ich gab ihr die Schuld für vieles.

Ich argumentierte immer, sie genieße es, Opfer zu sein, sie sei erst glücklich, wenn sie sich elend fühle. Ich sagte es unzählige Male, bis ich es selbst glaubte.

Sie versuchte mit aller Macht, mich umzustimmen, mich auf den rechten Weg zu bringen. Als das nicht lief, versuchte sie, Ray zu retten.

»Wenn du dir selbst schadest, ist das eine Sache. Aber warum musst du deinen Bruder mit hineinreißen? Warum ihn?«

»Es geht dich einen Scheißdreck an, wen ich mitnehme.«

»Aber er könnte dabei verletzt werden. Siehst du das nicht ein?«

Ich konnte es nicht. Bis sich dann genau das ereignete, was sie vorausgesagt hatte.

Meinetwegen alterte Paps um zwanzig Jahre, nur Cathy war es zu verdanken, dass er keinen Nervenzusammenbruch erlitt. Vor allem, als es so aussah, dass Ray nicht überleben würde. Sie kümmerte sich um Paps und blieb die ganze Zeit bei ihm. Und er liebte sie wie eine Tochter. Immer hatte er ein nettes Wort oder ein Lächeln für sie. War sie in seiner Nähe, wurde er wieder jung. Das war jetzt vorbei, und ich war schuld. Seine Augen sagten mir, dass er mir das nie verzeihen würde.

Die Gerichtsverhandlung ist mir immer noch ein Rätsel. Egal, wie oft ich sie in Gedanken durchgehe, es kommt nie das Gleiche dabei heraus. Immer wieder gibt es ein neues Detail, eine neue Wendung, etwas, das ich vorher übersehen habe oder das mir nicht auffiel.

Marcus schwor Stein und Bein, alles sei auf meinem Mist gewachsen, ich sei der Anführer gewesen. Alles, was er im Zeugenstand ausgesagt hatte, war gelogen. Mein einziger Zeuge war Ray, und der war zu jener Zeit nicht bei Bewusstsein. Und als ich an der Reihe war, gab ich alles so wieder, wie es passiert war, ohne Marcus' schlüpfrigen Charme. Ich sagte ganz einfach die Wahrheit.

»Ray«, flüsterte ich. »Ray!«

Keine Antwort. Marcus tauchte hinter mir auf. »Es muss noch einen anderen Weg nach draußen geben«, sagte er. »Gehen wir die Wand entlang.«

Es gab einen dumpfen Schlag, und etwas fiel zu Boden. Einer der Nachtwächter rief seinem Kollegen zu: »Ich hab einen von ihnen.«

Ich fing an zu zittern, flüsterte Rays Namen, fragte, ob er okay sei. Der zweite Nachtwächter tauchte aus einem Gang auf, der Lichtkegel seiner Taschenlampe wanderte über den Boden. Marcus und ich duckten uns hinter einem Stapel Kartons. Langsam ging der Nachtwächter vorbei. Marcus sprang hervor und schlug ihm das Brecheisen über den Schädel. Es ging alles so schnell, dass ich gar nicht kapierte, was geschehen war. Bis ich die schwarze Lache neben dem Kopf des Wächters sah. Seine Beine zuckten, ein Knöchel war verrenkt und auf unnatürliche Weise zur Seite gedreht. In meinen wildesten Phantasien hätte ich nicht an so etwas gedacht. Marcus ließ das völlig kalt. Er wollte nur hier raus und wenn er dreißig Nachtwächter hätte umbringen müssen. Er hätte selbst mich getötet, wenn er dadurch schneller rausgekommen wäre.

Er gab mir das Brecheisen.

Ohne darüber nachzudenken, nahm ich es. Er hielt es mir hin, und wie benommen griff ich danach.

Kaum fühlte ich den Stahl in meiner Hand, war mir klar, dass ich einen Fehler begangen hatte. Im Griff lauerte der Tod, und er schien meinen Arm in einen Kokon einzuhüllen. Ich ließ los und das Brecheisen fiel dröhnend zu Boden. Ich drehte mich um. Marcus war verschwunden. Eine Sekunde später wurde eine Tür aufgerissen, und er floh hinaus auf den Parkplatz. Von überall her vernahm ich Sirenengeheul.

Marcus wurde in der Nähe des Tors gestellt. Jaco und Shorty fand man beim Versuch, sich hinter einigen Kartons in der Ecke des Lagerhauses zu verstecken. Mich schnappten sie, als ich mich über Ray beugte.

Im Zeugenstand brach ich unter dem mörderischen Angriff der Staatsanwältin zusammen; eines unbarmherzigen Miststücks, das mich des Mordes und Kidnappings bezichtigte, und was ihr Marcus sonst noch alles aufgetischt hatte. Und er hatte ihr eine Menge aufgetischt. Dass ich Cathys Vater getötet hatte. Er sei dort gewesen, habe sich im Treppenhaus versteckt. Er erzählte ihr von den Autos, sagte, ich würde mit Drogen dealen, beschuldigte mich des Handtaschenraubes und bewaffneter Überfälle, bezeichnete mich als Kredithai. Jedes Verbrechen, das er begangen hatte, lastete er jetzt mir an. Ich war der Schuldige, hatte alle diese Verbrechen verübt.

Die formelle Anklage lautete auf Totschlag des Nachtwächters, die anderen Dinge wurden nicht Gegenstand des Verfahrens, also sollte ich mich für schuldig erklären. Doch ich weigerte mich.

Ich wurde eines Verbrechens angeklagt, das ich nicht begangen hatte, doch wenn man mir glauben sollte, musste ich absolut ehrlich sein; würde man mich auch nur bei einer einzigen Lüge ertappen, wäre ich zwangsläufig in allen Punkten schuldig. Also gab ich die Autos, die Drogen und die Sache mit Cathys Vater zu. Erklärte der Staatsanwältin alles. Erzählte ihr ganz offen, was ich getan hatte.

Aber sie bestand darauf, dass ich den Nachtwächter auf meine Kappe nahm.

»Ich habe den Mann nicht umgebracht. Marcus war's.«

»Aber wenn Sie zugeben, den Vater des Mädchens getötet zu haben«, argumentierte sie, »warum sollte ich dann glauben, dass sie unschuldig am Tod des Nachtwächters sind?«

»Weil ich bei dem Vater meine Gründe hatte. Gegen den Nachtwächter hatte ich nichts.«

Die Logik dieser Argumentation leuchtete ihr nicht ein. Ungeduldig drückte sie ihre Zigarette aus, schob ihre Akten in die Aktentasche und stürmte aus dem Zimmer. Das nächste Mal sah ich sie im Gerichtssaal wieder. Der Richter verwarf Marcus' Aussage als unglaubwürdig, aber ich wurde dennoch verurteilt. Auf Grund von Indizien. Der Richter drückte es zwar nicht so aus, aber mehr hatten sie gegen mich nicht in der Hand. Meine Fingerabdrücke auf dem Brecheisen. Und das war entscheidend.

Ich denke, das ist Gerechtigkeit. Ich hatte jemanden umgebracht, also ist das hier die Strafe dafür. Ich hatte nie das Gefühl, wegen etwas anderem hier zu sein. Sicher, mir war unwohl bei dem Gedanken an den Nachtwächter und seine Familie, aber ich hatte es nicht getan, und das ist eben nicht dasselbe, nicht diese quälende Besessenheit wie bei Cathys Vater. Ich bin immer noch überzeugt, dass Cathys Vater den Tod verdient hatte, nur nicht durch mich. Ich hätte den legalen Weg wählen sollen, die Behörden oder die Bullen anrufen müssen ... Wenn genug Anrufe gekommen wären, hätten sie etwas unternehmen müssen. Aber ich war nun mal ein tougher Typ. Ich hatte auf alles eine Antwort. Jetzt war ich da, wo toughe Typen enden.

Nichts hätte mich hierauf vorbereiten können. Ich kam aus einem Getto, also dachte ich, der Unterschied könne nicht so drastisch sein. Ich lag völlig daneben. Hier kam jeder aus einem Getto. Verglichen mit denen, wirkte unseres wie ein Country Club. Ich war erst neunzehn, was hier drinnen bedeutet, ein Kleinkind zu sein. Ich war von Männern umgeben. Großen, sadistischen Männern, die jederzeit bereit waren, jemand umzubringen. Ich war ein Junge. Nicht einmal das. Für sie war ich ein Mädchen.

In der zweiten Nacht wurde ich von einem Scheißtyp, so breit wie ein Kühlschrank, vergewaltigt. Ich versuchte, mich gegen ihn zu wehren, aber er war zu stark. Er schlug mich, bis ich fast bewusstlos war. Insassen gingen vorbei, doch niemand verhinderte es. Nicht mal die Wärter schritten ein. Für sie war das ein Teil der Strafe. Ich lag da auf dem Bauch, auf dem kalten Zementboden, und mein Gesicht schrammte dagegen. Ich schrie nicht. Ich gab keinen Laut von mir. Hielt den Atem an. Meine Gedanken rasten irgendwohin, weg von dort, wo ich gerade war. Doch ich konnte nur an Carol denken, an jene Nacht. Ich wusste genau, wie sie sich gefühlt hatte. Ich war sicher, denselben gebrochenen Gesichtsausdruck zu haben. Als der Typ fertig war, stand er auf und ging, als wäre nichts geschehen.

Eines hatte ich auf der Straße gelernt, eine allgemein gültige Regel, egal, woher man kommt. Ich musste jemandem den Schädel einschlagen und das möglichst bald, oder dies hier würde wieder geschehen.

In der ersten Woche konnte ich nicht schlafen. Zum Teil war es die Angst, hauptsächlich aber lag es an den Drogen. Seit sieben Jahren hatte ich keine Nacht ohne Drogen verbracht. Ohne Gras konnte ich nicht einschlafen. Mein Körper konnte sich nicht entspannen, egal, wie erschöpft ich auch war. Selbst im Untersuchungsgefängnis gab's Gras, und gab's mal kein Gras, dann eben Downers.

Jetzt gierte mein Körper nach Drogen, schrie nach ihnen, und ich sah keine Chance, welche zu kriegen. Jeder, der glaubt, Gras mache nicht abhängig, weiß nichts über Shit. Zwar wälzte ich mich nicht auf dem Boden wie ein Junkie, aber in meinem Kopf dröhnte es, pulsierte es. Verlangte nach Erleichterung. Ich lief in meinem Käfig wie ein Tiger auf und ab.

Wenn ich nicht auf und ab ging, lag ich auf der Pritsche und heulte jämmerlich. Verkroch mich unter der Decke, weil ich Angst hatte, man könne mich hören. Ich ließ alles raus in der Hoffnung, ich würde mich besser fühlen, wenn alles weggespült sei. Aber es funktionierte nicht auf diese Weise. Ich fühlte mich nie gut. Ich konnte die Dinge, die ich getan hatte, nicht vergessen. Und ich meine nicht die Autos und den Scheiß, den ich zusammen mit Marcus angestellt hatte. Ich meine die Art, wie ich Cathy behandelt hatte, die Dinge, die ich zu ihr gesagt, die ich ihr angetan hatte. Mir war nie bewusst gewesen, wie sehr ich sie liebte. Jetzt verfolgten mich die Erinnerungen. Hier gab es nichts anderes zu tun, als seinen Erinnerungen nachzuhängen. Das war das Schlimmste, den Erinnerungen nicht entfliehen zu können. Egal, worauf ich mich zu konzentrieren versuchte, sie waren da und kämpften sich ihren Weg in mein Bewusstsein.

In den übelsten, einsamsten Momenten dachte ich an Mrs. Bailey. Stellte mir ihr Gesicht vor und weinte. Ich fragte mich, ob sie wusste, wo ich war, ob sie mich sehen konnte. Wenn ja, wäre sie sicher schrecklich enttäuscht gewesen. Manchmal dachte ich an meine Mutter, eine Frau, die ich nicht einmal kannte. Dachte sie an mich? Wusste sie Bescheid? Vielleicht waren sie und Mrs. Bailey Freundinnen im Leben danach geworden und würden jetzt beide Anteil nehmen.

Manchmal geriet ich in blanke Wut. Viel intensiver, als ich sie Cathys Vater gegenüber empfunden hatte. Ich lernte, sie zu meinem Vorteil zu nutzen. In der zweiten Woche versuchte ein muskulöser Araber, mich im Duschraum zu vergewaltigen. Er kam von hinten und tatschte mich an. Ich explodierte. Ein gewaltsamer Ausbruch, so schnell und so wild, dass der Araber völlig benommen und blutend wie ein Schwein am Boden lag, noch bevor er wusste, wie ihm geschah. Ich wollte ihm förmlich die Augen herausreißen. Als er wimmernd auf den nassen Fliesen lag, die Hände vor den blutenden Augenhöhlen, pisste ich ihn an. Sein Blut und meine Pisse vermischten sich und flossen wie rosafarbene Limonade den Abfluss hinunter. Niemand sprach mich an oder kam auf mich zu, und alle sahen mich nun mit anderen Augen. Genau das verschaffte einem Respekt.

Kaum zu glauben, wie hart man hier sein musste. Die meisten dieser Typen waren krank. Ernsthaft krank. Wahnsinnig. Verglichen mit denen, wirkte der Höllen-Hispano völlig normal. Ständig musste man auf der Hut sein. War man auch nur eine Sekunde nicht in Alarmbereitschaft, war sofort jemand zur Stelle, der stärker oder härter war, der dir etwas wegnahm oder dich ficken wollte, der dir ins Gesicht schlug, weil er Spaß daran hatte, dich bluten zu sehen. Ich wurde mindestens zweimal die Woche zusammengeschlagen, hatte ständig am rechten Auge ein Veilchen. Kaum war es abgeheilt, schlug mir schon wieder jemand eins drauf. Es hörte nie auf, sie wussten genau, was sie taten, sie wollten sehen, wie lange man das Purpurrot frisch halten konnte.

Im Speisesaal bekam man einen Löffel, mehr nicht. Verlor man ihn oder wurde er gestohlen, musste man wie ein Tier mit den Händen essen. Ich sah, wie ein Typ beim Kampf um seinen Löffel getötet wurde. Irgendein Irrer schlug ihn erst mit einem Metallhocker zusammen und hämmerte dann seinen Kopf auf den Boden, obwohl er schon längst bewusstlos war. Als die Ordnung wieder hergestellt worden war, schafften die Wärter die Leiche weg und ließen das Blut aufwischen. Ich verließ meine Zelle nur, wenn ich dazu gezwungen war. Nur hinaus auf den Gang zu gehen konnte eine Prügelei provozieren.

Mir wurde mitgeteilt, ich hätte Besuch. Der Wärter, Tom Garber, ein hoch gewachsener Typ, nicht viel älter als ich, führte mich in den Besuchsraum. Garber war ein anständiger Kerl. Brachte man ihm Respekt entgegen, behandelte er einen genauso.

Andere Schließer hatten Spaß, jemanden leiden zu sehen. Sie stießen einen herum, schlugen Insassen zusammen oder brachten andere auf die Idee, jemanden zu ficken. Garber gehörte nicht zu dieser Sorte. Er war der Meinung, hier drinnen sei es schon schlimm genug. Ich wurde einmal Zeuge, wie er verhinderte, dass ein junger Kerl von vier Rastafariern vergewaltigt wurde, und dazu gehörte Mut. Wenn vier Rastas einen Wärter umbringen wollen, wer wollte das schon verhindern?

Ich wurde in den Durchsuchungsraum gebracht, ein kleines Zimmer, wo ich mich nackt ausziehen musste und dann am ganzen Körper untersucht wurde, um sicherzustellen, dass ich keine Waffe oder irgendwelche Schmuggelware bei mir trug. Ich musste einen muffigen grauen Overall anziehen und wurde in den Besuchsraum geführt. Ich erwartete Paps.

Als ich den Raum betrat, sah ich Ray hinter dem Glas. Mir rutschte das Herz in die Hose. Er war schon seit ein paar Wochen aus dem Krankenhaus, hatte mich aber hier noch nicht besucht. Jetzt wurde er knallhart damit konfrontiert. In seinen Augen spiegelte sich Aufgeregtheit, dann der Schock: Ich hatte Beulen und Blessuren, sah aus wie nach einem Autounfall. Sicher hoffte er, dass nicht ich es war, sondern nur ein Typ, der mir entfernt ähnlich sah.

Ich grinste, als ich auf die Scheibe zuging, und er zwang sich zu einem Lächeln. Wir konnten nur über die Telefone, die auf jeder Seite hingen, miteinander reden. Ich nahm meinen Hörer ab und er seinen. Zuerst brachte er kein Wort heraus, so erschütterte ihn mein Aussehen.

»Mein Gott, tut das gut, dich zu sehen«, sagte ich.

»Ich freu mich auch, dich zu sehen«, sagte er. Dann wurde ihm die Bedeutung seiner Worte klar. Ich grinste. Ihn zu sehen gab mir das Gefühl, wieder zu Hause zu sein. Er sah so aus wie immer, nur ein bisschen schmaler.

»Wie fühlst du dich?« fragte ich. »Du siehst toll aus.«

»Mir geht's gut. Und dir?«

»Ich bin okay. Ich halt mich aufrecht.« Ich sah seine Hand auf der Scheibe und presste meine dagegen. Die ganze Zeit beobachteten uns zwei Wärter.

»Was geht ab in der freien Welt?« fragte ich und versuchte, die Situation zu entkrampfen. Plötzlich brach er zusammen und fing an zu weinen. Ich befahl ihm, aufzuhören. Aber er heulte weiter und jammerte, er müsse mich hier herausholen, er werde Marcus töten, und dass er einen Weg finde, mich herauszuholen, notfalls mit Gewalt, sollte es auf legale Weise nicht möglich sein. Ich kicherte.

»Sag mal, bist du verrückt? Komm schon, Ray. Das genau hat mich hierher gebracht. Ich bin okay. Wirklich. Mach bloß keinen Quatsch. Bisher hab ich dir nichts als Ärger eingebrockt. Ich will nicht für noch mehr verantwortlich sein.«

Er sah mich mit Augen an, die buchstäblich hinter einem Schleier aus Tränen brannten. »Wovon redest du?« fragte er. »Welchen Ärger hast du mir eingebrockt?«

Meine Mimik sollte ihm zu verstehen geben, dass das offensichtlich sei.

»Hey, du hast mir überhaupt nichts getan«, sagte er scharf. »Ich war kein Baby mehr. Ich habe das getan, was ich tun wollte. Du hast mich nicht gezwungen, Scheiße zu bauen. Du hast dich um mich gekümmert ... «

»Yeah. Ich hab mich um dich gekümmert«, sagte ich und musste lachen. »Und daran bist du fast gestorben. Wäre ich nicht gewesen, könntest du jetzt auf dem College sein. Wer weiß, was aus dir geworden wäre.«

»Hey, ich werde dir mal was sagen«, konterte er. »Ich hatte die beste Zeit meines Lebens! Deinetwegen! Und um nichts in der Welt würde ich tauschen. Sicher, wir haben Mist gebaut, wir haben Fehler gemacht. Aber wir haben sie zusammen gemacht. Und das bedeutet mir was. Es bedeutet viel, dass du mich dabeihaben wolltest. Dass wir Freunde waren. Du weißt doch, wie andere ihren jüngeren Bruder behandeln. Es bedeutete mir alles, dass wir Freunde waren! Hast du das nicht gewusst?«

Nein, das hatte ich nie bemerkt. Er sprach weiter. »Du gibst dir an etwas die Schuld? Dann gib dir Schuld an einem schlechten Urteilsvermögen. Aber das ist auch alles. Auf manches, was wir getan haben, bin ich nicht stolz, aber ich bin verdammt stolz darauf, wie du auf mich aufgepasst hast, als wir es getan haben. Du bist ein großartiger Bruder. Und ich bin verdammt stolz auf dich!«

Ich brachte kein Wort heraus. Eine einzelne Träne rollte mir die Wange herunter und tropfte von meinem Kinn. Ray grinste, dieses verschlagene Grinsen, das ich so liebte.

»Wir hatten schon eine verdammt wilde Zeit, nicht wahr?« fügte er hinzu. Ich brach in Gelächter aus, und die ganze Spannung, die sich aufgestaut hatte, baute sich ab. Ich war wieder normal.

Ich wollte wissen, was draußen so lief. Er erzählte mir, dass Cathy in eine Einzimmerwohnung drei Blocks entfernt von den Courts gezogen war.

»Sie hat jetzt einen Job in der Fabrik«, sagte er. »Als Näherin. Ich treffe sie manchmal, und wir unterhalten uns dann eine Weile. Sie hat nach dir gefragt, und ich hab ihr gesagt, sie soll dich mal besuchen, aber sie sagt, sie arbeitet während der Besuchszeit und kann sich keinen Tag frei nehmen.«

»Sag ihr, sie soll am Wochenende kommen.«

»Das mach ich.«

»Ray, sie ist seit Monaten nicht gekommen.«

»Ich weiß, das hat sie mir erzählt«, sagte er und zog ein langes Gesicht.

»Was ist mit Typen? Geht sie mit jemandem?«

»Sie hängt so herum, aber ich glaube, sie hat keinen Freund«, sagte er.

»Mit wem hängt sie rum?«

»Mit niemand Speziellem. Glaub mir, es ist nicht so, wie du denkst. Ich würd's dir sagen, wenn's so wäre.«

Der Wärter kam herüber.

»Wie geht's Paps?« fragte ich schnell. »Eigentlich hatte ich ihn erwartet, nicht dich.«

»Er ist draußen. Sie lassen immer nur einen rein.«

»Wie geht's ihm?«

»Es geht ihm gut. Er versucht, ein Wiederaufnahmeverfahren anzuleiern, ist im Kontakt mit einem Anwalt. Er weiß, dass du's nicht getan hast, er glaubt das wirklich. Und Cathy hat ihm das mit ihrem Vater erklärt. Paps versteht das.«

Der Aufseher stand jetzt hinter mir. Ray hatte nur noch eine Sekunde. »Hör zu, ich komme nächste Woche wieder. Okay?«

»Okay.«

Seine Augen wurden wieder feucht. »Hey, hör zu ... ich ... ich möchte ... «

»Mach mich nicht fertig«, sagte ich kalt. »Verdammt noch mal, verschwinde.« Ich legte den Hörer auf und erhob mich, um wieder reinzugehen. An der Tür drehte ich mich noch einmal um und sah, wie er durch die Tür verschwand.

Es hatte sechs Monate gedauert, und ich war clean. Endlich war alles raus aus meinem Körper. Nie hätte ich es für möglich gehalten. Spät nachts nahm ich mitunter den würzigen, scharfen Geruch von Gras aus einer nahen Zelle wahr, und das Verlangen war wieder da, aber war der Geruch verflogen, war auch das Verlangen weg.

Man konnte alles kriegen, was man wollte. Auf dem Schwarzmarkt des Knasts war alles zu haben: Drogen, Nahrungsmittel, Sex, Dienstleistungen jeder Art. Es war ein eigenständiges Wirtschaftssystem mit Zigarettenwährung. Alles wurde mit Zigaretten bezahlt. Man konnte tausend Dollar in kleinen Scheinen und eine Stange Zigaretten haben, brachte jemand einen um, hätte er wahrscheinlich die Zigaretten genommen.

Nach einiger Zeit ließen die Angriffe auf mich nach; es war den Widerstand nicht wert, den ich an den Tag legte. Ich lernte, zu kämpfen wie eine Wildkatze, lernte, meinen Hass und meine Wut in mir aufzustauen und zu kanalisieren. Dann, wenn ich sie brauchte, wurde ich heimtückisch und gewalttätig wie alle anderen hier. Die Verwandlung war erschreckend. Typen, die viel stärker waren als ich, schlug ich zu Brei, allein durch meinen Willen, meinen Hass und meine Wut. Es gab nichts Besseres dafür.

Nicht alle Insassen waren sadistische Kreaturen, besessen von der Vorstellung der Zerstörung anderer, aber es war schwierig, die Guten von den Bösen zu unterscheiden. Sie sahen alle gleich aus. Es gab die große Gruppe der Jesusfreaks, die nur kämpften, wenn ihr Leben in Gefahr war. Man erkannte sie an den Bibeln, die sie sich wie Feldflaschen umgeschnallt hatten. Gewöhnlich waren es Lebenslängliche, ihre Verbrechen waren so entsetzlich und abartig, dass es komisch war, sie predigen zu hören, doch ich verkniff mir das Lachen. Ich war auch religiöser geworden. Jeden Sonntag ging ich in die Kapelle zur Messe. Der einzige Ort, wo man sicher vor Angriffen war. Ich hatte zu Gott gefunden. Von Zeit zu Zeit sprach ich mit ihm in meiner Zelle. Aber ich stehe nicht auf diesen Heiligen-Allmächtigen-Scheiß, auf den andere Leute abfahren. Ich weiß nur, dass er irgendwo da oben ist und dass alles seinen Sinn und Zweck hat.

Ich entdeckte Bücher und las die ganze Zeit. Alles Mögliche, Romane, Theaterstücke, Magazine. Mit Hilfe der Worte entfloh ich diesem Ort. Reiste um die ganze Welt und noch weiter. Unternahm Safaris in Afrika, kämpfte im Zweiten Weltkrieg, flog zu anderen Planeten. In der Bibliothek gehörte ich fast zum Inventar, und das kam gut an. Die Aufseher vertraten die Ansicht, wenn jemand versuche, sich zu bilden, könne er so schlecht nicht sein, und gingen dann besser mit einem um. Jetzt wusste ich, was mir entgangen war, wie viel man spielend lernen kann und wie viel Spaß es macht. Diese Vergeudung. All die Jahre. So viel Zeit. Ich fand heraus, dass ich gar nicht so dumm war, wie ich dachte, und das steigerte mein Selbstbewusstsein. Ich bitte, das nicht falsch zu verstehen. Ich vergaß nie, wo ich war, aber ich lernte auch Dinge über mich selbst, die ich vorher nicht gewusst hatte.

Paps berichtete mir, dass es keine Möglichkeit gebe, eine Revision durchzukriegen. Ich verstand all den juristischen Bullshit nicht, ich richtete mich darauf ein, die ganze Strafe abzusitzen. Aber so lange ich mich verhielt wie bisher, sollte ich versuchen, Bewährung zu beantragen, wenn es an der Zeit war.

Ray sagte mir, er habe schlechte Neuigkeiten. Damit rückte er raus, nachdem er mir erzählt hatte, dass er seinen Abschluss an der High School nachgemacht hatte.

»Also, was ist?« fragte ich, obwohl ich in seinem Gesicht lesen konnte, dass es um Cathy ging.

Ich saß da und war eher verblüfft als wütend, denn ich hatte sie für klüger gehalten. Ich drängte Ray, mir alles zu erzählen, und obwohl er nicht recht wollte, rückte er mit der Sprache heraus.

»Sie gehen jetzt seit ein paar Monaten miteinander«, fuhr er fort. »Ich hab's selber auch erst letzte Woche mitbekommen.«

Noch ehe Ray fertig war, bellte ich in den Hörer: »Aber hast du nicht mit ihr geredet? Hast du ihr nicht alles über ihn erzählt? Wie konntest du zulassen, dass es dazu kam, verdammt noch mal?«

Es war unvernünftig, aber ich konnte mich nicht beherrschen. Der Gedanke, dass beide jetzt zusammen waren ... mein Kopf schmerzte ... meine Lungen kollabierten. Am liebsten hätte ich mit meiner Faust das Glas zerschmettert. Und Ray, der arme Kerl, saß verängstigt da und hatte keine Ahnung, wozu ich fähig war.

Ich sprach mit leiser Stimme — wenn ich zu laut war, würden die Wärter mich abführen —, bat ihn, flehte ihn an, mit ihr zu sprechen. Ihr zu erzählen, dass er es gewesen war, er, Marcus! Ich hatte es ihr tausendmal gesagt, aber sie hatte mir nie geglaubt. Vielleicht würde sie es glauben, wenn Ray es ihr sagte.

»Glaubst du etwa, ich habe ihr das noch nicht verklickert?« protestierte er. »Sie glaubt mir nicht. Sie meint, sie weiß, dass er nichts taugt, aber sie kommt gegen ihre Gefühle nicht an. Sie mag ihn.«

»Hat sie ›mag‹ oder ›liebe‹ gesagt?« zischte ich.

»Ich weiß nicht genau, ich kann mich nicht erinnern. Warum machst du dich deswegen verrückt?«

»Hat sie gesagt ›ich mag ihn‹ oder ›ich liebe ihn‹?« Ich starrte ihn an. Ich musste es einfach wissen, auch wenn es keinen Unterschied gemacht hätte.

Schließlich sagte er: »Mag ihn. Ich bin sicher, sie hat ›ich mag ihn‹ gesagt.«

Ich lehnte mich zurück und spürte überall dieses Kribbeln, diese Taubheit, als hätte man mir einen Kübel Eis über den Kopf geschüttet. Das kann einfach nicht sein, sagte ich mir. Das ist einfach unmöglich, schier unglaublich.

Ich war mir so sicher gewesen, fertig mit ihr zu sein. Hatte mir eingeredet, dass es vorbei sei, mich dazu gezwungen, nicht mehr an sie zu denken, und es hat funktioniert. Bis zu diesem Zeitpunkt. Es stimmt, wenn gesagt wird: Hat man erst mal den Tiefpunkt erreicht, und es ist keine Erlösung in Sicht ... kann es nur noch schlimmer werden. Und genau so war es.

Wenn ich so auf meiner Pritsche lag, wurde ich von Gefühlen der Verwirrung und Verzweiflung übermannt, Gefühle, die ich nur zu gut kannte. Wäre sie mit jemand anderem zusammen gewesen, mit jemandem, der gut für sie war, der ihr etwas hätte geben oder sie aus all der Scheiße hätte herausholen können, damit wäre ich fertiggeworden. Aber nicht mit Marcus, nicht mit ihm. Völlig abartig verfiel ich auf den

Gedanken, er mache dies bewusst, um mich zu treffen, um zu sehen, wie weit er es treiben könne. Das es nichts mit Cathy zu tun habe.

Dann erinnerte ich mich an ihre erste Begegnung, an jenen Abend im Auto, die Art, wie er sie im Rückspiegel beobachtet hatte. Er hatte erkannt, was ich erkannt hatte, das versteckte Juwel. Wie er sich auf den Courts vor ihr produziert hatte; er wusste genau, wie man Eindruck schindet: Als arme, empfindsame Seele, von anderen verführt und auf die schiefe Bahn gebracht. Jemand, um den man sich kümmern musste.

Mein Gott! Wie konnte sie nur auf das Theater hereinfallen! Mann, ich konnte es nicht glauben. Ich schloss die Augen und versuchte, nicht daran zu denken. Versuchte es mit aller Kraft. Nach ein paar Stunden fiel ich in Schlaf.

»Nein, nicht so!« kicherte ich. Sie war bei allem so geschickt, dass ich vergaß, wie unbeholfen sie manchmal sein konnte und wie unbeholfen sie gewesen war, als ich sie zum ersten Mal getroffen hatte.

Ich machte alles wieder auf und zeigte ihr noch einmal jeden Schritt.

»Pass auf, zuerst formst du eine Hülle, dann befeuchtest du sie von außen und gehst mit dem Finger drüber, um sie glatt zu streichen. Danach greifst du mit Daumen und Zeigefinger unten herum und drückst die beiden Enden langsam aneinander. Siehst du? Nun rollst du sie langsam hin und her, damit sie gleichmäßig wird. Am Ende leckst du den Klebestreifen und rollst sie zusammen. Siehst du? Genau so! Hier, versuch es noch mal.«

Egal, wie oft sie es auch versuchte, sie schaffte es nicht.

»Vielleicht bin ich für solche Sachen einfach nicht gemacht«, sagte sie. Wir lachten.

Die Sonne versank hinter den Häusern auf der anderen Straßenseite. Das Muster der Vorhänge zauberte Blumen auf ihre Wangen. Sie war sich ihrer Schönheit nie bewusst.

»Das sagst du nur so«, sagte sie und zog die Nase kraus. Ich versuchte, sie zu überzeugen, aber sie glaubte mir nie.

Ich setzte mich im Bett auf. Sie lag mit dem Gesicht zum Fenster. Wie konnte sie nur schlafen, die Sonne voll im Gesicht? Ich bewegte mich nicht, befürchtete, sie aufzuwecken und diesen Augenblick für immer zu verlieren. Als ihre Nase zuckte und sie ein imaginäres Insekt wegwischte, musste ich unwillkürlich lächeln. Ich versuchte, mich daran zu erinnern, wie ich mich gefühlt hatte, bevor es sie gab, wie verloren und einsam ich gewesen war. Es gelang mir nicht. Diese Person existierte nicht mehr. Jetzt gab es ein neues Ich, ein glückliches Ich. In Gedanken sagte ich ihr, wie sehr ich sie liebte. Und andere Dinge, die ich nicht in Worte kleiden konnte.

Es war wie Zauberei. Die Disziplin und Anmut ihrer Hand, als sie über die Seite glitt. Ich beobachtete, wie sie mit vollkommenen, geraden Linien die Konturen einer Straße umriss, dort schattierte, wo der Rinnstein begann, und am Rande eine Pfütze schmutzigen Wassers hinzufügte. Dann die Gebäude, als hätte sie sie jahrelang studiert, jeder Mauerstein exakt an seinem Platz, einige kaputt, andere mit Farbe übertüncht. Je mehr ich staunte, desto verlegener wurde sie, zog die Nase kraus und wurde rot. Ich hielt den Mund, wollte den Strom ihrer Gedanken nicht unterbrechen. Minuten später war das Bild zum Leben erwacht! Aus flüchtig hingeworfenen Linien schuf sie ein lebendiges Abbild des Lebens. Ich stand neben ihr und zitterte. Nur die Gewissheit, dass sie mich liebte, beruhigte mich.

Ich dachte immer wieder darüber nach und sagte mir, ein

solcher Versager könne ich nicht sein, wenn jemand wie sie mich liebte.

»Das stimmt überhaupt nicht«, sagte sie. »Nicht für eine Sekunde glaube ich das.«

»Warum nicht?«

»Weil es bescheuert ist, so zu denken. Du bist in Gedanken so damit beschäftigt, was andere haben, dass du gar nicht siehst, was du hast.«

»Was hab ich denn? Ich meine, außer Kopfschmerzen?«

Sie kam auf mich zu und schlang ihre Arme um meinen Nacken. »Ich weiß nicht, woher du das nimmst, was du manchmal so sagst«, sagte sie. »Weißt du, warum ich dich liebe?«

»Ich hab nicht die leiseste ... « grinste ich.

»Weil du ein Narr bist!«

»Nun, das erklärt alles.«

»Manchmal bist du so behämmert! Und dann wieder der sensibelste Mensch, den ich kenne. Du siehst Menschen so, wie sie in ihrem Innern sind. So wie du in mich hineingeschaut hast. Niemand hat das je getan oder sich dafür Zeit genommen. Und das ist eine Gabe. Würdest du in dein Innerstes schauen, würdest du feststellen, was für ein besonderer Mensch du bist. Dann wüsstest du, warum ich dich liebe.«

So etwas hatte noch nie jemand zu mir gesagt. Ich nahm sie in die Arme und küsste sie so heftig, dass ich ihr fast die Lippen abbiss.

»Au. Du erdrückst mich ja«, stöhnte sie.

»Ich versuche nur, einen noch besseren Blick in dein Innerstes zu erhaschen!« sagte ich.

»Du bist eben ein Narr!« Sie lächelte und küsste mich.

Es war ihr unangenehm, dass ich sah, wie sie sich die Augen abtupfte und die Nase putzte.

»Was ist los?« fragte ich und setzte mich neben sie auf die Couch.

Sie war allein in der Wohnung und weinte über etwas Trauriges im Fernsehen. Ich sah die Namen der Schauspieler über die Mattscheibe gleiten und kicherte. Das war ihr noch unangenehmer. Als sie ins Taschentuch blies und dabei wie ein Dampfschiff in Hongkong klang, brach ich in Gelächter aus.

»Du bist einfach herzlos«, sagte sie und putzte sich die Nase. Ich legte meinen Arm um sie und fragte, wovon der Film gehandelt habe. Es war eine herzzerreißende Story, aber ich tat so, als wäre es das Witzigste, was ich je gehört hatte. Je trauriger es wurde, desto mehr lachte ich. Ich legte mich auf sie und küsste die Tränen weg, sagte, an Heathcliffs Stelle hätte ich sie den Berghang hinuntergestoßen. Sie lächelte und tat so, als wollte sie mich küssen, biss mir aber in die Lippe. Nicht zu fest, aber so, dass ich mich für meine unsensible Art einfach entschuldigen musste.

»Pass auf. Der Punkt ist der: Ich mag es einfach nicht! Das ist alles. Kannst du das nicht verstehen?«

»Nein. Das kann ich nicht«, gab sie störrisch zurück. Langsam fing ich an zu glauben, ein Monster erschaffen zu haben. Es wuchs mir über den Kopf.

»Was du freundlich sein nennst, bedeutet für andere, sich wie eine Hure zu verhalten! Zehn Jahre hast du keine zwei Worte mit anderen gesprochen, nun bist du das netteste Mädchen der Stadt!«

»Er hat sich nur mit mir unterhalten! Du machst dich ja lächerlich. Muss ich dich etwa um Erlaubnis fragen, wenn ich mit jemand reden will!?«

»Ja!«

»Ich bin doch nicht deine Sklavin. Ich rede, mit wem ich will. Und wenn es dir nicht passt ... ach Scheiße!« Sie lief aus der Wohnung und schmiss die Tür hinter sich zu.

Verdammt. Sie war die einzige Frau, die so mit mir umspringen konnte. Sie kannte genau den richtigen Zeitpunkt, um sich aus dem Staub zu machen. Ich sah aus dem Fenster, wollte sehen, in welche Richtung sie ging, aber sie verließ das Haus nicht, sondern ging aufs Dach. Nach diesen Streitereien ging sie manchmal ein, zwei Stunden nach oben. Das war ihr Lieblingsplatz, wenn sie allein sein wollte. Gewöhnlich lief ich ihr hinterher und entschuldigte mich, diesmal jedoch nicht. Wir stritten uns immer über ein und dasselbe, und egal, worauf wir uns einigten, nichts änderte sich. Ich ging nicht nach oben.

»Wir können's nicht kriegen. Es geht einfach nicht. Es würde alles kaputt machen. Es ist gut so, wie es ist!«

Es war nicht so, dass ich es nicht wollte, ich wollte es nur jetzt nicht. Allein der Gedanke daran entsetzte mich. Die Veränderung, die so etwas mit sich bringt. Ich hatte es bei anderen beobachtet, die Opfer, die sie brachten, deren Leben war nicht mehr dasselbe danach. In neun Monaten wurden sie zehn Jahre älter. Ich wollte nicht erwachsen werden. Sie hatte es sich in den Kopf gesetzt, meine Einstellung zu ändern, doch ich kämpfte um mein Leben, und jede Waffe wäre mir recht gewesen, um diesen Kampf zu gewinnen.

Ich gab ihr die Schuld, sagte, es sei vielleicht gar nicht von mir. Ich nannte sie ein selbstsüchtiges Arschloch, eine blöde Hure. Ich sagte Dinge, von denen ich nicht glauben konnte, dass sie aus meinem Mund kamen. Ihre Augen waren feucht und geschwollen, aber sie weigerte sich zu weinen. Sie versuchte, vernünftig mit mir zu reden, doch ich war jenseits aller Vernunft.

Niemals werde ich den Ausdruck in ihren Augen vergessen, als sie schließlich begriff, dass ich nicht umzustimmen war. Sie hätte mich verlassen und das Kind kriegen können, was hätte ich schon tun können? Doch stattdessen sagte sie, ich vermittelte ihr das Gefühl, ein Nichts zu sein, und wenn ich es nicht haben wolle, dann wolle sie es auch nicht haben.

»Okay. Dann ist ja alles klar«, sagte ich erleichtert. »Ich werde mich um alles kümmern, und das war's dann.«

So als verscheuchte man eine Fliege vom Fenster.

Auf dem Weg zur Klinik versicherte ich ihr, wir hätten die richtige Entscheidung getroffen, versprach ihr, dass wir Kinder haben würden, allerdings zur richtigen Zeit und wenn wir uns darauf vorbereiten könnten. Aber sie konnte mich nicht hören, sie war wieder zwölf Jahre alt.

Während wir so gingen, bewegte sie die Füße wie früher, unbeholfen, unnatürlich. Ich hielt Cathy an der Hand und zog sie hinter mir her, und mir wurde plötzlich unangenehm bewusst, wie bekannt ihr die Situation sein musste. Ich konnte ihr nicht in die Augen sehen. Ich wusste, ich war im Unrecht. Und wäre ich ein halber Mann gewesen, hätte ich sie umarmt, geküsst und ihr gesagt, wie sehr ich sie und das Leben, das in ihr wuchs, liebte.

Aber das war das Problem, ich war nicht einmal ein halber Mann.

Ich war nicht menschlich.

Ich war ihr Vater.

Sie hätte schon wieder draußen sein müssen. Sie hatten gesagt, es werde nicht lange dauern. Jetzt waren beinahe zwei Stunden vergangen. Ich mochte das Geräusch hinter der Tür nicht, alles lief etwas zu hektisch ab. Als ich dann eine Sirene hörte, brach mir der kalte Schweiß aus.

Zwei Krankenpfleger kamen mit einer Trage herein und liefen geradewegs in den hinteren Raum. Eine Krankenschwester sah mich an. Ängstlich.

Sie konnten die Blutung nicht stoppen. Es gab alle möglichen Komplikationen. Es war ernst. Ein Arzt sagte, die anderen Abtreibungen seien unsachgemäß durchgeführt worden. Ich verstand nicht ganz, bis er es in einfacheren Worten ausdrückte.

Ich war geschockt von dem, was er mir sagte. Cathy hatte mir nie davon erzählt. Ihre ersten beiden Abtreibungen waren so grob und primitiv durchgeführt worden, dass der Arzt sie als ›kriminelle Handlungen an der Grenze zur Folter‹ bezeichnete. Cathys Vater hätte sie kostenlos in jede Klinik bringen können, nicht einen Pfennig hätte er blechen müssen. Aber er wollte sie bestrafen, sie verletzen. Und so brachte er sie zu einem Sadisten, der im Hinterzimmer eines Bekleidungsgeschäfts praktizierte. Vor Granatenfresse gab's kein Entrinnen. Nicht mal nach seinem Tod.

Sie sagten, wenn sie die Blutung stoppen könnten, würde sie es schaffen, aber sie könne keine Kinder mehr bekommen. Das Gewicht meiner Entscheidung traf mich jetzt wie ein Hammer.

Paps eilte ins Krankenhaus, kaum dass er davon erfahren hatte. Ich traf ihn im Warteraum und erzählte ihm, was passiert war. Mit einem Schlag war er stocknüchtern, sein ganzer Körper verkrampfte, und dann verpasste er mir mit aller Kraft eine Ohrfeige. Er hatte mich noch nie geschlagen, niemals.

Ich erwachte aus einem Albtraum, um bereits wieder im nächsten zu sein. Ich war wieder da, wo ich hingehörte, in meiner Zelle. Wenn nicht wegen gesetzlicher Verstöße, so doch wegen moralischer Verbrechen. Die Liebe zu verraten ist ein Verbrechen, jemanden, der einen liebt, zu betrügen, der deinetwegen fast stirbt, das ist mit Sicherheit ein Verbrechen. Und ich war so verdammt schuldig.

Zwischen uns war es nie wieder so wie vorher, es war ihr Blick, wenn sie mich ansah. Sie sagte, sie verzeihe mir und wisse, warum ich so gehandelt hätte. Ich weiß nicht, wie sie dazu hätte in der Lage sein können, denn ich hätte es ganz sicher nicht gekonnt.

Und jetzt kreisten meine Gedanken nur noch um sie und Marcus.

Jeden Monat wurden im Kinosaal Filme gezeigt, aber ich ging nie dorthin. Die Vorstellung, mit dreihundert Mördern und Psychopathen in einem abgedunkelten Raum zu sein war ein guter Grund, darauf zu verzichten. Hatte jemand einen im Visier, war dies der richtige Ort, trotz Anwesenheit der Aufseher.

Während meiner ersten Woche im Knast wurde auch ein Film gezeigt. Alles schien normal. Bis das Licht wieder angeschaltet wurde und alle rausmarschierten. Bis auf einen, der noch auf seinem Stuhl saß. Als die Wärter zu ihm gingen, um ihn zu holen, saß er in einer Blutlache. Man hatte ihm das Herz herausgeschnitten. Niemand hatte ihn schreien oder irgendeinen Laut von sich geben gehört. Danach war erst einmal Schluss mit den Filmen, aber irgendwann fingen sie wieder damit an.

Heute Abend sollte ein Bruce-Lee-Film laufen, sehr beliebt unter Knackis. Aber die Stimme aus dem Lautsprecher kündigte einen anderen Film an, und sofort brachten alle lautstark ihren Unmut zum Ausdruck. Der Filmtitel ließ mich jedoch aufhorchen. Er kam mir bekannt vor.

Der Kinosaal war brechend voll. Völlig egal, welcher Film gespielt wurde, wer hier sein durfte, war hier. Von der ersten bis zur letzten Szene gab es einen Dauerbeschuss von Albernheiten und Obszönitäten in Richtung Leinwand. Ich konnte kaum verstehen, was die Darsteller sagten, aber trotz der rauen Töne um mich herum fand ich irgendwie einen Zugang zum Film.

Jetzt war mir klar, warum sie geweint hatte. Wäre ich woanders und nicht hier gewesen, hätte ich auch geweint. Es war, als sähe ich mich dort oben auf der Leinwand — obwohl ich viel mieser war als er. Darüber hinaus — der Verlust, die Leere, der Drang, sich selbst und jeden in seiner Nähe zu zerstören ... das war ich! Selbst der Name war identisch. Und als am Ende nichts mehr eine Rolle zu spielen schien und sie aufhörten, sich etwas vorzumachen, und sich schließlich eingestanden, dass beide es die ganze Zeit gewusst hatten ... !

Ich hatte immer gedacht, ich sei völlig allein. Meine Gefühle wären so ganz anders. Aber da war es, in Schwarz-Weiss, und alle konnten es sehen. Wenn Leben nur so wäre wie im Film. Es ist nie so, aber wenn es doch nur so wäre.

Zwei Wochen lag ich auf der Krankenstation. Ich war in eine Auseinandersetzung verwickelt worden, wenigstens umschrieben die Aufseher es so, als sie mich dort hineinkarrten. Auseinandersetzung. Eine nette Formulierung dafür, dass zwei Durchgeknallte, die in mir ihren Fuckboy zu erkennen glaubten, mich um ein Haar totgeschlagen hätten.

Ich wehrte mich mit allen Mitteln, die mir zur Verfügung standen, wandte jeden Trick an, den ich seit meiner Ankunft gelernt hatte. Aber diese Kerle waren äußerst brutal.

Der eine drehte mir den Arm auf den Rücken, bis er ausgekugelt war. Ich höre immer noch das Knacken, feucht und knirschend wie eine Selleriestange. Der andere schmetterte mein Gesicht immer wieder gegen die Betonwand, bis meine Nase brach und beide Wangenknochen Frakturen hatten. Ich drehte mich um und kotzte ihn an. Daraufhin warf er mich flach zu Boden und hielt mich fest. Sein Kumpel zog einen scharfgeschliffenen Löffel hervor, riss mein Hemd hoch und fing an, meinen Rücken in Streifen zu zerschneiden. Bei jeder Bewegung seines Arms hörte ich, wie mein Fleisch auseinanderriss. Es klang, als würde Papier unter Wasser zerfetzt. Während der ganzen Zeit knurrten beide wie Pitbull-Terrier. Wie üblich geschah alles in Gegenwart mehrerer Augenzeugen; keiner von ihnen rührte auch nur einen Finger oder rief die Aufseher.

Seit meiner Einlieferung pisste ich Blut. Mein Rücken wurde mit hundertsiebzehn Stichen zusammengeflickt.

Es gab Nächte, da wünschte ich mir, ich hätte mich von ihnen ficken lassen. Nächte, in denen selbst das Atmen wehtat und mein Rücken sich wie ein Hamburger anfühlte, meine Augen derart angeschwollen waren, dass ich kaum etwas erkennen konnte. Egal, welche Position ich auch einnahm, ich hatte immer Schmerzen. Alles tat weh. Was sie mir auch gaben, es war nie genug: Codein, Nembutal, Seconal, Pentathol, nichts konnte die pulsierende, kochend heiße Welle des Schmerzes aufhalten. Ich weiß ehrlich nicht, warum ich nicht den Verstand verlor. Wenn ich schlief, träumte ich von Cathy, war ich wach, konnte ich nicht mal blinzeln, ohne dass es schmerzte. Und in den wenigen schmerzfreien Momenten fing mein Arm unter dem Gips an zu jucken, doch ich konnte nicht kratzen.

Die Zeit der Heilung nutzte ich, um mein Leben zu analysieren. Alle Fehler und Wendepunkte, die sprichwörtliche Gabelung eines Weges. Es war ein Spiel des Hätte-ich-doch. Hätte ich doch nur dies und nicht das gemacht. Ich versuchte, mich zu konzentrieren, mein Leben genau zu betrachten, wollte herausfinden, wo ich Fehler gemacht hatte. Eine gute Übung.

Denn wenn ich erst mal draußen war und an derselben Gabelung stand, wollte ich diese Fehler nicht wiederholen.

Mein größter Fehler waren Drogen. Eigentlich offensichtlich, oder? Nicht jedoch für mich. Ich vermisste sie noch immer, war aber jetzt gewarnt. Sie waren die Saat, die später aufging und mich zu einem Leben verführte, wo alles möglich schien. Dinge, die normalerweise klar umrissen sind, sehen unter Drogen anders aus. Noch ehe es mir bewusst wurde, war mein ganzes Weltbild verzerrt. Das klingt wie ein Ausstieg, aber man zeige mir Leute, die regelmäßig Drogen genommen haben und ich zeige jemanden, der Probleme hat oder zumindest darauf zusteuert. Von wenigen Ausnahmen abgesehen, sind fast alle Insassen wegen Drogen hier. Der Typ in Gang 10 Zelle 19, Ernesto LaSalle, ein Spinner, der seine Frau mit dem Auto überfuhr, weil er das Gaspedal mit der Bremse verwechselt hatte. Es war keine Absicht, aber jetzt war er hier. Ein anderer Typ, Julio Cortez, einer der Jesus-Freaks — immerhin Kolumbianer! —, war auf Koks und bekam Streit mit seinem besten Freund. Einer, mit dem er aufgewachsen war. Cortez spaltete seinem besten Freund mit einem Baseballschläger den Schädel. Am nächsten Tag konnte er sich nicht einmal mehr erinnern, weswegen sie sich gestritten hatten. Ich könnte ewig so weitermachen, jeder hatte so seine Geschichte. Und immer ging es dabei um Drogen.

Und Cathy? Nun, ich glaube, ich liebte sie nicht. Nicht wirklich. So wie ich sie behandelt hatte, behandelt man keinen, den man liebt. Ich besaß sie. Und da liegt der große Unterschied. Das ist der Grund, warum ich eifersüchtig war, sie war mein Eigentum. Ich wollte sie immer im Auge behalten. Immer. Ich konnte es nicht einmal ertragen, dass sie sich mit jemandem unterhielt. Ich empfand das als Betrug. Komisch nur, dass ich sie öfter betrog. Ich befreite sie aus einer furchtbaren Situation, um sie geradewegs in eine ähnliche hineinzumanövrieren. Mit mir war sie genauso eingesperrt wie vorher. Scheiße! Warum hab ich das bloß nicht bemerkt? Alles wäre anders gekommen. Mein Gott, wenn ich darüber nachdenke ... Hätte ich ihr nur vertraut, sie genug respektiert, um ihr vertrauen zu können. Hätte ich mich nur sicherer gefühlt. Die beiden traurigsten Worte in jeder Sprache: wenn ... hätte ...

Ray hatte mir einen Brief geschrieben. Paps brachte ihn mit, als er mich besuchte. Das Wachpersonal hat ihn geöffnet, um sicherzugehen, dass keine Feile drin ist. Ray arbeitete jetzt für eine Reederei. Reiste in der ganzen Welt herum, verdiente gutes Geld und hatte eine Freundin in Japan. Er war in Indonesien gewesen und nun auf dem Weg nach Portugal. Er liebte das. Er beschrieb mir das Leben auf einem Schiff und wie es ist, auf Landgang zu gehen und die verschiedenen Lebensweisen der Menschen in anderen Teilen dieser Welt kennen zu lernen. In dem Brief erwähnte er seine Freundin nur an einer Stelle, doch Paps sagte, es sei Ray sehr ernst und dass er sie mitbringen wolle, wenn er das nächste Mal nach Hause komme.

Paps erzählte mir, er habe Cathy neulich gesehen, und obwohl ich mich desinteressiert gab, starb ich vor Neugier und wollte wissen, wie es ihr ging. Sie und Marcus hatten geheiratet und wohnten nicht weit von uns. Cathy arbeitete und Marcus tat das, was er eben so tat. Paps war sich da nicht sicher. Nun, ich glaube, es hatte vielleicht so sein sollen. Ich war neugierig, aber aus anderen Gründen. Ich kam langsam drüber hinweg. War nicht mehr besessen oder hatte nachts schlechte Träume. Irgendwie war ich mit mir selbst im Einklang. Ich beschäftige mich auf eine völlig andere Weise mit meinem Leben und dachte mehr an die Zukunft. Alles war darauf ausgerichtet, bald auf Bewährung freizukommen. Mir fehlten nur noch vier Scheine für meinen High-School-Abschluss, und Paps sagte, er sei stolz darauf, er wisse, ich hätte versucht, mich zusammenzureißen und er unterstütze mich. Er besuchte mich oft, und es tat gut, ihn zu sehen. Er brachte mich zum Lachen, obwohl seine Witze immer noch die schlechtesten waren.

Abdul Ramadas letzter Tag. Im ganzen Trakt sprach man davon. Abdul hatte mit Koks gedealt und war bei einer Zielfahndung gefasst worden. Sieben Jahre hatte er abgesessen und sollte nun entlassen werden. Er sah aus wie ein Schrank, gehörte aber zu den guten Jungs. Wenn er und ich auf demselben Gang oder zusammen auf dem Hof waren, unterhielt er sich immer mit mir.

Die Schließer verarschten ihn, sagten, sie hielten seine Zelle für ihn bereit, wenn er wiederkomme, aber ich wusste, er würde nicht wiederkommen. Nicht, wenn er während seines siebenjährigen Urlaubs etwas gelernt hatte. Tom Garber hatte mir mal erzählt, dass siebzig Prozent derjenigen, die auf Bewährung draußen seien, wieder rückfällig würden.

Er sagte: »Wenn sie rauskommen und nicht auf die Gesellschaft draußen vorbereitet sind, machen sie denselben Scheiß. Und landen wieder da, wo sie hergekommen sind.«

Ich hoffte, dass Abdul nicht wiederkommen würde.

Als die Wärter vorbeikamen, um ihn zum Umkleideraum zu begleiten, stand ich auf und wartete am Zellengitter. Ich hörte, wie die Insassen aus ihren Zellen Drohungen ausstießen. Das war ihre Art, sich von ihm zu verabschieden. Als er vorbeiging, studierte ich sein Gesicht, konnte die Erwartung sehen und die Sorge; die Freiheit stand ihm buchstäblich ins Gesicht geschrieben, diesem glücklichen Bastard. Ich stellte mir vor, an seiner Stelle zu sein, versuchte, es mit seinen

Augen zu sehen. Wie der Gang immer kürzer wurde, während man zum Tor ging, das Kitzeln in der Magengrube, wenn es sich öffnet mit diesem trockenen, metallischen Klang, der Klang des Entlassenwerdens. Aber da hörte es auf für mich. Ich konnte mir nicht vorstellen, wie es ist, die Welt draußen zu sehen, hinzugehen, wohin ich wollte und wann ich wollte, ohne Tore und Gitter und Wände und Regeln. So viele Dinge, die draußen selbstverständlich sind, zu viele Dinge, als dass man sie aufzählen könnte, und er würde sie in wenigen Minuten erleben.

Ich war so lange hier drinnen gewesen, dass ich mich nicht mehr erinnern konnte, wie man sich in Freiheit fühlt.

Tom Garber stand im Eingang meiner Zelle, füllte ihn fast aus. »Nun?« fragte er, und ich sprang so schnell auf, dass er zurückwich, als müsse er sich verteidigen; rein instinktiv. Dann entspannte er sich und lächelte, gab mir zu verstehen, alles sei in Ordnung.

Ich trat hinaus auf den Gang, bewegte mich dabei sehr langsam.

Ich war aufgeregt und ängstlich zugleich. Aus jeder Zelle drang eine laute Stimme, aber ich konnte nicht verstehen, was sie sagten. Es gab niemandem, von dem ich mich hätte verabschieden wollen. Ich hatte keine Freunde. Unter Freund verstand ich, jemand, der mich weder ficken noch töten wollte.

Tom war die ganze Zeit hinter mir. Ich hatte Mühe beim Atmen und versuchte, mich zu entspannen. Es gelang mir nicht. Diese Geräusche. Das laute Stimmengewirr der Insassen, das an den Gittern widerhallte. Das Erste, was ich hier bemerkt hatte, sollte auch das Letzte sein.

Das Tor glitt auf, ich drehte mich um und warf einen letzten Blick auf die Hölle, ein letztes Bild zur Erinnerung, um es mitzunehmen. Ich stand vielleicht eine Minute da, und Tom befahl mir nicht, weiterzugehen, er wusste, was ich tat, und er wollte, dass ich mir dieses Bild einprägte. Als ich durch das Tor ging, stand Tom auf der anderen Seite, und zwei Wärter begleiteten mich nac h draußen.

Ich zitterte vor Angst. Jahrelang hatte ich von diesem Augenblick geträumt. Sechs lange Jahre. Jeden Tag und jede Nacht. Und jetzt hatte ich panische Angst. Das Geräusch des sich hinter mir schließenden Tores. Es war das lauteste Geräusch, das ich je in meinem Leben gehört hatte.

Es war vorbei.

Kapitel 34

Wie eine Explosion brach die Sonne durch den Gang. Ich schirmte meine Augen ab und trat hinaus in die gleißende Helle. Eine kühle Meeresbrise streifte mein Gesicht und füllte meine Lungen mit einem Gemisch aus Salz und Ruß der Schornsteine. Als ich am Tor angekommen war, wartete Paps dort auf mich. Seine gelben Zähne schimmerten im Sonnenlicht wie frische Maiskörner. Zum ersten Mal in meinem Leben umarmte er mich.

Eine Fähre brachte uns in die City, und statt der U-Bahn nahmen wir ein Taxi. Paps erzählte, Ray sei jetzt in Europa, und zu Hause erwarte mich eine Überraschung.

Während die Straßen an uns vorbeiflogen, sah ich Autos, die ich noch nie gesehen hatte, neue Modelle im neuen Design, Werbeplakate für Marken, die es vor sechs Jahren nicht gegeben hatte. An einigen Ampeln machten sich Penner mit schmutzigen Gummiwischern über die Windschutzscheibe her — Paps erklärte, dass man sie jetzt offiziell als ›obdachlos‹ bezeichne. Ich kam mir vor wie ein Tourist in einem fremden Land, und je näher wir unserem Viertel kamen, desto deplatzierter fühlte ich mich. Mir war klar, dass ich einige Anpassungsschwierigkeiten haben würde.

Als wir zu Hause ankamen, wartete tatsächlich eine Überraschung auf mich. Die Wohnung war blitzsauber wie zu Cathys Zeiten. Ich hörte jemanden in der Küche, und mir rutschte das Herz in die Hose ... Doch dann kam eine Frau um die fünfzig mit stämmiger Figur und rötlich gefärbtem Haar heraus, ein Tablett mit kaltem Aufschnitt in den Händen. Paps stellte mir Hortense vor. Es war eine Überraschung, trotz meiner anfänglichen Enttäuschung. Ich hatte Paps noch nie mit einer Frau gesehen, und jetzt hatte er eine Freundin, eine Saufkumpanin. Die rote Nase und die blutunterlaufenen Augen verrieten mir, dass sie Alkoholikerin war. Doch wer gab mir das Recht, andere zu verurteilen, schließlich war ich gerade den ersten Tag aus dem Knast.

Sie war sehr höflich, und sollte sie die Gegenwart eines Straftäters gestört haben, so zeigte sie es nicht. Sie wohnte direkt über uns, und sie und Paps hatten sich bei ihrem Einzug kennen gelernt. Paps hatte ihr beim Umzug geholfen, und seitdem waren sie zusammen. Hortense hatte eine große Platte mit Schnittchen und Salat vorbereitet, und ich stopfte mich voll, bis die Platte leer war. Völlig entgeistert starrten mich die beiden an und fragten sich, wo bei mir, dem schmalen Handtuch, das ganze Essen geblieben sei.

Am Abend verspürte ich den Drang rauszugehen, um mir die alte Gegend anzuschauen. Paps bot mir an mitzukommen, doch ich wollte allein sein.

Draußen sah eigentlich alles aus wie früher, doch es hatte sich irgendwas verändert. Vielleicht lag es daran, dass ich mich verändert hatte. Die Leute wirkten nervös und hektisch. Angespannt. Ich hatte den Eindruck, jeden Moment könne etwas Übles abgehen. An jeder Ecke dealte irgendein Wichser mit Crack. Das war jetzt der letzte Schrei. Crack. Zum ersten

Mal hörte ich auf dem Gefängnishof davon, sie nannten es Bazooka, Freebase für den kleinen Mann. Es war leicht herzustellen, problemlos zu beschaffen und höllisch gefährlich. Jetzt war es überall, es hing über dem Viertel wie eine radioaktive Wolke.

Als ich im Bett war, nervte es mich irgendwie, kein Echo mehr zu hören. Jedes Geräusch im Gefängnis hatte ein Echo erzeugt, es hallte wider vom Beton und Stahl und fand dann seinen Weg in mein Ohr. Selbst eine Fliege, die nachts an meinem Gesicht vorbeiflog, produzierte ihr Echo.
Jetzt war alles ruhig.

Es schien, als ob ich nirgends einen Job bekommen konnte. Mein Bewährungshelfer hatte mir gesagt, dass es schwer werden würde, aber ich hatte nicht erwartet, dass es so schwer wäre. Nicht mal als Tellerwäscher in einem Restaurant wollte man mich haben. Es sah immer alles gut aus, bis man gefragt wurde, ob man schon mal gesessen habe — und das fragten sie immer. Wenn ich es zugab, war es sofort vorbei. Sie gingen nicht weiter darauf ein, blieben ganz cool und meinten, man werde mich anrufen, aber ich hörte nie wieder was. Wenn ich zurückrief, erfuhr ich, dass die Stelle anderweitig vergeben wurde. Mein Bewährungshelfer überprüfte, ob ich tatsächlich ernsthaft nach einem Job suchte, doch er wusste, dass ich das tat, und mehr interessierte ihn nicht. Er meinte, er sei keine Arbeitsvermittlung. Mir wurde klar, weshalb so viele Ex-Knackis wieder im Knast landen, weil das der einzige Job ist, den sie kriegen können.

Am dritten Tag ging ich zu Mr. Jenkins. Zuerst erkannte er mich nicht, aber dann wusste er wieder, wer ich war. Er war froh, mich zu sehen, froh, dass ich aus dem Gefängnis raus war, aber auch froh, dass ich ihn nicht überfallen wollte. Er sah aus wie tausend. Sein Haar war noch immer voll, leuchtete aber schlohweiß. Tiefe Falten zeichneten sich ab auf seiner Haut, sein Gesicht hatte die Struktur eines abgewetzten Lederbeutels. In seinen Augen brannte das alte Feuer, er aber war schwach und gebrechlich. Er konnte nicht mehr im Laden stehen und hatte deshalb einen Hocker hinter dem Tresen, auf dem er sitzen und aus dem Fenster schauen konnte; das Fenster, das vor zehn Jahren zum letzten Mal von mir geputzt worden war.

Wie zu erwarten war, brachte er mich auf den neuesten Stand, was die Vorgänge in der Nachbarschaft anging. Es gab gute und schlechte Neuigkeiten. Carol hatte vor ein paar Jahren geheiratet und war weggezogen, sie wohnte jetzt in Queens. Er sah sie immer, wenn sie ihre Eltern besuchte, die einen Block weiter wohnten. Carol hatte mir ein paar Briefe ins Gefängnis geschrieben, und ich hatte ihr zurückgeschrieben, aber nach einer Weile brach der Kontakt ab. Jenkins erzählte mir, sie sei mit einem Cop verheiratet und habe zwei Kinder, einen Jungen und ein Mädchen. Gut für sie.

Dann die schlechten Neuigkeiten. Chico Guerrera war an einem Herzanfall gestorben. Schuld war Koks. Das sagte Jenkins zwar nicht, aber ich wusste, was bei jungen Menschen Herzanfälle verursacht. Er erzählte mir noch von anderen Leuten, die ich kannte, von Dingen, die passiert waren, während ich weg war: Siebenunddreißig Schießereien, neunundsechzig Messerstechereien und achttausendvierhundertdreiundzwanzig Schlägereien. Ich hoffte, dass er die Person, die mich am meisten interessierte, erwähnen würde, aber er tat es nicht oder wollte es nicht.

Ich schlich um den Kühlschrank herum, der voller staubiger Yoohoo-Dosen war, während Jenkins einen Schokoriegel für einen kleinen Jungen hervorholte. Ich bemerkte eine

Kakerlake, die am Kühlschrank entlangkroch und stieß sie mit der Fußspitze etwas in den Raum. Dann wartete ich, bis das Kind den Laden verlassen hatte ...

Jenkins' Gesicht zog sich zusammen wie ein Akkordeon, und er machte buchstäblich einen Buckel. Ich fühlte mich wieder wie ein Kind. Ich entschuldigte mich, aber er sagte mir, ich solle jetzt gehen. Es war sowieso Zeit. Ich ging zur Tür und drehte mich noch einmal um.

»Sie wissen, so lange ich hier gearbeitet habe«, begann ich, »konnte ich mich nie durchringen, mich zu entschuldigen, dass ich Ihre Schaufensterscheibe eingeschlagen habe. Ich wollte Ihnen nur sagen, dass mir das wirklich Leid tut.«

Er sah mich an, grinste verschlagen, und seine Augen blitzten vor Vergnügen.

»Ach das. Weißt du, ich war froh, dass du das gemacht hast. Es gab ein nettes Sümmchen von der Versicherung, ich bekam eine neue Scheibe, und du hast einen Monat lang umsonst für mich gearbeitet!« Er fing an zu glucksen als hätte er mir gerade meine Lebensversicherung abgeluchst. Ich musste auch lachen. Dieser alte Sack war immer aus dem Schneider, egal, worum es ging.

Die Gegend wimmelte von Junkies, sie waren überall. Und von Prostituierten. An jeder Ecke, auf jedem Parkplatz, in jeder Hauseinfahrt. Früher blieben sie immer unter sich, mischten sich nie unter die Leute. Das war jetzt anders. Glücklicherweise kannte ich keinen von ihnen. Eigentlich kannte ich niemanden mehr. Alle waren entweder weggezogen, im Knast oder tot.

Zu Hause schlief Paps auf der Couch vor laufendem Fernseher. Es war sechs Uhr. Der Nachrichtensprecher berichtete über einen Massenmörder in Iowa. Es war erfrischend, mitzubekommen, dass es auch in anderen Teilen des Landes durchgeknallte Arschlöcher gab.

Als ich mein Hemd auszog, um ein T-Shirt überzustreifen, hörte ich hinter mir ein Schluchzen. Ich drehte mich um und sah Paps weinen. Er starrte auf meinen Rücken. Sonst hatte ich mich immer im Badezimmer ausgezogen oder wenn er nicht in der Nähe war. Jetzt sah er zum ersten Mal die Narben und wimmerte wie ein Kind. Er war betrunken, und das trug seinen Teil dazu bei, da war ich mir sicher.

Obwohl vollständig verheilt, waren die Narben doch dicke, scheußliche Linien kreuz und quer über den Rücken. Sie sahen aus wie hässliche Peitschenstriemen, so wie man sie aus Jesus-Filmen kennt.

»Hey, Paps, komm schon, es ist nichts. Was ist denn los?«

»Nichts?« knurrte er wütend. »Das nennst du nichts? Das seh ich anders. Das ist ... ja ... der reinste Horror!«

»Hey, Paps, komm schon. Ich hab mich beim Rasieren geschnitten, das ist alles.«

»Beim Rasieren?« schniefte er, »womit? Mit einer Lötlampe?«

Das ist der Sprit, dachte ich. Er schniefte noch mal, umklammerte seine Flasche und nahm einen gehörigen Schluck.

»Wenn ich dir ein Vater gewesen wäre«, begann er, »ein richtiger Vater, wäre das alles nicht passiert.«

»Das ist doch Bullshit, Paps. Bleib auf dem Teppich. Ich hätte das sowieso alles gemacht, egal, wie du dich verhalten hättest. Also hör auf, dich selbst zu bemitleiden, okay? Ich will so was nicht hören. Vorwürfe bringen nichts, wir sollten nach vorn sehen.«

»Komm her«, sagte er, und ich setzte mich neben ihn auf die Couch. Ich konnte fühlen, wie er die Narben berührte, mit den Fingerspitzen den Linien nachging, das taube Kitzeln, als wäre Novocain gespritzt worden. Auf Grund der Schnitte und Stiche hatte ich nur wenig Empfindung.

»Tut es weh?« fragte er mich.

»Nur beim Rückenschwimmen!« Ein schlechter Witz. »Nein, ich spür keinen Schmerz.«

»Ich hatte ja keine Ahnung, wie schlimm es dort war«, sagte er.

»Nun, ich wollte dich nicht aufregen. Man hat sich darum gekümmert, mir ging's wieder gut, also ... Sag mal, wo ist eigentlich Hortense?«

»Was? Sie besucht ihre Schwester. downtown. Sie kommt später.«

Er entspannte sich wieder. Es wurde dunkel, und die einzige Lichtquelle war der Fernseher. Paps fragte: »Also wie läuft's draußen? Schon Glück gehabt?«

»Es ist hart, Paps, das kann ich dir sagen.«

»Gib nicht auf, ich bin sicher, du wirst bald was finden.«

»Ich weiß nicht. Ich bin für nichts wirklich qualifiziert, und für das, was ich kann, will mich keiner haben.«

»Das braucht eben Zeit. Du wirst schon sehen. Irgendwann wird jemand erkennen, was in dir steckt. Und weißt du was?«

»Was?«

»Du wirst ein echter Senkrechtstarter. Ich bin überzeugt, du schaffst das. Man muss nämlich ein ganz besonderer Mann sein, um mit so einer Sache fertig zu werden und die Dinge so anzupacken, wie du das tust. Ein ganz besonderer Mann.«

Er lehnte sich zurück, die Flasche auf dem Schoß. In Gedanken war er ganz weit weg. Vielleicht eine Million Lichtjahre. Ich nahm mein Hemd und zog mich an.

»Du warst das widerspenstigste Kind, das mir je untergekommen ist«, sagte er mit einem betrunkenen Grinsen. »Du kannst dir nicht vorstellen, wie widerspenstig du warst. Wenn man sagte ›geh nicht durch die Tür‹, warst du der Erste, der hindurchrannte. Wenn man sagte ›setz dich‹, bliebst du stehen. Nichts und niemand hat dich davon abgehalten, zu tun, was du wolltest, und auch jetzt wird dich nichts aufhalten. Du warst schon immer ein Anführer, so hast du auch deinen Bruder dazu gekriegt, einen Teil von dem Scheiß zu machen, den er dann angestellt hat. Ray war ein sensibles, vernünftiges Kind, aber wenn er mit dir zusammen war, hat er seinen Scheißverstand irgendwo abgegeben! Er hat zu dir aufgeschaut. Denn du hast Führungsqualitäten. Das hast du von deiner Mutter — ich konnte weiß Gott keine Parade anführen. Jedenfalls bist du jetzt auf dem richtigen Weg und zu allem fähig, du kannst jeden Gipfel erreichen. Wart nur ab.«

»Nun, ich werd mich anstrengen, und wir werden ja sehen, was passiert. Ich geh für 'ne Weile raus, wir sehen uns später. Alles okay mit dir?«

Er winkte mir mit der Flasche zu, als wäre es lächerlich, dass ich mir um ihn Sorgen machte. Er würde sich in den Schlaf trinken und wahrscheinlich alles vergessen, was er heute Abend gesehen hatte. Wenigstens hoffte ich das.

Ich stand auf der anderen Straßenseite, beobachtete. Ich gehörte nicht mehr dazu und wollte deswegen nicht rübergehen. Selbst von hier konnte ich Gras und Crack riechen. Ich sah mich vor zehn Jahren, und es gab nichts, was ich hätte tun oder sagen können, um ihnen zu helfen.

Ich lehnte mich gegen den Ziegelbau, in der Dunkelheit nahm mich niemand wahr, und beobachtete die jungen Mädchen mit ihren Gettoblastern, wie sie im Kreis tanzten, die Jungen anmachten und sie dann abblitzen ließen. Salsa. Sie hörten noch immer Salsa. Scheiße. Meine Augen suchten in der Menge nach einem bekannten Gesicht, jemand ganz Bestimmten, als einer auf dem vorderen Court meine Aufmerksamkeit erregte. Er bewegte sich wie ein Panther. So geschmeidig und schnell. Die Straßenlaternen beleuchteten die Courts nur schwach, und es war schwer, alles zu erkennen, aber jeder spielt auf seine unverwechselbare Weise, so wie jeder seinen eigenen Gang hat oder seine eigene Art zu sprechen. Man kann die Art, wie man Basketball spielt, nicht verändern, und ich kannte die Bewegungen, die ich sah. Die doppelten Pumpshots, die vom Korbbrett abprallten, die 360-Grad-Drehung bei den Layups, das Dribbeln zwischen den Beinen und um den Rücken herum. Die spöttische Bemerkung nach jedem Korb. Er war immer noch da. Er war immer noch derselbe. Ich hätte ihn am liebsten umgebracht.

Ich musste noch näher heran.

Ich stand außerhalb des Zauns, hinter einem Stapel Mülltüten, wo er mich nicht sehen konnte. Jetzt hörte ich seine Stimme, sanft und einschmeichelnd, angenehm für die Ohren. Könnte Zuckerwatte einen Laut von sich geben, klänge das genau so. Er war älter als ich, sah aber zehn Jahre jünger aus. Vielleicht sah ich auch nur älter aus. Mein Blick blieb an ihm kleben.

Er war umgeben von Kids, die nicht älter waren als vierzehn. In ihren Augen sah ich den gleichen bewundernden Ausdruck wie vor Jahren bei Ray und mir. Der Typ war über dreißig und hing mit Teenagern herum. Ich wusste warum. Weil ihn das zu einem wichtigen Mann machte, zu einem erfahrenen Staatsmann der Straße, und er hatte das dringend nötig. Ich wollte ihn aus verschiedenen Gründen umbringen. Wegen der Kids, die er in die Hölle führen würde, so wie er mich in die Hölle geführt hatte. Ich wollte ihn aufschlitzen und sehen, wie all der schwarze Dreck, all das Gift, aus ihm herausquoll. Und es den Kids zeigen, damit sie lernten, dass das, was außen gut aussieht, im Innern Scheiße ist.

Am Ende der Courts, da wo das Loch im Zaun war, kam

plötzlich Lärm auf. Alle rannten hin, ich machte mich parallel zur Meute auf den Weg. Zwischen den schiebenden und stoßenden Körpern konnte ich erkennen, wie zwei Kids mit Jagdmessern aufeinander losgingen, sich gegenseitig die Kleidung aufschlitzten, bis Blut floss. Sie kämpften, um zu töten! Alle jubelten. Ich wollte nicht Zeuge eines Mordes werden. Nicht hier. Also ging ich über die Straße und rief von einer Telefonzelle 911 an.

Als ich mich dem größten Court näherte, hörte ich einen einsamen Basketball auf den Boden tippen. Marcus war der Einzige, der noch spielte, alle anderen waren losgelaufen, um den Kampf zu beobachten. Er sah rüber zu mir, doch ich ging weiter. Der Ball hörte auf zu springen, und er stand da und überlegte, wo er mich schon mal gesehen hatte. Ich drehte mich um und überquerte die Straße. Als ich hörte, wie der Ball zum Jubel der Gruppe auf und niedersprang, wusste ich, dass er es aufgegeben und sich wieder dem Spiel zugewandt hatte.

Kapitel 35

»Für zehn Dollar Normal und einmal Öl nachsehen«, sagte er durch den Fensterspalt.

»Die Ölvitrine ist abgeschlossen, ich kann Ihnen nur Benzin geben.«

»Dann gib mir Benzin!«

»Haben Sie es passend?«

»Was für 'n Scheißland ist das hier, Russland?«

»Tut mir Leid, ich mach nur meinen Job, für die Vorschriften kann ich nichts.« Er fluchte und fuhr beleidigt davon.

Ich übernahm sechs Tage die Woche die Friedhofsschicht. Ließ man die Zeitgenossen unbeachtet, die man um vier Uhr morgens traf, war es gar nicht so übel. Die Tankstelle war vier Blocks vom Lincolntunnel entfernt, und die meisten Kunden waren Trucker. Manchmal kam ein Zuhälter in seinem Cadillac vorbei, aber nicht sehr oft.

Sahid, dem Manager, war meine Vorstrafe egal. Er sagte, er habe sechs Monate lang versucht, jemanden für die Nachtschicht zu finden, und hatte er endlich einen gefunden, pennte der entweder ein oder bekam Angst und schmiss alles hin. Um die Kasse brauchte ich mich nicht zu kümmern, wenn die Kunden bezahlt hatten, steckte ich das Geld durch einen Schlitz in den Geldschrank, den man nicht so leicht aufbrechen konnte. Das Benzin war in Zehn-Dollar-Einheiten abgemessen und wurde morgens abgerechnet, also brauchte sich Sahid keine Sorgen zu machen, dass ich ihn beklauen könnte. Er stattete mich mit einem Baseballschläger aus und sagte, ich solle sofort anfangen. Ja, einen Baseballschläger. Ich sollte ihn immer mit zu den Zapfsäulen nehmen und legte ihn neben die Wagen, wenn ich am Zapfen war. Es war nicht illegal, einen bei sich zu haben, also hatte ich damit auch kein Problem. Noch hatte ich ihn nicht benutzen müssen.

Ich sah sie nur ganz kurz, als sie in den Laden ging. Ich saß gerade auf dem Treppenaufgang und blickte in die andere Richtung; als ich meinen Kopf drehte, sah ich sie von hinten; das Haar fiel ihr wie eine samtene Kapuze auf die Schultern. Unverwandt sah ich zur Ladentür und wartete. Zwei Stufen höher hockte Hortense und fragte, was ich gesehen hätte. Ich antwortete, ich glaubte, einen alten Freund gesehen zu haben.

Es kam mir vor wie eine Stunde, bis die Ladentür wieder aufging. Ich ging in Deckung und linste über den Rand der Stufen. Sie warf noch einen Blick über die Schulter in den Laden, um sich von Jenkins zu verabschieden. Die Tür versperrte mir die Sicht. Als sie sich langsam schloss und Cathy einen Augenblick dastand und durch das Fenster sah, versuchte ich, dieses Bild in Gedanken einzufangen. Sie winkte Jenkins zu und ging dann in die entgegengesetzte Richtung.

Ich stand auf und sah sie um die Ecke verschwinden. Hortense sagte kein Wort, aber ich konnte spüren, wie sie mich beobachtete. Ich sah sie nicht an. Ich konnte es nicht. Es stand mir ins Gesicht geschrieben.

Cathy.

Sie war noch schöner, als ich sie in Erinnerung hatte. Wirkte wie ein Teenager, wie an dem Abend, als ich sie aus dem Heim geholt hatte. Sie war nicht einen Tag älter geworden. Nicht mal eine verdammte Stunde!

Ich hielt mir den Magen, meine Eingeweide verkrampften sich, und als mir schwindlig wurde und der Schweiß mir den Nacken hinunterlief, traf es mich wie ein Schlag: Ich hatte mich nicht die Spur verändert. Nach all dieser Zeit, nach all den Jahren — Nichts hat sich verändert. Ich war noch derselbe wie früher.

Ich hastete die Treppe hoch, vorbei an Hortense, durch das Treppenhaus, hinauf aufs Dach. Die frische Luft löste die Krämpfe in meinen Eingeweiden. Ich sah hinaus auf die Projects, suchte die kleinen Seitenstraßen ab, aber sie war verschwunden. Ich tigerte auf und ab, wie ich es in meiner Zelle getan hatte, und dachte mir, diese verdammte Braut geht dir nie mehr aus dem Sinn. Sie verfolgt dich, saugt dich aus und macht alles zunichte, was du zu leisten versuchst. Egal, was du erreichst, es wird ohne Belang sein. Denn ohne sie ist es bedeutungslos. Ohne sie bin ich bedeutungslos.

Am nächsten Tag marschierte ich in Jenkins' Laden, als gehörte er mir. Überrascht blickte Jenkins hoch. Ich hatte keine Ahnung, was ich sagen sollte, wusste aber, dass ich nicht gehen würde ohne Informationen. Ich hatte die Absicht, eine Weile dort rumzuhängen und zu warten, ob er von sich aus etwas sagen würde; möglich, dass sie ihn über mich ausgefragt hatte.

Ich nahm eine kleine Tüte Kartoffelchips, riss sie auf und ließ fünfzig Cents auf dem Tresen liegen. Er wusste genau, weswegen ich gekommen war, denn er sagte nichts; er tat immer das Gegenteil von dem, was man von ihm erwartete. Ich beschloss, ihm noch eine Minute Zeit zu geben, bevor ich die Sache beschleunigte.

Die Ladentür ging auf und ein Mann in Anzug und mit Aktentasche kam herein. Er stellte sie auf den Tresen, öffnete sie und sie fingen an, sich zu unterhalten. Ich tat so, als studierte ich eine Haferflockenpackung.

Jenkins wollte den Laden verkaufen! Nachdem er zwei Jahrhunderte hier gewesen war, wollte er aufs Altenteil. Der Typ im Anzug war Immobilienmakler, und der Laden sollte in einem Monat verkauft werden. Ich hatte immer gedacht, Jenkins würde ewig hier bleiben und uns alle überleben.

Kaum war der Mann gegangen, hatte ich auch schon wieder mein Ziel im Visier. Die sanfte Tour zog nicht, also fragte ich direkt. »Darf ich Sie mal etwas fragen?«

»Kommt drauf an.«

»Worauf?«

»Auf die Frage.«

»Ich mein es ernst. Ich möchte etwas wissen.«

»Was?«

Nach einer Pause. »Cathy. Ich habe gesehen, dass sie gestern im Laden war. Wie geht's ihr? Ist sie glücklich? Ist sie noch immer mit diesem Penner zusammen?«

»Nun«, sagte er und zog die Brauen hoch, »das sind sehr persönliche Fragen. Warum fragst du sie nicht selbst?«

Er spielte mit mir. Er verstand nicht, dass ich zu alt war für solche Spiele. Ich stellte mich vor den Tresen und sah ihm direkt in die Augen, völlig verzweifelt.

»Okay. Ich spiele mit offenen Karten. Danach entscheiden Sie, ob sie mir was erzählen wollen ... «

»Ich liebe sie. Ich weiß, wie blöd sich das für Sie anhören muss. Denn Sie sind zu alt, um sich daran zu erinnern, was Liebe ist oder wie schwer sie es einem machen kann. Aber ich liebe sie wirklich! Und das zählt doch. Es muss einfach! Ich habe ihren Vater getötet. Hab ihn im Hausflur vor seiner Wohnung erwürgt, mit einer Kordel. Sie wußten's, alle wußten's. Und wenn einer den Grund kennt, dann Sie. Aber den Nachtwächter hab ich nicht umgebracht. Ich hab nicht mal die Hälfte von dem verzapft, dessen man mich angeklagt hat. Aber das spielt keine Rolle, denn es gab genug, was ich getan habe. Dumme, üble Geschichten. Geschichten, die mich für den Rest meines Lebens verfolgen werden. Aber das soll so sein, ich bettle nicht, dass das aufhört. Aber ich bin nicht mehr derselbe Mensch wie vorher. Ich hab aus meinen Fehlern gelernt, hab mein Leben geändert. Und dennoch, ohne sie bin ich verloren ... Ich ... ich wusste nicht, wie wichtig sie für mich war, wie viel sie mir bedeutet hat. Ich weiß, ich hab's versaut, aber, mein Gott noch mal! Ich kann an meinen Gefühlen nichts ändern. Ich hab's versucht. Wenn ich sie sehe ... oder wenn ich an sie denke ... ich meine ... vom ersten Augenblick an, als ich sie gesehen habe ... genau hier vor Ihrem Laden ... «

Ich konnte nicht weitersprechen. Wenn er mir jetzt nichts erzählen würde, was sollte ich dann noch sagen? Ich hatte mein Innerstes vor ihm auf dem Tresen ausgebreitet. Er sah mich an, taxierte mich. So hatte er mich noch nie erlebt.

Ich sah aus dem Fenster, konnte seine Augen nicht mehr ertragen, diese durchdringenden grauen Augen. Als er endlich sprach, flüsterte er mit müder, erstickender Stimme. »Eine

Schande, dass du das nicht früher erkannt hast, nicht wahr?«

Ich wusste nicht, was ich antworten sollte, denn es war alles andere als eine Frage. Ich holte tief Luft und ging zur Tür.

»Cathy ist jetzt seit vier Jahren mit diesem Kerl verheiratet.«

Kapitel 36

»Warum überlegst du nicht, ihn zu kaufen?«

»Was?« Ich musste ihm ins Gesicht sehen, um herauszufinden, ob er scherzte.

»Yeah. Du warst doch immer gern da. Warum fragst du ihn nicht, wie viel er will und siehst zu, dass du es zusammenbringst? Das wär doch ideal für dich.«

Der Gedanke war so bizarr, so abstrakt, dass ich ihn nicht mal im Entferntesten in Erwägung gezogen hatte. Aber verdammt, er hatte Recht. Mir hatte es immer Spaß gemacht, es war das Einzige, was mir lag. Für die Zapfsäulen hatte ich nicht viel übrig.

Wie viel konnte Jenkins wohl für den Laden verlangen? Man konnte sicher mit ihm handeln. Manchmal sind die einfachsten und naheliegendsten Ideen die besten.

Meine Gedanken kreisten um die Veränderungen, die auf mich zukamen. In dem Laden steckte Potential. Jenkins war nie daran interessiert gewesen, daraus mehr zu machen als einen schmuddeligen, kleinen Süßwarenladen. Aber was die Gegend hier brauchte, war ein Feinkostgeschäft! Ein gut sortiertes Geschäft, wo man von Brot über Milch alles kaufen konnte! Die Leute mussten zwei Blocks weit gehen, wenn sie irgendwas kaufen wollten.

»Aber dann müsste ich mit Banken verhandeln, Paps. Die würden mir nicht mal 'nen Dollar wechseln.«

»Woher willst du das wissen, ohne es versucht zu haben? Wenn du's wirklich willst, würde ich für ein Darlehen bürgen. Es liegt an dir.«

Er hatte Recht. Ich hatte nichts zu verlieren. Und wenn ich jetzt nicht Nägel mit Köpfen machte, würde ich mir später immer wieder sagen : wenn ... hätte ...

Kreditwürdigkeit ist ein Unwort. Genau wie Bankier. Ich hatte sieben Banken in der ganzen City abgeklappert; es war überall dasselbe. Sie versuchten nicht einmal, ihre Verachtung zu verbergen, ich hätte es besser wissen müssen; ausgerechnet Banken um Hilfe zu bitten. Die saßen da in ihren Designerklamotten hinter blank polierten Schreibtischen mit gerahmten Bildern von Frau und Kindern vor einem Eigenheim in New Jersey, aber sie hatten keine Ahnung von einfachen Menschen, Menschen, die arbeiten und kämpfen müssen, um zu überleben. Sie verstanden nicht, wie jemand, der es sich nicht leisten kann zu verlieren, eher untergeht, bevor er verliert.

Paps hätte nicht einmal für eine Einkaufsliste bürgen können.

Eine Bank downtown, am Rande von Chinatown, eine ausländische Bank, wollte mir tatsächlich das Geld leihen. Der Direktor, Mr. Chang, versuchte, alles auszuschöpfen, um das System zu umgehen. Er sagte, das Geld müsse arbeiten, er könne es nicht in der Bank liegen lassen, wo es an Wert verlor. Er nannte das blockierten Wert, erklärte, es handele sich um Spareinlagen, die Ausländern gehörten, die aber nicht außerhalb des Landes angelegt werden konnten — ich konnte mir unter dem Scheiß zwar nichts vorstellen, aber es lief alles darauf hinaus, dass ich im Falle einer Anzahlung von etwa zehntausend Dollar eine Hypothek für den Rest hätte aufnehmen können. Nun, zehntausend Dollar ist dasselbe wie eine Million Dollar, wenn man pleite ist, aber Mr. Chang war freundlich und versuchte wirklich, etwas zu Wege zu bringen. Ich sagte ihm, dass ich momentan keine Möglichkeit hätte, an so viel Geld ranzukommen. Er bot mir an, jederzeit wiederkommen zu können, wenn sich etwas ändern sollte. Dann ging ich.

Es gab ja noch über einhundert andere Banken in der Stadt.

Kapitel 37

Ich erkannte ihn am Klopfen. Er hatte seine eigene Art anzuklopfen, drei deutliche, nicht zu laute Schläge. Ich sprang auf, öffnete die Tür und da stand er. Ich konnte nicht fassen, wie groß er geworden war. Er hatte muskulöse Arme und breite Schultern. Als er mich umarmte, dachte ich, er würde mir das Rückgrat brechen. Sein Gesicht wirkte jung wie immer, so als gehörte es gar nicht zu diesem Riesenkörper. Neben ihm hätte man mich für seinen Vater halten können. Na ja, vielleicht für den Onkel.

Hinter ihm stand eine junge asiatische Frau und linste ihm über die Schulter. Sie hatte eine Stupsnase und runde Wangen, dunkles, schulterlanges Haar mit Ponyfransen, die ihr in die Stirn fielen. Sie trug ein langes geblümtes Kleid mit aufgerollten Ärmeln und rote Sneakers. Er sagte, sie heiße Keiko und dass sie nächstes Jahr heiraten würden. Sie begrüßte mich mit sanfter, schüchterner Stimme und schenkte mir ein breites Lächeln, das ihr ganzes Gesicht ausfüllte. Ray erzählte, sie hätten sich in Japan kennen gelernt, als sein Schiff dort im Hafen lag. Ihr Vater war Koch auf diesem Schiff.

Die Wohnung war picobello, wir hatten tagelang geputzt, und ich bat sie schnell herein und sagte, sie sollten sich setzen. Ray hatte einen großen Koffer dabei, den er neben die Couch stellte. Sie wohnten in einem Hotel zwanzig Blocks entfernt, meinte er. Ich bot ihnen einen Drink an, aber sie lehnten ab. Dann setzte ich mich ihnen gegenüber. Ich war nicht sicher, was Ray ihr über mich erzählt hatte, also erwähnte ich nicht, dass ich gerade aus dem Gefängnis entlassen worden war. Ich berichtete von meinem Job an der Zapfsäule, von Carols Heirat und erwähnte das mit Chico Guerrera.

»Paps muss jede Minute nach Hause kommen«, sagte ich. »Und er hat versprochen, nicht betrunken zu sein.«

»Wo ist er hingegangen?« fragte Ray.

»Ach, auf einen Sprung in die Bar, um die Post zu holen.« Wir kicherten beide, und Keiko lachte aus Höflichkeit mit.

Er starrte mich an und ich starrte ihn an, es war, als wäre überhaupt keine Zeit vergangen. Er hatte dasselbe Glitzern in den Augen, dasselbe ansteckende Lachen, und ich konnte sehen, wie sehr er Keiko liebte. Sie sprach sehr gut Englisch, doch manchmal verstand sie unseren Slang nicht, und dann versuchte Ray, ein japanisches Wort zu finden, glücklicherweise kannte sie alle amerikanischen Schimpfwörter. Er hatte einen Arm um ihre Schultern gelegt, als Paps hereinkam. Paps hatte Wort gehalten, er war nicht betrunken, aber auch nicht ganz nüchtern. Er klatschte in die Hände und kicherte, küsste Keiko auf die Wange, schüttelte Rays Hand, klopfte ihm auf die Schulter, fühlte seine Muskeln, brachte sein Haar durcheinander und machte ihn vor ihr ganz verlegen.

Ray öffnete seinen Koffer und packte alle möglichen Sachen aus.

»Das sind nur ein paar kleine Dinge, die ich auf meinen Reisen aufgelesen habe«, sagte er, als er mir Seidenhemden und Krawatten, Socken und Schuhe aus Spanien, Kaviar, eine goldene Uhr, einen Walkman, importierten Whiskey und Rum für Paps gab. Ich hatte noch nie in meinem Leben so viele Geschenke gesehen.

»Hier, Paps, ein neuer Anzug, den ich in Marseille gekauft hab, zweireihig mit Messingknöpfen. Fühl mal den Stoff. Du wirst wie ein Millionär aussehen, wenn du damit rumläufst. Und schau dir das an, Paps, das ist ein kleiner tragbarer Fernseher. Sieh mal, wie klein der Bildschirm ist, den kannst du in der Tasche tragen. Wenn dir das Programm in Denny's Bar mal nicht gefällt, kannst du deinen eigenen Fernseher anstellen.«

Wir lachten alle, sogar Keiko. Paps und ich zogen unsere neuen Sachen an, und dann gingen wir essen. Ray führte uns in ein italienisches Restaurant auf der Eastside. Ein dunkler, mit Kerzen beleuchteter Raum und roter Tapete, flüsternde Paare, die in den Nischen saßen. So wie wir sorglos lachten und drauflos schwatzten, waren wir sicher die Lautesten dort. Aber das schien niemanden zu stören.

Danach begleiteten Paps und ich die beiden auf ihrem Weg zum Hotel. Es war ungewöhnlich ruhig auf den Straßen, keine Sirenen, kein Verkehr, nur unsere Schritte auf dem Pflaster und die warme Brise, die an jeder offenen Ausfahrt durch unsere Kleidung wehte.

Ray sagte, er wolle mit Keiko am nächsten Tag eine Stadtrundfahrt machen, aber später am Abend würden sie uns dann besuchen.

»Hey, Ray, wenn du Keiko wirklich ein paar Sehenswürdigkeiten zeigen willst, warum machst dann nicht mit ihr eine Spritztour durch die Gegend hier? Ich lade alle Junkies, Penner und Prostituierten ein, und wir machen eine Party.«

»Ich weiß nicht«, sagte er, als würde er es tatsächlich in Betracht ziehen, »ich glaube, sie steht mehr auf die Freiheitsstatue.«

»Na gut«, sagte ich und spielte den Enttäuschten. »Ich denke, das ist auch okay.«

Tagsüber klapperte ich weitere Banken ab, um mich wieder niedermachen zu lassen. Aber dieses Mal war ich guter Dinge und sah auch in den neuen Klamotten viel besser aus, so dass sie, wenn sie die Enttäuschung auf meinem Gesicht nach der ersten Ablehnung bemerkten, irgendetwas anderes zu Wege bringen wollten und anboten, ein Darlehen zu gewähren, wenn ich die notwendige Sicherheit aufbringen und einen verantwortlichen Bürgen stellen würde. Wenigstens bemühten sie sich jetzt.

»Also, was willst du tun? Wo wirst du wohnen?

Wir standen oben auf dem Treppenaufgang, während Hortense, Keiko und Paps drinnen das Abendbrot zubereiteten.

»So sehr ich auch das Leben auf See mag, es ist dennoch hart. Ich sehe sie manchmal monatelang nicht. Ich werde es nur noch ein oder zwei Jahre machen, mein Geld sparen und dann irgendwas anderes anfangen. Keiko lebt jetzt bei ihrer Mutter, sie haben eine Wohnung in Osaka. Wir haben uns überlegt, ob wir in Japan leben sollen, aber ich weiß nicht ... es ist ganz schön und so ... aber verdammt teuer, du kannst dir nicht vorstellen, wie viel Geld alles kostet. Es ist alles mindestens neun bis zehn Mal teurer.«

»Wirklich?«

»Yeah, ein Scheißsteak kostet ein paar Hundert Eier.«

»Scheiße, dann solltest du auf Suppe umsteigen.«

»Ich würde gern ein Haus draußen in den Bergen kaufen.«

»Das kann ich mir gar nicht vorstellen, du und Berge«, sagte ich.

»Wegen des Friedens und der Stille. Deswegen bin ich so gern auf dem Schiff. Es ist so friedlich. Besonders nachts. Sie schalten die Maschinen ab, und wir gleiten mit den Walen dahin; das Einzige, was man hört, ist der Ozean, der gegen die Schiffswände klatscht. Du kannst dir nicht vorstellen, wie schön das ist, unter den Sternen, nur man selbst und das Meer. Morgens fischen wir und fangen manchmal Thunfisch. Der erste Maat fing einmal einen Hai. Ein Riesenmonster von einem Fisch!« sagte er und streckte seine Arme weit aus. »Mit Zähnen, die dir mit einem Biss den Kopf abbeißen können! Letzten Sommer bin ich an der ägyptischen Küste getaucht, am Roten Meer, da habe ich Korallenriffe von der Größe eines Häuserblocks gesehen, mit verborgenen Höhlen, die ins Innere führten, und wenn man sich in ihnen verirrt, findet man nie mehr heraus. Da gab's kugelrunde Fische, die unter Wasser leuchteten, ganz grell in Blau-, Grün-, Rot- und Gelbtönen, alle durcheinandergemischt wie geschmolzene Buntstifte. Ich habe nie auch nur etwas Ähnliches gesehen wie diese Farben.«

Während er weitersprach, von anderen Orten erzählte, an denen er gewesen war, und von Dingen, die er gesehen und gemacht hatte, Dinge, die ich nur aus Büchern kannte, beneidete ich ihn. Er lebte das Leben und machte seine Erfahrungen. Für mich dagegen blieben nur die Geräusche springender Basketbälle auf den Courts, Geschrei und Verkehrslärm, Sirenen in der Ferne, die den Gegenpol zu Drogen, Verbrechen und blutiger Gewalt bildeten.

Er sah hoch zu den Positionslichtern eines Flugzeugs über uns, drehte sich dann zu mir um und fragte: »Hey, hast du mal wieder jemand von der alten Gang gesehen?«

»Du wirst es nicht glauben, wen ich gesehen hab.«

»Marcus«, sagte er, als hätte er ihn auch gesehen.

»Woher weißt du das?«

»Ich hab mir gedacht, wenn ihn bis jetzt niemand umgebracht hat, dann hängt er hier noch immer rum. Sind sie noch verheiratet?«

»Yo«, sagte ich mit einer Beiläufigkeit, als würde mich das überhaupt nicht kümmern. »Sie hat sich schon immer zu Pennern hingezogen gefühlt.«

Ray lächelte. »Hast du mit ihr gesprochen? Wie geht's ihr denn?«

»Ich hab sie vor ein paar Wochen gesehen, als sie zu Jenkins ging. Aber gesprochen hab ich nicht mit ihr.«

»Was ist mit Jaco und Shorty? Was machen die so?«

»Hmmm. Das wird dir gefallen. Shorty ist im Knast wegen irgendeiner Mordsache, von der er behauptet, er sei es nicht gewesen. Und Jaco wurde vor etwa vier Jahren totgeschlagen. Rate mal, von wem?«

Er sah mich an und grinste: »KC-5?«

»Du hast's erfasst. Jenkins hat mir ziemlich wildes Zeug über die KC-5 erzählt. Wir können von Glück sagen, dass wir damals nie ernsthaft Stress mit denen hatten. Sie haben herausgefunden, wo Marcus wohnt, du weißt ja, sie sind jahrelang hinter ihm her gewesen. Eines Nachts sind sie zu seinem Haus geschlichen, sie wussten, dass er nicht da sein würde und — versprich mir, dass du das Paps nicht erzählst. Er weiß nämlich nichts davon. Sie haben Cathy zusammengeschlagen, vier von ihnen haben sie vergewaltigt. Dann haben sie die Bude zerlegt und Kleinholz aus allem gemacht. Sie haben eine Botschaft für ihn an die Wand gemalt. Und weißt du was? Cathy hat so getan, als wäre das ein ganz normaler, alltäglicher Vorfall. Sie hat weder die Bullen gerufen, noch die Wohnung verlassen. Die Typen waren kaum zehn Minuten weg, da hat sie schon wieder angefangen aufzuräumen!«

»Im Ernst?«

»Yeah! Das Mädchen ist wirklich völlig durchgeknallt!«

»Und was ist dann passiert?«

»Marcus hat ein paar Leute zusammengetrommelt, wahrscheinlich Sal und seine Freunde. Uptown haben sie alles zusammengeschlagen, was ihnen vor die Füße kam, Frauen, Kids, völlig wahllos. Marcus hat eins ihrer Mädchen mit einem Brecheisen bearbeitet, sie ist jetzt von der Hüfte an gelähmt. Sie haben Schädel eingeschlagen und Knochen gebrochen, und sogar ein Haus abgefackelt ... anstatt es zu beenden, haben sie's noch schlimmer gemacht.«

»Scheiße. Wie lange ist das jetzt her?«

»Ein paar Jahre. Aber es geht immer noch weiter. Du weißt ja, der Scheißtyp ist jetzt zweiunddreißig und hängt noch immer mit den Kids herum. Cathy behandelt er wie den letzten Dreck, hackt auf ihr herum und ist in alle möglichen Scheißgeschichten verwickelt. Aber sie bleibt bei ihm. Gar nicht auszumalen! Letztes Jahr hat er gedrückt. Voll übel! Hat sich Stoff für über hundert Dollar am Tag in die Venen geballert. Schließlich sollte sie sogar für ihn anschaffen, aber das wollte sie dann doch nicht — so viel Grips hat sie wenigstens noch. Am Ende hat sie ihn in der Wohnung eingesperrt und nicht mehr herausgelassen, hat ihn zum kalten Entzug gezwungen. Er ist völlig durchgedreht und hat sie windelweich geprügelt, hat sogar versucht, aus dem Fenster zu springen. Sie hat ihm einen Stuhl über den Schädel gezogen, ihn wieder ans Bett gebunden und neun Tage so liegen gelassen. Sie hat ihn sogar gefüttert, und er durfte nicht aufstehen, bis er wieder clean war. Er hat gepisst und geschissen und gekotzt, alles im Bett und weißt du was? Es hat tatsächlich hingehauen! Er ist davon losgekommen.«

»Woher weißt du das alles?«

»Jenkins hat's mir gesagt. Sie erzählt ihm alles.«

Ich schwieg, und es wurde richtig still. Ray sah mich an, er versuchte herauszufinden, wie ich zu all diesen Dingen stand.

»Weißt du, ich empfinde noch immer etwas für dieses Mädchen«, fuhr ich fort, »aber sie hat es sich so ausgesucht. Sie könnte ihn jeder Zeit verlassen. Sie will nicht. Und ich werde mich nicht verrückt machen und mir darüber den Kopf zerbrechen. Allerdings ist sie immer noch davon überzeugt, dass ich den Nachtwächter getötet habe, und das stört mich.

Ach was, scheiß drauf. Und noch was. Er heißt nicht mal Marcus, sein Name ist Mark. Er nennt sich so, denkt, das klingt cool. Selbst sein Scheißname ist eine Lüge.«

Ray stand da, schüttelte den Kopf und verschränkte seine Arme. »Mann, sieht so aus, als hätte ich hier den Spaß verpasst, was?« Wir mussten beide lachen. Paps rief uns zum Essen rein.

Als ich in die Wohnung kam, war ich überrascht, Ray und Paps auf der Couch sitzen zu sehen. Ich hatte ihn erst später am Abend erwartet. Ich nahm mir die Krawatte ab und Ray lachte.

»Was ist los?«

»Ich bin gar nicht gewohnt, dass du wie ein Mensch aussiehst«, sagte er.

»Du bist noch nicht zu groß, um dir eine einzufangen«, konterte ich. »Wo ist Keiko?«

»Sie ist mit Hortense weg, sie sind einkaufen gegangen.«

»Wisst ihr, nächstes Mal solltet ihr euch Mädchen mit normalen Namen zulegen. Keiko, Hortense. Ich weiß nicht ... «

»Es ist wirklich eine Schande, dass es hier kein Feinkostgeschäft gibt«, sagte Ray. »Dann müssten sie nicht so weit gehen.«

Es war seltsam, dass er das sagte, aber ich dachte nicht weiter darüber nach, bis ich Paps ansah. In seinem Gesicht konnte ich lesen wie in einem Groschenroman.

Ray fragte: »Jenkins will seinen Laden verkaufen? Ich hab heute das Schild im Schaufenster gesehen.«

Ich sah aus dem Fenster, und tatsächlich, da war ein Schild vorn im Schaufenster. »Yo. Er verkauft und zieht nach Florida. Die Leute draußen können einem wirklich Leid tun.«

»Paps hat mir erzählt, dass du überlegst, den Laden zu kaufen.«

Ich hatte Paps gebeten, es niemandem zu sagen. Ich wusste, die Chancen, ihn tatsächlich zu kaufen, waren ziemlich dürftig. Ray redete weiter: »Paps hat gesagt, dass du Schwierigkeiten hast, eine Hypothek aufzunehmen und dass du bessere Karten hättest, wenn du eine Anzahlung leisten könntest.«

»Anscheinend hat Paps schon 'ne Menge Dinge erzählt, nicht wahr?« krächzte ich wütend. Paps sank in die Couch und sah Ray an. Ray hatte dieses Leuchten in den Augen.

»Also gut. Was läuft da? Ihr beide seht aus wie personifizierte Scheiße. Paps ist immer noch nüchtern, also, irgendwas ist im Busch. Was ist los?«

»Paps hat erzählt, du bist bei mehr als fünfzehn Banken gewesen.«

»Heute waren's neunzehn. Kennst du eine, die ich vergessen haben könnte?«

»Ja, kenn ich. So 'ne Art Bank. Wie wär's mit der Ray-Investment?«

»Wovon redest du? Was habt ihr beiden ausgeheckt?«

»Ich bin ziemlich verletzt und beleidigt, dass du mir nichts davon erzählt hast«, sagte er. »Ich musste es erst von Paps erfahren.«

»Das ging dich nichts an«, antwortete ich.

»Wieso das? Sind wir etwa keine Partner mehr?«

»Was?«

»Partner! Wir sind immer Partner gewesen. Ich möchte bei dieser Sache dein Partner sein.«

»Ach, möchtest du?« sagte ich, nicht gerade erfreut.

»Ja, ich möchte dir die Anzahlung leihen und für die Hypothek bürgen, damit du den Laden kaufen kannst.«

»Warum kaufst du mir nicht lieber eine Yacht. Ich könnte dann auf dem Pazifik rumsegeln.«

»Ich meine es ernst, Arschloch«, und an seinem Gesicht sah ich, wie ernst er es meinte.

»Weißt du überhaupt, wie viel Geld ich brauche? Woher willst du das nehmen?«

Ray fing an zu kichern. »Weißt du, wie viel ich auf dem Schiff verdiene?«

»Nein, weiß ich nicht.«

»Rate mal.«

»Nein.«

»Mach schon, rate.«

»Ich will nicht raten.«

»Nun, sag irgendeine Zahl.«

»Scheiße, warum soll ich unbedingt raten?«

»Sei kein Spielverderber. Nun rat schon, verdammt noch mal!«

»Okay, fünfzehn, zwanzig Riesen im Jahr.«

Ray schaute Paps an und lächelte, dann sah er mich an.

»Ich verdiene mehr als fünfunddreißigtausend Dollar im Jahr.«

»Fünfunddreißigtausend Dollar?« Ich erstickte fast an den Worten. Ich konnte es nicht glauben.

»Yo, fünfunddreißig. Weißt du, wie viel ich davon für meinen Lebensunterhalt ausgebe? Nichts. Alles auf dem Schiff ist frei. Kost und Logis, Unterhaltung. Geld gebe ich nur aus, wenn wir im Hafen liegen, und selbst dann ... Du weißt ja, wie ich bin.

Er hatte Recht. Sogar damals, als wir Autos knackten, gab er sein Geld nie aus. Während alle anderen Heineken tranken, trank Ray Rheingold, und wenn ich mir roten Libanesen besorgte, kaufte Ray sich billiges Gras. Er sparte immer sein Geld.

»Sieh mal, du sparst für ein Haus, ich möchte nicht ...«

»Warum lässt du nicht mich entscheiden, was ich mit meinem Geld mache?« unterbrach er mich. »Wenn du den Laden wirklich willst und was daraus machst, dann halte ich das für eine gute Investition. Morgen gehe ich mit dir zur Bank, überweise zehntausend Dollar auf ein Konto mit deinem Namen und bürge für den Rest. Ich fahre in vier Tagen weg, bis dahin muss alles geregelt sein.«

Ich wusste nicht, was ich sagen sollte, ich konnte es einfach nicht glauben. Ich hatte nie etwas für ihn getan. Jedenfalls nichts in der Art. Meine Augen wurden feucht, und ich unterdrückte ein Schluchzen. Ray sagte zu Paps: »Hey Paps, hol mal besser einen Lappen oder so was, ich glaube, hier gibt's gleich 'ne Überschwemmung.«

»Halt's Maul, du Scheißtyp!« schnauzte ich. »Ich kann einfach nicht glauben, dass du das für mich tust. Du warst immer schon bescheuert, aber ich dachte, das hast du hinter dir.«

Völlig ernst sagte er: »Ich weiß, dass du's schaffen wirst. Und ich glaube, es ist Zeit, dass du endlich mal 'ne faire Chance bekommst.«

Ray sah auf seine Uhr. Es war zehn vor sechs.

»Komm«, sagte er, »lass uns zu Jenkins gehen, wir wollen ihm sagen, dass er gerade seinen Laden verkauft hat.«

Ich wischte mir das Gesicht ab und zog mit ihm los.

Kapitel 38

Ray bürgte für das Darlehen, das mir etwas mehr Geld einbrachte, als ich brauchte. Er sagte, ich würde noch Geld für Waren und den Umbau benötigen. Der Papierkram war bald erledigt, es gab keinerlei Probleme außer für Ray, der noch zwei Tage länger bleiben musste. Mr. Chang meinte, Ray sei so kreditwürdig, ich könne das Time-Life-Gebäude kaufen.

Paps und ich brachten sie zum Flughafen; sie flogen für eine Woche nach Japan, bevor Ray wieder an Bord musste.

Ich hatte Keiko in den letzten paar Tagen erst richtig kennen gelernt, und sie war wirklich ein Schatz. Sie wusste alles über mich, ich war überrascht, wie viel Ray ihr erzählt hatte. Sie war von einigen Storys richtig beeindruckt und sagte, ich sei eine bemerkenswerte Persönlichkeit. Beide wussten, wie man anderen Selbstvertrauen gab.

Als ich sie hinter der Abfertigung verschwinden sah, wünschte ich für einen Augenblick, ich könnte mit ihnen fliegen. Aber ich hatte einen guten Grund zu bleiben.

Gestern wurde der Laden geschlossen, und heute wollte Jenkins nach Florida fliegen. Es gab noch einige Dinge, die er auf den letzten Drücker mitnehmen wollte, und er konnte sie im Hinterzimmer aufbewahren. Ich erwachte bei Sonnenaufgang und ging zum Laden rüber, zu meinem Laden. Ich wollte erst in einem Monat aufmachen, denn es waren einige Umbauten nötig und noch anderes zu erledigen; ich würde diese Zeit brauchen.

Ich benutzte meine eigenen Schlüssel und ging hinein, und da stand Cathy hinter dem Tresen. Ich war überrascht, sie hier zu sehen. Nach einem kurzen, peinlichen Schweigen sagte ich ›hallo‹, die ersten Worte, die ich nach sechs Jahren zu ihr sagte. Ihre Augen wanderten zum hinteren Raum, sie schien nervös, ihr war es unangenehm. Aus irgendeinem Grund war ich froh, sie so zu sehen.

»Wo ist Jenkins?« fragte ich.

»Er ist hinten und holt ein paar Kisten.«

Ich ging herum und maß den Laden aus, überlegte, wo die neuen Kühlschränke stehen würden. An die Rückwand sollte eine moderne Schneidemaschine, davor eine Kühlvitrine für Fleisch und Wurstwaren. Vorn eine neue Tiefkühltruhe mit Eiskrem. Cathy stand hinter dem Tresen und beobachtete mich, ich konnte ihre Augen auf meinem Rücken spüren.

»Mr. Jenkins hat mir von dir erzählt«, sagte sie. Ich blieb wie angewurzelt stehen und drehte mich zu ihr um. Ihre Augen sagten nichts. »Dass du den Laden gekauft hast«, fuhr sie fort. »Meinen Glückwunsch.«

»Danke. Ohne Ray hätte ich es nicht geschafft.«

»Wie geht's ihm? Hab ihn jahrelang nicht gesehen.«

»Es geht ihm großartig. Er wird bald heiraten ... «

Ich erzählte ihr von Ray und Keiko und seinen Reisen durch die ganze Welt, und sie entspannte sich; ich auch, etwas später. Noch ehe es mir bewusst wurde, war sie wieder ein ganz anderer Mensch für mich. Ich wusste nicht, wieso und weshalb. Vielleicht füllte der Laden eine Lücke in meinem Leben. Ich wusste es nicht ...

Sie sah älter aus. Ihr Gesicht war eingefallen, sie hatte dunkle Tränensäcke unter den Augen und rechts und links von ihrem Mund hatten sich Falten eingegraben. Es war eine stille, ausgeprägte Traurigkeit um sie. Es tat mir Leid, das zu sehen.

Endlich kam Jenkins in den Laden, er trug einen großen Pappkarton. Ich half ihm, den Karton auf den Tresen zu stellen, als eine Kakerlake herauskrabbelte. Ich folgte ihr mit meinem Finger und schnippte sie durch den Raum. Das waren jetzt meine Kakerlaken, ich konnte mit ihnen machen, was ich wollte. Sie sollten das Leben noch genießen, solange sie es konnten.

Jenkins hatte alle seine Sachen draußen in einen Caravan gepackt. Der Fahrer wartete. Ich bot Jenkins an, den Karton in den Caravan zu bringen, während er einen letzten Blick auf den Laden warf, den er ungefähr vierzig Jahre geführt hatte. Cathy schwieg, als ich mit dem Karton hinausging.

Ich kam zurück und sah, wie sie sich umarmten. Ich blieb draußen. Dies war ihr Augenblick des Abschieds. Als ihr Vater von der Bildfläche verschwand, wurde Jenkins so etwas wie ein Großvater für sie, ihre Familie, vielleicht sogar ihr einziger

Freund. Jetzt klammerten sie sich aneinander, als wäre das Ende der Welt gekommen. Jenkins flüsterte ihr etwas ins Ohr, und sie schüttelte den Kopf an seiner Schulter. Sie lösten sich voneinander, und Cathy wischte sich die Augen mit dem Handrücken ab. Jenkins gab ihr ein kleines Stück Papier und ging dann zur Tür. Cathy beobachtete vom Eingang, wie er mir seine Schlüssel übergab. Ich hatte den Eindruck, als würde ich ihm etwas stehlen. Das hier war sein Leben, den größten Teil davon hatte er hier zugebracht. Es war wie die Übergabe der Stafette, und er war froh darüber, dass ich sie bekam, doch das machte es nicht leichter. Ich spürte, wie meine Kehle sich zusammenschnürte, da war wieder dieser Kloß.

Er wünschte mir Glück und Erfolg, schüttelte mir die Hand und ging dann zum Caravan und winkte Cathy zum Abschied zu, bevor er einstieg und die Tür zuschlug. Cathy zwang sich ein Lächeln ab, als der Caravan startete. Sie beobachtete ihn einen Augenblick lang, tupfte sich die Augen mit den Fingerspitzen, drehte sich um und ging weg.

Der Caravan fuhr davon, doch ich konnte meinen Blick nicht von ihr lösen. Sie war jetzt allein. Und ich wusste, was das für ein Gefühl war. Ich wollte ihr Freund sein. Vielleicht konnten wir wenigstens Freunde sein. Aber sie ging um die Ecke und verschwand.

Kapitel 39

Paps hätte sich niemals auf den Finger gehauen, wenn er einen Nagel einschlug, er hätte sich nie mit einer elektrischen Säge verletzt oder mit irgendeinem anderen Werkzeug, aber jeder, der auch nur anderthalb Meter von ihm entfernt stand, war in Lebensgefahr. Paps und ich bauten den Laden um, zimmerten einen Tresen und stellten Regale für Brötchen und Brot auf. Und dann die Malerarbeiten. Zwei Männer mit einer Aufgabe. Wir arbeiteten die Nächte durch, zwölf bis fünfzehn Stunden am Tag. Letzte Woche kamen die Bullen um drei Uhr morgens vorbei, weil sie dachten, wir seien Einbrecher. Ich musste ihnen meine Schlüssel zeigen, damit sie mir glaubten.

Es ist erstaunlich, dass man ganz anders arbeitet, wenn man es für sich selbst tut. Meine Einstellung änderte sich. Ich wollte Perfektion. Wenn da nur ein winziger Kratzer auf dem Tresen oder eine Diele auf dem Boden verzogen war, musste ich es in Ordnung bringen. Die Fenster mussten blitzen. Man sollte vom Fußboden essen können. Kakerlaken wurden zu Tausenden grausam abgeschlachtet. Dieses Mal wurden die Leichname die Toilette hinuntergespült und nicht auf dem Fußweg ausgestellt. Das war Krieg! Sie waren in der Überzahl, vierundzwanzigmillionensechshunderttausendundsiebenunddreißig gegen zwei. Aber wir siegten. Ich ließ drei verschiedene Kammerjäger kommen, und außer Atomwaffen wandten wir alles an, um sie fertig zu machen. Alles ließ sich wunderbar an.

Kapitel 40

»Okay, stell es an, Paps.«

Ich stand am Rinnstein, denn ich wollte den ganzen Eindruck. Es knisterte und flackerte anfänglich. Dann kam Paps herausgerannt und stand neben mir, und wir sahen beide hoch. Es sprang an. Hell. Leuchtend.

Da traf es mich mit voller Wucht. Jetzt war es vollkommen. Wir hatten es in drei Wochen geschafft, früher als erwartet. Alle Regale und die Kühlschränke waren gefüllt, die Auslagen ausgebreitet, aber erst als ich die Leuchtschrift über dem Eingang sah, das große Neonlicht, das DELI schrie, erst da traf es mich. Es war das tollste Gefühl der Welt. Das Gefühl, eine Leistung vollbracht zu haben. Ich. Ich hatte etwas gemacht, etwas, dessen ich mich nicht zu schämen brauchte. Es war etwas Wichtiges, es würde etwas verändern hier in der Gegend.

Paps kicherte und zeigte jedem, der vorbeikam, was wir geleistet hatten. Dann ließ er einen der Nachbarn ein Photo von uns machen, wie wir vor dem Laden standen. Das konnten wir Ray schicken. Der Laden war ein echter Knüller. Alle aus dem Block kamen, um irgendetwas zu kaufen. Von allen Seiten gratulierten uns die Leute; mein Unterkiefer schmerzte vom vielen Lächeln. Ich klebte den ersten Dollar an die Wand, wie ich es in Pizzerien gesehen hatte. Ein kleiner Junge namens Eddie kaufte eine Brause und Bretzeln, und ihm gefiel die Vorstellung, dass sein Dollar der Erste war. Er sah mir zu, wie ich ihn an die Wand klebte, und jedes Mal, wenn er mit einem Freund hereinkam, zeigte er auf den Dollar und erzählte, dass seiner der Erste gewesen sei.

Kapitel 41

»Gib ihm das Geld, Paps.«

Seine Hände zitterten, während er sich mit den Knöpfen an der Kasse abmühte; ich war mir sicher, dass sein Leben blitzartig vor ihm ablief. Langsam ging ich zur Kasse. Ich sah nur den Finger am Abzug, die Art, wie er sich um das Metall schmiegte, fest und reglos. Nur diesen einen Finger nahm ich von ihm wahr. Als ich die Registrierkasse öffnete, fing er an zu schreien.

»Los, Arschloch! Ich will hier nicht ewig rumhängen!« Aber ich wollte keine hastigen Bewegungen machen. Ich nahm das Geld ruhig und langsam heraus, und als ich es ihm gab, riss er es mir aus der Hand und stand einen Moment da. Alles erstarrte. Er sah erst Paps und dann mich an, hin und her, dicke Schweißtropfen liefen sein Gesicht hinunter, erregt und paranoid, wie er war; ich wusste, was jetzt in seinem Kopf vorging; ich hatte diesen Blick schon früher im Gefängnis gesehen. Ich sah an ihm vorbei, an seinen Augen vorbei; ich wollte ihn nicht provozieren, weder durch Blickkontakt noch auf andere Weise. Er fing an, auf seinen Füßen auf und ab zu wippen, dann sah er zu, dass er zur Tür hinauskam. Ich drehte mich zu Paps um, der weiß war wie ein Laken und am ganzen Körper zitterte. Ich ließ ihn sich setzen und holte etwas Wasser — er bestand aber auf Whiskey —, und dann rief ich die Bullen. Sie kamen zehn Minuten später, und wir machten unsere Aussage.

Bei dem Überfall verloren wir über hundert Dollar, und ich nahm mir vor, nie mehr die Tageseinnahmen in der Kasse zu lassen. Von jetzt an leerte ich sie mindestens zweimal am Tag. Zur Verteidigung hatte ich mehrere Baseballschläger unter dem Tresen, obwohl sie kaum von Nutzen waren, wenn man in den Lauf einer Kanone starrt. Die Bullen patrouillierten mehrere Male am Tag die Straße rauf und runter und schauten herein, um zu sehen, ob alles in Ordnung war. Manchmal kamen sie auch nur, um eine Cola oder ein Sandwich zu holen. Sie brauchten nicht zu bezahlen, ich wollte ihr Geld nicht und Paps ebenfalls nicht. Es ging so weit, dass kein kleines Mädchen aus der Nachbarschaft jemals für ein Bazooka-Kaugummi bezahlen musste, wenn Paps allein im Laden war. Er war so was wie der Weihnachtsmann der Nachbarschaft. War ich ein paar Stunden weg, bildete sich im Laden ein ganzer Schwarm von Kids. Ich versuchte, ihm zu erklären, dass ich ein Geschäft betrieb, Rechnungen zu bezahlen und ein Darlehen abzutragen hatte, und er schwor, damit aufzuhören, aber er war ihren bettelnden kleinen Gesichtern hilflos ausgeliefert. Gott sei Dank waren sie meistens in der Schule, sonst wäre ich Pleite gegangen.

Seit einiger Zeit hatte Paps Herzbeschwerden. Der Arzt meinte, er müsse mit dem Trinken aufhören, und er schränkte es ein. Er trank nie im Laden, ich hatte es absolut verboten, also betrank er sich abends vor dem Schlafengehen, und das war's dann.

Ich öffnete gewöhnlich um sieben Uhr morgens und arbeitete bis zwei, dann kam Paps und arbeitete bis fünf. Und dann blieben wir beide bis neun. Wir hatten nie nach zehn auf, denn es war schon gefährlich genug, noch nach Einbruch der Dunkelheit geöffnet zu haben. Die Gegend wurde immer schlimmer; Drogen und Gewalt verbreiteten sich wie Viren. Gangs streiften durch die Straßen, suchten Streit und fanden ihn auch. Es gab ständig Schlägereien und zerbrochene Scheiben, Vandalismus, Einbrüche, Messerstechereien, wahllose Schießereien und Ähnliches mehr. Und das lag am Crack. Es machte jeden verrückt, ließ die Leute durchdrehen. Ich erinnere mich nicht daran, dass Typen, die Pot rauchten oder Meskalin einwarfen, den Drang verspürten, nach draußen zu gehen und jemanden umzubringen. Diese Drogen machten einen nicht gewalttätig, es sei denn, man war so veranlagt. Aber Crack machte einen sadistisch, brutal. Man verlor völlig den Verstand und war zu allem fähig. Es wurde schließlich so schlimm, dass man nicht mehr allein auf die Straße gehen konnte. Und Kinder konnte man vergessen, die hatten absolut keine Chance. Sie waren von dem Augenblick an, wo sie die Wohnungen verließen, diesem Scheißdreck ausgesetzt. Es gab achtjährige Jungen, die Kunden für Dealer heranschafften, ein neun Jahre altes Mädchen wurde schwanger. Elfjährige Nutten, einfach unglaublich! Die ganze beschissene Welt drehte durch.

Nebenan wohnte ein kleines Mädchen, das mich immer amüsierte. Ihr Name war Ernestine und sie musste etwa fünf oder sechs sein. Egal, was man zu ihr sagte, sie antwortete immer ›Nein!‹, bei jeder Gelegenheit, unablässig, ›Nein!‹. Ich konnte nie an der Kleinen vorbeigehen, ohne sie etwas zu fragen und zu versuchen, ihr ein ›Ja‹ zu entlocken.

»Hallo Ernestine, geht's dir gut heute?«

»Nein!«

»Mein Gott, ein wunderschöner Tag, nicht wahr?«

»Nein!«

»Ernestine ist ein wirklich hübscher Name, findest du nicht auch?«

»Nein!«

»Wie fühlst du ...?«

»Nein!«

Es machte mich glücklich zu hören, wie sie die Welt verneinte. Sie erinnerte mich an mich selbst. Einmal erwischte ich sie aber doch. Nachdem meine übliche Serie von Fragen mit ihrer patentierten Antwort quittiert worden war, holte ich meine Geheimwaffe heraus.

»Ernestine, möchtest du umsonst ein Kaugummi haben?«

Beinahe hatte ich sie so weit, aber dann riss sie sich wieder zusammen und sah mich mit wütendem Schmollmund an. Sie nahm den Kaugummi, blieb im Eingang stehen, und kurz bevor sie hinausging, schrie sie aus vollem Halse:

»Arschloch!«

Ich machte gerade ein Sandwich für Eddies Vater, als sie hereinkamen. Paps war im vorderen Teil des Ladens. Ich stand mit dem Rücken zu ihnen, und als ich mich umdrehte, trafen sich unsere Blicke; es war wie ein Schlag in die Magengrube. Er war mit seinem Teenageraufgebot da, mit dreien von ihnen. Er lächelte mich an, sein schleimiges Schlangenlächeln.

Ich erwiderte es nicht.

»Ich hab gehört, du hast diesen Laden vom alten Jenkins gekauft, aber ich konnte es nicht glauben«, sagte er mit einem Grinsen im Gesicht, dass ich ihm am liebsten rausgeprügelt hätte.

Seine Freunde schlichen um den Kuchen und die Kartoffelchips. Paps passte genau auf, damit sie nichts mitgehen ließen. Ich tippte das Sandwich für Eddies Vater in die Kasse, und er ging hinaus.

»Was willst du?« fragte ich.

Er war wieder auf H, das sah ich sofort. Sein Gesicht war gezeichnet von der Heroinsucht. Das gab mir ein gutes Gefühl.

»Oh, ich weiß noch nicht«, sagte er spöttisch, »vielleicht nehm ich ein Mars, oder ich nehm ... äh, ich weiß nicht, was gibt's denn sonst noch in diesem Sauladen?«

Paps sagte: »Hör auf mit den Spielchen, wenn du nichts kaufen willst, verschwinde!«

»Aber ich bin ein solventer Kunde, Paps. Ich hab mich nur noch nicht entschieden, was ich kaufen will.«

Seine Freunde fingen an loszukichern.

»Was du willst, gibt's nur an der Ecke«, sagte ich lächelnd und meinte damit die Heroindealer vor der Tür.

Seine Lippen bebten, aber für seine Freunde behielt er sein Pokerface.

»Wie war dein Urlaub?« sagte er. »Hab gehört, dass du 'ne Weile weg warst.«

Ich nahm meinen ganzen Willen zusammen, um nicht auf ihn loszugehen.

»Hast du schon gehört?« redete er weiter. »Ich hab geheiratet, während du weg warst. Ich glaube, du kennst sie. Cathy. Erinnerst du dich? Niedliches Mädchen mit langen Haaren? Hing immer auf den Courts ab.«

Solange er mit dieser Munition schoss, konnte ich nicht gewinnen. Also ging ich nach hinten und tat so, als hätte ich etwas zu erledigen. Ich fühlte mich wie ein Feigling, dass ich Paps allein ließ, aber ich wollte verhindern, dass Marcus mein Gesicht sah. Paps rief: »Hey, komm damit sofort zurück. Du hast nicht bezahlt!«

»Geht aufs Haus, alter Mann!«

Ich hörte, wie die Ladentür geöffnet wurde, und ging wieder nach vorn.

»Er hat's einfach genommen. Gerade eben. Hat's gestohlen«, sagte Paps und sah mich an, damit ich etwas unternahm. Und er hatte Recht. Wenn ich Marcus das durchgehen ließ, würde er wiederkommen, und auch seine Freunde.

Ich verließ den Laden, erwischte sie genau vor der Tür und stellte mich ihnen in den Weg. Marcus hielt eine Tüte Yodels in der Hand. »Du hast das nicht bezahlt«, sagte ich.

Er öffnete die Tüte und aß einen. Seine Freunde lachten, als er zu schmatzen anfing und sich Creme vom Mund wischte.

»Jetzt musst du sie bezahlen.«

»Was bezahlen?« sagte er, schlang einen zweiten hinunter und warf die Tüte weg.

»Sei kein Arschloch, Mark!«

Er stemmte seine Hände gegen meine Brust und stieß mich zurück. »Verpiss dich, Knacki!«

»Du musst sie immer noch bezahlen.«

Er stieß mich wieder. Durch das Schaufenster konnte ich sehen, dass Paps die Bullen rief. Marcus stieß mich weiter vor sich her, und seine Freunde forderten ihn auf, mir richtig in den Arsch zu treten. Passanten sahen jetzt herüber. Er stieß mich voll gegen einen parkenden Wagen. Ich stieß ihn schließlich zurück, und er schlug nach mir, erwischte aber nur mein Ohr. Ich hob meine Hände, und er nahm Kampfposition ein — diese blöde Karatescheiße. Er fing an, mich zu umkreisen und vollführte ein paar Tritte in Richtung meines Gesichts, aber ich wich ihnen aus, bis jetzt verhielt ich mich rein defensiv. Er täuschte einen Tritt zum Kopf an. Da er meine Bewegung vorhersehen konnte, erwischte er mich mit der Faust voll auf der Nase. Einen Moment lang wurde alles schwarz, ich spürte etwas in mir hochsteigen. Die Jahre der Frustration, der Druck, die Anspannung, Zorn und Hass, unterdrückt und aufgestaut, wie ich es im Gefängnis gelernt hatte, explodierte alles in einem plötzlichen Anfall. Ich ging mit Faustschlägen, Tritten und Kopfstößen so schnell und wild auf ihn los, dass er sich nicht verteidigen konnte. Ich pumpte ein paar harte Schläge in sein Gesicht, und er fiel auf den Arsch, saß verdattert da und hielt sich den Mund, während es rot aus seiner Nase lief. Als er zu mir hoch sah, bemerkte ich die Angst in seinen Augen. Er hatte sich aber schnell wieder im Griff, sprang auf und stürzte sich auf mich, aber ich schickte ihn wieder zu Boden. Er spuckte einen Zahn aus, zog dann ein Messer und ließ es aufschnappen. Ich trat auf sein Handgelenk und begann brutal und grausam in sein Gesicht zu schlagen. Mit zusammengebissenen Zähnen und Schaum vor dem Mund packte ich ihn an der Kehle und hämmerte seinen Kopf gegen einen geparkten Wagen, bis die Seitentür eingebeult war. Meine Finger verkrampften sich, meine Nägel gruben sich in sein Fleisch, und sein warmes Blut erinnerte mich an altes, verbrauchtes Motoröl. Er würgte, seine Zunge war geschwollen, er konnte nicht mehr atmen, aber ich wollte ihn nicht gehen lassen. Gedanken an das Lagerhaus schossen mir durch den Kopf; das Brecheisen, der Nachtwächter; das Gefängnis; und dann Cathy ... verdammte Cathy. Fuck ... Wenn es das war, was sie unbedingt wollte, wenn es das war, was sie brauchte ...

Langsam gaben meine Hände nach, er rollte zur Seite und

stützte sich auf die Unterarme. Ich richtete mich auf, und seine Freunde wichen zurück. Alles war in Sekundenschnelle geschehen, und niemand ging dazwischen; als ihnen gedämmert hatte, wozu ich fähig war, verspürten sie keinen Drang mehr dazu. Ich starrte einen nach dem anderen an, lud sie ein, ihr Glück zu versuchen, aber es gab niemanden, der es herausfordern wollte. Ich sah Paps hinter der Schaufensterscheibe, er war geschockt. Ich drehte mich um, und die Nachbarn waren geschockt! Und es hieß was, diese Leute zu schockieren. Marcus hielt sich den Hals und setzte sich auf. Ich griff nach dem Messer und warf es in den Gully.

»Du hältst dich für tough, du Scheißkerl?« rief ich mit finsterem Blick. »Ich hab Typen im Knast verprügelt, die hätten dich in den Arsch gefickt und zum Frühstück geheiratet!«

Ich ging wieder in den Laden, und seine Freunde wichen mir aus. Ihre Augen starr vor Angst und voller Respekt, möglich, dass sie nun hinter seine Fassade blickten.

Als die Bullen kamen, erklärte ich, was passiert war, und sie beruhigten mich, ich solle mir keine Sorgen machen.

»Schließlich«, bemerkte einer von ihnen, »hat ein Mann das Recht, sich zu verteidigen, egal, was für eine Vergangenheit er hat.«

Ich hörte Glas splittern und das Quietschen von Autoreifen. Ich rannte nach draußen und konnte sehen, wie sich eine Menschenmenge vor dem Laden bildete. Ich rannte zu Paps, um sicherzugehen, dass er okay war.

»Paps! Paps! Alles in Ordnung?«

»Mir geht's gut. Niemand verletzt«, brummte er. »Ich war hinten, als es passiert ist. Hat sich wie der Weltuntergang angehört. Ich hatte eine Scheißangst. Du kannst dir ja denken, wer das war, oder?«

»Du siehst blass aus, willst du was trinken?«

»Später. Schau dir das an. Ein verdammter Ziegelstein!« sagte er angeekelt und hob ihn auf, während er auf einem Scherbenhaufen stand. Als ich ihn so dort stehen sah mit dem Ziegelstein in der Hand, musste ich fast lachen. Die Ironie der Geschichte entging mir nicht. Ich musste nachsehen, ob es nicht auch noch derselbe Ziegelstein war.

Armer Paps, dachte ich, er war für diese Art Job nicht gemacht. Sein ganzes Leben lang hatte er Stress und Verantwortung gemieden, und jetzt das ...

Er hatte nicht gesehen, dass Marcus den Stein geworfen hatte, und ich war klug genug, die gaffende Menge draußen nicht zu fragen — von denen hatten die meisten viel zu viel Angst, um etwas zuzugeben. Ich sagte mir, um so besser, wenn das die Sache beendete. Niemand wurde verletzt, meine Versicherung bezahlt die Scheibe, und solange nichts weiter passiert ... war es eine zerbrochene Fensterscheibe wert, ihn auf offener Straße in den Arsch zu treten.

Das Fenster wurde am nächsten Tag ausgewechselt, und das Geschäft lief weiter wie immer. Nur dass die Leute mich anders behandelten, wenn ich die Straße entlangging. Sie gingen mir aus dem Weg, nickten mir zu oder lächelten, und während ich an ihnen vorbeiging, schnappte ich Bruchstücke von flüsternd gesprochenen Sätzen auf wie:

»Hat einen Mann mit bloßen Händen erwürgt.«

»... hat einen Mann mit einem Brecheisen erschlagen.«

»... hat ein Mädchen gekidnapped und gefangen gehalten.«

»... hat downtown einen Autoschieberladen gehabt.«

»... war Drogendealer bei der Mafia.«

»... war zehn Jahre in Sing-Sing.«

Außer dem großen Ding bei Brinks wurde mir so ziemlich alles angehängt. Und Brinks, denke ich, hätten sie mir auch noch zugetraut. Es war nicht meine Absicht, jemanden einzuschüchtern, ich grüßte jeden, der mich grüßte, aber sie sahen in mir jetzt jemanden, dem man besser nicht ans Bein pinkelte. Und das war gut so.

Krankenwagen gehörten jetzt zum normalen Erscheinungsbild der Gegend. Neulich wurde jemand auf den Basketballcourts erschossen. Gestern verpasste sich ein junges Mädchen eine Überdosis und musste ins Krankenhaus gebracht werden. Jeden Tag was anderes. Beknackte, sinnlose Sachen.

Gestern Abend sah ich ein Mädchen vom Babystrich, das halbe Gesicht aufgeschlagen, es war angeschwollen wie ein Ballon. Sie war vermutlich nicht älter als fünfzehn gewesen, hatte versucht, das Dilemma mit Make-up zu kaschieren, aber die Mühe war vergeblich gewesen. Ich hatte Mitleid mit ihr. Mit ihnen allen. Sie wussten nie, was sie erwartete. Jedes freundliche Gesicht führte etwas im Schilde. Wollte ihnen etwas nehmen oder etwas antun.

Kapitel 42

Es war halb drei, und Paps war immer noch nicht aufgetaucht. Er kam sonst nie zu spät. Ich rief zu Hause an, aber niemand meldete sich. Irgendetwas stimmte nicht. Ich schloss den Laden und ging in die Wohnung.

Als ich die Dusche laufen hörte, fühlte ich mich besser. Ich klopfte an die Badezimmertür.

»Paps, der Krankenwagen ist auf dem Weg! Kannst du mich hören, Paps? Es wird alles gut. Immer mit der Ruhe, es wird schon wieder, Paps.«

Er reagierte nicht auf meine Stimme, er reagierte auf gar nichts. Er konnte seine Augen nicht öffnen. Sein Kopf lehnte an der Badewanne, und sein Körper fühlte sich kalt an. Ich wusste nicht, was ich tun sollte! Ich fing an, ihn abzutrocknen, wusste, dass das Wasser ihm nicht gut tat. Ich rannte ins Zimmer und holte eine Decke. Mit zitternden Händen deckte ich ihn zu und wartete auf den Krankenwagen. Ich berührte seine Wange und betete, er möge weiteratmen. Bitte, lieber Gott, lass ihn am Leben. Kalter Schweiß stand ihm auf der Stirn und bildete sich neu, sobald ich ihn abwischte. Ich hörte die Sirene und rannte zum Fenster. Der Krankenwagen fuhr an unserem Haus vorbei und bremste drei Häuser weiter. Ich stürmte auf die Straße und schrie, damit sie zurückkamen.

Sie legten ihn auf den Rücken. Einer der Krankenpfleger legte ihm eine Sauerstoffmaske an. Ich hielt seine Hand. Sie fühlte sich kalt und leblos an, aber er atmete noch. Halt durch, Paps, dachte ich, nur noch ein kleines bisschen.

Ich wartete stundenlang und wusste nicht, was los war, ob er noch lebte oder schon tot war. Ich rief Keiko an und sagte ihr, sie solle sich mit Ray in Verbindung setzen. Sie musste sich erst eine Landkarte holen, um herauszufinden, wo er jetzt ungefähr war. Irgendwo in der Nähe von Korea, sagte sie. Sie schickte ihm ein Telegramm, damit er vom nächsten Hafen aus anrufen konnte.

Ich war nervlich ein Wrack. Die Ungewissheit war schlimmer als alles andere. Die schrecklichsten Szenarien schossen mir durch den Kopf. Man versucht, sich darauf vorzubereiten, aber es funktioniert nicht. Man hofft nur. Und betet.

Schließlich kam ein Arzt heraus, ein Herzspezialist. Er sagte, Paps sei fürs Erste okay. Ich fragte, was geschehen sei, und er erklärte es mir in einfachen Worten: Eingeschränkte Herz- und Nierenfunktion, Leberschaden. Herzanfall. Er sagte, sie hätten ihn an ein Dialysegerät angeschlossen — was sich für mich nicht sehr beruhigend anhörte —, und sein Zustand sei jetzt stabil — das klang besser. Es war, als hörte ich einen Geheimcode, bei jedem vierten Wort empfand ich Erleichterung oder Schmerz. Schließlich sagte er, ich könne ihn kurz sehen.

Ich musste einen weißen Kittel anziehen und eine Maske umbinden. Es sah schlimmer aus als damals bei Mrs. Bailey. Rund um das Bett standen Geräte, Monitore spuckten verschnörkelte Zick-Zack-Linien aus, Flaschen mit Flüssigkeit hingen verkehrt herum; ein dünner, durchsichtiger Schlauch kam aus seiner Nase. Paps war gelb im Gesicht und sah schwach aus, aber er wusste, dass ich da war und konnte meine Hand drücken. Ich beugte mich über ihn, damit er mein Gesicht besser sehen konnte. Er versuchte zu lächeln ... dann fing er an zu sprechen ...

Ich schreckte im Bett auf, erinnerte mich, dass Ray anrufen wollte. Sicher, in Korea war es jetzt mitten am Tag. Ich machte das Licht an und ging zum Telefon, um ihm zu sagen, dass es Paps gut gehe.

Kapitel 43

Ich sagte dem Mann am Empfang, wer ich sei, und ich durfte nach oben gehen. Außer einer jungen Schwester, die gerade in ein Zimmer ging, um nach einer schreienden Frau zu sehen, waren die Flure leer. Noch nie war ich in einem so ruhigen und friedvollen Krankenhaus gewesen. Ich war froh darüber, denn ich wollte niemanden um mich haben, wenn ich die Leiche meines Vaters sehen musste.

Am Telefon hatte sie mir gesagt, ich solle sofort kommen, es sehe nicht gut aus. Als ich mehr Informationen verlangte, sagte sie, er sei verschieden, sagte mir, ich könne ihn noch einmal sehen, bevor er in die Leichenhalle gebracht werde. Keine Ahnung, warum ich hinging, ich meine, ich konnte sowieso nichts mehr tun, konnte mich nicht von ihm verabschieden, konnte nichts tun, doch ich musste kommen. Keine Ahnung, warum.

Irgendwie war es mir noch nicht bewusst, denn ich war nicht aufgeregt. Vermutlich stand ich unter Schock, und das führt zu einer Blockade der Gefühle, die man eigentlich haben sollte.

Ich ging auf die Intensivstation, und eine Schwester, die ahnte, wer ich sein musste, kam herüber und drückte ihr Beileid aus. Sie brachte mich in sein Zimmer und ließ mich allein mit ihm. Sein Gesicht war mit einem Laken bedeckt, wie im Film. Ich hatte Angst, es wegzuziehen. Warum hatte die Schwester es nicht abnehmen können, bevor ich hereinkam? Jetzt musste ich es tun, und das wollte ich nicht. Ich blickte hinaus auf den Flur, doch niemand war in der Nähe, selbst die drei Schwestern, die Dienst hatten, machten sich rar. Es musste hart für sie sein, jeden Tag Menschen über den Tod der Angehörigen weinen zu sehen.

Am Fußende des Bettes zupfte ich am Laken, zog es sanft von den Zehen und dann langsam von seinem Gesicht; ein Vorhang, der die Bühne frei gibt.

Nichts. Ich fühlte nichts. Überhaupt nichts. Ich versuchte mit Gewalt, etwas aus mir herauszubringen, aber es kam nichts. Ich starrte ihn an, sein Gesicht war ernst, die Stirn zerfurcht. Doch in mir regte sich nichts.

Ich rief Keiko an, und sie sagte mir, Ray habe versucht, mich anzurufen. Ich erzählte ihr, was geschehen war und sie fing an zu weinen. Sie hatte diesen Mann nur einmal im Leben getroffen und weinte jetzt über seinen Tod. Ich, sein Sohn, hatte über zwanzig Jahre mit ihm zusammengelebt und hatte nicht eine Träne.

Sie sagte, Ray rufe morgen wieder an, und ich legte auf. Es war Zeit, alles zu regeln. Ich nahm das Telefonbuch und begann mit den Anrufen.

Kapitel 44

Alles geschieht zu schnell. Verdammt, einfach zu schnell. Vor zwei Tagen war er noch im Laden gewesen und hatte Süßigkeiten an die Kids verschenkt. Und jetzt lag er in seinem Sarg. Es war dasselbe Beerdigungsinstitut, in dem Winston aufgebahrt worden war, jedoch nicht derselbe Raum. Winstons Raum lag gegenüber. Ich sah hinein und dort lag eine alte Frau.

Es gehört schon ein Hang zum Morbiden dazu, um so ein Geschäft zu führen. Man muss sich das mal vorstellen. Sein ganzes Leben baut man auf dem Leid anderer Leute auf, muss so tun, als wäre man traurig und ernst, während man Geld scheffelt. Pervers, das waren sie. Ich konnte nicht glauben, dass mir solch ein Mist im Kopf rumging, während ich auf die Leiche starrte.

Seine Haut war jetzt dunkler. Sie hatten ihn geschminkt und das Haar zur Seite gekämmt. In dem Anzug von Ray und mit den gefalteten Händen, um die ein Rosenkranz gewickelt war, sah er aus, als würde er ein Nickerchen machen. Ich musste lächeln. In seinem ganzen Leben hatte Paps kein einziges Gebet gesprochen. Ich konnte nicht mal sagen, ob er an Gott geglaubt hatte. Wir hatten uns nie darüber unterhalten.

Ray wollte eigentlich zur Beerdigung kommen. Er sagte, sie würden erst in fünf Tagen in einen Hafen einlaufen. So lange konnte ich den Trauergottesdienst nicht hinausschieben. Er rief irgendwo aus der Nähe von China an. Ich konnte ihn nicht so gut verstehen. Er meinte, er sei nicht sicher, ob er überhaupt einen Flug kriegen konnte. Ich beruhigte ihn, er solle dableiben, es sei alles okay. »Er ist ganz ruhig eingeschlafen, Ray. Ich glaube nicht, dass er irgendwelche Schmerzen hatte. Sprich ein Gebet, zu wem auch immer, und ich kümmere mich hier um alles, okay?«

Eine Stunde nachdem wir miteinander gesprochen hatten, überwies Keiko zweitausend Dollar für die Bestattungskosten. Ich versuchte, Hortense zu erreichen, die vor fünf Monaten mit ihrer Schwester nach Florida gezogen war, aber ihr Telefon war abgestellt, und sie hatte keine neue Nummer hinterlassen.

Wie ich so da saß, auf den Sarg starrte und die Beileidsbekundungen der wenigen Leuten, die gekommen waren, entgegennahm, fühlte ich mich wie ein Schauspieler, der seinen Part spielt. Man erwartete von mir, dass ich den am Boden zerstörten und betrübten Sohn abgab, während die anderen trauernde Freunde und Bekannte mimten. Denny — Denny's Bar — kam am Nachmittag vorbei, bevor er seinen Laden aufmachte. Ihm brach es wirklich das Herz. Er hatte einen seiner ältesten und treuesten Kunden verloren. Ich wusste, wenn die Kids aus der Gegend hätten kommen dürfen, hätten sie bis vor die Tür Schlange gestanden, um einen letzten Blick auf den Weihnachtsmann zu werfen.

Diesen Drang hatte ich sehr, sehr lange nicht mehr verspürt. Es pulsierte in meinem Schädel. Rief nach mir. Gras! Sich mit einem schönen dicken Joint aus Thaigras den Schädel zudröhnen ...

Aus den Augenwinkeln sah ich, wie sie auf den Sarg zuging, ich hatte sie ganz vergessen. Hatte nicht einmal daran gedacht, sie anzurufen. Aber als ich sie sah, fand ich es ganz natürlich, dass sie gekommen war, Paps hätte gewollt, dass sie kommt, und ich nehme an, sie wusste das.

Sie kniete am Kopfende des Sargs und bekreuzigte sich. Ich

lachte in mich hinein. Vielleicht war sie für diese Gelegenheit gerade konvertiert. Sie trug einen marineblauen Rock, eine hellblaue Bluse und schwarze Slipper. Sie wusste immer, sich anzuziehen. Selbst als wir zusammen waren, vor Ewigkeiten, sah sie so aus. Klassisch.

Als sie wieder aufstand, waren ihre Augen feucht, keine Tränen zwar, aber feucht. Sie kam herüber und ergriff meine Hand, die Wärme ihrer Haut jagte mir einen Schauer über den Rücken. Mit Anteilnahme in den Augen sagte sie: »Es tut mir Leid. Wenn ich irgendetwas tun kann ... « Der Rest des Satzes verlor sich.

Mann, sie musste diese Rede wirklich tagelang einstudiert haben!

Sie saß hinten im Raum, fünf Reihen leerer Klappstühle trennten uns. Ein paar Minuten später beugte ich mich zur Seite, um einen Fleck von meinem Schuh zu wischen, und als ich nach hinten sah, war sie verschwunden. Sie hatte immer noch diese stille Art, so viel war sicher.

Die Situation wurde unerträglich für mich, also stand ich auf, um hinunter in den Salon zu gehen, aber vorher ging ich noch mal zum Sarg. Ich wollte ihm ein paar Dinge erklären ...

»Paps«, sagte ich sanft. »Ich weiß nicht, warum ich so bin. Wirklich nicht. Du weißt, was ich für dich empfinde, wenn ich es auch nicht zeigen kann. Keine Ahnung, was mit mir passiert ist. Vielleicht habe ich zu viel Scheiße erlebt, vielleicht bin ich ausgebrannt, ich weiß es nicht. Aber ich bin sicher, wenn du noch am Leben wärst, würdest du's verstehen. Und wir würden uns amüsieren über den Mist, der mir im Kopf rumspukt. Gott weiß, wir hatten's nicht leicht, hatten keinen guten Start. Aber mein Gott, Paps, ich habe dich geliebt, und ich bin verdammt stolz, dein Sohn zu sein. Als ich dich am Nötigsten brauchte, als ich ganz unten war und dich und alle anderen verletzt habe, hast du zu mir gehalten. Und wofür ich wirklich dankbar bin, du hast noch mitbekommen, wie ich mich verändert habe. Ich glaube, ohne dich hätte ich es nie geschafft. Ich wünschte nur, ich hätte es dir früher gesagt.«

Ich verließ den Raum und ging nach unten, um eine Zigarette zu rauchen. An der Wand standen mehrere Ledersofas. Cathy saß auf dem ganz hinten, an ihren Fingerspitzen hing eine Zigarette. Ich hatte sie noch nie rauchen sehen. Drei Leute einer anderen Trauergesellschaft saßen ihr gegenüber. Ich ging hinüber und setzte mich neben sie, aber nicht zu nahe. Und zündete meine Zigarette an.

»Ich wusste gar nicht, dass du rauchst«, sagte ich.

»Ich hab angefangen.«

Ich hielt meine Zigarette hoch. »So viel zu schlechten Angewohnheiten.« Sie suchte in meinen Augen, aber ich hatte nichts andeuten wollen damit. Pause. Dann sagte sie: »Es ist schwer zu glauben« und nahm eine tiefen, bedeutungsschwangeren Zug.

»Yeah. An einem einzigen Tag. Krank und tot«, antwortete ich.

»Ich wünschte, ich wäre hin und wieder vorbeigekommen, um ihn zu besuchen.«

»Das hätte ihm gefallen. Er hat dich immer irgendwie als Tochter betrachtet.«

Sie sah geradeaus, ein wenig schuldbewusst; doch ich hatte es mehr als Kompliment gemeint. Ich befürchtete, sie würde aufstehen und gehen. »Im Laden wird es nicht mehr so sein wie vorher. Komm doch mal vorbei.«

»Ich weiß nicht, es ist ziemlich viel Gewalt hier in der Gegend«, sagte sie und warf mir einen Blick zu, der alles und nichts sagte und der mich schon immer angekotzt hatte.

Die Leute gegenüber standen auf und gingen nach oben. Wir waren allein und sie lehnte sich zurück. Es war so still, ich konnte sie atmen hören. Sie drückte ihre Zigarette in dem rötlichen Aschenbecher rechts von ihr aus, ich ließ meine Asche zu Boden fallen. Ich wischte mir über die Stirn und war überrascht, dass meine Finger triefnass waren. Mein Kopf wurde plötzlich sehr leicht und ein Kälteschauer fuhr durch meinen Körper, die Haare in meinem Nacken sträubten sich. Etwas wirbelte hoch in meinem Innern, etwas Kraftvolles, Unerwartetes. Zuerst dachte ich, dass es an ihrer Nähe lag, an dem ernsten Schweigen zwischen uns. Ich atmete tief ein, versuchte, mich zu beruhigen. Meine Hände zitterten, und sie bemerkte es an der Zigarette zwischen meinen Fingerspitzen. Langsam dämmerte es mir ... wie blöd war ich gewesen ... es lag überhaupt nicht an ihr ... Natürlich nicht ... Es lag an Paps!

Er ist fort. Und ich bin allein. Wirklich allein. Noch mehr allein, als ich es je in meinem Leben gewesen war. Mehr noch als im Gefängnis, wo er mich alle paar Wochen besuchen konnte. Allein!

Ich stellte mir seine Leiche da oben vor, und mir wurde schlecht. Meine Kleidung war völlig durchgeschwitzt. Etwas kroch mir die Kehle hoch und ich erstickte fast daran. Ich konnte nicht mehr atmen. Cathy setzte sich auf.

»Alles in Ordnung mit dir?«

»Yeah, nur ein bisschen übel, glaube ich.«

»Ich geb dir ein Taschentuch.«

»Nein, ich bin okay.«

Ihre Augen sahen durch mich hindurch, scharf, so wie früher. Sie legte mir ihre Hand auf den Rücken, und die Narben kribbelten wie sich kräuselnde Wellen auf einem See. Sie sagte: »Hey, das ist schon in Ordnung. Du musst nicht immer gegen alles ankämpfen.«

»Weißt du«, sagte ich schluchzend, »ich hab ihn im Krankenhaus besucht, und sie haben mir gesagt, er würde durchkommen, und als ich dann zu ihm hineinging ... «

»Paps, sie sagen, dass es dir wieder besser gehen wird. Du wirst es schaffen.«

»Wie geht's Ray?« fragte er und drückte meine Hand noch fester.

»Was? Ray geht's gut. Er ist auf dem Schiff. Er wird bald anrufen. Du musst jetzt schnell gesund werden, damit du mit ihm sprechen kannst.«

»Sag ihm, er soll früh reinkommen. Ich will nicht, dass er wieder krank wird«, sagte er.

»Okay Paps, ich werd darauf achten.«

»Und Cathy soll was Besonderes zum Abendessen machen. Dieses Hühnchenzeug, was sie immer macht.«

Er flüsterte ganz schwach, und ich mußte mich nah hinabbeugen.

»Schschsch, Paps, mach's dir nicht so schwer, entspann dich.«

»Und hör auf, dich mit ihr zu streiten, ja? Hör hin und wieder auf sie, das ist gut für dich.«

»Paps ...«

Er schloss die Augen und holte tief Luft, schluckte unter großer Anstrengung und redete weiter: »Ich bin stolz auf euch Jungens. Besonders auf dich. Dass aus Ray was wird, war mir immer klar, aber du, also, du hast mir Sorgen gemacht. Aber bei dir geht's auch vorwärts ... vorwärts.«

»Ich erreiche jedes Ziel, nicht wahr, Paps?«

Er lächelte. Er versuchte, den Kopf zu heben, um zu sprechen, aber ich beugte mich zu ihm herunter.

»Wie geht's dem Baby?« fragte er.

»Was?« Sie hatten ihm alle möglichen Schmerzmittel gegeben, das beeinträchtigte seinen Verstand.

»Das Baby ... «

»Dem Baby geht's gut, Paps. Mach dir keine Sorgen und versuch zu schlafen.«

»Yeah ... das ist richtig ... das ist gut.«

»Paps, versuch, nicht zu sprechen.«

»Ich will, dass du mir eins versprichst. Versprich mir ... «

»Schsch, entspann dich, Paps.« Ich hielt seine Hand mit beiden Händen.

»Du musst mir versprechen ... Kümmer dich um deine Familie. Hörst du? Ich hab's nicht getan. Du hast gesehen, was aus mir geworden ist.«

»Paps, du hast dich um jeden gut gekümmert.«

»Versprich ... versprich es mir.«

»Ich verspreche es, Paps.«

»Das ist gut«, sagte er, »gut.«

Er legte sich zurück und schloss die Augen, zum ersten Mal schien er Frieden gefunden zu haben.

Cathy hielt meinen Kopf an ihrer Brust, und ich weinte. Sie dachte, sie würde mich so trösten, doch sie machte es nur noch schlimmer damit. Nichts hatte irgendeinen Sinn. Ich hatte schon vergessen, wie es war, von einer Frau im Arm gehalten zu werden, von einer Frau, die ich liebte.

Zwei Leute kamen in den Raum und starrten mich an. Ich war ein Wrack. Es war mir egal. Wenn man in einem Beerdigungsinstitut nicht weinen kann, wo dann?

»Tut mir Leid, hier so ein Spektakel zu veranstalten«, sagte ich und schluchzte wieder.

»Das ist schon okay«, antwortete sie und wischte mir eine Träne vom Kinn.

Ich setzte mich auf. Sie reichte mir ein Papiertaschentuch und ich wischte mir damit die Augen. Ich bemerkte, dass ihre Bluse voller Flecken war.

»Sieh mal, was ich mit deiner Bluse gemacht habe«, kicherte ich. »Entschuldigung.«

Sie sah an sich hinunter und lächelte mich an. Ein warmes,

sonniges Lächeln, das mir sagte, es sei schon gut.

Als ich wieder oben saß und Paps mit Tränen in den Augen betrachtete, dachte ich nur an das Leben ohne ihn. Kein Lachen mehr über die eigenen Witze, kein Herumalbern mehr im Laden. Kein Paps mehr.

Ich beugte mich über ihn und betrachtete sein friedliches Gesicht, nahm dieses Bild in mich auf, um es für immer zu behalten; und als es dann Zeit war zu gehen, nahm ich den Rosenkranz aus seinen Händen und tauschte ihn gegen seine Ladenschlüssel aus. Denn dieser Laden war das Einzige, was ihm wirklich etwas bedeutet hatte. Er war wirklich wichtig gewesen für ihn. Ich stand hinten im Raum und beobachtete, wie der Deckel langsam über seinem Gesicht geschlossen wurde. Jetzt ging es mir wieder gut. Es war Zeit zu gehen.

»Grüß Mrs. Bailey von mir, Paps.«

Kapitel 45

Ich stellte Eddie ein. Ich hielt es nicht aus, so viele Stunden am Tag allein zu sein, außerdem brauchte ich Unterstützung beim Auffüllen der Kühltruhe und bei anderen Arbeiten. Eddie war dreizehn und wohnte zwei Blocks hinter den Courts. Er kam immer nach der Schule, füllte die Regale auf, wischte den Fußboden, und an manchen Tagen, wenn ich gerade in besonders grausamer Stimmung war, ließ ich ihn die Fenster putzen; allerdings verstand er nie, warum ich immer lachen musste, während er sie putzte.

Seine Eltern waren strenge, hart arbeitende Leute. Sein Vater, ein großer, muskulöser Mann mit einem dunklen Teint und einem ungezwungenen Lächeln, das seine Zahnlücken offenbarte, arbeitete als Hauswart in einem Wolkenkratzer in der Madison Avenue. Es war für ihn nichts Ungewöhnliches, vierzehn oder sechzehn Stunden am Tag zu arbeiten. Seine Frau war eine attraktive Mittvierzigerin, die zu Hause Wäsche wusch. Sie sammelte in der ganzen Nachbarschaft die schmutzigen Kleidungsstücke ein, wusch und bügelte sie und brachte sie am Abend wieder zurück.

Eddie war das jüngste Kind von drei Brüdern und zwei Schwestern.

Zwischen ihnen fiel nie ein böses Wort oder eine Beleidigung, es gab nicht einmal spielerisches Herumbalgen. Diese Familie war vorbildlicher als die Waltons. Und das lag an den Eltern und der Art und Weise, wie sie den Kindern ein Vorbild waren. Und umgekehrt ließen sie ihre Kinder spüren, dass sie stolz auf sie waren.

Dies war eine Seite der Kolumbianer, die ich vorher nie gesehen hatte: Stolz, Ehrlichkeit und Güte. Diese Leute waren nicht die Ausnahme, sondern die anderen waren es! Je mehr ich mich mit Eddie unterhielt und über seine Kultur erfuhr, über die fest verwurzelten Werte und Überzeugungen, desto mehr wurde mir klar, wie die paar Wenigen die Mehrheit in den Dreck ziehen. Genau wie bei den Italienern, wo jeder denkt, sie seien alle bei der Mafia. Na ja, ich war bei allem anderen in meinem Leben schief gewickelt, also war ich auch nicht sonderlich überrascht, dass ich mich im Hinblick auf die Kolumbianer geirrt hatte. Irgendwie war ich sogar froh darüber.

Eddies Vater wusste von meiner Vorstrafe, aber er sprach es nie an. Er dachte wohl, es sei gut für seinen Sohn, bei jemandem zu arbeiten, der sein Leben versaut und dann doch wieder in den Griff gekriegt hatte. Eddie war neugierig auf den ganzen Scheiß, den alle anderen anstellten, auf Drogen und verbotene Dinge, genauso wie ich in seinem Alter neugierig gewesen war. Ich gab mir Mühe, ihm klarzumachen, wie es wirklich ist, und ließ dabei kein schauriges Detail aus. Ich erinnerte mich, wie entsetzt ich beim Anblick des Junkies war, den Winston mir damals vorgestellt hatte, und dass ich mir damals schwor, niemals Heroin zu nehmen. Eddie hörte aufmerksam zu. Er wusste, dass ich kein vertrockneter alter Sack war, der Anti-Drogen-Slogans runterleierte.

»Wie ist das so ... im Gefängnis?« fragte er schüchtern. Ich war froh, dass er fragte, denn ich wollte es ihm nur erzählen, wenn er danach fragte. Und er war echt interessiert. Nicht so wie Leute fragen, weil es für sie etwas von einem dreckigen Witz hat, etwas ist, was sie ihren Freunden kichernd erzählen können. Ich zeigte Eddie eine der Narben auf meinem Rücken, zog dafür mein Hemd etwas hoch, damit er sie sehen konnte. Dann beschrieb ich ihm, wie ein Tag im Gefängnis ablief, von dem Augenblick, wo man morgens wach wird und um sein Leben kämpft, weil irgendjemand deine Decke haben will, bis zu dem Zeitpunkt, wo man auf den Gang hinaustritt und sieht, wie ein Typ mit eingeschlagenem Schädel in einer Blutlache liegt. Ich wusste, dass Eddie nie derartige Probleme haben würde, ich konnte es in seinen Augen sehen. Er konnte die Brutalität einfach nicht verstehen, konnte nicht begreifen, wie Menschen einander so etwas antun können. Ich glaubte, ich versetzte ihm damit einen solchen Schock, dass er sich an seinen Vater halten würde.

Ich kam mir wie ein kompletter Idiot vor, und ich schämte mich. Aber ich konnte nicht anders. Musste wenigstens zuschauen, auch wenn ich wusste, dass es falsch war. Ich hatte es satt, alleine zu Hause rumzusitzen, und nach ein paar Büchern will man nicht mehr über etwas lesen, sondern es selbst erleben.

Sie saß oben auf der Treppe zwischen drei Mädchen im Teeniealter. Neben ihnen plärrte ein Gettoblaster. Ich war froh, dass es kein Salsa war. Ich stand in der Toreinfahrt auf der anderen Straßenseite hinter einigen Mülltonnen. Im Dunkeln war es schwer, die Farbe ihres Kleides oder ihren Gesichtsausdruck zu erkennen. Das Einzige, was ich deutlich erkennen konnte, waren ihre weißen Schuhe.

Einen Augenblick später kam Marcus mit zwei Typen heraus und fing an, auf sie einzureden. An der Art, wie er seinen Kopf bewegte, konnte ich sehen, dass er einfach über sie verfügte und sie nicht mal zu Wort kommen ließ. Wie er wild mit den Händen gestikulierte, in ihr Gesicht zeigte und seine Stimme hob, und wie sie dasaß, ohne sich zu bewegen, steif und ausdruckslos ... Es war ihr wohl zur Gewohnheit geworden.

Als er mit seinen Freunden wegging, spürte ich so etwas wie Freude in mir. Seit dem ersten Abend auf den Courts hatte ich immer er sein wollen, hatte geträumt, er zu sein oder wenigstens so wie er. Es tat gut, zu sehen, dass er wie ich war. Wie mein früheres Ich.

Die Mädchen standen auf und gingen zu den Courts. Cathy saß allein da, und ich wollte rübergehen zu ihr und mit ihr reden, aber ich hatte Angst. Was sollte ich sagen? Sie stand auf und schaute die Straße hinunter und dann zur Toreinfahrt hinüber. Ich presste mich gegen die Mauer, es war stockfinster und ich wusste, dass sie mich nicht sehen konnte, aber sie starrte, als wüsste sie, dass jemand da war. Ihre Augen waren zwei Löcher ohne Boden. In ihnen sah ich meine eigene Einsamkeit. In meinen Gedanken zwang ich sie, mich wieder zu lieben. Aber sie drehte sich um und ging ins Haus.

Ich hörte Lärm direkt vor dem Laden und rannte zum Schaufenster. Es war, als wäre ich wieder ein Teenager, fünfzehn Jahre zurück, und täte dasselbe, was ich damals getan hatte. So analog war die Situation.

Die Mädchen aus der Nachbarschaft, die neuen Mädchen,

die nächste Generation, verprügelten ein anderes Mädchen ihres Alters, etwa zehn oder elf Jahre alt. Sie hatten sie eingekreist und zogen sie an den Haaren und traten gegen ihre Beine. Es fehlte eigentlich nur die Tüte mit dem Gemüse. Auf der anderen Straßenseite gingen Leute vorbei, aber niemand unternahm etwas. Ich stürzte aus dem Laden.

»Okay, hört auf damit! Lasst sie in Ruhe! Los, haut ab hier!«

Bei meinem Anblick liefen die Mädchen in alle Richtungen auseinander, man hätte meinen können, sie sähen Frankenstein. Ihre Eltern mussten sie gewarnt haben.

Das Objekt ihrer Verachtung weinte und wischte sich die Augen, und ich brachte sie in den Laden. Ich ging hinter den Tresen und gab ihr einen Soft Drink und fragte, warum die Mädchen sie angegriffen hatten.

»Darum!« schluchzte sie und wischte sich die Nase mit dem Ärmel ab. Ich glaube, dieser Grund war so gut wie jeder andere.

Sie sagte, sie wohne um die Ecke, habe aber Angst, allein nach Hause zu gehen. Ich konnte den Laden noch nicht zumachen, also rief ich ihren Vater an, der sie gleich abholen wollte. Ich war neugierig, wie die neue Generation der ›elenden Trinker‹ sein würde, die die Funktion von Cathys Vater übernahm. Doch als er in den Laden kam und Claudine zu ihm hinrannte und in seine Arme sprang, hob er sie auf seine Schultern und versicherte ihr, dass alles in Ordnung sei. Er bedankte sich bei mir, dass ich seiner Tochter geholfen hatte, bot mir an, das Getränk zu bezahlen und ging mit ihr an der Hand nach Hause.

Ich hätte es besser wissen müssen. Es würde nie wieder eine andere Cathy geben. Manchmal war eine schon zu viel.

Kapitel 46

In den letzten acht Monaten wurde ich fünf Mal ausgeraubt. Fünf bewaffnete Raubüberfälle. Jedes Mal diese beschissenen Crackheads! Die kriegten gar nicht mehr mit, was sie taten. Sie brachten einen um und konnten sich eine Minute später nicht mal mehr daran erinnern. Zur Abwechslung hätte ich gern mal wieder einen Junkie auf Turkey gehabt. Die Bullen waren völlig hilflos. Es war immer dasselbe, ich machte eine Anzeige, sie legten sie zu den Akten und nichts geschah. Drei Wochen später sah ich den Typ auf der Straße.

Beim letzten Überfall war Eddie im Laden. Er fing so heftig an zu zittern, dass sein Vater ihn danach ins Krankenhaus brachte. Sie gaben ihm ein Beruhigungsmittel, und er ging zwei Tage nicht zur Schule. Unnötig zu betonen, dass seine Karriere im Lebensmittelgeschäft damit ein abruptes Ende fand. Sein Vater kam vorbei und erklärte — obwohl er es zu schätzen wisse, was ich für seinen Sohn getan hätte —, dass er es vorziehe, wenn sein Sohn in einer weniger unsicheren Umgebung arbeite. Und er hatte Recht. Wäre er mein Sohn gewesen, hätte ich ebenso gehandelt.

Letzte Nacht sprach ich mit Ray. Vor ein paar Monaten hatten er und Keiko einen Sohn bekommen. Sie waren seit fast einem Jahr verheiratet und wohnten im Hause ihrer Eltern in Japan. Ray fuhr immer noch zur See, aber er hatte sich ein paar Monate freigenommen, um bei seiner Familie zu sein. Es fiel mir schwer, mir Ray als Vater vorzustellen. Egal, wie groß oder alt er ist, für mich bleibt er immer ein Kind. Sein Sohn war bezaubernd. Mandelaugen, aber die Nase und den Mund von Ray. Winzig klein. Das Photo, das sie mir geschickt hatten, zeigt das Baby auf einer Decke mit einem entsetzten Ausdruck im Gesicht, es wollte sicher nicht photografiert werden.

Ich klebte es an die Wand neben der Registrierkasse, genau neben das von mir und Paps. Wenn mal nichts los war, dann schaute ich es an und sagte mir, du bist jetzt Onkel.

Kapitel 47

Eine Menschenmenge rannte wild und aufgeregt am Fenster vorbei. Stimmen grölten. Ich presste mein Gesicht gegen die Scheibe, konnte aber nicht bis dorthin sehen. An der Hektik, mit der alles geschah, spürte ich, dass es eine große Sache war ... irgendetwas ganz Übles ...

Als ich es das dritte Mal von drei verschiedenen Leuten gehört hatte, wusste ich, es musste wahr sein. Er wurde auf dem Nachhauseweg von der Schule erstochen. Er wurde beraubt, er gab sein Geld her — die ganzen drei Dollar — und wurde dennoch erstochen. Grundlos, am hellichten Tag. Auf offener Straße.

Vor dem Haus stand ein Übertragungswagen vom Fernsehen, und eine Menschenmenge hatte sich versammelt. Cops und Detektives versuchten, sie von der Treppe fern zu halten. Ich ging auf die Straße. Was erwarteten diese Leute zu sehen? Seine Leiche war bereits weggeschafft worden und wahrscheinlich schon auf dem Weg zum Leichenschauhaus. Dann wurde mir klar, worauf sie warteten. Sie wollten sehen, wie die Familie herausgeführt und zum Polizeirevier gebracht wurde. Das war immer eine gute Show, mitanzusehen, wie Menschen leiden.

Ich ging wieder rein und schloss die Tür, ging zur Toilette und übergab mich ... Scheiße ... Eddie! Ich kniete vor der Toilette und würgte und weinte, überließ meinen Magen dem Kehraus ... Eddie! Das war alles, was ich denken konnte. Es musste irgendein verdammter mit Crack vollgeknallter Psychopath gewesen sein, man würde ihn verhaften, dann würde sein Anwalt ihn auf Bewährung und für einen Kurzaufenthalt in einer Entzugsklinik heraushauen. Leben war hier nichts wert. Es lohnte sich nicht, menschlich zu sein. Man konnte nicht überleben, wenn man menschlich wahr. Man musste ein Monster sein, mit dem Herzen einer Kakerlake. Dann war man okay, dann überlebte man. Ich hasste das Leben hier. Ich hasste den Laden. Der Laden war Teil dieser ganzen verdammten Kloake. Genau wie ich.

Man stumpft ab nach einiger Zeit. Der Körper kann nur eine bestimmte Menge Leid verkraften, und dann ist es vorbei. Man stumpft ab. Ich glaube, ich hatte meine letzte Ration.

Zwei Wochen lang hatte ich nichts bestellt. Die Regale waren schmutzig, Nahrungsmittel verdarben, Schubladen waren leer, alles war mir scheißegal. Selbst wenn der ganze Laden um mich herum eingebrochen wäre, wäre es mir egal gewesen. Ich machte eigentlich nur noch auf, weil ich sonst den ganzen Tag zu Hause rumgehangen und gegrübelt hätte. Und das war so ziemlich das Letzte, wonach mir der Sinn stand. Mir ging auf, weshalb Jenkins den Laden so viele Jahre in einem solchen Zustand ließ. Er war müde. So wie ich jetzt müde war. Müde, immer wieder zu sehen, wie Leute schreien und sich prügeln, sich eine Überdosis verpassen und stehlen und aufeinander schießen. Und diese Schreie in der Nacht. Wie ich das satt hatte. Ich wollte nur noch abhauen.

Kapitel 48

»Verpiss dich!«

Sein Gesicht lief rot an. Diese Antwort hatte er nicht erwartet. Er war gleichzeitig verblüfft und wütend.

»Gib mir das verdammte Geld! Oder ich blase dir das Gesicht weg! Ich mein's ernst!«

Seine Augen blickten wild zur Tür und zurück, Schweiß lief sein Gesicht herunter, mit den Jahren waren seine Zähne braun und faulig geworden, er sah aus, als würde er jeden Moment explodieren, aber ich konnte es einfach nicht tun. Jeder andere hätte längst das Geld gekriegt, aber nicht Marcus. Ich konnte es einfach nicht. Es ihm zu verweigern war kein Mut, sondern Sturheit. Ich zitterte, aber nicht so stark wie er. Er versuchte, einen unerträglichen Schmerz niederzuhalten, indem er sich zur Seite beugte und dabei seinen Ellbogen gegen die Rippen presste. Es war neun Uhr. Wäre er eine Minute später gekommen, hätte ich bereits geschlossen gehabt und wäre längst zu Hause gewesen.

»Du glaubst, ich tu's nicht?«, schrie er. »Ich schieß dir den verdammten Schwanz ab!«

Dann zielte er mit der Kanone auf meinen Schritt, hielt sie knapp über den Tresen genau auf meinen Schwanz. Ich erstarrte. Er fing an zu heulen und boxte sich seitlich gegen den Kopf, als versuche er, etwas zu lockern. Was er jetzt durchmachte, wünschte ich nicht mal meinem schlimmsten Feind. Ich bewegte meine Hand langsam Richtung Registrierkasse und öffnete sie, hielt dann aber meine Hände über dem Kopf. Er ging mit den Fingern durch die Lade und griff alle Scheine, etwa fünfundzwanzig Piepen, dann schmetterte er seine Faust auf den Tresen und schrie: »Wo ist der Rest?«

»Das ist alles, was da ist.«

Er schmiss die Lade quer durch den Raum, dann griff er sich wieder schmerzgekrümmt an die Rippen. »Scheiß mich nicht an! Wo ist es, verdammt noch mal?«

»Das ist alles, was da ist, ich schwör's!«

»Mach deine Taschen leer! Mach sie leer!«

Er langte nach vorn und packte mich am Hemd und hielt

mir die Kanone ins Gesicht, ein paar Zentimeter vor meiner Nase. Ich hatte noch nie eine Kanone so dicht vor mir gehabt. Ich steckte die Hände in die Taschen und leerte sie und starrte ihm dabei in die Augen. Falls er mich kaltblütig abknallen sollte, wollte ich, dass er mir dabei in die Augen sah. Ich wollte, dass er für den Rest seines Lebens Albträume hätte, Albträume, in denen ihn meine Augen anstarren würden. So wie ich noch immer Albträume hatte.

Ich legte das Geld auf den Tresen und erwartete, dass er mich erschießen würde, nachdem er es genommen hatte. Aus dieser Nähe würde ich nichts merken. Er sackte das Geld ein, und dann erinnere ich mich nur noch, dass ich flach auf dem Rücken lag. Ich hörte, wie die Tür geöffnet wurde und ins Schloss fiel.

Ich versuchte, mich aufzusetzen, aber alles um mich herum drehte sich. Ich stützte mich vom Boden ab, um nicht das Gleichgewicht zu verlieren. Ich spürte etwas Warmes an meinem Gesicht herunterlaufen und einen Moment lang dachte ich, er hätte auf mich geschossen. Bis ich dann meinen Kopf befühlte und feststellte, dass da kein Einschussloch war. Ich konnte nicht verstehen, warum er nicht geschossen hatte. Ich weiß es nicht. Ich werde es wahrscheinlich nie erfahren.

Ein paar Minuten, nachdem er weg war, rief ich die Bullen. Während ich auf sie wartete, ging ich in die Toilette und wusch mich. Ich hatte mir in die Hosen geschissen.

Die Bullen kamen und nahmen ihr Protokoll auf, dann ging ich mit zum Revier und stellte Strafanzeige. Jetzt hatte ich ihn. Sie kannten seine Adresse, seine Stammlokale und seinen Zustand. Es ist leicht, Junkies aufzuspüren, sie kommen nie sehr weit herum.

Er wurde am nächsten Tag aufgegriffen und wegen bewaffneten Raubüberfalls und Körperverletzung angeklagt. Und das wurde wirklich verdammt noch mal Zeit, dachte ich mir.

Zwei Tage später ging die Tür auf und Cathy kam herein. Sie wollte mit mir reden.

»Du musst ja völlig übergeschnappt sein!« schrie ich. Ich erwartete eine Entschuldigung oder zumindest ein Wort des Bedauerns, stattdessen bat sie mich, die Anzeige zurückzuziehen. Sie holte ihr Portemonnaie hervor und nahm einunddreißig Dollar heraus, die Summe, die er mir abgenommen hatte. Ich konnte es nicht glauben.

»Es geht nicht um das Geld«, sagte ich. »Er hätte mich um ein Haar umgebracht!«

»Es geht ihm nicht gut. Er wusste nicht, was er tat. Bitte, nimm doch das Geld.« Dann legte sie es auf den Tresen.

»Richtig, es geht ihm nicht gut. Aber das ist kein medizinisches, sondern ein mentales Problem! Er hätte schon vor Jahren aus dem Verkehr gezogen werden müssen.«

Die Tür ging auf und ein Kunde kam herein, wir schwiegen beide. Ich beobachtete, wie der Kunde zur Kühltruhe hinüberging, einen der letzten Soft Drinks herausnahm, zahlte und ging.

Cathy setzte erneut an: »Bitte, du verstehst nicht ... «

»Ich denke doch. Dein Mann hat eine Kanone gezogen und mich ausgeraubt. Und ich habe das getan, was jeder vernünftige Bürger getan hätte.«

Sie griff in ihr Portemonnaie und holte weitere zwölf Dollar heraus.

»Hier, das ist alles, was ich habe. Bitte nimm's und zieh die Anklage zurück. Sag ihnen einfach, dass es ein Missverständnis war. Ich schwöre dir, er wird nie wieder einen Fuß in deinen Laden setzen, er wird nicht mal mehr hier im Block auftauchen. Bitte!«

»Nein.«

Sie runzelte die Stirn, und das Blut schoss ihr in die Wangen; sie hatte etwas Tragisches. »Wir können die Kaution nicht aufbringen.« Sie weinte. »Er wird verrückt da drin. Wird sich was antun ... «

»Herrgott noch mal! Wenn du nur um mich so besorgt gewesen wärst, als ich im Knast war ... «

»Du warst anders.«

»Cathy, du hast mich da drin vergammeln lassen wie einen Haufen Müll! Ist es das, was anders an mir war?«

Sie wollte etwas sagen, überlegte es sich aber und biss sich auf die Unterlippe. Ich holte tief Luft, versuchte, nicht laut zu werden. »Ich weiß, du hast mir das nie geglaubt mit dem Nachtwächter. Du hattest dafür deine Gründe, damit kann ich leben. Aber das erklärt nicht, warum du mich so verlassen hast, wie du's getan hast.«

»Ich musste einfach weg. Es tut mir Leid. Das ist alles lange her. Warum willst du das jetzt alles wieder aufwärmen?«

Ich war mir gar nicht so sicher, ob ich das wollte.

»Ich tue, was du willst, alles. Aber bitte, ich flehe dich an, zieh die Klage zurück ... «

»Das kann ich nicht. So sehr ich es auch bedauere. Ich kann's einfach nicht.«

Cathy machte zu, die Phase des Bittens war vorbei. Mit Augen wie Stahl giftete sie mich an: »Ich weiß, worum's dir wirklich geht. Darauf hast du lange gewartet.«

»Bild dir bloß nichts ein.«

»Fühlst du dich dadurch besser? Fühlst du dich jetzt wie ein Mann?«

»Ja, das tu ich. Aber nicht deinetwegen, sondern seinetwegen. Dich wollte ich nie verletzen.«

»Du kennst schon nicht mal mehr den Unterschied, mich zu verletzen war doch deine Lebensaufgabe.«

»Wach auf, Cathy. Glaubst du etwa, du könntest ihm jedes Mal, wenn er wieder an der Nadel hängt, eins über den Schädel ziehen und ihn clean kriegen?«

Ich dachte, es wäre ihr neu, dass ich Bescheid wusste, aber an ihrem Gesicht konnte ich sehen, dass dem nicht so war. Die Mundwinkel verächtlich heruntergezogen, sagte sie bitter: »Nun, ich weiß auch einiges über dich. Ich weiß auch, warum du das tust. Ich find's ziemlich krank, wie du mich heimlich von der Einfahrt aus beobachtest.«

Darauf war ich nicht gefasst, obwohl ich damit hätte rechnen müssen.

»Keine Ahnung, wovon du sprichst«, sagte ich. »Siehst du nachts Gespenster?«

»Ich weiß, dass du's warst. Streite es nur ab, du bist ja Weltmeister im Lügen, nicht wahr? Es ist eine Schande, dass du mit deinem Leben nichts Besseres anzufangen weißt, als mir hinterherzuschnüffeln!«

Sie hatte Recht, es war eine Schande, aber ich konnte es nicht zugeben. Stattdessen schoss ich zurück: »Es ist eine Schande, dass du nicht merkst, wo du reingeschlittert bist. Du sitzt in der Klemme, bildest dir ein, du hättest die Situation im Griff, aber das hast du nicht. Und ganz tief da drinnen, in deiner verkorksten kleinen Seele, bist du davon überzeugt, du hättest es verdient. Du wirst immer wieder einstecken und einstecken, bis du nicht mehr einstecken kannst, bist du leer bist. Dann wirst du verschwinden. Wie ein Nagetier. Immer wieder nach demselben Muster. Und das ist die größte Schande überhaupt!«

Diese Worte hingen wie Giftgas in der Luft, und Cathys Gesicht erstarrte zur Maske; das hatte gesessen, von jeher konnten ihre Augen so etwas nicht verbergen. Eine ganze Weile sagte keiner von uns ein Wort. Es war das lauteste Schweigen, das ich je gehört hatte, es bereitete mir Kopfschmerzen.

»Entschuldige«, sagte ich sanft, »ich hab's nicht so gemeint. Ich hab vieles nicht so gemeint. Aber ich werde die Anzeige nicht zurückziehen, Cathy. Lieber schmor ich in der Hölle, als die Anzeige zurückzuziehen.«

Wie in Zeitlupe nahm sie das Geld vom Tresen — wahrscheinlich das gesamte Geld, was sie noch hatte — und stopfte es unbeholfen in ihr kleines Portemonnaie. Sie war wieder allein, und sie zu beobachten war, als schaute man in ein Kinderzimmerfenster. Sie knipste ihr Portemonnaie zu und steckte es in die Tasche ihres Kleids.

Ich wusste nicht, was ich noch sagen sollte. Doch als sie Richtung Tür ging, musste ich noch etwas sagen, etwas, das sie nicht wie ein Faustschlag traf. Sie öffnete die Tür und ich rief ihr hinterher: »Du schuldest ihm nichts, Cathy. Du hast alles für ihn getan, was du tun konntest. Es ist Zeit, dass du mal an dich denkst, meinst du nicht?«

Sie ging am Schaufenster vorbei, und mir tat innerlich alles weh. Ich war wütend darüber, wie sie mich verfolgte. Sie musste von Anfang an gewusst haben, dass ich das in der Einfahrt war. Warum ließ sie mich das so lange machen?

Ich krümmte mich, so wie Marcus sich gekrümmt hatte. Nur war ich von etwas anderem abhängig, und dafür gab es keine Entziehungskur.

Ich rannte zur Tür und ging hinaus vor den Laden, die ganze Zeit im Blick, wie sie sich von mir entfernte. Hätte sie mir nur wenigstens halb so viel Chancen gegeben wie ihm ... Alles, was hätte sein können, brannte lichterloh in meinem Kopf, wie ein Haus, das in Flammen stand. Sie hatte gerade die Ecke erreicht, als ich aus vollem Halse schrie:

»LIEBER SCHMOR ICH IN DER HÖLLE, ALS DIE ANZEIGE ZURÜCKZUZIEHEN!«

Kapitel 49

Eddies Bruder, Miggy, kam heute vorbei. Ich verhielt mich ihm gegenüber nicht anders, als ich es sonst getan hätte, nur war mir nicht nach Lachen und Fröhlichsein zumute. Ich erkundigte mich, wie es seinem Vater ging. Ich mochte seinen Vater und machte mir Sorgen.

»Nicht sehr gut«, sagte er, und der Schmerz stand ihm ins Gesicht geschrieben. Es war jetzt fast sechs Wochen her, seit es geschehen war. Man vergisst leicht, was ein Mord für eine Familie bedeutet. Uns Außenstehende holt die Wirklichkeit wieder ein, nachdem sich der erste Schock gelegt hat; wir gehen wieder sachlich an Dinge heran, und das Leben nimmt seinen Lauf. Aber die Familie wird nie wieder dieselbe sein. Da ist der leere Platz am Esstisch, das verwaiste Bett, das seine Brüder jeden Morgen im Zimmer sehen werden. Kein Schreien mehr, dass man auch endlich ins Bad will, keine Geburtstage mehr oder Zeugnisse oder Freundinnen, kein Abitur, keine Heirat oder Kinder. Alles ist eingeschlossen in einem Zeitabschnitt. Die Zukunft wird durch die Vergangenheit ersetzt, durch Erinnerungen und Photografien. Der Verlust. Was das für eine Familie heißt, begreift man erst, wenn man selbst betroffen ist. Ich hatte vergessen, wie es war, als Ray im Krankenhaus lag. Als ich jetzt Miggy im Laden sah, erinnerte ich mich wieder.

Ich fing an, im Laden klar Schiff zu machen, füllte die Regale, machte sauber und riss mich einfach wieder am Riemen. Ich dachte, wenn ich hier eine Weile festsitze, sollte ich einfach das Beste daraus machen. Ich baute keine engen Kontakte auf, wahrte Distanz. Das schien mir von nun an das Sinnvollste zu sein.

Ich ging in den hinteren Raum, holte drei Kartons Limonade und füllte die Kühlschränke auf. Seit Monaten hatte ich nichts gehoben, und die körperliche Arbeit tat mir gut, sie lenkte mich auch ab. Als ich in den hinteren Raum ging, dachte ich an Eddies Vater. Keine Ahnung, weshalb. Er kam mir einfach so in den Sinn. In diesem Moment hörte ich den Schuss.

Kapitel 50

Ich öffnete meine Augen und stand wieder auf den Stufen. Es war nur eine Sekunde vergangen, aber in dieser Sekunde war mein Leben an mir vorübergezogen. Eddies Vater saß hinten im Streifenwagen, die Hände in Handschellen auf dem Rücken. Wortlos und ohne Widerstand zu leisten, hatte er sich abführen lassen. Anstatt ihn zu verhaften, hätten sie ihm einen Orden verleihen sollen. Er stand noch unter Schock, starrte auf die Leiche. Ich beobachtete Cathy. Ich war nicht davon überzeugt, dass Marcus Eddie umgebracht hatte. Eddie wurde erstochen, und Marcus war im Besitz einer Kanone. Aber ich hatte keinen Grund, mich zu beklagen.

Alles gleicht sich irgendwie aus. Jede Entscheidung, die wir in unserem Leben treffen, hat irgendwie eine Auswirkung auf unseren weiteren Lebensweg. Ich hatte die Anzeige zurückgezogen. Er wurde freigelassen, und jetzt lag er auf der Straße. Ausgleich. Nur deshalb können wir jeden Tag weitermachen, weil wir wissen, dass das Pendel schließlich in die andere Richtung schwingen wird. Heute schwang es in meine Richtung.

Die Leute um mich herum bewegten sich wie in Zeitlupe. Die Typen vom Krankenwagen agierten, als wären sie unter Wasser. Niemand machte auch nur ein Geräusch, es war vollkommen still.

Ich sah, wie die Leiche zur Rückseite des Krankenwagens

gerollt wurde. Er war tot, nicht nur im medizinischen, sondern auch in jedem anderen Sinne. Der flackernde rote Scheinwerfer gab den Takt an für einen Totenmarsch auf dem Asphalt. Ein Bulle wollte Cathy befragen, aber sie weinte zu heftig, als dass sie Fragen hätte beantworten können. Jedermann starrte sie mit kalten, sensationsgeilen Augen an. Einige kicherten. Ich bahnte mir meinen Weg durch die Menge, vorbei an den Bullen und den Absperrungen, durch die Blutlache hindurch, genau auf sie zu. Ich berührte ihre Schulter, und sie drehte sich um und fiel mir in die Arme. Ich hielt sie an mich gepresst, sagte ihr, es sei jetzt vorbei und alles werde gut. Der Geruch von Blut hing in ihren Haaren, haftete an ihrer Haut und drang in meine Kleidung. Mein Gesicht ruhte auf ihrem Kopf, und ich hielt sie ganz fest, spürte ihre Hände auf meinem Rücken, aber kein kribbelndes Gefühl. Es gab so viele Dinge, die ich ihr mitteilen wollte, mitteilen musste. Doch ein Typ im Anzug kam herüber und sagte, sie müsse mit zum Revier. Ich ließ sie los, und sie trat einen Schritt zurück. Ihr Gesicht war blutverschmiert, doch dort, wo die Tränen herunterrannen, schimmerte ihre blasse Haut durch. Als sie mir in die Augen sah, hätte ich nicht sagen können, was sie dachte, ich konnte in ihrem Gesicht nicht mehr lesen. Man brachte sie zum Wagen. Aus einem Plastikbehälter kippte ein Bulle Wasser über das Blut auf der Straße. Es floss den Bordstein entlang und als dunkle Suppe in den Rinnstein.

Cathy beobachtete mich vom Wagen aus. Als die Sirene aufheulte und der Wagen wegfuhr, drehte sie ihren Kopf und sah aus dem Rückfenster. Ich sah ihr hinterher, bis sie zu weit weg war.

Die Bullen versuchten, die Menge aufzulösen, drängten die Leute zurück und sperrten das Gebiet mit gelbem Plastikband ab. Ich stand auf der Straße und starrte den Block hinunter. Ein Cop rief mir zu, ich solle weitergehen und die Straße verlassen. Und als ich mich umdrehte und zurück zum Laden ging, vorbei an der Menge schwatzender Gaffer und dem Gelächter der Kids, sah ich hoch zur Sonne, die durch den Himmel linste, einem grauen, wolkenverhangenen Himmel.

Und mir war, als hörte ich Paps kichern, irgendwo dort oben.

pulp master 7

Deutscher Krimipreis 2000

Garry Disher
GIER
Roman, Deutsche Erstausgabe
Paperback DM 18.00, ISBN 3-929010-52-6

Wyatt ist Einzelgänger und von Beruf Verbrecher. Die Rechtsanwältin Anna Reid erzählt ihm von $300.000 Schwarzgeld im Safe ihres Partners. Zusammen schmieden sie einen Plan für einen Raubüberfall. Doch andere kommen ihnen in die Quere: Bauer — der Troubleshooter einer Organisation in Sydney, der sein Handwerk in Südafrika lernte, wo er reihenweise Schwarze umlegte. Ivan Younger — Hehler und Strohmann für alle Arten von windigen Geschäften, und sein Brutalo-Bruder Sugarfoot, ein primitiver Cowboy-Punk, der die Schnauze voll hat, immer nur den Rausschmeißer und Schuldeneintreiber für seinen Bruder zu mimen. Auch er will jetzt ein größeres Stück vom Kuchen.

pulp master 10

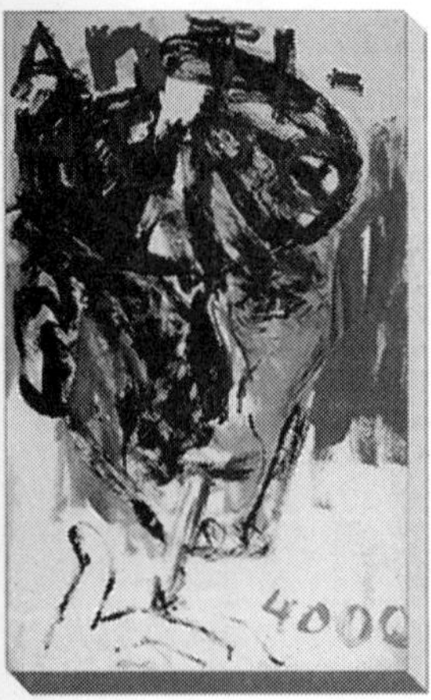

Frank Nowatzki (Hrsg.)
ANTIHERO, Pulp Stories
Paperback DM 21,80, ISBN 3-929010-66-6

Manche haben die Jahrtausendwende auf einer einsamen Südseeinsel oder in irgendeiner angesagten Metropole dieser Welt verbracht, doch wir resümieren auf unsere Art: mit einer Anthologie über die Entwicklung des psychopathischen Antihelden in der Pulp Fiction des zwanzigsten Jahrhunderts. Mit den Autoren: Paul Cain, Fletcher Flora, Charles Willeford, Dan Marlowe, Derek Raymond, Buddy Giovinazzo. Noch irgendwelche Fragen?

In Vorbereitung

pulp master 11

Garry Disher
DRECK
Roman, Deutsche Erstausgabe
Paperback DM 16,80
ISBN 3-929010-72-2

Nachdem Garry Disher für sein Debüt mit dem Roman GIER den deutschen Krimipreis gewann, schickt er seinen Antihelden Wyatt in das nächste Abenteuer. Diesmal hat es Wyatt auf die Lohngelder einer Baufirma abgesehen, die im australischen Busch Pipelines verlegt. Aber Wyatt ist nicht der Einzige, der Beute machen will.
Auch das organisierte Verbrechen hat noch eine Rechnung zu begleichen und schickt Wyatt einen Hitman auf den Hals.

In Vorbereitung

pulp master 12

Garry Disher
HINTERHALT
Roman, Deutsche Erstausgabe
Paperback DM 18,00
ISBN 3-929010-73-9

Wyatt muß untertauchen, nachdem der letzte Job völlig in die Hosen ging. Die Polizei fahndet nach ihm, und das Syndikat hat ein Kopfgeld auf ihn angesetzt. Ein zwielichter Typ namens Enter Stolle, der sich darauf spezialisiert hat, Leute zu suchen, die nicht gefunden werden wollen, ist auch hinter Wyatt her, um ihn für einen Klienten in Brisbane aufzuspüren. Es geht um einen Bankjob, der zwei Millionen bringen kann ... ein Kinderspiel für Wyatt, normalerweise, wenn ein hochverschuldeten Bankdirektor, ein Waffen schmugelnder Pilot, korrpute Bullen und ehrgeizige Punks nicht dazwischenfunken würden.

In Vorbereitung

MaasMedia (Vol. 5)

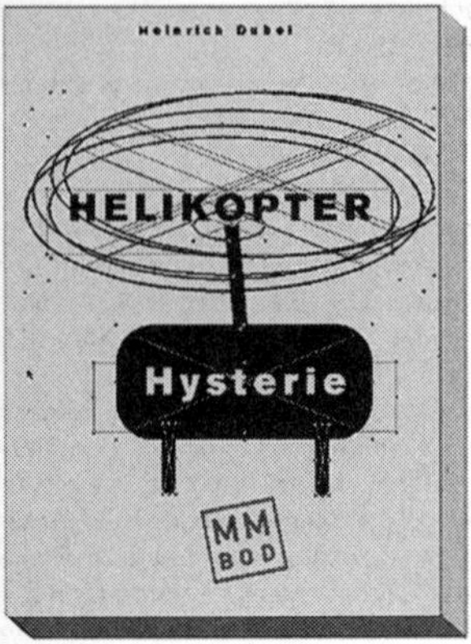

Heinrich Dubel
HELIKOPTER HYSTERIE
Ca. 200 Seiten, ca. 100 Abbildungen, DM 28,00,
ISBN 3-929010-58-5

Der Hubschrauber ist eine Erscheinung. Im ersten Teil der Helikopter Hysterie beschäftigt Dubel sich mit der Entstehungsgeschichte des Hubschraubers. Seine psychographischen Betrachtungen beschränken sich nicht auf technische oder entwicklungsgeschichtliche Einzelheiten, sondern setzen im zweiten Teil des Buches auf faszinierende und einmalige Weise auf den Hubschrauber in Beziehung zum Menschen, seinem Schöpfer. Eine spannende, lehrreiche und unterhaltsame Lektüre für jedermann.

MaasMedia (Vol. 7)

Louis Pergaud
REINEKES TRAGISCHES ENDE, Eine Tiergeschichte
ca. 80 Seiten, ca. 10 Illustrationen
DM 18,00, ISBN 3-929010-63-1

Ein Buch für Kinder und Erwachsene.
„Reinekes tragisches Ende" ist eine Erzählung für die der Autor 1910 den "Prix Goncourt" erhielt. Die Geschichte erschien in deutscher Sprache erstmals 1927 und wurde seitdem nicht mehr aufgelegt.
Reineke, der Fuchs, ist vor dem Wilderer Lisée und seinem Hund Miraut in eine Höhle geflüchtet, aus der es kein Entrinnen gibt, weil draußen eine Falle aufgestellt ist, in die er unweigerlich geraten wird, sobald er die Höhle verläßt. Mehrere Tage verbringt er in dem Loch, und während seiner Erschöpfungszustände zieht sein bisheriges Leben an ihm vorüber. Schließlich gibt er auf und rennt in Falle. Seine Feinde binden ihm eine Glocke um und lassen ihn wieder frei. Mit der Glocke um den Hals wird sein Leben zur Tortur ...

In Kürze

MaasMedia (Vol. 8)

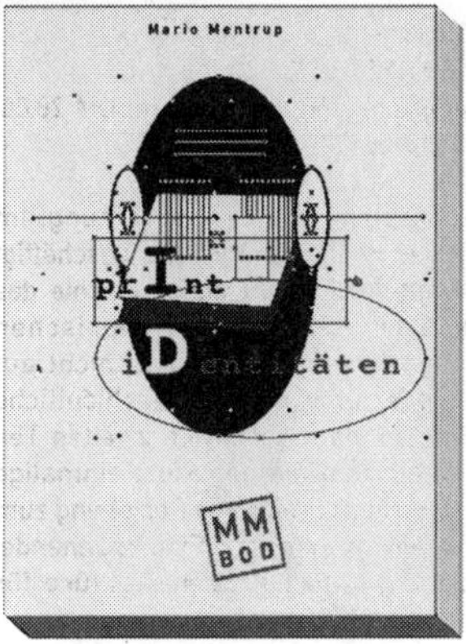

Mario Mentrup
PRINT IDENTITÄTEN
Ca. 200 Seiten, mit Illustrationen von Janneke Schönenbach
DM 28,00, ISBN 3-929010-65-8

Texte von Mario Mentrup sowie von Stewart Home / Claudia Basrawi / Andre Velikanow / Darius James / Gruppe M / BBM / Hanns Martin Slayer / Heinrich Dubel / Babak Bertolucci / Karen Eliot / Florian Cramer ...
Eine Sammlung von Texten, die die Felder Pop versus Moderne umkreisen. Ismen wie Situationismus, Neoismus, Plagiarismus, Retrofuturismus, sowie die kleinen Stars der Mediensubversionen, Networkphantome und ihre Mythen erleben in diesem Band einen Kurzauftritt. ES könnte beim freischaffenden Cultural Worker des Dienstleistungs- & Informationszeitalters die Frage aufkommen: Was tun? BOYCOTT COMMUNICATION!? Macht SOFORT SCHLUSS MIT DER KUNST!? VERBRENNT EUER GELD!?

MaasMedia (Vol. 9)

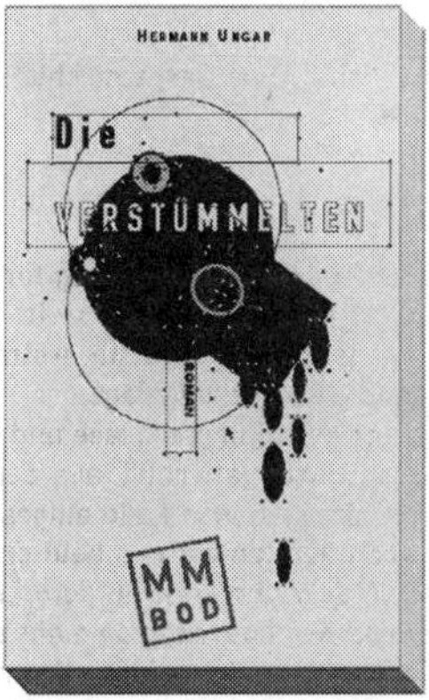

Hermann Ungar
DIE VERSTÜMMELTEN, Roman
ca. 220 Seiten, DM 25,00, ISBN 3-929010-62-3
Neuauflage des 1923 erschienen Romans.
Erscheinungstermin: Juni 2000

Der Bankangestellte Franz Polzer, gefangen in einer inhumanen Arbeitswelt, ist dem Fatalismus ergeben und auf ein bloß vegetatives Dasein zurückgeworfen. Einzigen Halt findet er in einem Streben nach Ordnung und Sicherheit als Schutz gegen die als feindlich und unberechenbar erkannte Umwelt. Nur die Vorhersehbarkeit eines jeden Tages läßt ihn das Leben ertragen. Die Welt ist sein innigster Feind. Die Angst vor jeder Veränderung hat ihn in die Arme seiner Hauswirtin, einer verblühten Witwe getrieben, die sich seine Phobien zunutze macht und ihn bis zur körperlichen Vergewaltigung in Besitz nimmt.
Es entwickelt sich ein Erdrutsch aus Ausweglosigkeit, religiösem Wahnsinn, Geldgier und verkorkster Sexualität, der alle unter sich begräbt.

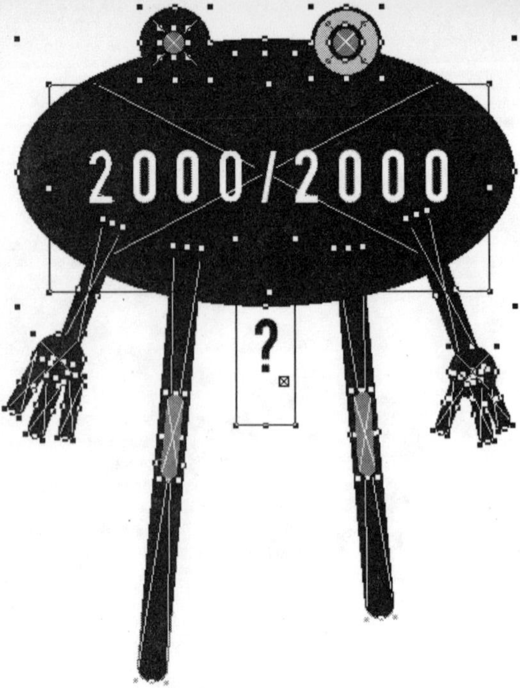
2000/2000
?